魔女の組曲
上

ベルナール・ミニエ

坂田雪子 訳

N'ÉTEINS PAS LA LUMIÈRE
BY BERNARD MINIER
TRANSLATION BY YUKIKO SAKATA

N'ÉTEINS PAS LA LUMIÈRE
BY BERNARD MINIER

Japanese translation rights arranged with XO EDITIONS
through Japan UNI Agency, Inc., Tokyo

Published by K.K. HarperCollins Japan, 2020

魔女の組曲 上

おもな登場人物

マルタン・セルヴァズ――トゥールーズ署の警部。犯罪捜査部班長
クリスティーヌ・スタンメイエル――〈ラジオ5〉のパーソナリティー
ジェラルド――クリスティーヌの婚約者。航空宇宙高等学院の研究者
ドゥニーズ――ジェラルドの教え子
ギヨモ――〈ラジオ5〉の番組編成部長
イアン――〈ラジオ5〉のクリスティーヌのアシスタント
コルデリア――〈ラジオ5〉の研修生
ギイ――クリスティーヌの父。放送業界の大御所
クレール――クリスティーヌの母。テレビの元司会者
マドレーヌ――クリスティーヌの姉。故人
セリア・ジャブロンカ――自殺した写真家
ヴァンサン・エスペランデュー――セルヴァズの部下。警部補
サミラ・チュン――セルヴァズの部下
ボーリュー――トゥールーズ署の警部補
マルゴ――セルヴァズの娘
シャルレーヌ――エスペランデューの妻
ジュリアン・アロイス・ハルトマン――スイスの殺人鬼。元検事

序曲　ポーランドとベラルーシの国境、ビャウォビエジャの森で

　森のただなかを、セルヴァズはひたすら歩きつづけた。激しい雪と風が吹きつけてくる。あまりの寒さに歯がガチガチと鳴った。眉もまつげも凍り、氷の結晶ができていた。ダウンジャケットと湿った毛糸の帽子には、雪が固い表皮のように貼りついている。かたわらでは、ジャーマンシェパードのレックスが深い雪に脚をとられ、もがいていた。ジャンプするたびに前脚がどっぷり雪に埋まるので、うまく進めないでいるようだ。何度も繰り返し吠えるのは、きっと、このまま前に進むのは嫌だと告げようとしているのだろう。その吠え声はこだまとなって、森に響きわたった。

　レックスはときおり立ちどまっては、黒と茶の毛をぶるっと震わせ、体についた雪と氷をはね散らしていた。レックスが通ったあと、真っ白な雪の上には、その力強い足跡だけでなく、お腹をこすった跡もついている。

　あたりは暗くなりはじめていた。風はますます激しくなっている。彼女はどこにいるんだ？　小屋はどこにある？　セルヴァズは心のなかで叫んだ。呼吸を整えようとしたが、心臓が苦しくてしかたがない。ダウンジャケットとセーターの下は汗だくだった。

森はまるで生きているようだった。雪の重みでたわんだ枝が風に吹かれ、こすれ合う音がした。刺すような寒気のせいで樹皮が割れ、そこかしこで乾いた音を立てている。吹きすさぶ風はたまに耳元で大きくうなり、近くから小川がちょろちょろと流れる音も聞こえてきた。まだすっかり凍りついてはいないらしい。

雪を踏みしめるたびに、きしきしという音を立てながら、セルヴァズは前に進んでいった。雪のなかから足を引きあげるのが、だんだん難しくなってくる。それに寒さも耐えがたかった。まったくなんという寒さだろう。

やがて薄闇のなか、どこまでも続く雪景色の向こうに何かが見えた。吹きつける雪に目を刺されながらも、セルヴァズは目をこらした。ぎざぎざのある金属の輪が二つ……罠（わな）だ。そこにはもはや形も定かでないものが挟まっていた。

思わず吐き気がこみあげてくる。元は生き物だったはずのその何かは、今やほかの獣や鳥たちに食いちぎられ、引き裂かれ、貪（むさぼ）られていた。罠のまわりの雪は毛が入り混じった、べとべとした血で汚れている。小さな骨片や薄赤いはらわたも散らばり、その上にはうっすら雪が積もっていた。

そのとき、どこからか絶叫が聞こえてきた。恐怖と苦悶に満ちた叫びだった。聞いていると、こちらまで錆（さ）びたかみそりの刃で肌を切られたように苦しくなる。何をされたのだろうか？　どんな恐ろしいことを……。叫び声は森の奥から聞こえていた。それほど遠くない場所だ。もう一度、絶叫があたりの空気を引き裂いた。セルヴァズはぞっとした。体中の血が凍りつき、同時に体中の毛が逆立った。やがて、叫び声は北風に運ばれ、薄闇のなかに消えていった。

つかのま、森に静寂が戻った。だが、すぐに今度はもっと遠くから、獣の吠え声が聞こえてきた。抑揚のある特徴的な吠え声。狼だ。背中に戦慄が走った。こんなところでぐずぐずしてはいられない。セルヴァズは気力を振りしぼって足を引きあげ、絶叫があがったほうへと急いだ。と、木々を抜けた小道の向こうに、小屋らしき黒い影が見えてきた。あと数メートル。凍りついた道を走るようにして、セルヴァズは小屋へと向かった。かたわらにいたレックスも何かを察知したらしい。さかんに吠えたてながら扉へと突き進んだ。

「レックス、待て！　止まれ。レックス！　レーックス！」

しかし、レックスは少し開いていた扉から、そのままなかへ入っていった。扉と小屋との隙間には雪の吹きだまりができていて、扉を開いたまま固定している。セルヴァズも扉へと急いだ。小屋のまわりの空き地は、異様な静けさに包まれていた。ふいにフクロウの鳴き声が森の奥から聞こえ、それに応えるように、いろいろな鳴き声がいっせいに始まった。まるで動物たちがそれぞれの鳴き声でやりとりをしているように。

扉の前まで来ると、セルヴァズは雪の吹きだまりをまたいで、なかに入った。なかはカンテラの明かりで照らされていた。橙色の温かい光だ。

だが、顔をあげて部屋を見まわした瞬間、セルヴァズは動けなくなった。氷の針で脳天を突き刺されたようだった。

あり得ない。これは現実ではない。夢を見ているのだ。夢以外にあり得ない。

セルヴァズは一度、目を閉じた。それから、またそっと開いた。夢ではない。現実だった。

目の前にいるのは、マリアンヌだった。いや、かつてはマリアンヌだったものと言ったほうがいいのか……。彼女は小屋の真ん中にあるテーブルの上に裸で横たわっていた。体はまだ温かいようだ。冷気のなかで、体から蒸気が立ちのぼっていた。ハルトマンの仕業に違いない。ということは、やつはまだそんなに遠くには行っていないのだろうか。それなら、あとを追いかけようか？　だが、動こうとして手足が激しく震えていることに気がついた。少しでも気を抜くと意識を失い、闇に落ちそうだった。はたして、こんな状態であとを追えるのだろうか。それよりも、マリアンヌの状態を確かめたほうがいい。

セルヴァズはマリアンヌのほうに向かって、足を一歩、踏みだした。そして、もう一歩……。目をそらしたいのをこらえ、目の前の惨劇を直視する。マリアンヌの上半身は、首元から足の付け根まで、縦に長く切開されていた。出血量からして、まだ生きているうちに、切られたのは明らかだ。真っ赤な血糊（ちのり）が胸の中心からわき腹にかけて、べっとりと貼りついている。血はテーブルから板張りの床にしたたり落ち、そこでもかすかに湯気を立てていた。

セルヴァズはさらに近づいて、マリアンヌの体を凝視した。ハルトマンは鋭利な刃物で皮膚を裂き、胸部から下腹部まで肉を切りひらいていたが、内臓にはほぼ手をつけていないようだった。いや、そうではない。セルヴァズは何かが足りないことに気がついた。心臓がない。見ると、心臓はもっと下、恥骨の上に置かれていた。ハルトマンはマリアンヌの恥骨の上に心臓を置き、立ち去っていったのだ。

心臓はほかのどの部分より、温かそうだった。セルヴァズは目の前の光景をじっと見つめた。吐き気もしなければ、嫌悪感もない。それが不思議だった。どうしてだろう？　こんな光景を見たら、嘔吐するのが普通ではないか？　いや、何よりもマリアンヌが死んでしまったのだ。号泣するのが当たり前ではないか？　それなのに、自分は叫ぶこともなく、茫然自失のていでその場に立ちつくしている。

そのとき、レックスがうなり声をあげて、牙をむきだした。セルヴァズが顔を向けると、レックスは全身の毛を逆立てて、閉まりきっていない扉の隙間から外を見ていた。威嚇すると同時に怯えている。

セルヴァズは扉に近づいて、外に目を走らせた。

やつらだ。痩せほそって、飢えた狼たちが小屋の前にいる。全部で八頭だ。

マリアンヌ……。

セルヴァズは考えた。マリアンヌの遺体をなんとしても車まで運ばなければならない。グローブボックスのなかに、銃を置いたまま出てきてしまったのが悔やまれた。かたわらでは、レックスがうなり声をあげつづけている。おそらく、恐怖とストレスで緊張状態にあるのだろう。セルヴァズはレックスの頭をなでてやった。

「いい子だ」そう言いながら、今度はしゃがんで、両腕で抱きしめる。

レックスはこちらに目を向け、ぴたりと体を寄せてきた。人間よりも速い心臓の鼓動が伝わってくる。レックスの目は優しい。セルヴァズは胸を締めつけられた。ここから出る方法は一つしかない。だが、それには……これまででいちばん苦しい決断をしなければならない。苦しく、悲しい決断を……。でも、そうするしかないのだ。

テーブルまで戻ると、セルヴァズはマリアンヌの心臓を手にとり、元あった胸部に収めた。唾を飲み込んで、目を閉じる。それから、血まみれの裸体を両腕で持ちあげた。それは思ったより軽かった。

「行くぞ、レックス！」扉へ向かいながら、セルヴァズはきっぱりと言った。

レックスは抗議するかのように、しゃがれた声で吠えたが、すぐにうなり声を発するのをやめて、尻尾を垂らし、両耳をさげた格好であとについてきた。

外では、狼たちが小屋の出口を半円形に取りかこんで、待ちかまえていた。

狼たちの黄色い眼は、ぎらぎらと光っている。レックスは全身の毛をこれまで以上に逆立てて、牙をむいた。狼たちはさっきよりも力強いうなり声をあげた。下唇がめくれて、恐ろしい犬歯がのぞいている。レックスは狼たちに向かって吠えた。一頭対八頭。シェパードとはいえ、飼い犬と野生の狼、とうてい勝ち目はない。だが、マリアンヌと一緒にここから脱出するには、レックスに戦ってもらうしかない。

「行け！　レックス！」セルヴァズは心を鬼にして叫んだ。「かかれ！」

いや、行くな、やめろ。こんな命令を聞くんじゃない。心で別の声が叫んでいた。涙が出てきて、止まらない。レックスはその場で数回吠えた。命令に従うようにしつけられていたが、生存本能が押しとどめるのか、戸口のところから一歩も動かない。

「攻撃しろ、レックス！　かかれ！」セルヴァズは繰り返した。

それでもレックスは動かなかった。愛する飼い主の命令に従って死地に飛び込むか、命令に逆らって、飼い主をがっかりさせるか、レックスの葛藤が伝わってきた。

「かかれ！　何をしてるんだ！」

レックスの耳がぴくりと動いた。ゆっくりと、こちらを見あげる。かわらぬ優しい目だ。だが、その目にはなんとしてでも主人の役に立とうという強い決意も込められていた。レックスが再び扉の外を向いた。その筋肉が緊張した。

と思うまもなく、レックスは狼たちに跳びかかっていた。

最初のうちは、狼たちより優勢に見えた。おそらく群れのリーダー格だろう、一頭の狼が襲いかかってきたが、レックスは巧みにかわし、相手の喉元に嚙みついた。狼が苦しそうな叫びをあげた。ほかの狼たちは用心して一歩、さがった。レックスと狼は、互いに食いつこうとして追いかけあっていた。レックスは、今や獰猛(どうもう)な野生動物に戻っている。

だが、この戦いを最後まで見届けるわけにはいかない。

静かに小屋の外に出ると、セルヴァズは木々のあいだを抜ける小道に向かって歩いていった。レックスに夢中で、狼たちはこちらに注意を払っていない。少なくとも、今のところは……。この隙に車まで行くのだ。マリアンヌを抱えて、セルヴァズは小道を歩きつづけた。ダウンジャケットは血でぐっしょり濡れていた。涙があふれて止まらない。と、うしろからレックスの苦しげな吠え声が聞こえた。狼たちにやられて深手を負ったのだろう。風に乗って、狼たちのうなり声も聞こえてくる。そこには、ついに獲物をとらえたという満足げな響きがあった。レックスがまた吠えた。金切り声のような甲高い叫び。レックスは自分に助けを求めている。それでも、このまま行かなければならない。レックスを捨てて……。セルヴァズは歯を食いしばって、歩みを速めた。あと三百メートル……。

風の音に交じって、ひときわ大きな吠え声が夜の闇をつんざいた。

そして、そのあとはもう何も聞こえなくなった。ただ、風の吹きすさぶ音がするだけだ。レックスは死んだのだ。

しかし、今はそのことを悲しんではいられない。レックスがいなくなった今、狼たちがいつ追ってくるかもしれないからだ。いや、もう追ってきている。うしろから小さくうなり声が聞こえてくる。少なくとも何頭かはこちらを追っているようだ。つまり、今度は自分が標的なのだ。

車は……。

車はあと百メートルもない道にとめてあった。車には雪が積もりはじめていた。セルヴァズはさらに歩みを速めた。恐怖のせいで呼吸が速くなる。肺が燃えるように熱い。うなり声が迫っていた。うしろを見ると、四頭いる。狼たちは琥珀（こはく）のようににごった黄色い目で、こちらを見つめていた。これでは車までたどり着けない。遠すぎる。マリアンヌの体は腕のなかで重くなるばかりだった。

マリアンヌをここに置いていってしまおうか？　ふいに、頭にそんな考えが浮かんだ。彼女はもう死んでいるんだ。連れてかえっても、生き返らせることはできない。自分一人なら、この窮地を切り抜けることができる。

いや、だめだ。セルヴァズはすぐにその考えを否定した。すでに愛犬を犠牲にしたではないか。ダウンジャケットを通して、マリアンヌの体の温かさが伝わってくる。流れでる血が生地に浸み込んでくるのがわかった。血はまだ温かかった。どうすればいいのだろう？　セルヴァズは思わず空を見あげた。雪のかけらが星のように落ちてきて、まるで広大な宇宙に一人で浮かんでいるようだった。もはやどうすることもできない。気がつくと、セルヴァズは絶望の叫びをあげていた。

そこに、またうなり声が聞こえた。獲物を手中に収め、あとは飛びかかるだけというようなり声。狼たちがこちらを恐れる理由は一つもない。マリアンヌが流している血のにおい——そして、自分が発散している恐怖のにおいに興奮しているに違いない。あとは襲いかかればいいだけなのだ。狼たちはじりじりとこちらに近づいてきた。

逃げろ！　彼女を置いて、逃げるんだ。セルヴァズは叫んだ。自分に向かって……。いや、自分に向かって叫ぶ心の声を聞いたのか。

逃げろ、今だ！　もう彼女にしてやれることはない。ここに置いて、逃げろ！

今度は、はっきりと自分に向かって叫ぶ声が聞こえた。自分の心の声が……。セルヴァズはマリアンヌを脚からおろした。その足先が雪のなかに沈んだ。それから手袋をした手で、固いが弾力のある、まだ温かいマリアンヌの心臓をつかみ、大きく開いた傷口から引っ張りだした。そして、その心臓をダウンジャケットの内ポケット――ちょうど自分自身の心臓の位置にすべりこませた。血がセーターに浸み込んでいく。もう一度、マリアンヌを抱きしめてから、その裸の体を雪の上に横たえた。雪は真っ白で、まるで死装束のように見えた。立ちあがって、数歩うしろにさがる。たちまち狼たちがマリアンヌの体に飛びかかった。セルヴァズは振り返らずに、車まで走った。

車はロックしていなかった。だが、雪で凍りついたせいか、ドアが開かない。血だらけの指に力を込めて引っ張ると、ドアはようやく開いた。運転席に身を落ち着け、セルヴァズはダウンジャケットのポケットからキーを取りだそうとした。ところが、今度は手が震えてうまくつかめない。なんとか取りだしたあとも、座席の下に落としそうになった。そうして、エンジンをかけようとキーを差し込み、ふとバックミラーをのぞいた瞬間――セルヴァズは心臓が止まりそうになった。後部座席に誰かいる。いや、そんなはずはない。だが、間違いない。彼女だ。

「マルタン」助けを求める彼女の声がした。

「マルタン！　マルタン！」

セルヴァズはびくっとして目を開いた。肘掛椅子に座ってテレビを見ているうちに、眠り込んでしまったらしい。型押し加工された古いレザーの肘掛椅子。肘掛の外側にだらんと垂れた右の手のひらをレックスが舐めていた。

「レックス、あっちへ行きなさい」犬に向かって命令する声が聞こえた。「ほかの人と遊んでらっしゃい！　マルタン、大丈夫？」

レックスは尻尾を振りながら、離れていった。誰か一緒に遊んでくれる人を探すつもりなのだ。相手をしてくれる人は、ここには大勢いる。レックスはみんなのペットであると同時に、誰にも属していなかった。ここの真の主人だ。セルヴァズは夢に出てきた犬がしたように、ぶるっと身震いした。

ここは心を病んだ警察官のための療養施設だった。セルヴァズはうつ病になり、八カ月前からこの施設で暮らしていた。さっき声をかけてきたのは、この施設の職員のエリーズだ。

セルヴァズは目の前にあるテレビを眺めた。放映されているのは、フランスの宇宙開発に関するドキュメントだった。画面には、巨大な地球の模型が映しだされている。トゥールーズの東にある宇宙に関連したテーマパーク〈シテ・ド・レスパス〉にあるものらしかった。夜になると、各大陸の輪郭が青い光で浮かびあがるという。続いて、画面は〈シテ・ド・レスパス〉から丘を越えた反対側、市の中心部の方角にあるランゲイユ地区のトゥールーズ宇宙センターの建物に切り替わった。
テレビから目を離すと、セルヴァズは周囲を見まわした。広いラウンジにはエリーズしかいない。窓の外はあいかわらず曇っている。朝のうちはよかったのに……。午前中、ガラス張りの大窓の向こうでは、朝の太陽に照らされて、白い冬景色がまぶしく光っていた。廊下にはコーヒーの香りが漂い、職員たちの笑い声がしていた。窓のそばには、飾りつけが終わったばかりのクリスマスツリーもあって、なんだか子どもの頃に戻ったような気がしていた。

それなのに、昼食をとったあとは、すべてが変わってしまった。太陽は雲に隠れ、冷たい北風が吹きはじめた。外の気温も五度からマイナス一度にまで一気にさがった。午前中のまばゆいばかりの景色は姿を消し、窓の外に見えるのは、葉の落ちた木々の枝が揺れるだけの無味乾燥な景色だった。それを見ているうちに、自分はすっかり暗い気持ちになって、音の出ていないテレビの前で肘掛椅子に座り込んでいた。そして、いつのまにか眠ってしまい、悪夢を見たのだ。

「悪い夢でも見ていたんですか」エリーズが言った。「うなされて叫んでいましたよ」

セルヴァズはエリーズのほうを見た。頭がまだぼんやりしている。と、あの悪夢の光景がはっきりとよみがえってきた。雪に覆われた鬱蒼（うっそう）とした森、森のなかの小屋、狼たち。そして、マリアンヌ……。だが、悪夢を見たのはこれが初めてではない。今までも、何度も同じような悪夢に苦しめられていた。はたして、自分に希望は残されているのだろうか？　マリアンヌが死んでしまった今……。答えは否だ。

「本当に大丈夫ですか？」

エリーズは四十代。ふっくらとした体つきの優しい女性だった。どんなときでも、目元に笑みが浮かんでいる。この施設でたった一人、気を許すことのできる職員であり、たった一人親しくしている職員でもある。というのも、ほかの職員は元警察官で、ここである程度の期間、患者の世話をしたあとはどこかほかの施設の所長になっていくからだ。ここは通過点にすぎず、いくら滞在者の言うことに耳を傾け、同情を示すふりをしていても、所詮は仕事上のものでしかない。この元警察官たちに、セルヴァズは好かれていなかった。自分の苦しみを打ち明けることはなかったし、施設の活動にも参加しない。要するに、患者として協力的ではなかったからだ。

だが、エリーズは元警察官たちとは違って、施設のため――つまりは自分の出世のために、セルヴァズが協力的になってくれることを期待していなかった。そもそも、エリーズは警察に勤めたこともなかった。

聞いたところによると、エリーズは夫のモラル・ハラスメントに長いあいだ、苦しめられてきたらしい。夫はつねにエリーズを侮辱し、つまらないことで怒鳴りつけてきた。それに耐えかねて、ついにエリーズが離婚の意志を告げると、激怒して常軌を逸した行動に出たという。真夜中にエリーズと息子を車に乗せ、誰も住んでいない山奥に連れていくと、そこにふたりを放りだし、自分は車で立ち去ったのだ。離婚後も嫌がらせは続き、昼も夜も電話をかけてきたり、勤め先やスーパーマーケットの出口で待ちぶせしたりするなど、今度はストーカー行為が始まった。直接的な暴力もふるうようになり、一度などは息子の見ている前で、エリーズを思いきり突き飛ばしたこともあったそうだ。エリーズは車のバンパーに頭をぶつけ、意識を失った。

この事件のあと、裁判所は保護命令を出し、元夫がエリーズと息子に近づくのを禁じた。そして、エリーズのほうはこの施設に職を見つけた。それは正解だった。元夫は裁判所の命令を無視して、あいかわらずエリーズにつきまとっていたが、エリーズが同僚の職員たちに悩みを打ち明けたことによって、元警察官である職員たちが夫のもとを定期的に訪ね、これ以上、エリーズにつきまとうと、ろくなことにはならないと、やんわり警告してくれたからだ。それ以来、夫の嫌がらせはぴたりとやみ、エリーズは元夫に出会う前のエリーズに戻った。活力にあふれ、まわりにも笑顔が伝染するくらいよく笑い、生きる喜びに満ちた女性に。

「そういえば、お嬢さんから電話がありましたよ」エリーズが言った。

セルヴァズは眉をあげ、思わずエリーズを見返した。

「今、おやすみになっていると言ったら、起こしたくないとおっしゃって、切ってしまわれましたが」エリーズは説明した。「また電話なさるそうです」

セルヴァズはリモコンでテレビを消して、立ちあがった。その拍子にセーターの袖口がけばだっているのが目に入った。明日はクリスマスだ。脈絡なく、そんな考えが浮かんだ。

「クリスマスですし、この機会にひげを剃るのはどうですか?」クリスマスツリーを見ながら、エリーズが言った。

セルヴァズは一瞬、その場で固まった。だが、一つ息をしてから尋ねた。

「剃らなかったらどうだろう?」

「そうですね。やっぱりあなたはそういう人なんだって、みんなが思うだけですね」

「みんな、私のことをどう思っているんだろう?」

「非社交的で、近寄りがたい人」

「あなたもそう思っている?」

エリーズは肩をすくめて答えた。

「日によっては……」

セルヴァズは笑った。エリーズも笑い返して、その場を立ち去った。だが、エリーズの姿が見えなくなると、セルヴァズは表情を固くした。他人が自分をどう思っているかなどは気にならない。でも、娘のマルゴにだけはこの状態を見られたくなかった。前回マルゴがここに来たのは三カ月以上前だったが、そのときのマルゴの目に浮かんだ戸惑いと悲しみは決して忘れることができなかった。

玄関ホールを横切ると、セルヴァズは階段をのぼっていった。部屋は最上階にある。広さは九平米くらいだろうか。そこに狭い寝台と(オデュッセウスがイタキ島にこっそり帰り着いたときに乗っていた小舟と同じくらい狭い寝台だ)、戸棚や机、本棚が備えつけられていた。本棚に並んでいるのは、プラウトゥス、キケロ、ティトゥス・リウィウス、オウィディウス、セネカなどの哲学書だ。質素で厳めしい部屋……。しかし、そこから野原と森を見下ろす景色は、たとえ冬でも素晴らしかった。

その景色を見ているうちに、森を散歩したくなり、セルヴァズは古いセーターとその下のTシャツを脱いで、清潔なシャツとセーターに着替え、ダウンジャケットをはおった。マフラーと手袋をつけて、階段をおり、玄関ホールを通りすぎて、裏口に向かう。外に出ると、まだ誰も足跡を残していない雪景色が広がっていた。

その真っ白な大地を静かに踏みしめながら、セルヴァズは小さな森に入っていった。湿った冷たい空気を胸の奥まで吸い込む。雪の上には何の痕跡もなかった。誰一人、ここには来ていないのだ。

見ると、白く雪化粧された木々の下に石のベンチがあった。セルヴァズは手袋をした手で雪を払った。ベンチに座る。ベンチは冷たく湿っていた。

あたりは真っ白だった。空も白い。その白い空に、カラスが何羽も舞っている。

真っ黒なカラスか。セルヴァズは頭をうしろに倒して、深く息を吸い込んだ。今の自分の気持ちは、あのカラスの羽根のように真っ黒だ。もう心から笑うことはない。笑うことはもはや記憶のなかにしかなかった。実際には見えない網膜の残像のようなものだ。この気持ちの暗さは、薬をやめたせいだろうか？　セルヴァズは医者に相談することもなく、先月から抗うつ剤の服用をやめていた。このままだと、あの闇のなかにまた呑み込まれてしまうのだろうか？　そう思うと、突如、恐怖に襲われた。早く回復したくて、急ぎすぎたのだろうか？

本当は、急いではいけないことはわかっていた。今は先のことを考えずに、ただ生き抜くためにだけに闘わなければならない。だが、闘うといっても、どうやって？　自分はただ苦しみのなかでもがいているだけだ。そうして、もがけばもがくほど、ますます苦しくなってくる。呪縛の紐（ひも）で全身を締めつけられるように……。その紐はほどこうとすればするほど、結び目がきつくなってくるのだ。これからどれくらいのあいだ、この苦しみに耐えていかなければならないのだろう。いや、そもそも自分はこの苦しみに耐えていけるのだろうか。

これほどの苦しみに……。

すべての根源はあの出来事にあった。半年以上前に起こったあの出来事に。あの日、セルヴァズはＵＰＳ（ユナイテッド・パーセル・サービス）便の国際小包を一つ受け取った。差出人は「ニクト」という名前だった。住所は、プシェブウォカ。ポーランドの東部に位置する田舎町で、ベラルーシとの国境近くの森のなかにある。小包は二重に包装され、内側は保冷仕様になっていた。

それを見た瞬間、セルヴァズは嫌な予感にとらわれた。すぐに料理用の包丁で、封印している蠟（ろう）をはがしたのだが、そのあいだも脈が速まるのをどうすることもできなかった。

あのとき、自分はなかに何が入っていると思ったのだろう？　今となっては思い出せない。それでも小包の大きさからして、切断された指とか、片手とか、そういった忌まわしいものを予想していたことは間違いない。だが、実際に入っていたものは、予想をはるかに上まわるひどいものだった。保冷箱を開けたとき、まず目に飛び込んできたのは、赤い色だった。新鮮な肉片が放つ光沢のある淡紅色。形は大きめの洋梨のようだった。それが何かわかったとき、セルヴァズは思わず悲鳴をあげそうになった。心臓だった。それも明らかに人間の……。小包には、手紙も一通入っていた。手紙はポーランド語ではなく、フランス語で書かれていた。

マルタン。この女はきみの心臓をずたずたにした。だから、こうされるのは当然だ。それに、これを見ればきみも少しは楽になるのではないか？　もうこの女を探す必要はなくなるのだから。もちろん、最初は辛いことだろう。しかしこれからは、もしかしたらこの女が生きているかもしれないという無用な希望を持たずにすむのだ。どうだね？　きみもそう思うだろう？

友情をこめて。ＪＨ

マリアンヌ……。マリアンヌは死んでしまったのか……。

だが、それでもセルヴァズは信じなかった。これはたちの悪い冗談だ。ハルトマンは自分を脅すために、こんなことをしたに違いない。そう思って、あるかないかわからない最後の望みにかけてみることにした。その心臓がマリアンヌのものではなく、誰か他人のものだという可能性にすがったのだ。

しかし、科学捜査研究所に血液サンプルを持ち込み、DNA鑑定をして、それをマリアンヌの息子のユーゴのDNAと比較してもらった結果、高い確率で親子関係があることがわかった。もしそうなら、あの心臓はやっぱりマリアンヌの心臓だったということになる。それを聞いたとき、セルヴァズは足元で大地が崩れ去るのを感じた。

小包の住所は、ヨーロッパに残るビャウォビエジャの広大な森のなかに、ぽつんと立つ一軒家のものだった。森はヨーロッパ大陸北部を覆っていた原生林の一つだった。キリストが生まれたばかりの時代に、ヨーロッパ大陸北部を覆っていた森。ヘルシニア造山運動でできた森林地帯の最後の名残だ。警察は森のその一軒家まで行って、家宅捜索をした。ハルトマンはその家にはいなかった。だが、家のなかに残っていたものから、ハルトマンのDNAが発見された。それと同時に、ここ数年、ヨーロッパ各地で行方不明になっていた、何人かの女性たちのDNAも見つかった。そのなかにはマリアンヌのものもあった。その捜査の過程で、セルヴァズは、「ニクト」という名前がポーランド語で「誰でもない」という意味だと知った。たぶん、ハルトマンもホメロスを読み、自分なりに応用したということだろう。（ホメロス『オデュッセイア』第九書のエピソードより）

結局、家宅捜索の結果は、ハルトマンがそこにいたという事実を示すだけで終わり、捜査の手がかりはそこで途絶えた。

それからひと月後、セルヴァズはうつ病と診断され、この施設に入所していた。ここで療養する警察官には、毎日二時間の運動と、落葉掃きといった日常作業が課されている。セルヴァズは、特に反抗するでもなくそれらをこなしていた。だが、身の上話などの雑談に加わることは一切拒絶した。ほかの患者たちとのつきあいも避けつづけた。

ここにやってくる人々は、みんな自分と同じだからだ。誰もが警察官としての生活に嫌気がさし、ほとんどがアルコール依存症になってやってくる。警察官をしていれば、胸の悪くなるような現実を嫌というほど見なくてはならない。それに世間から称賛されるような職業でもない。本当に悪いやつらはベッドでくつろいでいるのに、自分たちは、来る日も来る日も、おまわりとか、デカとか、サツとか犬とか呼ばれながら、徹夜で張り込みをしている。自分が警察官であるために、子どもが学校でいじめられたり、いつまでたっても帰ってこない夫に嫌気がさして、妻が家を出ていったりもする。そんな毎日のなかで、気持ちが暗くなり、ついアルコールに依存するのだ。そして、アルコールがやめられないことで、ますます気がふさぎがちになる。ここにいる患者のなかで、自分の口に銃身を突っ込んだことのない者は、一人もいないはずだ。

いずれにせよ、この病に苦しんでいると、どんな職業でも職務の遂行が難しくなる。外の出来事に無関心になって、仕事に集中できなくなるからだ。セルヴァズの場合、まずは上司のステーランがおかしいと気づいた。捜査に身の入らない様子を不審に思ったのだ。セルヴァズ自身、事件に関心がなくなっていき、やがて、その無関心は日常生活にも及んだ。テレビのニュースを見ても興味がわかなくなり、社会問題も世界情勢も、自分にはまったく関係のないことのように思われた。食べ物の味もどうでもよくなった。長年、愛読してきたラテン語の古典文学もページを開く気持ちも起きなくなった。

そして、ついにはマーラーの音楽さえも……。

マーラーの音楽を聴く気がなくなったとき、自分でもこれはまずいと思った。その頃になると、まわりもはっきり気づいていた。そこで警察を休職して、この施設に来ることにしたのだ。

セルヴァズは空を見あげた。カラスはもういなくなっていた。雲が薄くなって、薄日が射している。

自分の状態は少しはいい方向に向かっているのだろうか？　正直に言って、よくわからない。だが少し前から、雲間から太陽が顔をのぞかせるように、それまで陰鬱で荒涼としていた心の景色のなかに、少しずつではあるが、光が射しはじめた気がする。動脈のなかをまた血液が流れはじめた気がするのだ。それに、ふとした拍子に警察のオフィスに残してきた未解決事件のことが気になって、むずむずした感覚を味わうようにもなっていた。

数日前、施設にヴァンサン・エスペランデューが見舞いにやってきたときもそうだった。エスペランデューは部下でもあり、親友でもある。インディーロックを聴き、漫画を読みふけり、ビデオゲームや流行のファッション、ハイテク製品に夢中になるような人種で、こちらの好きなクラシック音楽や古典文学には縁がない。だが、セルヴァズは部下としても、友人としても、エスペランデューを大切に思い、その意見に耳を傾けていた。

あの日は二人で部屋の窓から森を眺めていた。そのとき、ふと気にかかっていた事件について、エスペランデューに尋ねてみることにしたのだ。「あれはどうなっている？」と。それを聞くと、エスペランデューの表情が輝いた。

「これは、これは。そろそろ職場が恋しくなったんですか？」

その言葉に、今度はこちらのほうが明るい気持ちになった。この男は、自分の復帰の兆(きざ)しを見ただけで、こんなに嬉しそうな顔をしてくれている――そう思うと、知らないうちに、笑みが浮かんでいた。

エスペランデューはすぐに、未解決のままになっている二つの事件について、その後の捜査の状況を説明してくれた。うきうきと弾むような口調で。まるで、ちょっとしたいたずらがうまくいったときの子どものように。そして自分は思わず、詩を口ずさんだ。

　人生を歩いているうちに
　暗い森で迷ってしまった
　まっすぐな道が　どこかで消えてしまったのだ

「なんですか、それは？」エスペランデューは眉をひそめて聞き返した。

「ダンテだよ」

「そうですか。まあ、それはそうと、アセランが異動になりましたよ」

アセランは犯罪捜査部の部長だった。つまり、二人にとっては上司にあたる。

「で、新しい部長はどうだ？」

エスペランデューは顔をしかめた。

そう、あのとき、自分はまるで犯罪捜査部のオフィスにいるように、エスペランデューと話していた。

いつのまにか、空の一角で雲が切れて、日が射し込んでいた。森は明るく輝いていた。だが、地面はまだ雪で覆われている。木々の葉を通して降りそそぐ陽光は優しく、暖かかった。しかし、その陽光を受けても、自分はまだ骨の髄(ずい)まで寒さを感じている。まだ森で迷ったままだ。マリアンヌが心臓を抜きとられたあの森で。いや、だめだ。そんなことを考えていてはいけない。セルヴァズはあの悪夢の光景を頭から追い払った。くだらない夢だ。近いうちに、きっとあの森のなかから抜けだしてみせる。夢ではなく、現実に……。

第一幕

おまえの魂に今すぐ
天罰がくだされんことを！

――『蝶々夫人』

1　開幕

これは最後の手紙。この手紙をしたためながら、これで終わりなのだとしみじみと思う。今度ばかりはあと戻りできない。

クリスマスイヴの夜にこんな手紙を送りつけるなんて、きっと、わたしのことを恨めしく思うわよね。だって、こんな手紙、マナーをまったく無視しているもの。あなたが大切にしているマナーを……。まったく、あなたって鼻もちならない。それに嘘つき。あなたの約束を信じていたなんて、それこそ信じられないくらいよ。まあ、しかたがないわね。言葉が増えれば増えるほど、真実はなくなっていく。世の中なんて、そんなものよ。

でも、今度は嘘じゃない。本当に実行するつもり。そう、わたしは死ぬの。自殺するのよ。どう、怖い？　手が震えてきた？　冷や汗が出てきた？

それとも、この手紙を読んで、あなたは笑っているのかしら？　ねえ、教えて。わたしに起きたいろいろなことは、あなたが仕掛けたの？　それともあの女？　いえ、あなたたち二人ね。あなたたちは二人して、わたしに災難が降りかかるように仕向けたのよ。だとしたら、それ以外のことも、全部あなたたちがしたこと？　そうじゃないの？　じゃあ、いったい誰がわたしをこんなひどい目にあわせたの？　少し前まで、わたしはそれが誰だか知りたいと思っていた。誰がこんなにわたしを憎むのか？　どうして、わたしがそんなに憎まれなければならないのか？　その原因はきっとわたしにあると思って、絶望していた時期もあった。でも、もういいの。わたしは死ぬんだから……。

ああ、気が変になりそう。頭がおかしくなって、暴れだしそう。でも、そんなことはしない。そんなことをしても、気持ちは安らがないから。今度という今度は力が尽きたの。もう終わり。じたばたするのはやめるわ。誰がやったにせよ、そいつの勝ちね。わたしにはもうどうすることもできない。あとは死ぬだけ。

「わたしは一生、結婚はしない。子どもも持たない」って思っていたけれど、今なら、どうしてかよくわかる。そこに望みを抱いたら、悲しくなるとわかっていたのね。あなたと一緒で楽しかったけれど、楽しかったぶん、今になって傷ついている。ねえ、あなたとわたし、もう少し時間をかければ、うまくやっていけたと思わない？　いえ、訊(き)いても、しかたがないことね。あなたはわたしのことなんか忘れて、つまらない土産(みやげ)ものなんかと一緒に、わたしとの思い出を段ボールに詰めて、屋根裏部屋にあげてしまうでしょうから。それで、あの女に言うのよ。「あいつは心を病んでいたんだ。でもそこまでひどい状態だったとは」それから、何事もなかったように、ほかの話をして二人そろって笑いながら、キスするんだわ。もう、あなたなんて死んでしまえばいい。でも、その前にわたしが死んでしまうけれど。

なにはともあれ　メリークリスマス。

郵便受けの前で手紙を読みおわると、クリスティーヌは封筒の裏を見た。差出人の名はなかった。切手も貼られていない。自分に宛てたものなら「クリスティーヌ・スタンメイエル」と書かれているはずだが、それもなかった。つまり、誰かが直接郵便受けに入れたのだ。たぶん入れる場所を間違えたのだろう。きっとそうだ。これはわたしに宛てられたものじゃない。クリスティーヌは壁に並ぶ郵便受けを眺めた。そこにはそれぞれに名札が入れてあって、部屋番号と名前が手書きで書かれている。わたしの郵便受けに手紙を入れた誰かは、入れる場所を間違えた。それだけだ。

この手紙はほかの誰かに宛てられたものに違いない。この建物に住むほかの誰かに。

だが、そう思って納得しかけた瞬間、ある考えが浮かんで、クリスティーヌはギクリとした。でも、この手紙の内容……。もしこれが真面目に書かれたものなら、この人は本当に死ぬつもりなんだろうか。そんな、なんてこと。二枚重ねの便箋にもう一度、目をやる。もしそうなら——この人が本気で死ぬつもりなら、誰かに知らせなくちゃいけない。でも、誰に？　いったい、この人はどんな人なのだろう？　今、どこにいて、何をしようとしているのだろう？　そう思うと、手紙を握る指先が凍りついた。クリスティーヌはもう一度、手紙を開き、活字で印刷された内容を最初から読み返した。やっぱり、この人は「死ぬ」と書いている。それも何度も。間違いない。これはこれから自分の命を終わらせようとしている人の手紙だ。

どうすればいいの……。

クリスマスイヴの夜、誰かが自殺をしようとしている。いえ、もう自殺しているかもしれない。それを知っているのは、わたしだけ。しかも、それを止める方法を見つけることもできない。たぶん、この手紙を書いた人は、死ぬのを止めてほしかったんだろう。そう、これは相手に助けを求める手紙だ。でも、間違った郵便受けに入れたせいで、本来、この手紙を読むはずの人に届かなかった。だったら、どうやって、助ければいいというのだろう?

いたずらよ。これはきっとたちの悪いいたずらだわ。

そう自分に言い聞かせると、クリスティーヌはもう一度、冒頭の数行を読んでみた。そうすれば、誰がこんないたずらをしたのか、そのヒントがつかめるかと思ったのだ。だが、クリスマスイヴの夜に誰がこんないたずらを仕掛けるというのだろう。そんなの、はっきり言って病気ではないか。でも、世の中には、クリスマスを嫌う人たちが大勢いるとも聞いている。そういう人たちには友だちも恋人も家族もいなくて、クリスマスになると、否が応でも孤独を思い知らされるからだ。ただ、いくらクリスマスが嫌いだからって、これはちょっとやりすぎじゃないだろうか。それに手紙の文面からすると、ここに書かれていることは、やっぱり本当のことに思える。本来、この手紙を受け取るはずの人が読めば、たちどころに事情がわかるに違いない。せめて、ファーストネームだけでも書いてあれば、建物の住人の部屋を一つずつ訪ねてまわれるのに。クリスティーヌは歯がみした。

そのとき、点灯装置のタイマーが切れて、玄関ホールが真っ暗になった。入り口の扉の厚いガラスを通して、外から街灯の明かりが差し込んでくる。その明かりが一瞬、何かの影にさえぎられた。クリスティーヌはぎくっとして、扉のほうを向いた。郵便受けに手紙を入れた誰かが現れたのかと思ったのだ。だが、そこには誰もいなかった。

通りの向かいはパン屋のショーウィンドウだ。クリスマスの飾りつけで、紙製の雪がひらひら舞うなか、サンタクロースがそりに乗っているのが見える。それを眺めながら、玄関ホールの暗闇のなかで、クリスティーヌは身震いした。手紙のせいだけではない。暗闇にいると、かみそりの刃を首筋にあてられたような恐怖を感じるのだ。

と、ポケットで携帯電話が震えた。

「いったい何をしてるんだ？」

ジェラルドからの電話だった。そうだ。ジェラルドが迎えにきていたんだった。電話を切ると、クリスティーヌは重いガラス扉を押しあけた。歩道に出ると、寒風でマフラーがひるがえった。雪のかけらが頰の上で溶けていく。また雪が降りはじめていた。早くも地面にうっすら積もりだしている。通りの左右に目を走らせると、ジェラルドが車のライトを点滅させて合図しているのが目に入った。車は白くて大きなクロスオーバー車だ。

助手席側のドアを開けると、ニック・ケイヴの『ジュビリー・ストリート』が聞こえた。新品の革とプラスチックのにおい、それに男性用オードトワレの香りが漂ってくる。クリスティーヌは助手席に乗り込んだ。ドアを閉めるまもなく、すぐにジェラルドが晴れやかな笑みを浮かべて、キスをしようと顔を近づけてくる。グレーの柔らかいマフラーが顎をくすぐった。ウールの上着から温かさが伝わり、オードトワレの心地よい香りがした。

「さあ、僕の両親に会う心の準備はできたかい。『これでも昔は格好よかったんだ』とか、『あら、まだ何も食べてないじゃないの』とか、さんざん聞かされるだろうけど」

そう言いながら、運転席に体を戻すと、ジェラルドはスマートフォンを取りだし、写真を撮るようにかまえた。

「何してるの？」クリスティーヌはドアを閉めながら言った。

「何って、きみの写真を撮ってるのさ」

ジェラルドの声はアイリッシュコーヒーのように甘くて温かかった。だが、クリスティーヌは心からの笑みを浮かべることができなかった。やっぱり手紙のことが気になっていたのだ。

「ねえ、これを見て」

室内灯をつけて、クリスティーヌは手紙と封筒をジェラルドのほうへ差しだした。

「クリスティーヌ、僕たち、もうずいぶん遅れているんだけど」

ジェラルドの声は優しいが、断固としていた。優しいけれど、厳しい。そういえば、初めてジェラルドに会ったとき、容姿よりもそのことに驚いた記憶がある。

「とにかく見て」クリスティーヌは懇願した。

ジェラルドはしかたがないといったそぶりをすると、それでも手紙を読みはじめた。そして最後まで読みおわると、不機嫌に尋ねた。

「こんなもの、どこで見つけたんだ？」

まるで、手紙を見つけたこちらがいけないと言わんばかりの口調だ。

「郵便受けに入っていたの」クリスティーヌは答えた。

それを聞くと、ジェラルドは驚いた顔をした。眼鏡の奥で、目を大きく見開いている。だが、いらついているのも確かだ。ジェラルドは予想外のことが起きるのを嫌うのだ。

「それで？」クリスティーヌは続けた。「どう思う？」

ジェラルドは肩をすくめた。

「誰かの悪ふざけだと思うよ。ほかにどう考えればいいんだ？」

「わたしは本当だと思うの。そんな感じがするのよ」

ジェラルドがため息をついて、眼鏡をかけなおした。手袋をした手で、もう一度、手紙を目の前に持っていき、薄暗い室内灯の下で目を通しはじめる。そのあいだ、クリスティーヌは前を向いて、外を眺めた。ヘッドライトの光線にひらひらと舞う雪が照らされている。うしろから車が一台、通りすぎていった。薄暗い助手席から外の様子を見ていると、深海観測の潜水艇に乗っているみたいだった。クリスティーヌは、ジェラルドの肩越しに手紙を読み返した。言葉は夜空を舞う雪のように、頭のなかで舞った。

「この内容が本当なら、これはきみ宛てじゃない。間違えて、郵便受けに入れられたんだ」

「そのとおりよ」クリスティーヌは答えた。

すると、ジェラルドはもう一度こちらを見て、言った。

「じゃあ、僕たちには関係ないってことだ。謎解きはあとまわしにして、ともかく両親の家に行こう。両親は、僕たちが行くのをずいぶん前から待っているんだから」

ジェラルドの言うことはよくわかった。だが、クリスティーヌは納得できなかった。〝ええ、もちろん、あなたの両親が待っているのはわかる。クリスマスイヴだもの。でも、今、女性が一人、自殺しようとしているのよ。それを放っておけと言うの？〟そう考えると、思わず強い口調で言っていた。

「ジェラルド、この手紙が何を言っているかわかっている？」

ジェラルドは手袋をした両手をハンドルから離し、両ひざに置いた。

「わかっているさ、もちろん」口調は真面目だが、不満を感じているのは明らかだ。「それで、どうしようっていうんだい？」

「わからない。あなたはどう思う？　何もしないで放っておくわけにはいかないわ」

「あのさ」今度はとがめるような口調だ。「どうして、僕を困らせるんだ。今夜は、僕の両親と食事する約束だろ。きみは僕の両親と会うのは初めてなのに、もう一時間も待たせているんだよ。確かにこれは悪ふざけではなくて本当の手紙かもしれない。そうじゃないかもしれない。どちらにしろ、まずは両親の家に行こう。そこでどうするか考えよう。約束するよ。でも、まず行かなくちゃ」

ジェラルドの声は落ち着いていた。だが、それは冷静なのではなく、怒りを抑えているからだ。最近、こういうことが増えている。ジェラルドの言うことに反対すると、いつもこんな調子で話すのだ。こっちは大人だから我慢しているんだと、見せつけるように……。

それでも、クリスティーヌは続けた。

「よく考えてみて。この手紙は明らかに自殺をやめさせてほしいと助けを求めている。でも、本来、読むはずの人が受け取らなかったから、その声は届かない。その代わり、その声はわたしたちのもとに届いてしまった。今夜、誰かが自殺する。そして、それを知っているのは、わたしたちだけなのよ」

「何が言いたいんだ？」

「わからない？　警察に知らせるべきよ」

ジェラルドは車の天井を見あげた。

「だけど、この手紙には宛名がないだろ！　住所も書いてない！　警察だってどうすることもできないよ。それに警察なんかに行ったら、どれくらい時間がかかると思ってるんだ？　クリスマスイヴの団欒がだいなしじゃないか！」

「イヴの団欒ですって？　これには人の生死がかかっているのよ」

ジェラルドの体がこわばった。癇癪をこらえているのだ。と、喉の奥からしぼりだすような大きなため息をついて、ジェラルドが言った。

「いい加減にしろよ。じゃあ、いったいどうしろって言うんだ？　この手紙は誰に宛てたものかわからない。それを知る方法もない。そもそも、狂言の可能性だってある。だいたい、自殺をしようとする人間が、それを予告する手紙を郵便受けに入れるだろうか？　遺書のつもりなら、自宅に残すか、身につけて持っているはずだろう。予告なら、電話だって、メールだって、ほかに方法があるじゃないか。たぶん、こいつを書いたのは虚言癖のある女で、クリスマスの夜に一人っきりだから、誰かの注意を引くためにこんなことをしたんだろう。助けを求めてはいるけれど、だからといって、本当に自殺するわけじゃない！」

「それじゃあ、何もなかったみたいに、団欒を楽しもうっていうわけね？」クリスティーヌは言いつのった。「この手紙を見つけなかったことにして、クリスマスを祝おうってことね？」

それを聞くと、ジェラルドの目が眼鏡の奥で燃えるように光った。それから、ジェラルドはさっとこちらから視線をはずし、前を向いた。フロントガラスに貼りついた雪を眺めている。うんざりしているのは間違いない。

「勘弁してくれよ、クリスティーヌ。僕にはどうしていいかわからない。きみは僕の両親と今晩、初めて会うんだよ。なのに、これから警察に行ったりしていたら、三時間も遅刻することになるじゃないか。そんなことになったら、どう思われるか」

「もう、自分のことばっかり。それじゃあまるで、飛び込み自殺があっても、『どこかほかの路線に飛び込んでくれればよかったのに。会社に遅刻するじゃないか』と言う人たちと同じ……」

「つまり、きみは僕がエゴイストだって言いたいのか？」

その声はこれまでより、一オクターブほど低くなっていた。クリスティーヌはジェラルドのほうをそっと見た。

どうやら少し言いすぎたようだ。顔から血の気が引いている。唇まで真っ白だった。

「エゴイストだなんて、そんなこと思ってないわ。ごめんなさい。そんなふうに受け取れるようなことを言って……謝るわ。でも、わたしはあの手紙の内容を知ってしまったの。それなのに、何事もなかったようにふるまうなんてできない。そうでしょ？」

ジェラルドは疲れはてたように、ため息をついた。そして少し考え込んだ。革手袋をした両手はハンドルを握ったままだ。クリスティーヌは、ふと変なことを思った。この車には革が多すぎる。

ジェラルドがもう一度ため息をついてから尋ねた。

「この建物には、何世帯住んでいるんだい？」

「十かしら。それぞれの階に二世帯ずつ」

「じゃあ、こうするのはどうかな。全部の部屋を訪問して、住んでいる人にこの手紙を見せる。で、手紙の主に少しでも心当たりがないかどうか尋ねてみる」

クリスティーヌはジェラルドの様子をうかがった。

「本当にやってみる?」

「ああ。少なくとも半分はクリスマスを祝うために外出しているだろうから、訪問する数は少なくなるだろうしね」

「あなたのご両親は?」

「電話して、何があったか説明するよ。もう少し遅くなるって言うさ。父も母もわかってくれるよ。それより、この手紙は明らかに男性に宛てられているね。だったら、範囲をもっとせばめられるかもしれない。この建物に一人住まいの男性が何人いるか知ってるかい?」

クリスティーヌはうなずいた。この建物はかなり前に建てられたものだが、先代の所有者が投資効果を狙って、3DK、4DKのアパルトマンを二つに分け、ワンルームか2DKの小規模世帯用に改装していた。大規模世帯用のアパルトマンは二つ。ちょうど自分の部屋の真下と、そのさらに下の階だ。あとは子どものいないカップルか、独身者が住んでいたが、独身の男性は二人しかいない。

「二人かしら」クリスティーヌは答えた。

「それなら、数分あれば終わるな。イヴで出かけていれば、時間はますますかからない」

確かにそのとおりだった。自分ももっと早く気がつくべきだった。

「場合によっては、それ以外の部屋もまわってみよう」ジェラルドが続けた。「そんなに時間はかからないだろうから。その後、すぐに出発だ」

「だけど、部屋をまわった結果、何もわからなかったら？」先のことが心配になって、クリスティーヌは尋ねた。

「両親の家から警察に電話しよう。で、どうしたらいいか相談してみるんだ。クリスティーヌ、それ以上はもう無理だ。だいたい、これはたちの悪いいたずらかもしれないんだから。こんなことで、イヴの団欒をだいなしされるのはごめんだよ」

「ありがとう」クリスティーヌは言った。

ジェラルドは肩をすくめた。バックミラーを一瞥(いちべつ)して、車のドアを開ける。ジェラルドが外に出ると、車のなかにはジェラルドが発していた体の熱と男臭さが抜け殻のように残った。


十二月二十四日、二十一時二十一分。二人はまた車に乗っていた。雪はあいかわらず降りつづいている。トゥールーズには珍しいホワイトクリスマスだ。夜空は雲に覆われ、街灯の明かりのもと、人々は足早に歩いていた。歩道は雪で覆われ、クリスマスの電飾の光を映している。

クリスティーヌは、カーラジオのチャンネルを〈ラジオ5〉に替えた。自分がパーソナリティーをつとめるラジオ局のチャンネルだ。番組ではイヴの様子を伝えていた。同僚たちが興奮して騒いでいる。クリスティーヌは車の行く手を見つめた。道路に雪は積もっていない。降るそばから、タイヤの下でぬかるみに変わってしまうからだ。排気口から出るガスの熱で溶けてしまうのかもしれない。溶けた雪はもう真っ白ではなく、茶色く染まっていた。車はポンピドー陸橋を越えて、図書館のまわりをめぐる周回道路に入り、それからレオン・ブリュム通りへと抜けた。と、ジョリモン通りの坂の下まで来たところで、雪混じりの泥にタイヤをとられて、車がスリップした。すぐにまわりからクラクションが鳴らされ、怒鳴り声が聞こえた。イヴのお祝いに行くのに急いでいるのか、誰もがいらいらしていた。おそらくジェラルドもそうなのだろう。車に乗ってから、ひと言も発していない。怒っているのは明らかだ。無理もない。約束の時間から二時間以上も遅れているのだから。

でも、あの人は……。あの手紙を書いた人は今頃、どうしているのだろう？　クリスティーヌはまた手紙のことを考えた。

住人たちを訪ねても結局、何もわからなかった。イヴを楽しむためだろう、独身の男性を含めて、一人暮らしの人たちは全員外出していた。子どものいないカップルも同様だった。建物にはふた組の家族しか残っていなかった。そのうちのひと組は、子どもが四人いた。イヴを迎えて、子どもたちはうれしさを抑えきれず、大声で騒いでいた。親たちに手紙を見せるのに、ジェラルドが声を張りあげなければならないほどだった。たぶん、クリスマスの準備のほうに気をとられていたのだろう。最初、夫婦はジェラルドの言葉が理解できないようだった。そのうちに手紙の内容がわかってくると、妻が疑うような目で夫を見た。だが、夫はいったいどうしてこんなことになったのかと、ひたすら目を丸くしているだけだった。

ふた組目は若い夫婦と子ども一人の家族で、夫婦はとても仲睦（なかむつ）まじく、強い信頼関係で結ばれているようだった。その様子を見ているうちに、クリスティーヌは自分とジェラルドもいつかこんなふうになれたら、と思った。手紙の内容を知ると、夫婦は心の底からショックを受けているようだった。「おそろしいこと！」妻のほうが声をあげた。気をつけて見ると、妻は妊娠していた。結局、その夫婦に心当たりがあろうはずもなく、クリスティーヌとジェラルドはその家を辞去し、建物を出た。二人とも口をきかなかった。

そして今、二人はジェラルドの両親の家に向かっている。クリスティーヌはジェラルドのほうをうかがった。ジェラルドは口をきつく結んだまま運転を続けていた。あいかわらずひと言も発しない。眉間には苦しそうなしわが寄っていた。これまでに何度か見たことのあるしわ……。我慢しているときのしわだ。

「これでよかったのよね。やるべきことはやったんだから」クリスティーヌは声に出して言った。

だが、ジェラルドは答えなかった。うなずきもしない。遅刻したことに怒って、それを全部、こちらのせいにしようとしているのだ。クリスティーヌは腹が立った。なによ！

全部、わたしがいけないって言うの？　心のなかで叫ぶ。本当にいけないのは、あの手紙を書いた人でしょう？　その人があんな手紙をわたしの郵便受けに入れるから、放っておけなくなっただけじゃない。

でも、これは今回のことだけではない。最近はこんなことばかりが続いていた。二人で話す内容が重大なことであればあるほど、ジェラルドはこちらを非難する。こちらの言うことに反論する。あとになってから笑みを浮かべて、優しい言葉をかけてくれるけれど、二人が対立したという事実は残る。いつから、こんなふうになってしまったのだろう。いつからジェラルドの態度は変わってしまったのだろう。いいえ、その答えはわかっている。こちらが「結婚」という言葉を口に出すようになってからだ。

何がクリスマスよ、まったく！　クリスティーヌは心のなかで不満を爆発させた。だが、この機会に互いの両親に引きあわせるというのは、ジェラルドとした約束だった。今晩はジェラルドの両親と、明日はこちらの両親と。

ジェラルドはわたしの両親を好いてくれるかしら？　パパとママはジェラルドを気に入るかしら？　きっと大丈夫、ジェラルドはみんなに好かれるから。同僚や学生、友人、車の修理工場のおじさんやわたしの犬にまで。ああ、こんな大切なときに、喧嘩なんてするんじゃなかった。

クリスティーヌは後悔した。なんだかんだいっても、ジェラルドを愛しているのだ。最初にジェラルドと会ったときのことが頭に浮かんでくる。

あれはトゥールーズの市庁舎(キャピトル)で開かれたパーティーのときだった。あのパーティーには、わたしよりきれいで、スタイルがよくて、知的な女性がたくさんいたのに、ジェラルドが最初に声をかけてきたのは、わたしだった。それなのに、わたしったら、最初は彼の誘いをはねのけてしまったんだっけ。どうしてかはわからない。きっとびっくりしてしまったから？　でも、一度断ったのに、彼はまたやってきた。カサーシャ（ラム酒と同じくサトウキビからつくる蒸留酒）にライムと砂糖、クラッシュアイスを加えてつくるカイピリーニャというカクテルを手に。わたしのそばに来ると、彼は長いこと手元のカクテルを見つめ、それからまるで、長い眠りから覚めたように、顔をあげてこう言った。「あなたの声が気になって。どこかで聞いたことがあるような気がするんですが」そりゃあ、そうよね。わたしは〈ラジオ5〉で、いろいろな番組のパーソナリティーをしているから。そこで、わたしはラジオの仕事について、長々と話しはじめた。平凡でつまらない話しかできなかったけど、彼は熱心に話を聞いてくれた。きっと、普段接することのない職業なので、そこが面白かったのだろう。

　だがそこまで考えたところで、クリスティーヌは、明日の晩、両親がジェラルドのことを気に入ってくれるかどうか、また心配になった。おそらく、世間の人はみんなジェラルドのことを好きになる。でも、クリスティーヌの両親は世間の人とはちがう。テレビ界の大御所、ギイ・ドリアンと、その妻でかつて有名な教養番組で司会をしていたクレール・ドリアンなのだ。ギイ・ドリアンといえば、ラジオの全盛期、そしてテレビの黎明(れいめい)期からフランスの放送局で名を馳(は)せてきた大物で、過去にはそうそうたる著名人——たとえば、アルトゥール・ルービンスタイン、シャガール、サルトル、ティノ・ロッシ、セルジュ・ゲンスブールとジェーン・バーキンにインタビューしたこともある。そんな人たちに、はたしてジェラルドは気に入られるだろうか？

大丈夫よ。しばらく考えているうちに、突然、心のなかで声がした。感情ではなく、理性の声だ。自分が常識の枠にはまってしまったようで、そんな声の言うことを聞くのは嫌だったが、クリスティーヌはここ数年、その声に素直に耳を傾けることにしていた。声は繰り返した。大丈夫よ。パパはジェラルドを気に入ることはないけれど、嫌いもしないから。要はどっちでもいいのよ。パパはたった一つのことにしか関心がない。死んだ姉のマドレーヌのことにしか……。最近のパパはお酒を飲んでは、マドレーヌが生きていた頃の話ばかりしているから。それもどうかとは思うけど、本人がそれでいいと言うなら、しかたがない。わたしはジェラルドと結婚したいだけ。その邪魔をしないでくれるなら、それでいいじゃない。

そのとき、車に乗ってから初めて、ジェラルドが口を開いた。

「どうしたの？　元気ないな？」

その声にはほんの少し、後悔しているような調子が混じっている。クリスティーヌはうなずいた。ジェラルドが続けた。

「あの手紙のせいだね。わかっているよ」

クリスティーヌはそうだと言うように首を縦に振った。だが、心のなかでは別の言葉をつぶやいていた。そうじゃない。でも、あなたにはわからないのよ。

赤信号が近づいて、車が速度を落とした。その拍子に、バス停に貼られた大きなポスターが目に入った。ドルチェ&ガッバーナの広告だ。屈強な四人の若者が、地面に横たわる一人の女性を取りかこみ、なかの一人が女性の両手首を握って、地面に押さえつけている。男たちの二人は上半身裸で、肌が脂ぎって、てかてか光っていた。女のほうは抵抗しようとしているが、男の力に屈服させられている。いや、女は応じようとしているのだろうか？　いずれにしろ、女性自身の衣服も扇情的で、このポスターが性行為を暗示しているのは明らかだった。このままいけば、この女性は……。しかし、こんなポスターを見て、誰が喜ぶというのだろう？　こんなものに飛びつくのは、センセーショナルなものがあると、つい衝動買いしてしまう馬鹿な消費者だけだろう。

それにしても、これほど性差別的なポスターが堂々とまかりとおっているなんて……。クリスティーヌは嫌悪感を抱いた。フランス人の三人に二人は、いわゆる性差別的な価値観で作られたポスターを見てもそうとは認識できないと、どこかで読んだことがある。ピンナップ用の女性、飾りものとしての女性。公共の場所でも、〝物〟としての女性の体がそこらじゅうに展示されている。おそらく、そういった価値観が拍車をかけているのだろう、女性に対するモラル・ハラスメントもひどい（男性に対するものもあるけれど、女性に対するもののほうが多い）。以前、クリスティーヌは自分の番組に、モラル・ハラスメントを受けた女性を支援する団体の女性トップを呼んで、話を聞いたことがあったが、その番組の放送後から一週間、土日も関係なく、その団体には助けを求める電話が鳴りっぱなしだったそうだ。夫以外の男性と話すのを禁じられている女性。料理が焦げていたり、少ししょっぱかったりしただけで、罵倒される女性。銀行や医者に行くのにも夫の許可が必要な女性。あるいは直接的な暴力をふるわれるDV被害者の女性。やっと勇気を出して、その支援団体にやってきた女性は、誰もが虚ろで追いつめられた目をしていたという。

子どもの頃、そんな女性を目にしたことがあったので、クリスティーヌは自分のラジオ番組は、できるだけ女性の地位向上に役に立つものにしようと思ってきた。だから、会社社長でも社会支援団体の活動家でも、芸術家でも政治家でも、なるべく女性を出演させてきた。たとえ男性の上司に反対されても。男たちに命令されて、その指示どおりに動くのはごめんだった。

でも、自分は本当にそう思っているだろうか？

運転しているジェラルドのほうを見ながら、クリスティーヌは思った。ジェラルドは前を見つめて、何か考え込んだ様子をしている。いったい、何を考えているのだろう？　そのとき、また手紙のことが頭に浮かんできた。あの手紙を書いたのは、誰だろう？　どうしても、その人を突きとめなければ……。

2　楽譜

クリスティーヌは夢を見た。あまり気持ちのよい夢ではなかった。女の夢だ。月明かりのもと、女は墓地の入り口のようなところに立っていた。イチイの並木が続く、暗い小道の真ん中に。その向こうにあるのが、正面の門なのだろう。背の高い石柱が二本、建っていた。雪が降って、凍りつくように寒い夜なのに、女が身につけているのはストラップでとめた薄いネグリジェだけで、肩がむきだしになっている。クリスティーヌは墓地のほうに行こうとした。だが、女はそれをさえぎって言った。

「あなたは何もしてくれなかった。わたしが自殺するのを止めてくれなかった」

「助けようとしたのよ」クリスティーヌは夢のなかで叫んだ。「本当よ。一生懸命やったわ。だから、ここを通して」

クリスティーヌは女の横を通り抜けた。すると、女は体は前を向いたまま、顔だけくるりとうしろを向いて、目で追いかけてきた。その目はインクのように真っ黒だった。その瞬間、ものすごい数の黒い鳥が空に飛びたった。鳥たちは空を旋回しながら、恐ろしい鳴き声をあげていた。そして、女が突然、笑いはじめた。ヒステリックでぞっとするような笑い声……。

その声で目が覚めた。心臓の動悸が収まらなかった。

あの手紙のせいだ。

クリスティーヌはもう一度、あの手紙を読み返したくなった。もっと丁寧に読めば、誰が書いたかわかるかもしれない。誰がなんのために書いたのか。だが、手紙はうっかりして、ジェラルドの車に置いてきてしまった。ベッドに横になったまま、クリスティーヌは部屋のなかを見まわした。

ナイトテーブルの上のベッドサイドランプが、青白い光でぼんやりと天井を照らしている。開いたドアからは廊下の天井の明かりが射し込んでいた。部屋のドアはどこも開けっぱなしにしているのだ。それもあって、寝室のなかは冷えきっていた。クリスティーヌは羽根布団から片足を出してみた。氷に触れたような冷気が伝わってきた。もう朝だろうが、この時期日の出はだいぶ遅いから、ブラインドの外はまだ暗いに違いない。とはいえ、すでに配達用のトラックやオートバイの音、車で出勤するためにガレージを開ける音が聞こえている。クリスティーヌは目覚まし時計に目をやった。七時四十一分。少し寝坊したようだ。急がなければ……。

羽根布団をはねのけると、クリスティーヌはベッドの上に身を起こした。あらためて部屋を見まわす。帰って寝るだけの部屋なので、特に飾りつけはしていない。ホテルのようにさっぱりとした部屋だ。でも、クリスティーヌはこのアパルトマンが気に入っていた。

一年前に初めてここを内見したとき、ひと目惚れしたのだ。高い天井、リビングにある大理石のマントルピース。表通りから一本入ったところにあるので、比較的静かだし、まわりには中世を思わせる細い路地が何本かあって、趣がある。地下鉄の駅もそばにあり、近辺にはおいしいレストランやビストロもある。自然食品の店やイタリア料理の食材店、品ぞろえのよいワインショップ、感じのよいクリーニング店もあって、クリスティーヌはこの界隈が好きだった。もちろん、価格のほうもかなりのものだったので、結局、三十年ローンを組んだ。それでも後悔はしていない。毎朝、この寝室で目覚めるたびに、このアパルトマンを買ったことは、人生で最高の決断だったと思いを新たにするからだ。

そのとき、床の上を小さな爪で引っかく音がしたかと思うと、イギーが羽根布団の上に飛びのってきた。たちまちこちらに突進してきて、ピンクの舌で頬を舐めてくる。イギーは雑種の小型犬で、毛は白とキャラメル色。とがった耳に、まん丸の栗色の目をしている。ロックシンガーのイギー・ポップのように大きな目。それで、イギーと名づけたのだ。ひとしきり頬を舐めると、イギーは首をかしげて、その真ん丸な目でこちらを見つめた。それを見ていると、自然に笑みがこぼれてくる。イギーの毛をくしゃくしゃにすると、クリスティーヌはベッドから出た。

ウールのもこもこした靴下をはいて、着古したカシミヤのタートルネック・セーターをかぶる。それから、イギーのあとについて、リビングキッチンに入っていった。まずはイギーの朝食だ。

「ちょっと待っててね」

そう言いながら、ペット缶の中味を皿に移す。イギーは待ちきれず、もう食器に鼻先を突っ込んでいた。

クリスティーヌはリビングのほうに目をやった。リビングもさっぱりしたものだった。イケアのローテーブルに、革張りの古いソファ、マントルピースとその横に置いたプラズマテレビ。それから、トレーニング用のローイングマシーン。そのほかには何もない。リビングでは毎晩テレビを見ながら、ローイングマシーンを使ったり、ダンベルを持ちあげたりして、トレーニングをしていた。

テレビの画面には、朝の番組が流れていた（テレビは毎晩つけっぱなしにして寝ているのだ）。その前には、本や新聞、雑誌が床に積みあがっている。ラジオのパーソナリティーという職業柄、情報収集は欠かせないからだ。クリスティーヌは民放のラジオ局、〈ラジオ5〉の人気パーソナリティーで、土日を除く毎日、九時から十一時のあいだ、「クリスティーヌの朝」という番組を担当している（土曜日は別の番組の収録にあてられていた）。「クリスティーヌの朝」は、ニュース、音楽、ゲーム、バラエティの要素が少しずつ混ざった番組だ。最近は、ニュースの要素がだんだん減って、その分、バラエティの占める割合が増えている。今は八時ちょっと前。これから一時間以内には、スタジオに入っていなければならない。今日はクリスマスの特別番組だ。ジョンとヨーコの『ハッピー・クリスマス（戦争は終った）』とか、ジュリアン・カサブランカスの『アイ・ウィッシュ・イット・ワズ・クリスマス・トゥデイ』とか、クリスマスにふさわしい音楽が用意され、みんなで陽気に騒ぐことになるだろう。もちろん、それだけでは薄っぺらに思われるので、精神科医のベルコヴィッツをゲストに招いて、クリスマスのこの時季に家族も友人もいなくて一人で過ごす人々がどれほど孤独な思いをするのか、語ってもらうコーナーも予定している。楽しい気分のなか、そういった人々の孤独に思いを馳せることも大切だろうからだ。とはいえ、やりすぎてはいけない。なにしろクリスマスなのだから。やっぱりお祝い気分をそいではいけない。

そうだ。あの手紙のことをベルコヴィッツに相談してみようか？　クリスティーヌは思った。ベルコヴィッツとは友人で、そのよしみで毎週一回、ゲストとして番組に出演してもらっている。話し方がラジオ向きなので、ゲストとしては最高だった。普段は水曜日の出演だが、今週だけはクリスマスに合わせて、一日予定を繰りあげてもらっている。そう、ベルコヴィッツなら、手紙について何か意見を言ってくれるだろう。たぶん、何をするべきかも教えてくれる。でも逆に、昨日、手紙の内容を知ったのにどうして何もしなかったのかと非難されるかもしれない。もっと早く警察に通報すべきだったと。

結局、昨日は警察に通報しなかった。ジェラルドも自分も、これ以上、クリスマスイヴをだいなしにするのが嫌だったから……。約束の時間に二時間も遅刻していったのに、ジェラルドの両親は何もなかったかのようにふるまってくれた。それを見たら、手紙のことでみんなをそれ以上わずらわせることができなくなったのだ。

ジェラルドの父親は息子にそっくりだった。いや、もちろん、ジェラルドが父親に似たのだが。頑丈そうな体や、栗色の目、その目でまっすぐにこちらを見つめる視線、エレガントで自己抑制のきいた態度。才気煥発（さいきかんぱつ）で、話をしていると、いつのまにか相手をとりこにしてしまうところもある。特に女性を。優しく人を包み込むかと思うと、厳しさも感じさせる。あまり繊細なところはない。おそらくジェラルドが年をとったらこうなるだろうというモデルそのものだった。女性の役割は男性を助けることだと思い込んでいるような、不愉快なところまで似ていた。

それと比べて、母親の遺伝子はそれほど息子に伝わらなかったようだ。母親は父親の言うことについて特に非難もしなければ、反論もしていなかった。でもだからと言って、未来の妻である自分がジェラルドに反論してはいけないということはないだろう。

ジェラルドの両親は、たくさんの贈り物を用意してくれていた。父親からは、新型のタブレットとPCを介さず周辺機器に携帯を接続できるハブ。自分でこのプレゼントを思いついたとは考えられないので、たぶん宇宙開発の研究者である息子から教わったのだろう。母親からはセーターをもらった。こちらが何か話すと、二人はその話に熱心に耳を傾けてくれた。だがそのあいだも、ジェラルドは少し批判的な目でこちらを見ているような気がした。

手紙のことで、あんな口喧嘩をしたせいだ。クリスティーヌは後悔した。同じことを言うのでも、もっと穏やかに言えばよかったのだ。

イギーは食器に鼻を突っ込んで、夢中になって中身を食べている。クリスティーヌはキッチンのカウンターの向こう側に行き（キッチンはアメリカン・スタイルの対面式のものだ）、コーヒーをわかした。マンゴーとパッションフルーツのジュースを用意し、スウェーデンパンふた切れに、脂肪分がカットされたバターを薄くのばす。それから、カウンターのリビング側に戻ると、スツールに腰をかけた。すると、耳の奥でまたあの声がした。

それで、あなたは自分の両親が彼との結婚をあと押ししてくれると思っているの？　思い違いをしてるとひどい目にあうわよ。あなたは絶対マドレーヌにはなれないんだから。そのとおりだ。自分はマドレーヌにはなれない。十九年前に死んでしまった姉のマドレーヌには……。

突然、胃が痙攣して、すっぱいものがこみあげてきた。声が続けた。

あなたは昔の話だと思ってるかもしれないけど、子どもの頃に負った心の傷は決して癒えないのよ。あなたのなかには、いつも傷ついた子どもがいる。そうでしょう？　クリスティーヌ。

声の言うとおりだ。夜になると、いつも恐怖が襲ってくる。暗闇のなかに、見てはいけないものを見てしまう。そんなときは、首筋にかみそりの刃をあてられたような気がする。と、足元でガラスの割れる音がした。知らないうちに、フルーツジュースの入ったグラスから手を放してしまったのだ。

クリスティーヌはあわててスツールからおりて、砕けたガラスの破片を拾おうとした。

だが、そのときに小さなかけらで人差し指を切ってしまった。鋭い痛みが走り、指先に血がにじみでてきた。血は床にたまったジュースの上に落ちて、赤いマーブル模様をつくった。まるでオレンジ色のカクテルに、グレナディンシロップを注いだように……。心臓の動悸が速まった。口のなかが乾いている。額に汗が吹きだしてきた。深呼吸よ。深呼吸。クリスティーヌは自分に言い聞かせた。血を見るのは苦手だった。そう、まずは深呼吸をして……。目を閉じて、横隔膜をさげ、胸部を最大限に広げる。それから自然に息を吐き出して、腹部を元に戻す。以前、ベルコヴィッツに教わった腹式呼吸のやり方だ。

よかった。今回は重い発作にはならなかった。クリスティーヌは立ちあがると、まだ震える手でキッチンペーパーの端をちぎった。傷口を見ないようにしながら、指先に巻きつける。指は不恰好な人形のような形になった。そうして慎重にガラスのかけらを拾い集めると、スポンジタオルをつかんで、床に広がったジュースを拭きとった。

おそるおそる指先を見る。すぐに後悔した。指に巻いたキッチンペーパーが真っ赤に染まっていたからだ。テレビではなく、ラジオの仕事でよかったと思った。

壁の時計を見る。

八時三分だ。急がなくては。

浴室に行くと、クリスティーヌはセーターと靴下を脱いだ。蛍光灯がもう寿命なのだろう、浴室の天井では丸い照明が点滅していた。一瞬の闇が何度も繰り返される。そのたびに、かみそりで切られるような気がした。点滅する明かりは肉に刺さる棘のようだ。血が怖い。あなたはなんでも怖がるから……。また、あのいまいましい声が聞こえてきた。血が怖い。暗がりが怖い。注射が怖い。痛みが怖い。いわば〝なんでも恐怖症〟ね。

そうだ。自分はなんでも怖い。でも、いちばんの恐怖は、そういった恐怖で不安の発作が起こったときに、自分の頭がおかしくなって、元に戻れなくなるのではないかという恐怖だ。自分の精神がもはやコントロールできない状態になって、そのままこちらの世界には戻れなくなってしまうという恐怖。だから、抗不安薬による薬物療法と、精神科医による心理療法で、なんとか不安の発作が起きないようにだましだまし、暗闇や痛みなどの恐怖とつきあってきた。だが、今のように突然、血を見たりすると、恐怖は一気にふくらんで、たちまち不安の発作を起こしそうになる。発作はいつどんな形で起こっても不思議はない。そしてそうなったら、自分は境界を越えてしまうかもしれない。クリスティーヌは歯を食いしばった。

蛍光灯が点滅するなか、目の前の鏡を見る。そこには三十代の女の顔が映っていた。自分の顔はいつ見ても好きになれない。髪は栗色だが、額の脇にブロンドのメッシュを入れ、耳のうしろは短く刈っている。緑色の目は確かにきれいだが、顔つきは年を経るたびに、だんだん険しくなっている。まだそれほど目立たないが、目じりに小じわも見える。ただ、……。不思議なことに、スタイルのほうは十年前とまったく変わらなかった。細い腰、平たい胸……。クリスティーヌは、スウェーデン映画で観たある女優を思い出した。顔にはしわが刻まれていたが、カメラの前で服を脱いで裸になったとき、その肉体は若々しく、美しいラインを保っていた。

指に巻いたキッチンペーパーを濡らさないように気をつけながら、クリスティーヌはシャワーを浴びた。温かいお湯が、緊張で固まっていた体をほぐしてくれる。すると、またあの手紙のことが頭に浮かんできた。あの手紙を書いた女性は、今はどこにいるのだろう？　今この瞬間、何をしているのだろう？　まだ生きているのだろうか？　そう思ったとたん、不安に胃が抉られそうになった。

十分後、今度はちゃんと指に絆創膏を巻いて、出勤用の服に着替えると、クリスティーヌは最後にイギーをなでて、玄関の扉を出た。まだ髪は濡れたままだったが、しかたがない。このままでは遅刻しそうだ。

「おはよう、クリスティーヌ」鍵を閉めていると、うしろから声がした。

振り向くと、ミシェルが立っていた。ミシェルは同じ階の住人で、昔は国民教育省あたりの官庁に勤めていたらしいが、今は引退して夫と二人で暮らしている。痩せて、小柄な女性で、おそらく体重は五十キロもないと思われた。年齢のわりに髪がだいぶ白く、その白い髪を長く垂らしていた。退職後は難民の支援団体に入り、「市の政策が難民に冷たい」「まずは難民たちに住居を与えるべきだ」と言って、各地区で開かれるデモに参加していた。そのせいもあって、クリスティーヌの番組には批判的で、そのことはクリスティーヌもよく知っていた。確かに、ミシェルの立場からすれば、批判的になるのも無理はない。番組のゲストには労働組合の活動家たちだけではなく、会社経営者や自治体の長、地元の右翼政治家まで招いて、話を聞くからだ。それに、近頃では政治問題や社会問題を扱うことも少なくなっている。

「今日の番組では何を特集するの？」ミシェルはこちらがびっくりするほどの力強い声で尋ねてきた。

「クリスマスですよ。もちろん、楽しい話題だけじゃなくて、クリスマスを淋しい気持ちで過ごさなければならない人たちについても触れるつもりです。精神科医をゲストに招いて……。あ、そうそう、クリスマスのご挨拶をしなくちゃ。メリークリスマス！」

だが、ミシェルはクリスマスの挨拶は返してこなかった。クリスティーヌは言い訳がましい言葉を口にしたことを後悔した。こちらをじろりと見ると、ミシェルが言った。

「それなら、難民たちが無断居住しているプロフェッスール・ジャムス通りから中継すべきね。そこに行けば、住む家もなく、将来もない家族たちにとって、クリスマスがどういうものなのか、よくわかるでしょうから」

クリスティーヌは曖昧にうなずいた。けれども、心のなかでは悪態をついていた。この女はあれこれしゃべりすぎる。

「それでしたら、いつか番組にゲストとしてお呼びしますわ」クリスティーヌはエレベーターを待つのをやめ、階段のほうに向かいながら言った。「そのときにはご満足いくまでお話しください」

そのまま急いで階段をおりて、玄関ホールの扉を開ける。外に出ると、冷たい空気が心地よかった。通りの温度計は、マイナス五度あたりを示している。クリスティーヌは深呼吸をした。が、排気ガスと大気汚染のにおいを感じて嫌になった。昨夜の雪でもすべての汚れが消し去られたわけではないらしい。

通りは雪で真っ白だった。路上に駐車している車の屋根にも、歩道に出してあるごみ箱の上にも、雪は降り積もっていた。通りを渡ろうとして、凍った道ですべって転びそうになりながら、クリスティーヌは通りの反対側にホームレスがいることに気づいた。こんな天気の日にも、どこかの収容施設に行かず、向かいの建物の庇(ひさし)の下で寝たらしい。地面に段ボールを敷き、何枚もの毛布にくるまって、持ち物を黒いポリ袋に入れて。クリスティーヌはホームレスの顔を見た。顔は人生の縮図だ。そこには路上生活の痕跡がくっきりと刻まれていた。空腹のせいでこけた頰。歯が何本か抜けているのは栄養失調のせいかもしれない。こめかみがぴくぴく痙攣するのは、不安と焦燥のせいだ。毎日、直射日光を浴びて、排気ガスにさらされ、お酒をたくさん飲んでいるせいで、肌は荒れてどす黒い。歩いていて転ぶのか、顔には切り傷がたくさんあった。それとも、誰かに殴られたのだろうか。頰ひげはもみあげのあたりが白くなっていて、老いた動物の毛のようだ。いったい、この人はいくつくらいなのだろう？　四十五歳から六十歳くらい？　まったく見当がつかなかった。この路上で見かけるようになったのは、八カ月から九カ月前、春になったばかりの頃だった。クリスティーヌは朝の時間に余裕があるときは、このホームレスのために温かいコーヒーを持っていくことにしていた。ときにはスープも。でも、今日は時間がない。クリスティーヌはポケットのなかで小銭を握りながら、通りを渡った。

「おはよう」ホームレスが言った。「今朝は、そんなに暖かくはないね。すべらないように気をつけて」

こちらを見つめるその目は明るく、貫くように鋭かった。

「おはよう。今朝はコーヒーを持ってくる時間がなかったの。これで温かいものでも飲んで」

そう言って、小銭を差しだすと、ホームレスは左手をあげて受け取った。指先のない黒い手袋から同じように黒い、短い爪と指が出ていた。

「ありがとう。でも、あんたは大丈夫かね。心配事でもあるんじゃないのか？　まあ、大変な仕事だから、気苦労も多いだろうが」

心配そうにそう言うと、ホームレスは黒い眉をひそめた。こめかみのあたりに黒いしわができる。だが、眉の下の目は優しくて、理知的だった。クリスティーヌは胸が熱くなった。この人はマイナス五度の気温のなか、戸外で寝て、辛い生活をしている。おそらく家族もいない。明るい未来もない。それなのに、他人のことを心配しているのだ。それまで、ホームレスの人に抱いていたイメージとは違っていた。最初に硬貨を差しだしたとき、クリスティーヌはまずそのことにびっくりしたものだった。声は明瞭で、通りの騒音のなかでもはっきり聞きとることができる。おそらく高等教育を受けたのだろう、そのうちに自然と会話を交わすようになって、天気の話やニュースの話をすると、その言葉には教養がにじみでていた。毎日の生活は辛く、不安もたくさんあるだろうが、一緒に話しているあいだは、いつもにこにこしていて、愚痴一つこぼしたことがない。いったい、どの地方の出身で、どういう人生を送って、何がきっかけでホームレスになったのだろうか？　クリスティーヌはいつか機会があったら、訊いてみようと思っていた。まだしばらくこの路上で暮らすつもりでいるなら……。

「あなたこそ大丈夫なの？　どこかに宿泊施設があるんじゃない？　この寒さだもの。市だって対策はしているはずよ」

「そんなところには行きたくないんでね。市の世話になるのはあまり気が進まないんだよ。大丈夫。おれは年とったコヨーテのようにしぶといから。雨のあとには晴れるものだ。それより遅刻するよ」

「じゃあ」

「よい一日を！」

このやりとりで、すっかり心が温まるのを感じながら、クリスティーヌは一本向こうの通りに駐車してある自分の車に近づいた。古いサーブ9‐3だ。助手席側の扉を開けて、グローブボックスから、解凍スプレーを取りだす。雪はフロントガラスにびっしりと貼りついていた。スプレーを手に、ボンネットまで行く。が、そこで茫然とした。腕がだらりと垂れ、自分の吐く息が白いかたまりになるのが見えた。フロントガラスを覆う雪の上には、指で文字が書いてあった。

メリークリスマス！　このクソ女！

クリスティーヌはあたりを見まわした。体が震える。軽いめまいに襲われて、不安の発作がやってきそうな気がした。〝クソ女〟ということは、この文字を書いた人間は、この車の所有者が女だと知っていたということだ。

クリスティーヌは文字の上にスプレーを噴射した。グローブボックスにスプレーをしまって、車には乗らずにドアをロックする。発作が起きないように、何度か深呼吸をした。いずれにしても、今朝は車で出勤するのはやめておこう。気が動転しているので、運転は難しい。雪で道も混雑しているだろう。すべって転ばないように気をつけながら、クリスティーヌは最寄りの地下鉄の入り口に向かった。

遅刻だ。この七年間遅刻などしたことがなかったのに。

一度だって……。

3　合唱

八時三十七分。クリスティーヌはほとんど駆け足で、〈ラジオ5〉の入り口を通り抜けた。ラジオ局が入っているのは、キャピトル地区のジャン・ジョレス通りが始まったところにある小さな建物だ。まわりは背の高いビルばかりだが、この建物のほうがむしろまわりを圧倒しているように見えた。それは建物の正面に掲げられた挑発的なスローガンのせいだろう。

言葉を力に！　発言せよ！

入り口のエレベーターの横には〈ラジオ5〉が放送局として、どれだけ重要な使命を担っているかを説明する案内板が設置してあった。いわく〝我が〈ラジオ5〉はフランス南西部のミディ＝ピレネー地域圏において、リスナーの数が二番目に多いラジオ局である。ミディ＝ピレネー地域圏は、フランス本国における最大の地方で、その面積はベルギーよりも広く、デンマークと変わらない〟。それが本当であることを示すために、案内板の脇にはヨーロッパの地図まで貼ってあった。同じ案内板はエレベーターのなかにもあって、局を訪問した人々は、一階から編集室やスタジオがある階にあがるまでのあいだに、〈ラジオ5〉の重要な使命について、頭に叩きこまれる仕掛けになっていた。でも、そんなに重要な使命を担っているなら、どうして報酬がこんなに少ないのだろう。スタジオに行くためにエレベーターに乗りながら、クリスティーヌはいつも思った。

一階の受付の女性にうなずいて挨拶をすると、クリスティーヌは今朝もそのエレベーターに乗って、三階まであがった。エレベーターを降りたところにはガラス張りの小部屋があって、そこにはコーヒーの自動販売機が備えつけられている。その部屋に入ると、クリスティーヌは自動販売機に硬貨を入れ、エスプレッソ・マキアートのボタンを押した。豆はフェアトレードで輸入された一〇〇パーセント・アラビカ種だ。

そこに、誰かが入ってくる気配がしたかと思うと、耳元でささやく声がした。

「遅刻ね。急いだほうがいいよ。ボスが癇癪を起こしかけてるから」

いつもの香りがした。〈ラ プティット ローブ ノワール〉――「かわいい黒のドレス」という名のゲランの香水。でも、距離が近すぎる。話し方も馴れなれしい。研修生のコルデリアだ。

「ちょっと寝坊してね」エスプレッソ・マキアートをすすりながら、クリスティーヌは答えた。

「ふーん。昨日はイヴだったから、セックスをやりすぎちゃったわけ？」

「コルデリアったら、なんてことを……」

「何があったか話してくれないの?」

「だって……」

「なんでも秘密にするんだから。こんなに話してくれない人は初めて。あたしには全部、打ち明けてほしいな。だって、あたし、あなたのこと……」

「秘密なんて何もないわ」

「嘘! この十カ月、一緒に仕事をして、こんなに身近にいるのに、あたし、あなたのこと、なんにも知らないんだから。頭がよくて、仕事ができて、もっと出世したいと思っているってほかはなんにも。まあ、出世したいのは、あたしも同じだけど。違うのは、あたしがあなたを……」

クリスティーヌはうしろを向いて、コルデリアを見つめた。コルデリアは細身だが、身長は百八十センチを超える長身の女性だ。

「いい加減にしなさい。でないと、あなたをやめさせるわよ」

「どうして?」

「セックスとか、その手の話をするからよ。これは立派なハラスメントよ」

「ハラスメント? まさか!」

そう言うと、コルデリアは唇を丸く滑稽(こっけい)な形にすぼめて、激しいショックを受けたふうを装った。もちろん演技に決まっている。下唇には小さな銀色のビーズがふた粒、はめられていた。

「ひどい！　あたしはまだ十九歳の研修生なのに」コルデリアが続けた。「やめさせるなんて、そんなひどいことしないよね？」

「あのね、コルデリア。わたしはあなたの友だちじゃないの。上司なのよ。それに、あなたの年齢で、大人の生活に立ちいるものじゃないわ」

クリスティーヌは〝大人〟という言葉を強調した。だが、コルデリアは動じなかった。

「時代は変わったの、ベイビー」

そう言って、こちらに覆いかぶさるようにして、顔を近づけてくる。腕が伸びてきた。が、それはうしろの自動販売機に硬貨を入れて、ボタンを押すためだった。こちらの顔の真横にあるカプチーノのボタンだ。コルデリアの息は、コーヒーと煙草の香りがした。クリスティーヌはコルデリアの髪が栗色になっていることに気づいた。昨日までは、プラチナブロンドと黒が混じっていたのに。

「その髪、どうしたの？」

「染めたの。あなたと同じ色になるように。気に入った？」

耳の上に挟んでいる煙草が大きく見える。コルデリアは、年配のトラック運転手のようにいつも耳に煙草を一本挟んでいるのだ。まつげにはマスカラを塗りすぎていた。長袖のTシャツには、〝パラノイアでさえ敵がいる〟という言葉がプリントされている。その昔、イスラエルのメイア首相が米国の国務長官キッシンジャーに向かって言った言葉だ。

「だって、あなたの髪でしょ？　わたしが気に入るかどうかなんて……」

「わかってないよね」そう言うと、コルデリアはコーヒーカップを手に、ガラスの小部屋から出ていった。

　クリスティーヌはカップの中身を飲みほすと、編集室に入っていった。

「今、何時かわかってるか？」

　すぐに番組編成部長のギヨモから声がかかった。ギヨモは〈ラジオ5〉と結婚した男だ。といっても、仕事に夢中になって、局のために尽くしているという意味ではない。〈ラジオ5〉のオーナーである女性と結婚したのだ。そのおかげで番組編成部長になったのだが、自分の上司であり、給料を支払ってくれる人物が妻だということで、潰瘍（かいよう）を患ってスクラルファート（粘膜保護薬の一つ）を服用して治療している。ストレスで髪もうすくなったので、かつらをかぶっているが、そのせいで一九六三年のビートルズのように見えていた。二十歳から六十歳までの未婚女性から見て、魅力などかけらもない男だった。長いあいだ、鎧戸（よろいど）を閉めきっている部屋のようなもので、誰もがギヨモを敬遠していた。仕事のほうも何をしているかわからない。たぶん、若者向けの音楽番組以外のもので成り立つラジオをつくろうとか、番組内容やリスナーのことなどどうでもいいと思っている重役たちに報告書を出すとか、そういったくだらない重荷を背負わされているのだろう。

「わかっています。急ぎます。それから、メリークリスマス」

　そう受けながして番組編成部長のそばを通り抜けると、クリスティーヌは編集室の奥にある自分のデスクに向かった。

『今朝の新聞から』のコーナーはどんな具合？」自分の席まで来ると、隣のイアンに声をかける。「そうそう、メリークリスマス」

「メリーがどうしたんです？」

そう笑顔で答えると、イアンは切り抜かれた新聞記事と壁の時計を指さした。

「準備はできてます。あとはメインキャスターが選ぶだけ」

マーカーを手に、クリスティーヌはすばやく新聞記事に目を通した。まったく、イアンは素晴らしいアシスタントだ。情報を拾うセンスがいい。

「いいじゃない、これ」

パリジャン紙の記事が目にとまったので、クリスティーヌは言った。ベツレヘムにある産院の記事だ。それによると、その産院はキリスト教の降誕教会のすぐ地下にあるのに、妊婦の九十パーセントはパレスチナのイスラム教徒だという。クリスマスに紹介する記事としてふさわしい。切り抜きには、ほかのクリスマス関連の記事も集められていた。イギリスの貴族たちはクリスマスのご馳走にフォアグラを食べないという話。これを紹介するなら、バックにはセックス・ピストルズの『ゴッド・セイヴ・ザ・クイーン』を流そう。クリスマスが近くなると、合コンが盛んになるという韓国の記事。この記事を紹介したら、「仲人はサンタクロースですね」というコメントを入れようか。そのほかには飛行機の運航状況。これは最初に紹介しなくては。トゥールーズ・ブラニャック空港では、悪天候のため、二十便が欠航になっています。ご旅行を予定の方は、出発前に航空会社にお問い合わせください。

そのとき、背後で声がした。

「生活支援団体の出張所がまた一つ閉鎖の危機にあるんだが、そんな記事を紹介しようとは思わないのかね？」

椅子を回転させて振り向くと、報道部長のベッケルが立っていた。筋肉と脂肪の詰まったずんぐりとした体に栗色のセーターを身に着けて、身長百六十センチの高さから、こちらをにらんでいる。ベッケルも髪がうすくなっていた。でも、かつらはつけていない。クリスティーヌはベッケルが苦手だった。ラジオ局のなかでは報道を担当する記者がいちばん偉いと思っているのだ。〝報道こそがラジオの使命である。それに比べたら、パーソナリティーなどというのは、道化者でしかない。特にバラエティ番組のパーソナリティーは、大衆から笑いをとろうとするおどけ者にすぎないのだ〟そう思っているのが言葉の端々から伝わってくる。〝そんなものは、女に任せておけばいい〟と思っているのが……。実際、ベッケルのチームには女性が一人もいなかった。

「あら、ベッケル。メリークリスマス」クリスティーヌは言った。

「『人道』とか『弱者保護』といった言葉は、きみの辞書にないのかね？　スタンメイエル」クリスティーヌを苗字で呼ぶと、ベッケルは続けた。「そんなものより、プレゼントのお買い物や、クリスマスの飾りつけのほうが大切な話題とは。きみはラジオの使命をどう考えているんだ？」

「でも、その閉鎖危機にあるのは、ここから何百キロも離れたブルターニュ地方のコンカルノーの支援出張所よ。トゥールーズではないわ」

「だが、今朝の全国放送のテレビでは取りあげられていたぞ。そのほかにも、ネットで薬品を販売するための認可の問題とか、飲酒の禁止を二十五歳までひきあげる問題とか、重要なニュースはたくさんある。まあ、きみの番組のリスナーは、こんな問題には興味がないのだろうが」

「そんなアドバイスをくれるっていうことは、『今朝の新聞から』のコーナーを聴いてくれているってことね。ありがとう」

「どうせ新聞から記事を紹介するなら、もっと重要な記事を紹介すればいいのに、と思いながらね。きみが紹介するのは、ほとんどヨタ話じゃないか。ああいうコーナーは、きみみたいなニュースの素人がやるべきではない。『今朝の新聞から』のコーナーは報道部の記者にやらせるべきだ。本物のジャーナリストに」そう言うと、ベッケルは隣にいたイアンに視線を移し、その向こうに立っていたコルデリアを見あげ、こうつけ加えた。「ラジオもそろそろ限界か。ラジオと言えば、まずニュースなんだが」

　そうして、ベッケルは編集室から去っていった。クリスティーヌは立ちあがって、そのうしろ姿を見送った。いつものことだ。番組の内容をめぐって、報道部と制作部、それからパーソナリティーのあいだには、いつも意見の食い違いがある。お互いにそれぞれの立場から、自分たちの理想を語るのだが、あまりに意見が違いすぎるので、結局は軽蔑しあって、互いを中傷することになるのだ。これは〈ラジオ5〉に限らない。世界中のテレビやラジオの放送局が抱える問題だ。テレビやラジオは自分たちの方向性がわからなくなっているのだ。最近ではインターネットが加わって、さまざまなコンテンツを提供するようになっているから、ますます迷走している。そこで、またそれぞれが自分の主張を繰り返すので、対立は深まるばかりだった。

クリスティーヌはため息をついて、もう一度、椅子に腰をおろした。アシスタントたちのほうを向いて言う。

「OK。始めましょう。準備はいい？」

「最初の記事、タイトルはどうします？」イアンが尋ねた。

イアンはユダヤ人の男性が身につけるキッパーという帽子を後頭部にかぶっている。こちらに背を向けているので、その帽子がよく見えた。今日は祝日用のキッパーだ。それにはニコニコマークのバッジがついていたので、クリスティーヌは思わず微笑んだ。

「そうね。『ベツレヘムで生まれたのは、キリストだけではない』っていうのはどう？」

イアンはこちらを振り向くと、大賛成だと大きくうなずいた。それから、デスクの片隅を指さすと、思い出したように言った。

「あ、そうだ。これが届いていましたよ」

見ると、そこには緩衝材（かんしょうざい）つきの封筒が置いてあった。クリスティーヌは封を切った。

なかには中古のCDが入っていた。ヴェルディのオペラ、『イル・トロヴァトーレ』だ。クリスティーヌはオペラが嫌いだった。宛先には番組名しか書いていなかったので、これはたぶん音楽担当のブリュノのところに来たものに違いない。

「きっとブリュノに宛てたものだわ」クリスティーヌは言った。

まもなく、番組が始まった。オープニングが終わると、すぐに精神科医を迎えるコーナーになった。

「それでは、ドクター・ベルコヴィッツにお話を伺いましょう。先生にはいつも水曜日に来ていただいていますが、今週はクリスマスに合わせて、本日、火曜日にいらしていただきました。あらためてご紹介すると、先生は神経医学、精神医学、精神分析学、そして動物行動学と幅広い分野で活躍され、それぞれの分野でたくさんの著書を発表されています。先生、おはようございます。今週もよろしくお願いします。本日はクリスマスなので、その話題に絞って、お話を伺いたいと思います」

十二月二十五日、九時一分。いつものように順調なすべりだしだ。クリスティーヌは目の前のベルコヴィッツを見た。ベルコヴィッツは、ラジオ番組で話をすることに慣れている。いわば、しゃべりのプロだ。ラジオで話すのが好きなのだろう。それは傍目にもよくわかった。声がよくて、その熱心な口調には人柄がよく表れている。話す内容にも説得力があった。何よりも優れているのは、リスナーとのあいだにちょうどよい距離を置くことができるという点だ。特別に先生ぶったものではないが、極端に馴れなれしいわけでもない。自宅の居間で知人とおしゃべりをしているような感じなのだ。ラジオ番組にとっては得がたいゲストだった。最近では全国放送の局からも出演の依頼を受けているらしい。

「先生」クリスティーヌは質問を始めた。「今年もクリスマスの季節がやってきました。これから一月二日まで、街はイルミネーションで飾られ、ご馳走を食べたり、プレゼントを交換したり、楽しいイベントが続きます。子どもたちは大喜びですし、わたしたち大人も胸がわくわくします。まずは素朴な質問ですが、クリスマスを迎えると、どうしてわたしたちは嬉しくなるのでしょう?」

クリスティーヌはゆっくりと話に入っていった。リスナーにきちんとテーマを理解してもらうためだ。それと同時に、自分の声に慣れてもらって、これから始まるトークの世界に引きこむ狙いもある。その反面、ゲストに質問したあとは、その答えをほとんど聞いていない。答えのうち、いくつかの情報を拾いながら、次の質問にどうつなげるかを考えている。今もベルコヴィッツの言葉が右から左に流れていた。

「クリスマスになると、私たちは子どもの頃のことを思い出すんですね。……クリスマスというのは地球規模のイベントですから、その意味でも気分が高揚するのでしょう。今、世界中で数十億人がクリスマスを祝っていると考えると、それだけで楽しくなりませんか。……人間というのは、集団で暮らす生き物ですから、みんなが同じことをするというのが、特別な意味を持つんですよ。オリンピックなんかもそうですね。競技をするほうも見るほうも、一体感を持つことができる。もっとも、そういった一体感、高揚感は、戦争などでも引き起こされることがありますが……」

　ベルコヴィッツのしゃべりはよどみなかった。話し方はいつものように、若干、自己陶酔ぎみだが、全体としてはうまくいっている。ここぞというタイミングをとらえて、クリスティーヌは次の質問を発した。

「なるほど、クリスマスになると、どうしてうきうきした気分になるか、よくわかりました。でも、世の中は、クリスマスを楽しみにしている人ばかりではありません。なかには、この時季になると辛い思いをする人もいます。少し、そのお話も伺いたいのですが。どうして、その人たちはクリスマスになると、特に辛く感じるのでしょう？」

　うまく話を誘導することができた。あとはベルコヴィッツの話をもとに、リスナーから同情や優越感、思いやりの気持ちを引きだして、質問コーナーに移っていけばいい。ベルコヴィッツの答えを流して聞きながら、クリスティーヌは思った。ベルコヴィッツは話していた。ごくわずかな憐憫（れんびん）の情を絶妙に混ぜながら……。

「先ほど、地球規模のイベントなので一体感が強まると言いましたが、そうなればそうなるほど、その輪に入れない人は孤独感を抱くことになります。今は家族が崩壊していますからね。離れて暮らしているだけでなく、そもそも親子や夫婦で同じ価値観を持てなくなっている人が大勢いるんです。……クリスマスに一緒に過ごす人がいない。問題はやはりそこですよ。私のクリニックにいらっしゃる患者さんのなかには、クリスマスのひと月前になると、急に心身の不調を訴える人がいます。その症状はクリスマスが近づくにつれてひどくなっていきます。……その一方で、街に出ればクリスマス一色ですからね。テレビをつけてもクリスマスに関連した番組やコマーシャルが流れている。そうなったら、クリスマスを楽しめない人は、自分だけ仲間はずれにされた気分にもなりますよ。恋人と別れた人、愛する家族と死別した人、そもそも身寄りのない人、お金がなくて外に遊びにいけない人。そういった人たちは、世の中の楽しい気分と、自分たちの孤独な状況を比較して、普段よりもいっそう辛くなるわけです。……そうそう、子どものときに悲しいクリスマスを経験して、それが大人になってからも、あとを引いている場合もありますよ」

この最後の言葉を聞いたとき、クリスティーヌははっとした。突然、高いところから突き落とされたように、気分が暗くなる。このままではいけない。気持ちを立てなおさなくては……。そう思って、逆に質問に出た。

「そういう人たちはどうすればよいのでしょう？　まさか十二月二十三日の夜に眠って、都合よく、一月二日に目覚めるというわけにもいきませんよね」

「ともかく、クリスマスの夜に一人きりになるのを避けてください。本当に一人で生きている人間なんていませんから、何かしらのつながりはあるはずです。そういったつながりのある人たちに、自分は一人だと打ち明けてみたらどうでしょう？　その人たちといい関係をつくっていれば、きっとクリスマスのお祝いに招待してくれるはずです。ボランティアで、何かの活動に参加してみるのもいいですね。クリスマスの夜に、自分が誰かの役に立っていると感じれば、お祝いをするよりももっと充実した時間を過ごすことができます。ボランティアということでしたら、フードバンクやホームレス支援センターなどは、つねに人材を募っていますから、ボランティアの先はすぐに見つかるでしょう。この時季に旅行に出てしまうのもいいかもしれません。旅をするなら一人でいるのが当たり前だし、旅先で出会った人々とささやかなお祝いをすることもできる。それに何より、旅行は気分転換になりますからね」

旅行か。クリスティーヌは思った。両親とクリスマスの食事をするのが憂うつなら、思いきって旅に出たほうがいいかもしれない。ベルコヴィッツの言葉は心にすとんと落ちてきた。少し力がわいて、クリスティーヌは質問を続けた。

「でも、さまざまな事情で、そういったことができない人もいますよね。クリスマスの夜なのに、絶望を抱えて生きるしかない人もいます。そんな人たちのために、せめてわたしたちに何かできることはありませんか？」

口にしてから、しまったと思った。昨夜の手紙のことを思い出したからだ。そして、今朝の夢のことを。夢のなかで、女はこう言っていた。「あなたは何もしてくれなかった」と……。喉が締めつけられた。

「もちろん、あります」こちらが動揺したのに気づいたのか、ベルコヴィッツが心配そうな顔で答えた。「できることはつねにあります」

ガラスの向こうの調整室で、ディレクターのイゴールがマイクのほうに顔を近づけるのが見えた。脂っぽい長髪を垂らして、ひげを生やした三十男だ。

「少し急いでください、先生」ヘッドフォンから声がした。

ベルコヴィッツはうなずいて、またこちらを向いた。

「そうですね。そういう人たちは、必ず助けを求める合図を送ってきますから、その合図を見逃さないようにしましょう。そして、合図に気づいたら、適切に行動すること……」

頭のなかで声がした。〝わたしが自殺するのを止めてくれなかった〟。スタジオはあまり広くない。一方は調整室とガラスで仕切られ、もう一方はブラインドを閉めきった窓だ。外気は入ってこない。クリスティーヌは急に息苦しくなるのを感じた。室温が突然、あがったように思えた。

ベルコヴィッツは心配そうにこちらを見つめながら、話を続けている。

クリスティーヌは、ベルコヴィッツの唇が動いているのを見た。だが、声は聞こえない。頭のなかで、別の声がするからだ。〝あなたは何もしてくれなかった〟。

「あと十秒」ヘッドフォンのなかでイゴールの声がした。

クリスティーヌは、ベルコヴィッツが話を終えた瞬間を危うく逃しそうになった。半秒ほどの沈黙。一日の長さからするとほとんど無に等しいが、ラジオのリスナーにとっては、永遠の長さだ。ガラスの向こうで、イゴールがこちらを見つめている。ベルコヴィッツも茫然とした顔をしていた。まるでラグビーでボールをパスしようとしたら、パスを受け取る人間が走ってこないことに気づいたように。

「えっと、ありがとうございます」クリスティーヌは言った。「では、これから……えーと……リスナーの方からの質問コーナーに移ります」

時刻は九時二十一分になっていた。困惑した顔でイゴールがコマーシャルを入れているあいだ、クリスティーヌは顔を赤くして、パソコン画面をのぞきこんだ。画面にはこれから質問をするリスナーの名前が並んでいる。名前は時間が来るのを待ちきれないかのように、チカチカと点滅していた。質問者は三人で、それぞれ電話の一番、二番、三番につながっている。そのほかには携帯のメールによる質問もあった。質問をしたいリスナーは、まず番組に電話をかけてきて、直接、電話で質問したいか、メールで質問を残すかを選択する。それから質問担当係と話をして、質問内容を告げるのだ。担当係は質問内容の面白さや、話し方がきちんとしているかどうかをチェックして、最終的な質問者を決め、コメントをつけて送ってくる。

クリスティーヌは一番の電話につながっているリスナーに注目した。マティアス、三十五歳の男性、建築家、独身。質問担当係のサロメはかなり好感を抱いたようで、次のようなコメントを入れていた。〈頭がいい。質問内容が面白い。話し上手。声が聞きやすい。若干、訛り(なま)があるが、質問者としては完璧〉。では、この質問者は最後にとっておくことにしよう。そう考えると、クリスティーヌは最初に二番の電話につなぐように、イゴールに合図をした。コマーシャルがあけて、本番が始まった。

「最初の質問です」クリスティーヌは口を切った。「質問者は、レーヌさん。こんにちは、レーヌさん。ヴェルニオルにお住まいですね。四十二歳で、教師をしていらっしゃる」

二番の電話の質問者は、あらかじめ受けていた指示に従い、自分の経歴を簡単に述べたあと、質問をした。さっそく、ベルコヴィッツがその質問に応じ、見事にさばいた。あいかわらず、いい声だ。この人が全国放送の局に移って、ここを去るかもしれないと思うと、クリスティーヌは淋しく感じた。

次はメールによる質問だ。ベルコヴィッツはこの質問にも、手ぎわよく答えた。それから、三番の電話のサミアの質問も無事にすんだ。

「ありがとうございました」ベルコヴィッツが話を終えると、クリスティーヌは最後の質問に移った。「では、次はマティアスさんからのご質問。マティアスさん、どうぞ」

時刻は九時三十分だった。質問者はいきなり言葉を投げつけてきた。

「おまえは人が死ぬのを放っておいた。それなのに、なんとも思わないのか?」

クリスティーヌは凍りついた。驚きのあまり、なんのリアクションもとることができない。声は確信に満ちていた。低くて、深みがあり、熱くささやくような声。耳元で脅しの言葉をささやくような声。しかも、その脅しの内容は絶対に実行するという決意に満ちた声。その声には蛇（へび）のような執念深さがあった。なぜだかわからないが、クリスティーヌはこの男が暗がりにいて、そこから電話をしているような気がした。全身の震えが止まらない。もしかしたら、自分はこの男の言葉を聞き間違えたのだろうか？　なんでもない言葉を取り違えただけなのではないか？　でも、違った。声はこう続けていた。

「せめてわたしたちに何かできることはありませんか、だと？　クリスマスイヴに、誰かが自殺するのを止めなかったくせに。おまえに助けを求めた人間を放っておいたくせに」

クリスティーヌは、ベルコヴィッツと目を見合わせた。ベルコヴィッツは口を開きかけたが、また閉じた。しどろもどろになりながら、クリスティーヌは言った。

「あの、ご質問は……なんでしょう？」

まるで自分の声ではないようだった。普段は伸びやかで率直、少し低めればセクシーな響きもあると言われているのに……。しらっちゃけた、間の抜けた声だ。

「おまえはどこまで冷たい女なんだ」

手のひらが、じっとりと汗ばむのがわかった。調整室ではイゴールが目を丸くしている。その目にはおろおろする自分の姿が映っていた。クリスティーヌはようやく片手をあげて、電話を切るように合図した。

「えー、ベルコヴィッツ先生、今日はどうもありがとうございました。ラジオをお聴きの皆さんには、あらためてメリークリスマス……」

コーナー終了の音楽が流れた。キングス・オブ・レオンの『ノーション』だ。クリスティーヌはぐったりして、椅子の背にもたれかかった。血管のなかを血液が流れていかない。空気が足りない。スタジオのなかが息苦しかった。まだ男の声が耳に残っている。

イゴールがマイクにかがみこむのが見えた。すぐにヘッドフォンから声が聞こえてきた。

「どういうことだ？　誰か答えろ！　クリスティーヌ、いったい、どうなっているんだ？」

番組が終了すると、番組編成部長のギヨモがスタジオにやってきて言った。

「どうして通話をすぐに切らなかったんだ？　あの男はいきなり、『おまえ』呼ばわりしてきただろう？　あの時点で電話を切るべきだった。そのままオンエアするべきではなかったんだ」

その声は、厚い壁を通して聞こえてくるように感じられた。〝茫然自失〟という厚い壁だ。頭のまわりに防音装置が張りめぐらされている気がする。その一方で、頭のなかでは、さっきからずっと男の声が繰り返されていた。これがラジオの放送なら、調整室でスタジオのマイクの音声を切って、代わりに音楽をかけたり、コマーシャルを流したりすることができる。だが、自分の頭のなかに響く声を止めることはできない。

「クリスティーヌ、今日はどうしたの？　ぼろぼろだったじゃないの」質問担当係のサロメが言った。

「どういうこと？」

「あの質問者がおかしなことを言ったとき、何か別のことに気をとられていたでしょう」

眼鏡の奥で、サロメの目が光った。そこには非難の色があった。「本当だったら、すぐに対処しなくちゃいけなかったのに。いいこと？　パーソナリティーっていうのは、ラジオ局を代表する存在なのよ。少なくとも番組中はね。いつもプロフェッショナルでなければならないの。それなのに、普通の人みたいに仕事中にぼんやりしてちゃだめじゃない」

サロメの言うことがあまりに不当に思えたので、クリスティーヌはようやく現実に戻った。

「ご忠告ありがとう。この仕事を始めて七年になるけど、さっきみたいになったことは一度もなかったわ。だいたい、あの質問者はあなたが選んだのでしょう？　いきなり、あんなふうに言葉をぶつける人だって、見抜けなかったの？」

サロメは悔しそうに唇を噛みしめた。相手は最初からそのつもりで電話をかけてきたのだ。サロメだって騙されたのだ。

「あの部分、もう一度、聞ける？」クリスティーヌはイゴールに尋ねた。

番組はすべて録音され、ひと月間保管されることになっている。そしてその後は〈ラジオ5〉の放送監視委員会に送られる。今回の出来事は放送事故として報告の対象になるだろう。その点は間違いない。

「どうしてそんなことをする必要があるんだ」長髪をうしろに払うようにして、イゴールが言った。

番組編成部長のギヨモも疑うような視線を向けて、尋ねてきた。

「クリスティーヌ、もしかしたらあの男が言った自殺云々という話に、何か心あたりでもあるのか？」

クリスティーヌは首を横に振った。みんなの視線が自分に重くのしかかるのを感じた。

「ファイルに電話番号が残っているわ。警察に連絡しましょう」サロメが言った。

「で、それから？　警察が何をしてくれるっていうんだ？　ラジオで暴言を吐いたとかいう理由で、逮捕してくれるとでも？」イゴールが答えた。「放っておけよ。リスナーを相手にしてりゃ、頭のおかしなやつに出会うこともあるさ。ほら、映画脚本家のミシェル・オディアールも言っているだろ？『ひびが入るのも悪くない。そこから光が入ってくるから』って」

ギヨモがすかさず反論した。

「いや、私はこれを深刻に受けとめる。今日はクリスマスの特別番組だったんだ。それなのに、あの男は――こともあろうに、生放送中に我々を非難した。番組のパーソナリティーが、『自殺しようとする人を放置した』と。それを五十万人のリスナーが聴いていたんだぞ！」

クリスティーヌは編集室を出ると、エレベーターの横のガラス張りの小部屋に行った。コーヒーの自動販売機が置いてある部屋だ。ジェラルドに電話をかける。ジェラルドはすぐに出た。

「クリスティーヌ？　どうしたんだい？　声が変だよ」

小部屋のなかは薄暗かった。気分が沈んでいるので、あえて明かりをつけなかったのだ。唯一の明かりは、窓から射し込む雪の日のどんよりした光だけだった。光は自動販売機のガラスの部分に鈍く反射していた。クリスティーヌは一瞬、報道部長のベッケルのことを思い出した。ここに来るまでのあいだに、すれちがったのだ。ベッケルはわざとらしい笑みを浮かべていた。きっとさっきの番組を聴いていたのに違いない。

「手紙のことなんだけど。まだ持ってる?」ベッケルのことを頭から振り払うと、クリスティーヌは尋ねた。

「手紙?」驚いたような声が聞こえた。その声には苛立ちも混じっていた。「ああ、まだあると思うけど」

「どこにあるの?」

「どこって、グローブボックスのなかだと思う。けど、なんなんだよ、クリス。きみはまだ……」

「今、家にいるの?」

一瞬、間があった。ジェラルドがためらっているのがわかった。

「いや、オフィスだ」

たぶん、嘘をつこうとして、思いなおしたのに違いない。頭のなかで警戒警報が鳴った。ジェラルドのちょっとした嘘は簡単に見抜けるようになっていた。以前、ジェラルドがパソコンにポルノ動画をダウンロードしたのを見つけたときと一緒だ。ジェラルドは一瞬のためらいのあとに、「ほかのものをダウンロードしようとして間違えた」と言い訳していたが、クリスティーヌにはすぐに嘘だとわかった。声の調子がいつもと違っていたからだ。

「どうしてオフィスにいるの?　今日はクリスマスなのに」

「いや、ど、どうしても緊急に片づけたいことがあって……。クリスティーヌ、本当に大丈夫かい？」

「大丈夫よ。それより、夕方にわたしの両親と会う予定、忘れてないわね？」

電話の向こうでふんと鼻を鳴らす音が聞こえた。

「忘れるはずがないだろう？　クリス、いったい何を考えているんだい？」

4　バリトン

ジェラルドが勤めるトゥールーズ宇宙センターの航空宇宙高等学院の建物に入ると、クリスティーヌは階段をのぼっていった。白いダウンに雪のかけらを残し、両方の頰を寒さで赤く染めて、クリス・レアの『ドライヴィング・ホーム・フォー・クリスマス』を口ずさみながら。今はもう、誰も歌わなくなった歌だが、クリスティーヌはこの歌が好きだった。

「こんにちは」ジェラルドのオフィスまで来ると、ドアを開けて挨拶をする。

その瞬間――。

クリスティーヌは自問した。今のは何？　今、見たのは本当の光景？　幻覚？　それとも見たと思い込んでいるだけ？　いえ、そうじゃない。本当に見たのよ。ああ、でも、やっぱり……。

本当かどうかはわからない。けれども、ともかく頭のなかに一つの映像が残っていた。今、見た、あるいは見たと思っている光景の映像が。その映像は一九二〇年代のサイレント映画を観るように動きがぎくしゃくしていて、終わったかと思うと、また繰り返される。

始まりはいつも同じだ。

二つの手が重なっている場面。

だが、その手はすぐに離れて、ほとんど隣りあわせに置かれる。それと同時に、自分の心の声が聞こえてくる。ねえ、今、見たでしょ？　二人の手が重なっていたのを……。でも、わたしがドアを開いた瞬間、二つの手は離れた。わたしが挨拶した瞬間に。でも、まだ近くに、とても近くにある……。

クリスティーヌは茫然とした。見たものははっきりしていた。ジェラルドのオフィスのドアを開けて、挨拶した瞬間、二人の手が動いて、ものすごく近くに置かれたのだ。デスクの上にほとんど隣りあわせになるように。日焼けして力強いジェラルドの左手と、完璧なネイルをした細くて優雅なドゥニーズの右手が。その直前まで、二人の手は重なりあっていたのだろうか？　そうして、ドアが開いたのに気づいて、急いで放したのだろうか？　だとしたら、どちらが先に放したのだろう？　それはわからない。ただ、二人があわてていたことは確かだ。

でも、だからと言って、それが何を意味するというのだろう？　クリスティーヌは冷静に状況を分析しようとした。

もし、わたしがほかの男性と同じ部屋に二人っきりで、触れあうくらいの距離にいて、そこに突然、ジェラルドが入ってきたら、きっとわたしだって、あわててしまうだろう。一緒にいた男性だって。ただ、わたしにはそういう機会がなかっただけだ。それにジェラルドとドゥニーズは指導教授と院生の関係だ。二人が一緒にいても不思議はない。カクテルパーティーやバーベキューの会でも、よく話をしているのを見かけたし……。

しかし、そう考えて理性では納得したものの、感情が納得しなかった。

だって、今日はパーティーみたいに、みんながいるわけじゃない。ジェラルドとドゥニーズは、この誰もいないオフィスに二人っきりなのだ。しかも、クリスマスに。どう考えたって、二人が一緒にここにいるはずがないのに。ジェラルドをびっくりさせようと思ってきたのに、こちらがびっくりすることになるなんて……。

いずれにしろ、もし二人が手を重ねていたとしたら、その瞬間にドアを開けて、「こんにちは」などと挨拶するなんて、みっともないことこのうえない。

「……二人とも元気？」クリスティーヌは言葉を続けた。それ以外に、言葉が出なかった。

無言のまま時間が流れた。

両頰が熱くなるのを感じた。まるで自分のほうがまずいところを見られたみたいだ。だけど、まずいところって何？　頰が熱くなったのは、そのせいじゃない。ヒーターがきかないせいでサーブの車内は寒かったし、外の空気も冷たかった。それなのに、急に暖かい建物のなかに入ったので、体が熱くなっただけだ。

ドアはちゃんとノックしたのに。心のなかで、クリスティーヌはつぶやいた。壁の振り子時計を見ると、針は十二時二十一分を差していた。

「こんにちは、クリスティーヌ」ドゥニーズが言った。「あなたはどう？　元気？」

ドゥニーズというのは、少し古くさい名前だ。だが、古くさいのは名前だけで、本人は若く、潑剌（はつらつ）としていた。年齢は二十五歳。体つきは小柄だが、美しい顔立ちをしている。目は緑色。ジェラルドの好きなカクテル、カイピリーニャの色だ。にっこり笑うと、歯科医院のポスターにしたいような真っ白な歯がこぼれた。そして、博士課程で研究を続けているほどの優秀な頭脳。この航空宇宙高等学院で、ジェラルドはドゥニーズの博士論文の指導をしているのだ。

　クリスティーヌはジェラルドの友人や知人を三つのカテゴリーに分けていた。〈善意にあふれる人物〉〈計算高い人物〉〈危険人物〉の三つだ。でも、ドゥニーズはどのカテゴリーにもあてはまらず、結局、ドゥニーズ一人のために、新しいカテゴリーを作らなければならなかった。つまり、〈善意のかけらもなく、きわめて計算高い、とても危険な人物〉だ。それにしても、「元気？」とは。ドゥニーズの言葉に、クリスティーヌは腹を立てた。

　そんなこと、よく言えたものね。あつかましい。だいたい、どうして、あなたたち、こんなところにいるのよ。クリスマスなのに。特にドゥニーズ。あなたはほかの場所にいるはずでしょう？　それなのに、人気（ひとけ）のない建物にジェラルドと二人っきりでいるなんて。わたしの将来の夫と。わたしが入ってきて、あわてて離れたけど、それまでジェラルドのひざの上にいたんじゃないの？　航空宇宙高等学院で勉強しているのも、ジェラルドと一緒にいたいため。だから、ジェラルドの研究テーマを博士論文のテーマに選んだんでしょう？　指導教授になってもらって、いつでも一緒にいられるように。それがわかっているのに、この状態でどうやって元気なふりをすればいいのよ。

だが、もちろん、クリスティーヌは思ったことを口には出さなかった。曖昧な笑顔をとりつくろう。

ドゥニーズは明らかにジェラルドを狙っていた。でも、ジェラルドはおそらく、そんなふうに物事を見ていないのだろう。男性はそんな見方はしないものだ。クリスティーヌはジェラルドのほうをこっそりうかがった。その視線に気づいたのか、ジェラルドが笑みを浮かべて、こちらを見つめた。クリスティーヌが〝くつろぎ〟と呼んでいる笑みを。いつもなら、それだけで心が温まり、気持ちが落ち着くはずだった。けれども、今日はだめだった。それはくつろぎどころか、表情筋が勝手に動いて、笑みを作っただけのように見えた。そこには苛立ちさえ感じられた。

「きみのご両親の家で落ちあうんじゃなかったっけ？」ジェラルドが言った。

その言葉が合図になったかのように、ドゥニーズが立ちあがった。両手をデスクについて、腰をあげる。それから、デスクを離れぎわにこう言った。

「さあ、わたしもそろそろ行かなくちゃ。仕事ばかりもしていられないもの。そのあとには生活が待っているんだから。それに、この仕事は明日までで大丈夫だし。じゃあ、クリスティーヌ、楽しいクリスマスを！　ジェラルド、あなたもね」

ドゥニーズは声も完璧だった。ちょうどいい具合にくぐもって、ハスキーな声になっている。クリスティーヌは自分がドゥニーズと同じように、「楽しいクリスマスを！」と言っている声を聞いた。だがもちろん、クリスマスを祝う気分にはなれなかった。

やがて、ドゥニーズはぴったりとしたジーンズの腿（もも）をさすりながら、完璧なうしろ姿を見せて、部屋から出ていった。閉まったドアの向こうから、静まり返った建物の廊下に響く、ドゥニーズの靴音が聞こえた。足音まで完璧だ。

「またあの手紙のことか」ジェラルドが言った。「何があったんだい？」

ジェラルドは苛立っているように見えた。これから何かほかの予定でもあったのだろうか？　いや、詮索（せんさく）はやめよう。クリスティーヌは単刀直入に訊いた。

「あの手紙、今、持ってる？」

ジェラルドは曖昧な仕草をした。

「言っただろ。車のなかに置いたままだよ。確認はしていないけど。クリスティーヌ、またあの手紙のことなんか言いだして、いったいどうするつもりなんだ？」

「どうするって、警察に持っていくの。すぐに終わるわ。それから、予定どおり両親のところで落ちあいましょう」

それを聞くと、ジェラルドはあきらめた様子で、ウールのコートとマフラーをつかんだ。

二人は廊下に出た。

「ちょっとやりすぎだとは思わないか？」歩きながら、ジェラルドが言った。

「それより、クリスマスだっていうのに、ここで何をしているの？」クリスティーヌは訊かずにはいられなかった。

「え？　ちょっと整理したいことがあって……」

「ドゥニーズも一緒に？」

つい、言葉が口から出てしまった。言った瞬間に後悔した。

「何が言いたいんだ？」

ジェルラルドが冷たい声を出した。気温にたとえるなら、マイナス五度だ。

「別に何も」

二人は駐車場に通じる出入り口のところまで来ていた。ジェラルドが扉を押した。すぐに雪まじりの強風が吹きつけてきた。

「いや、思っていることをちゃんと言えよ。そんなほのめかすような言い方をしないで」

ジェラルドの声には明らかに怒りがこもっていた。自分の過ちを指摘されると、いつも怒るのだ。

「何もほのめかしてなんかいないわ。ただ、あなたにまとわりつく、あのやり方が好きじゃないというだけ」

「別に彼女は僕にまとわりついているわけじゃない。なにしろ、僕はドゥニーズの博士論文の指導者だからね。どうしたって、一緒にいる機会は多くなるよ。その点は、ちゃんと理解してほしいね。それに、きみだって自分の仕事を大切にしているだろう？　もしそうなら、仕事仲間と仲よくやっていく必要がある。だから、ほら、あのイアンとかいうアシスタントといつも一緒にいるじゃないか？　だいたい、クリスマスなのに働いているのは僕だけじゃない。きみだって仕事をしてきただろう？」

ジェラルドの言うことはいちおう論理的に聞こえるが、そうではない。自分に都合のいいところだけ取りだした詭弁にすぎない。それにいつもより口調が不自然だった。

車のそばまで来ると、ジェラルドがロックをはずした。助手席のドアを開け、なかにかがみこむと、グローブボックスから封筒を取りだして、立ちあがった。突風が吹いて、眼鏡の前で前髪が躍った。

「じゃ、あとで」封筒を渡すと、ジェラルドが言った。

そのまま、まっすぐ建物のほうに戻っていく。クリスティーヌはサーブのロックをはずして、運転席に座った。局からいったん家に戻って、ここまで車で来たのだ。車内は寒かった。革のシートの冷たい感触がジーンズの生地を通して、伝わってくる。キーを差し込んでエンジンをかけると、ヒーターが苦しそうな音を立てた。と同時に、ラジオから音声が流れてきた。ルー・リードの『パーフェクト・デー』だ。よく言うわよ。そう心のなかで悪態をつくと、クリスティーヌはヘッドライトをつけて、ワイパーを動かした。フロントガラスを覆っていた薄い雪の膜が一掃された。今朝のいまいましい落書きについては、考えないようにした。

後部座席には、プレゼントが積み重ねてあった。昨日の午後、局の仕事を終えたあとで、デパートや専門店をまわって、買いそろえたのだ。母親には、温かそうでしゃれた冬のコート。ジェラルドには、キューブリックの映画を収めたＤＶＤボックス（「ザ・スタンリー・キューブリック・アーカイヴ」という小冊子付きだ）。自分には、セクシーなランジェリーのセット。これを試着して、鏡に映る自分の姿を見たときは、ジェラルドがびっくりする様子と、そのあとそそられる様子を想像して、にんまりしたものだった。でも、さっきドゥニーズと一緒にいるところを見てからは、そこまでの自信はなくなっていた。父親へのプレゼントはタブレットPCだ。これに決めるまでには時間がかかった。最初は万年筆にしようと思ったが、ここ二年続けて万年筆を贈っていることをぎりぎりになって思い出し、結局、これにしたのだ。タブレットにはいろいろな種類のものがあったが、いちばん安いものを選んだ。

母親に頼まれていたクリスマス用の食料品も買ってある。牡蠣、いちじく、パルメザンチーズ、砂糖漬けフルーツがぎっしり入ったクリスマス用のプチパン、フォアグラに合う甘口ワイン、そして特別な日に飲むためのコーヒー。牡蠣は保冷箱に入れてある。

プレゼントを見ているうちに、両親の家で過ごすクリスマスの光景が浮かんできた。花飾り、ろうそく、暖炉にくべられた薪からあがる炎……。薪はリンゴとオークの木を使っている。両親を訪ねる回数は、年々減っていた。だが、訪ねるたびに吐き気を感じた。と、後部座席から視線を前に戻したとき、ドゥニーズの車がまだ駐車場にとまっていることに気づいた。赤と白のミニだ。ということは、ドゥニーズはまだ建物のなかにいるのだろうか。そう思うと、いきなり軽いめまいに襲われた。

クリスティーヌは建物のほうに視線を移した。

心のなかの声がささやいた。何かあると、すぐにささやきかけてくるネガティブな声だ。

二人が一緒に出てくるまで待ってみたら？　腕を組んだり、キスをしたりして、きっと面白いものが見られるわよ。

だが、それと同時にもう一つの声が押しとどめた。この声はネガティブな声が出てくると、すぐにそれを否定する。

だめよ。そんなことをしたら、いたずらに傷つくだけだから。

クリスティーヌは二番目の声に従うことにした。ネガティブではないほうの声に。おしろいのように駐車場の地面を覆っている薄い雪の上で、ゆっくりと車を発進させる。二番目の声はなおもこう言っていた。

あなたね、そういうのを妄想症（パラノイア）って言うのよ。もう少しジェラルドを信用しなさい。嫉妬する理由なんて何もないでしょう？　ジェラルドのところに若い女が言い寄ってくるのは、これが初めてじゃないんだし。

そうだ。もっと、人を信用することを学ばなければならない。とりわけジェラルドのことを。クリスティーヌは思った。それと同時に、それが無理だということも、よく承知していた。

こんなふうに人を信じられなくなった原因はよくわかっている。子どもの頃、姉のことばかりかわいがる父親を見て、裏切られたような気持ちになっていたからだ。いちばん愛情を信じていいはずの父親は、肝心なところではいつも自分より姉のほうに愛情を注いでいた。すべてはそこから始まっているのだ。心の奥にぽっかりあいた暗闇。この人は信じたい、信じられるかもしれないという希望を持っても、その希望の光はすべてその暗闇に吸い込まれてしまうのだ。

だめよ、そんなふうに考えてはだめ。また二番目の声がした。ジェラルドのオフィスにドゥニーズがいたからといって、それがなんなの？　そんなことを気にするのは、たままあなたの気持ちが弱っていたせい。そう、手紙とか、リスナーの質問とか、いろいろあったから。最悪のときにぶつかっただけのことよ。いい？　二人がいたのは職場なの。ホテルの一室でも、森の奥にとめた車のなかでもない。だって、二人は指導教授と院生なんだから、一緒にいるのは当たり前じゃないの。いちばん優秀な教え子が完璧な美女だっていうのは、別にジェラルドのせいではないわ。ね、そうでしょう？

嘘よ。その二番目の声をさえぎるようにして、今度は最初の声がした。ネガティブなほうの気持ちを代弁している声だ。いい子ぶるんじゃないわよ。さっき、二人の手が重なっているところを見たんでしょう？　本当はわかっているくせに。これは信じるか信じないかの問題じゃないの。事実を認めるべきかどうかの問題なの。そうでしょう、クリスティーヌ？　このままだと、あなた、また真実から目をそむけることになるわよ。今度もまた。

警察に行って、手紙を見せると、応対に出た警官は言った。

「どうして、今まで警察に通報しなかったんですか？」

警官の顔には表情というものがなかった。指でネクタイをいじりながら、ぶしつけな視線を送ってくる。不愉快だった。クリスティーヌは口ごもった。

「クリスマスイヴの集まりがあったので。わたし、あの……婚約者のご両親に初めてお会いする予定だったんです……それに遅れたくなくて」

「わかりました」警官は腕時計を見た。「十三時十五分。今はもうお昼を過ぎていますね。昨晩は無理でも、今日の午前中とか、もう少し早く来られたんじゃないですか？」

「午前中は仕事がありましたので。ラジオ局に勤めているので。今朝放送された番組の担当なんです。それに、ここで四十分、順番待ちをしてましたし……」

ラジオ局と聞いて、警官は興味を持ったようだ。

「その番組で何を担当しているんですか？」

「パーソナリティーをしています」

警官の口元にかすかに笑みが浮かんだ。

「なるほど、どこかで聞いたことのある声だと思っていたんですよ。どうぞお話しください。三十分後に会議があるので、あまり時間を割けないのですがね」

そう言うと、最初よりはずっと関心を抱いた様子で、警官は目の前に広げられた手紙を読みはじめた。どうやら、届け出の内容より、届けたのが有名人であることのほうが重要なようだ。

警官は肩をすくめた。

「そうですねえ。私は精神科医じゃないんでね。いずれにしても、昨晩、自殺や自殺未遂は起きていません。今朝もそうです。それで少しは安心されるなら……」

人命にかかわる話なのに、警官は単なる強盗か、ひったくりの事件を話すような口調で言った。それから、最後にこうつけ加えた。

「でも、この手紙、どこか変なんですよね」

「どういうことですか？」

「よくわからないんですが、なんというか語り口が……。本当に自殺しようとしているとは思えない。普通、こんなふうに書きますかね？　誰がこんなやり方で助けを求めるでしょう？　そんな人、いないのでは？」

警官の言うとおりだ。クリスティーヌは思った。自分だって、この手紙を九回、十回と読みかえして、同じように感じたのだ。この文章には何か奇妙な感情が表れている。いや、むしろいびつな感情が表れている。自殺をほのめかす以上の、威嚇のようなものが感じられるのだ。

気がつくと、警官はこちらを見つめていた。

「もしかしたら、この手紙は間違ってあなたの郵便受けに入れられていたわけではないのかもしれませんね」

「どういうことです？」

「この手紙は初めからあなたに宛てに書かれたのでは？」

クリスティーヌははっとした。

「そんなはずはありません。だって……その手紙に書かれているようなことは、わたしとはなんの関係もありませんから……」

警官はあいかわらずこちらを見ていた。警官特有の詮索するような目だ。

「本当ですね？」

「もちろんです」

「わかりました」

そう言うと、警官は手紙を折りたたんだ。

「これには、あなた以外の指紋がありますか？」

「わたしの婚約者の指紋があるはずです。この件について、調べていただけるんですか？」

警官が視線を落とした。こちらの手を見つめている。それから、また視線をあげて言った。「何ができるか検討してみます。ところで、ご担当の番組のタイトルはなんですか？」

この人は誘いをかけてこようとしているのだろうか？　クリスティーヌは婚約指輪を確かめて、今日はしてこなかったことに気がついた。

「『クリスティーヌの朝』という番組です。〈ラジオ5〉の……」

警官はうなずいた。

「ああ、知っています。よく聴いていますよ」

5　コンチェルタート

「どういうお仕事をなさっているの、ジェラルド」

挨拶がすんで、居間のソファに落ち着くと、母親が尋ねた。母親のブルーの瞳は好奇心でいっぱいだった。昔、テレビの第一チャンネルで、有名番組の司会をしていた頃のことを彷彿(ほうふつ)とさせる。その番組は政治家や思想家、俳優やシンガーソングライターなど、フランスでも一流の著名人が出演するもので、教養番組的な色合いが濃く、バラエティの要素は少なかった。まだリアリティ番組など、下水をそのまま垂れながすような番組が作られていなかった頃の話だ。

クリスティーヌは両親を眺めた。完璧な親だ。結婚してから四十年もたっているのに、昨日結婚したばかりのように手をつないでいる。スタンメイエル家では、完璧なイメージづくりを目指す。細かいところまで完璧であることを追求し、そこではちょっとしたミスも許されなかった。コーディネートも完璧で、ズボンとシャツは同系の色でそろえ、もちろん、折り目はぴしっと入っている。衣服の趣味から料理や芸術の好みまで、つねに完璧であるという演出がなされるのだ。

仕事を訊かれて、ジェラルドがどう答えようか、困っているのがよくわかった。宇宙開発の研究なんて、少し詳しく説明すれば、普通の人にはまったくわからないものになるに決まっている。それでも、ジェラルドはなんとか母親の興味を引こうと、かなり嚙みくだいて説明していたが、結局は無駄な努力に終わった。

もともと両親とも放送業界の大物だとは説明していなかったので、その点でも戸惑いがあったのかもしれない（業界では、父母はドリアンという名前を使っていた）。それについては、クリスティーヌはジェラルドに申し訳なく思った。びっくりさせようと思って、両親のことは詳しく話していなかったのだ。

「申し訳ありません。こんな説明では退屈なさったでしょう？」ジェラルドが顔を赤くしながら言った。「ですが、僕にとってはこの仕事が面白くてたまらないのです」

クリスティーヌは話の最後くらい、ジェラルドがいつものユーモアのセンスを発揮して、軽妙に締めくくってくれないかと思っていたが、ジェラルドはすっかりその余裕を失っているようだった。助けを求めるような目で、こちらを見ている。

一方、母親は顔いっぱいに寛大な笑みを浮かべて、ジェラルドの話を聞いていた。クリスティーヌがよく知っている笑みだった。二十年前のテレビ番組で、「このゲストはたいしたことがないわね」と思ったときに、浮かべたものと同じ笑み。毎週日曜日、午後五時から放映していた「日曜サロン」という番組だ。この番組が放送終了になると、母親はテレビの世界を引退した。そしてしばらくのブランクを経て、当時すでに斜陽になっていた週刊誌業界に活躍の場を移した。インターネット時代が幕を開けた頃のことだ。その後、週刊誌業界はインターネットの普及とともにゆるやかに死を迎え、今や週刊誌の記者は誰にも相手にされていない。買収されて提灯記事を書く連中だと思われているだけだ。雑誌のなかで一定の役割を果たしていた三行広告も、今ではネットで無料配信されるようになったし、最大百四十字のツイッターがあれば、情報源として十分だと人々は考えるようになっている。母親もいつのまにか、週刊誌業界から身を引いていた。

ジェラルドの言葉に、母親が答えていた。

「いえいえ、とんでもない。本当に面白い話だと思いましたわ」もちろん嘘だ。こういった状況では、母親は臆面もなく嘘をつくことができる。「率直に言って、素敵なお仕事だと思います。もちろん、正直なところ、すべてを理解できたわけではありませんけど」

会話のなかに、「本当に」とか「率直に言って」とか「正直なところ」という言葉をたくさん使う人は、あまり信用できない。今の母親の答えがいい見本だ。母親が続けた。

「クリスティーヌ、どうしてあなたの番組にジェラルドをお呼びしないの？」

それを聞くと、ジェラルドが笑った。母親も笑っている。クリスティーヌも笑った。無理よ、そんなの。リスナーが寝てしまうもの。ああ、でも、これは言っちゃだめ。ジェラルドが傷つくから。クリスティーヌは心のなかでつぶやいた。

そのあいだ、父親のほうはただ微笑んでいた。それぞれの言葉にうなずきながら、会話はジェラルドと母親に任せていた。視線はぼんやりしていた。

「このワイン、素晴らしいですね」ジェラルドが言った。

「あら、本当においしいこと」さっそくその言葉を引きとると、母親が父親に話を振った。

「あなたがお選びになったのよね。どこのワインかしら？」

「グラン・ピュイ・ラコストの二〇〇五年だ」

そうそっけなく答えると、父親はジェラルドのグラスと母親のグラスにワインを注ごうと、体を前に傾けた。いつになったら、父親はマドレーヌの話を持ちだすんだろう？十九年前に死んだ姉の話を。クリスティーヌは思った。今日はどんな形で、そこに話を持っていくのだろう？　いずれにせよ、ちょっとした話の流れや、わずかなきっかけを利用して、その話を始めることは間違いない。悲しげに声を震わせて……。これはクリスマスの定番なのだ。七面鳥と同じくらいに。そう、あれからもう十九年もたつのに、父親はマドレーヌのことを忘れられない。ずっと喪に服している。これからも永久にそうだろう。まるでそれが仕事であるかのように。いや、実際に人から訊かれて、そう答えることもある。

「お仕事は何をなさっていますか？」

「昔はジャーナリストでした。本も書いていましたし、テレビやラジオにも出演していました。きっとご存知でしょう？『この人に訊く』という番組です」

「それで、今は？」

「喪に服しています」

こんな具合だ。父親の経歴が華やかなだけに、その言葉は重みを持つ。ウィキペディアを見ると、父親の経歴はこんなふうに書かれている。

《ギイ・ドリアン、本名ギイ・スタンメイエル。フランスのジャーナリスト、著述家。一九四八年七月三日、サランス郡（ピレネー＝アトランティック県）に生まれた。フランスで最も有名なラジオ番組、「この人に訊く」の司会を二十年間、務める。この番組は、一九七二年、一月六日に放送が開始されると、月曜日から土曜日まで毎日、放送され、番組放送回数六千二百四十六回にのぼる長寿番組となった。そのあいだ、政治家、作家、科学者、芸術家、スポーツ選手など、大勢の著名人がインタビューを受けた。政治家のなかには大統領経験者（うち二名は在任中）もいた》

その大勢の著名人のなかで、クリスティーヌが覚えているのは、ブリジット・バルドー、アルトゥール・ルービンスタイン、シャガール、サルトルだった。この番組が放送終了したあと、父親はテレビ番組に移り、同様の成功を収めた。まだ広告代理店が放送番組を時間単位で買うようなことがなかった時代のことだ。だが、広告代理店が放送枠を買って、番組の内容を決めるようになると、父親の番組は視聴率をとるのにふさわしくないとみなされた。番組に呼ぶゲストが毎回一人だけで、ときにはプライベートな話題に踏み込みながらも、全体には知的な内容の話を一時間じっくり訊くのは、大衆向きではないと判断されたのだ。

「ジェラルド、今日はあなたに会えて、本当に嬉しいわ」母親が言った。「クリスティーヌは、あなたのことをよく話してくれますのよ」

それを聞くと、ジェラルドはちょっと困惑したように、こちらを眺めた。両親とは疎遠にしていると話していたからだ。だが、すぐに母親のほうに視線を戻すと言った。

「ええ、僕もご両親のことは、クリスティーヌからよく聞いています」

その声は真実味にあふれていた。嘘のお手本だ。

「クリスティーヌが素敵なお相手を見つけてくれて、本当に安心しましたわ」

嘘の応酬。クリスティーヌはいたたまれなくなった。

「いや、私は心配していなかったよ。クリスティーヌは自分のやりたいことがわかっているからね」

そう父親が言うと、両親はいかにも愛おしげにこちらを見つめた。完璧な両親を演じるためにつくられたロボットの夫婦のようだ。

「そうそう。放送業界に入るのだって、自分で決めたんですよ。自分からパパやママのようになりたいと言って。だからこそ、自慢の娘なんです」母親が言った。だが、それは自慢というより言い訳に感じられた。「ええ、そのために大変な努力をして……」

「本当に自慢の娘ですよ」父親が言った。「私はいつも娘たちを誇りに思っています」

「娘たち――と言うと、クリスティーヌにはお姉さんか妹さんがいらっしゃるんですか？」ジェラルドが尋ねた。

クリスティーヌは胸に苦いものがこみあげるのを感じた。父親はとうとうマドレーヌに話題を持っていくことに成功したのだ。

「いや、今はもういないのですが……。クリスティーヌには、マドレーヌという姉がいたんです」父親がいそいそと説明を始めた。声がうわずっている。「マドレーヌはその……事故で亡くなりましてね。美貌と才能に恵まれた素晴らしい子どもでした。ええ、あれだけ飛びぬけた子はなかなかいないでしょう。あの子が光なら、まわりの子はみんな影になってしまうのです。その意味では、クリスティーヌも苦労したと思います。素晴らしい姉といつも比較されるのですから。いや、そもそも比較のしようがないのですから。でも、クリスティーヌはその試練を立派に乗りこえたと思います。今はどの分野で自分がやっていくかもはっきりしていますし……」

頭のなかに記憶の断片が浮かんできた。一九九一年の夏、ボニューの別荘にいたときの記憶だ。場所はプールサイド。何かのパーティーだったのだろう、両親をはじめ、その友人たちなど、大勢の人々が集まっている。どの顔もよく知っていた。人々の輪の中央にいるのは姉のマドレーヌだ。まだ十三歳なのにTシャツの下の乳房はすでにかなり大きくなっている。くびれた腰、ショートパンツのなかの丸い小さなお尻。このプロポーションなら、十六歳と言っても通るだろう。だが、自分の魅力にはまだ気づいていないようで、自分に集まる男性たちの視線はものともせずに、無邪気な様子で飲み物を勧めている。いや、自分が男性の性欲を刺激するのを本能的に悟っていて、無意識のうちにあんなふうにふるまっていたのか？　自分がどれだけ男たちの視線を集められるか、試すように……。

でも、これは本当に見た光景なのだろうか？　クリスティーヌは自問した。あの頃、自分はまだ十歳だった。もう少し大きくなってから抱いた姉のイメージから、頭のなかでこんな光景を想像し、それを実際に見た記憶だと思い込んでいるのではないだろうか？　それはよくわからなかった。ともかく、その〝記憶〟にあるマドレーヌは、大人になりかけた肉体と子どもらしい無邪気な様子をあわせもつ、妖精のような少女だった。そう、自分とは何もかもが違う少女。何よりも、姉は少女であったのに、大人の女性以上の魅力を持っていた。記憶のなかのマドレーヌは飲み物を運んでいたトレイを突然、プールサイドの鉄製のテーブルに置くと、デニムのスカートとタンクトップを脱いで、ブルーのビキニ姿になった。天真爛漫（てんしんらんまん）に。だが、あくまでも挑発するような仕草で。日焼けした肌。細身だが、胸は豊かで、太股がぴちぴちしていた。たちまち、男たちの目が釘づけになった。

　いや、自分は本当にそんな光景を見たのだろうか。見たと思っているだけではないのだろうか。いずれにせよ、頭のなかには、そんな姉の姿を見て、男たちが必死に欲情を抑えようとしている場面が、〝記憶〟として残っていた。まだ結婚適齢期にも達していない少女を欲望の対象として見る男たちの姿が……。その熱い視線を浴びながら、マドレーヌはそよ風のように軽やかな足どりで、プールの縁まで行き、夕日にきらめく水のなかに完璧なフォームで飛び込んだ。すると、いっせいに拍手が巻きおこり――というところで、この記憶はぷつんと切れる。マドレーヌがそのパーティーの主役となったところで。いいえ。パーティーの主役というより、マドレーヌは女王様だった。あの日だけではなく、いつも。まわりに人がいるときは、マドレーヌはいつも女王様だった。そして、自分は――クリスティーヌは苦々しい気持ちで思った——自分はいつも、その女王様に仕えるお付きの侍女だった。

そのとき、ふと視線を感じて顔をあげると、ジェラルドがこちらを見ていた。明らかに困惑している。両親が有名人であることを今日、初めて知らされたうえに、一度も聞いていなかった姉の話が出てきて、頭が混乱しているのだろう。本当だったら、文句の一つも口にしていいところだが、ジェラルドは何も言わなかった。

クリスティーヌはそのことに感謝した。

「小さい頃、クリスティーヌはお姉さんに追いつこうと必死だったんですよ」父親の話を受けて、母親が笑顔で言った。

クリスティーヌは悲鳴をあげそうになった。お願い！　ママ、そんな話はやめて！　心のなかで叫ぶ。けれども、母親は続けていた。

「主人がこの子に水泳を教えようとしたときなんかもそうでしたわ」

そう言って、母親は笑い声をあげた。だが、父親は笑っていなかった。こちらのほうを見てもいない。ただ、ひざに置いた自分の細長い両手を見つめていた。と、だしぬけに父親が言った。

「マドレーヌはなんでもできたからね。すぐに泳ぎを覚えた。でも、クリスティーヌはそうじゃなかった。だから、教えるのも大変だったよ。それでも、クリスティーヌはがんばった。簡単にあきらめるのが嫌だったんだな。それがクリスティーヌだ。どこまでもかじりつく。よくがんばったと思うよ。子どもの頃、三つ上にあんなに優秀な姉がいたら、追いつくことなんて、あきらめるのが普通なのに」

確かに、水泳は父親が教えてくれた。『野生の呼び声』や『海底二万里』、『ジャングル・ブック』などの本も、父親が教えてくれた。初めて映画館に連れていってくれたのも、父親だった。だが、いくら優しくしてくれても、姉に対する態度とは違っていた。父親と姉とのあいだには、何か特別な結びつきがあった。そう、特別としか言いようがない結びつきが……。

いい加減になさい。そんなのマドレーヌにやきもちを焼いているだけよ。けれども、そう思うそばから、また別の気持ちがわいてきた。でも、わたしだって、パパに「私の愛しい娘」とか「私のハチドリちゃん」とか「私の太陽」とか、「私の」という言葉をつけて、呼んでほしかった。だって、わたしを呼ぶときには、パパはからかうように、ただ「小さなキヌザルちゃん」と言うだけだったから。もちろん、そう呼ばれるのは嫌いじゃなかったけれど……。

そう、あの頃は父親にそう呼ばれると、嬉しくて、くすぐったくて、体がぞくっとしたものだった。にこにこと笑いながら、あの深みのある声で、そう呼ばれると嬉しかった。だが、それでも父親が自分よりも姉に愛情を注いでいたことは間違いない。父親は二人の娘に平等に愛情を分けあたえようと努力していたようだが、そうではないことはすぐにわかった。あの父親の態度を見れば、十歳の子どもにだってわかる。そう考えて、クリスティーヌは十歳の誕生日のときのことを思い出した。おそらく、父親が姉ばかりかわいがっているように思えたのだろう。「ねえ、わたしのこと愛してる？」と訊いたことがあった。もちろん、父親は「愛してるよ」と答えたが、その瞬間、自分はまだ幼い頭で理解していた。おそらく、姉はこんな質問を父親に発したことはないだろうと。そんなことを訊く必要はないからだ。わたしのほうがパパに似てるのに。それなのに、パパはお姉ちゃんのことばかりかわいがるんだ。心のなかでそう考えたことを覚えている。

「クリスティーヌ、そろそろお暇しようと思うんだけど……」ジェラルドが言った。ぼんやりしているうちに、会話が終わっていたらしい。クリスティーヌは立ちあがった。

ジェラルドは地下鉄で来ていたので、帰りはサーブで航空宇宙高等学院の駐車場まで送ることにした。

「ひどいなあ。先に教えておいてくれてもよかったのに」助手席に座ると、さっそくジェラルドが言った。

「両親のこと？」

ジェラルドの目が光った。

「決まってるじゃないか。きみのご両親があんな有名人だったなんて」

「有名人？」クリスティーヌは反論を試みた。「でも、それは昔の話よ。今、両親のことを覚えている人が何人いると思う？」

言いながら、しかし、そうではないことは自分でもよくわかっていた。父親が司会した最後の番組が終わってからもう十五年もたつのに、実家に戻ると、今でも山のようなファンレターが届いているのを目にするのだ。有名になるというのは、治らないガンにかかったようなものなのかもしれない。ある日突然、どこかに転移して広がっていたことに気づかされる。

「僕は覚えているよ」ジェラルドが言った。「毎日、学校から帰ると、母親がラジオにかじりついていたからね。母親はあの番組の大ファンだったんだ。きみのお父さんが政治家や芸術家にインタビューしているのを夢中になって聴いていたよ。それに、あのオープニング音楽、誰の曲かは忘れたけど……」

「ジョルジュ・ドルリューよ」クリスティーヌは、しぶしぶ名前を挙げた。

「そうそう」

そう言うと、ジェラルドは短い旋律(せんりつ)を口ずさんだ。それを聞いて、クリスティーヌもその曲を思い出した。チェンバロとハモンドオルガン、フルートの合奏だった。と同時に、子どもの頃、これを聴いたときに見た情景が思い浮かんだ。プルーストの『失われた時を求めて』で、主人公が紅茶に浸したマドレーヌを見て、子どものときの情景を思い出したように。ジェラルドが話を続けた。

「僕はまだ中学生だったけどね。あれは画期的な番組だった。それはよくわかったよ。世の中の見方を変えたんだ。きみのお父さんは新しい世代を作りあげたんだよ。それから、お母さんの番組だって。『日曜サロン』だろう？　日曜日の夕方にラジオをつけると、必ずお母さんの声が聞こえてきた。クレール・ドリアンの声が。あれ？　どうして、きみはご両親の苗字を使わないの？　ギイ・ドリアンとクレール・ドリアンの苗字を」

「こちらが本名なのよ。スタンメイエルというのが本名で、ドリアンは両親の芸名なの。わざわざ本名を変えて、両親の芸名をもらう必要はないわ」

「でも、それなら、先に教えてくれていてもよかったのに」

「ごめんなさい。あなたをびっくりさせたかったから」クリスティーヌは謝った。

「確かにびっくりしたよ。でも、きみのご両親はすごいな。信じられないくらい、すごい。まさに完璧な夫婦だね。それなのに、きみは一度もご両親の話をしてくれなかった。つきあってからもう何カ月にもなるのに。どうしてかな？」

　クリスティーヌは間髪を容れずに返事をした。

「両親の話はしたくなかったから」

　ジェラルドを航空宇宙高等学院の駐車場まで送っていくと、クリスティーヌは今日は自宅の前の通りにサーブをとめ、ドアをロックした。そうして雪の積もった通りを横切って、建物に向かった。雪のかたまりに足をとられそうになる。まるで月面を歩いているようだった。クリスマスのご馳走のせいで、胃がもたれていた。吐いてしまいそうだ。クリスマスのご馳走には、どこか不健全なところがある。

執拗なところが。

そう、父親の悲しみと同じくらい執拗なところが……。マドレーヌが死んで以来、父親は悲しみに沈み、暗い顔をして過ごしていた。クリスティーヌはそれが死ぬほど嫌だった。マドレーヌを失ったのは、父親だけではないのだ。母親だって、それから自分だって、もちろん悲しい思いをしている。父親が姉のほうをかわいがるので、確かにやきもちを焼いたことはあった。だがそれでも、自分にとってマドレーヌは優しい姉だった。自分を愛し、守ってくれていた。

わたしだって、マドレーヌが大好きだったんだから。まったく、悲しみを独り占めしないでよね。クリスティーヌは心のなかでつぶやいた。でも、そんなに悲しいなら、パパだって自殺しちゃったほうがいいのかもしれない。前に唾液腺ガンの手術を受けたけど、どこかに転移しているかもしれない。だったら、それを放っておくという形で自殺できないかしら?

だが、すぐにそんな考えを抱いたことに、気持ちが動転した。そのせいで、入り口の扉の暗証番号がうまく押せず、何度も押しなおしたほどだった。ようやく正しい番号を押すと、クリスティーヌはなかに入った。玄関ホールは暗くて、冷たくて、お墓のなかにいるようで、思わず身震いした。それから、クリスティーヌは郵便受けに向かった。またおかしな手紙が入っていたらどうしよう? 郵便受けを開けるとき、不安がよぎったが、幸い、郵便物はなかった。クリスティーヌはほっとため息をついた。けれども、エレベーターの前まで来ると、今度は舌打ちをすることになった。格子の扉のところに〝故障中〟の札が掛けられていたからだ。ついていない。まあ、朝からろくなことがなかった一日の終わり方としては、これがふさわしいのかもしれない。

しかたなく、クリスティーヌは階段をあがりはじめた。上のほうから小さな物音が聞こえてくるが、それ以外は自分の足音しかしない。だが、三階まで来たところで、びくっとして立ちどまった。点灯スイッチのタイマーが切れて、階段が急に暗くなったからだ。物音はさっきよりも大きくなっている。テレビの音や子どもたちがはしゃぐ声がする。暗がりは怖かったが、隣の建物の明かりが窓から射し込んできている。部屋まで戻るには、これでなんとかなるだろう。クリスティーヌはまた階段をのぼりはじめた。

まったく、とんでもない一日だった。番組には変な質問電話がかかってくるし、ジェラルドとドゥニーズが職場で一緒にいるところを見てしまうし。そのうえ、ただでさえ気疲れする両親の家でのクリスマス。クリスティーヌはジェラルドの言葉を思い出した。

「きみのご両親はすごいな。信じられないくらい、すごい。まさに完璧な夫婦だね」

そうじゃない。二人は完璧な夫婦を演じているだけだ。

上の階からは何も音が聞こえてこない。当たり前だ。隣人のミシェル夫婦は音をほとんど立てないのだ。ただ、今朝のように口のほうはうるさいが。クリスティーヌは階段をのぼりつづけた。と、あと二段というところまで来たとき、突然、嫌なにおいが鼻をついた。

クリスティーヌは鼻をつまんだ。

でも、なんのにおいだろう？　そのにおいは空気中に満ちていた。階段のにおいとは違う。すりきれたカーペットの埃っぽいにおいではない。不快ではあるが、階段のにおいには慣れていた。

もっと強いにおい……。

アンモニアのにおいだ。

クリスティーヌは息を止めた。これは尿のにおいだ。でも、どこからしているのだろう。その答えは自分の家の扉の前まで来たときにわかった。においはその扉付近からしていたのだ。

点灯スイッチを押して、クリスティーヌは状況を確かめた。扉の下部と玄関マットが濡れている。マットの外には黒い水たまりが広がっていた。それにしても、かなり強烈なにおいだった。鼻からではなく、口から息を吸うようにして、クリスティーヌは吐き気をこらえた。何かの動物が入り口の扉に小便をかけたらしい。まだそれほど時間はたっていない。だが、どんな動物が？　この建物の住人が飼っているペットだろうか？　隣人のミシエル夫妻はペットを飼っていないはずだ。以前、上の階の住人がプードルを連れて通るのを見て、「世の中には困っている人たちがいるのに、動物にかまけるなんて」と、ペットを飼う人を批判していたのを聞いたことがある。じゃあ、そのプードルの仕業？　クリスティーヌは心でつぶやいた。今まで、こんなことはなかったけれど……。でも、やったならやったで、飼い主は後始末くらいしてもいいのに。今度会ったら、注意しなくちゃ。

そのとき、家のなかで電話が鳴った。クリスティーヌはあわててハンドバッグのなかを引っかきまわした。ティッシュの袋やミントのチューインガム、ヘッドフォン、ペンや口紅。いつものように、鍵はいちばん下にあった。そのあいだも家のなかで電話の音は鳴りつづけていた。まるで早く出ろと催促でもしているように。

ようやく鍵を開けると、クリスティーヌは黒い水たまりをまたいで、部屋に入った。口が開いたままのバッグをソファに放りなげ、急いで電話に向かう。

「もしもし」

そう言うと、受話器の向こうから、ゆっくりと呼吸をする音が聞こえた。だが、返事はない。

「もしもし」クリスティーヌはもう一度、言った。

すると、声がした。男の声だ。

「おまえは、あのかわいそうな女を助けられたはずだ、クリスティーヌ。しかし、そうしなかった。かわいそうに……。今となっては、もう取り返しがつかない」

クリスティーヌは飛びあがった。心臓が早鐘のように鳴った。

「誰？　誰なの？」

声は答えなかった。静かな息づかいが聞こえるだけだ。けれども、今の声には聞きおぼえがあった。低くて、深みがあり、熱くささやくような声。ほんの少し訛りもある。そして、暗がりから電話をかけてきているような印象……。男は暗がりにいる。そこから脅しの言葉をささやいている。

「あなたは誰？」クリスティーヌは再び尋ねた。

「それより、おまえはどうなんだ？　クリスティーヌ、おまえは自分が誰だか知っているのか？　どんな人間か、自分を振り返ってみたことはあるのか？」

男は何度も名前を呼んでいた。クリスティーヌと……。ということは、こちらのことを知っているのだ。クリスティーヌは警官の言葉を思い出した。「もしかしたら、この手紙は間違ってあなたの郵便受けに入れられていたわけではないのかもしれませんね」

たちまち恐怖がわきあがってきた。

「誰なの？　警察を呼ぶわよ」声が震えているのが、自分でもわかった。

「呼ぶがいい。で、警察になんと言うつもりだ？」

男は落ち着きはらっていた。警察など意に介していないようだ。恐怖がさらに高まってくる。

「わ、わたしは……。できることはちゃんとやったわ。手紙を警察にも届けたし……」

クリスティーヌは言い訳した。どうして、こんなことを説明しなければならないのだろう。こめかみがずきずきする。

「誰なんです？　どうして、こんな電話をかけてくるんです？」

「おまえは助けを求めてきた人間を見殺しにしたんだ。それなのに、何も感じないのか？」

「何をしようというの？　どうして、わたしの電話番号を知っているの？」

「手紙を警察に届けた？　それじゃ足りないんだよ。全然足りない。もっとできることがあっただろう。だが、おまえはクリスマスをだいなしにしたくなかった、そうだろう？」

「あなたは誰なの？　教えてちょうだい。でないと……」

「おまえはラジオで言ったな。『せめてわたしたちに何かできることはありませんか？』と。クリスマスイヴに自殺しようとする人間を放っておいたくせに」

「いったい、どうすればいいと言うの？　電話を切りますよ」

クリスティーヌは叫ぶように言った。もう何がなんだかわからない。スズメバチの群れに襲われたような気分だ。

「どうすればいい？　じゃあ、教えてやろう。ゲームに参加するんだ。今、やっていることのゲームに参加しろ。どうだ？　このゲームは気に入ったか？」

「おい、聞いているのか？」男が言った。

クリスティーヌは答えなかった。

もちろん、声は聞こえていた。だが、もう答える気力がなくなっていた。男が繰り返した。

「このゲームは気に入ったか？　まだ始まったばかりだけどな。これから、もっと楽しくなるぞ」

6　ソリスト

セルヴァズは小包を見つめた。喉がからからに渇いている。前回、小包を受け取ったときのことが嫌でも思い出された。マリアンヌの心臓が入った小包を受け取ったときのことが……。鉤爪（かぎづめ）で、首筋をなでられている気がした。消印を見ると、小包はトゥールーズで投函されたことがわかった。だからと言って、この小包の内容が推測できるわけではない。とはいえ、プレゼント用の包装紙にくるまれた小さな紙の包みなので、おそらく保冷材は入っていまい。大きさは十一センチ×九センチといったところか。

差出人の名前もなかった。前回は「ニクト」――ポーランド語で、「誰でもない」という意味の名前があったが……。

どうする？　封を切るか？　しばらくためらったあと、セルヴァズは包装紙を開けた。もしこの小包が前回のものと関連しているなら、こんなふうに開けてはいけない。それはわかっていた。科学捜査研究所に連絡をして、検査を依頼すべきだ。そうすれば、科学捜査研究所で指紋を検出するなどして、送り主の痕跡が残っていないかどうかを隅々まで調べあげるだろう。そしてさらに詳しい検査を行うために、ビニールの袋に入れて密閉し、専門の研究所に送るだろう。しかし、前回、科学捜査研究所は持ち込まれた血液サンプルのDNA鑑定をして、それがマリアンヌの血液だと突きとめたものの、心臓が入っていた箱からは、犯人につながる痕跡を何も見つけることができなかった。そこからすると、たとえこの封筒を科学捜査研究所に送ったとしても、おそらく結果は前回と同じになるだろう。だから思いきって、開けてみることにしたのだ。

包装紙を開くと、小さな箱が出てきた。厚紙でできた、真珠のような光沢のあるグレーの箱だ。ふたがきっちり閉まっている。一度、窓の外の雪景色を眺めてから、セルヴァズは深呼吸した。それから、震える指でゆっくりとふたを持ちあげた。おそるおそる、中身を確かめる。切りとられた耳とか、指が入っていたらどうしよう？　あるいはひと束の髪とか……。だが、そこにあったのは、それとはまったく違うものだった。安堵のあまり、セルヴァズはもう一度深呼吸をした。あらためて中身を見る。箱に入っていたのは、プラスチックの小さなカードだった。宝石箱の内側のような赤いサテンの生地の上にぴったりと収められている。ホテルの電子キーだ。カードは白地で、表面には王冠と鍵のデザインと、〈T〉と〈W〉の文字を組み合わせた赤いロゴが浮き彫りにされていた。

ロゴの下には〈グランドホテル・トマ・ヴィルソン〉という名前が、こちらは黒い文字で記されていた。その下にはトゥールーズという地名と電話番号もある。

カードには部屋番号も示されていた。一一七号室。よく見ると、カードの下には紙きれが折りたたまれている。セルヴァズはその紙を開いてみた。

明日、十二月二十六日の午後一時、一一七号室でお会いしましょう。

柔らかい手書きの文字だ。インクはブルー。女性が書いたものだろうか？　グランドホテル・トマ・ヴィルソンといえば、トゥールーズでもおしゃれな界隈として有名なプレジダン・トマ・ヴィルソン広場にある高級ホテルだ。前に一度、捜査で行ったことがある。そんな高級ホテルの一室で、休職中の刑事と会いたいと思うなんて、いったいどんな女性だろう？　セルヴァズは自問した。それに目的は何だろう？　逢引きの誘いだろうか？　ホテルの部屋に誘っているのだから、それしか考えられない。まさか、シャルレーヌか？　いや、そんなはずはない。シャルレーヌが今さらこんなことをするはずがない。

シャルレーヌはこの施設にも二度ほど、見舞いに来てくれていた。部下であり、親友でもあるヴァンサン・エスペランデューの妻だ。美しく、優しい女性で、セルヴァズは部下で親友の妻であるということを承知しながら、シャルレーヌに女性としての魅力を感じていた。シャルレーヌのほうも好意を持って接してくれていて、四年ほど前には急に親密になり、危うく一線を越えそうになったこともある。だが、そのとき、シャルレーヌは妊娠七カ月だったので、どうにか踏みとどまり、結局、セルヴァズは生まれてきた子どもの名づけ親になった。

その後、昔の恋人であるマリアンヌが再び目の前に現れて、セルヴァズはマリアンヌへの恋心を再燃させたので、シャルレーヌに対する思いはいつしか霧のなかにかすみ、今は本来あるべき関係に戻っている。ただ、その思いが決してなくなったわけではない。一度、芽生えたものがそう簡単になくなるわけはないからだ。実際、シャルレーヌがこの施設にお見舞いに来てくれたときには、ほかの滞在者たちの目がシャルレーヌに注がれるのと同じくらい、セルヴァズもまたシャルレーヌの姿に惹きつけられた。おそらく、小包の件でショックを受け、心が弱くなっているからだろう。こんなところで孤独をかこっているせいもある。シャルレーヌの美しく魅力的な姿を見ると、みずから禁じた方向に、心が動いてしまうのだ。だが、シャルレーヌは？　シャルレーヌはそんなことは考えてもいない様子だった。

そう、彼女はもう手の届かない存在になってしまったのだ。

だから、これを送ってきたのはシャルレーヌではないはずだが――しかし、もしも彼女が送ってきたのなら、どうして突然、そんなことをしたのだろう？　どうして、今？

反対に、シャルレーヌではないのなら、誰が送ってきたのだろうか。

セルヴァズはもう一度、カードキーを眺めた。ともかく、ここはホテルに電話をして探りを入れてみるのがいちばんだ。携帯を取りだすと、セルヴァズはホテルの番号を押した。

「はい、グランドホテル・トマ・ヴィルソンでございます」

「部屋を予約したいのですが」

「かしこまりました。スタンダード、デラックス、スイートのどれになさいますか？」

「一一七号室をお願いします」

電話の向こうで、しばらく沈黙があった。

「お日にちはいつになりますか？」

「明日です」

キーボードを叩く音が聞こえた。

「申し訳ございません。ご希望のお部屋はすでに予約が入っております。同じようなタイプの別のお部屋ではいかがでしょう？」

「いえ、結構です。一一七号室を予約したかったので」セルヴァズは言った。

「このお部屋をご希望だというのには、何か特別な理由がおありでしょうか？」声が警戒する口調になっていた。「確かによいお部屋なのですが、私どものホテルにはほかにも快適なお部屋が……」

「いいえ。一一七号室を予約したいのです」

再び沈黙があった。

「それでは、キャンセルが出た場合、すぐにこのお電話番号に連絡いたします。お名前を伺ってよろしいでしょうか？」

セルヴァズはためらった。が、結局は応じることにした。

「セルヴァズです」

するとと、相手はびっくりした声を出した。

「セルヴァズ様とおっしゃいましたか？　綴りはS‐E‐R‐V‐A‐Zですか？」

「そうですが、何か？」

「いえ、よくわからないのですが、実は、この部屋はそのお名前で予約されているのです」

7 ビブラート

クリスティーヌはまた夢を見た。森のなか、恐ろしい怪物のようなものに追いかけられて、雪道を走っている夢だ。その怪物のようなものが何かはわからなかったが、ひどく残虐なものであることは間違いなかった。そうやって、ともかく怪物から逃げつづけているうち、前方の木々のあいだに古い農家と農園が見えてきた。クリスティーヌは力のかぎり走って、農家の扉まであと数メートルというところまで行った。だが、そこで雪のなかに倒れてしまった。怪物はすぐうしろまで迫っている。クリスティーヌは絶望的な気持ちで目をあげた。すると、いつのまにか農家の扉が開いていて、そこには父親が立っていた。父親はランニングシャツの上に胸まであるズボンをはいて、サスペンダーで吊っていた。靴は農作業に使うどた靴だ。クリスティーヌを見ると、父親は「おまえに手紙が来ている」と言って、その手紙を放りなげた。それから、バタンと扉を閉めた。

その瞬間、クリスティーヌはベッドの上で起きあがっていた。

恐怖のあまり、心臓がまだどきどきしている。額も背中も腋(わき)の下も汗びっしょりだった。シーツも汗で湿っている。ふと窓を見ると、ブラインドの隙間から弱々しい冬の光が射し込んでいた。今、何時だろう？

　時計を見ると、八時一分だった。

この調子では、今朝もまた遅刻だ。口のなかが粘ついていた。クリスティーヌは、昨日の夜、寝る前に睡眠薬をのんだことを思い出した。睡眠薬を使うのは久しぶりだった。それとジントニックを一杯。いや、二杯だったか……。クリスティーヌはベッドの上で座りなおした。眠くて、目が腫れぼったかった。

　そこにイギーが飛びのってきた。甘えるようにして、顔を舐めてくる。クリスティーヌはイギーをなでてやった。昨日、一日のあいだに起きたことが脈絡のないまま、断片的に頭に浮かんできた。

　両親にジェラルドを紹介して、クリスマスのご馳走を食べたこと。番組の放送中におかしな質問電話があったこと。玄関の扉に動物の尿がかけられていたこと。それから最後に、あの男の電話。あの男は放送中と同じように、「自殺をしようとしていた女を助けなかった」と言って、こちらを責めていた。

　不安の発作が起きないよう、クリスティーヌは意識してゆっくりと呼吸をした。そのあいだも耳を澄まして、あたりの様子をうかがった。もしかしたら、部屋のなかに誰かがひそんでいるかもしれない。

　だが、いくら耳を澄ましてみても、不審な物音は何もしなかった。聞こえるのは、ただ、イギーがハアハア言いながら、羽根布団を引っかく音だけだ。散歩に行きたくてうずずしているのだろう。丸くて小さな目が、「どうして散歩に連れていってくれないの？」というように、こちらを見つめている。黒い鼻の下にピンクの舌の先がちょこんと出ていた。

クリスティーヌはベッドから出ると、浴室に行った。浴室には脱ぎすてたTシャツや丸めたシーツ、使った下着や湿ったタオルが山のように積み重なっていた。ともかく洗面台まで行って、顔を洗い、口をすすぐと、そのまま歯みがき用のコップで水を飲む。天井の蛍光灯はあいかわらずチカチカと点滅していて気になった。それから、リビングキッチンに行くと、カフェオレボウルにコーヒーを入れた。けれども、冷蔵庫は開けなかった。扉に手をかけてみたものの、食欲がないことに気づいたからだ。

そして、また玄関の扉にかけられた尿のことを思い出した。

昨晩は掃除をする元気がどうしても出なかったので、鍵をしっかりかけて、あとはもう忘れることにしたのだ。いったい、どうなっているのだろう？　クリスティーヌは玄関に行き、鍵を回して扉を開けた。においはまだ残っていたが、幸い、鼻をつまめばすむくらいにまで弱くなっている。

だが、今は掃除をしている時間がない。この玄関マットは出かけるときに直接、下のごみ箱に持っていって捨ててしまおう。帰りに新しいものを買ってくればいい。局から戻ってくるまで、こんなものを部屋に入れておくのはごめんだった。

そんなことを考えていると、ふいにある考えが浮かび、クリスティーヌはぞっとした。もしかしたら、これは動物の尿ではなく、電話をかけてきた男の尿なのかもしれない。男は階段の踊り場の窓から通りの様子をうかがっていて、こちらが帰ってきたと知るなり、扉に小便をかけたのかもしれない。クリスティーヌは思わず嫌悪感でいっぱいになった。染みのついた玄関マットを見ながら、あとずさる。ということは、昨夜、その男はすぐ上の階段に座って、自分が帰ってくるのを見ていたのだ。電話が鳴ったのは、玄関の前で尿の水たまりを見て、茫然としているときだった。あれは決して偶然じゃない。男はこちらが四階まであがってくるのを待って、それで電話をかけたのだ。あの階段から見張っていて……。クリスティーヌはそっと階段のほうを見た。不安がこみあげてくる。もしかしたら、エレベーターも？　エレベーターのところまで行くと、クリスティーヌはボタンを押してみた。すぐにモーターのうなる音がして、下からごとごととエレベーターがあがってくる音がした。つまり、故障ではなかったということだ。

となると、あの故障中の札もあの男の仕業だったのだろうか？　それとも、こんなことを考えるのは、薬の副作用かもしれない。気分が沈んで、被害妄想にかかっているのだろうか。

そうだ、局に行かなくては！

クリスティーヌはあわてて家のなかに戻った。知らないあいだに時間がたっていた。七年間で一度も遅刻などしたことがなかったのに。それなのに、二日続けて、遅刻だなんて。

玄関に鍵をかけると、クリスティーヌはシャワー室に飛び込んだ。だが、シャワーを浴びながら思った。あの男はまだこの建物のなかにいるのだろうか？　もしそうなら、自分とその男を隔てるものは、玄関の古い錠しかない。いくらなんでもそれは不用心だ。さっそく錠を取り替えて、内側にチェーンも取りつけなければ。これは急いでやる必要がある。シャワーから出ると、クリスティーヌはバスタオルを体に巻きつけたまま、パソコンの前に座った。キーボードを叩いて、インターネットで鍵の専門店を探す。出てきた順に電話をすると、最初の三社は数日後でないと来られないという返事をした。時計は八時二十五分を指している。急がなくては。クリスティーヌは四番目の業者に電話をかけた。すると、今日来られるという返事が戻ってきた。

「夕方の五時になりますけど、いいですか?」

「お願いします」

そう言って住所を告げると、クリスティーヌは電話を切り、超特急で身支度をした。時間がないので、メイクをするのはやめにした。ラジオ番組なので、その点は問題ない。玄関まで行くと、扉の前でイギーが待っていた。お座りをして、嬉しそうに尻尾を振っている。クリスティーヌは胸が締めつけられた。昨晩も散歩に連れていってやれなかったのだ。あの電話のあと、外に出ると思うだけで不安の発作が起こりそうだったので、イギーには我慢してもらっていた。おりこうなイギーは外に出られないときのために用意してある、新聞紙を敷いた箱のなかでちゃんと用を足していた。

イギーは待ちきれない様子で、しばらく尻尾を振っていたが、なかなか「お散歩に行こう」という声がかからないので、「どうして? どうして?」というように、うろうろしはじめた。玄関の扉を引っかいたかと思うと、戻ってきて、足に飛びつく。

かわいそうに、イギーは丸一日、外に出ていないのだ。いや、もっとだ。

「ごめんね」クリスティーヌはイギーの細い首をなでながら言った。「今晩はたくさんお散歩をするから」

イギーは首をかしげて、こちらを見あげている。小さくて丸い目が、「どうして？」と訴えかけてくる。

「約束するから。帰ってきたら、たくさんお散歩をするって」涙声になって、クリスティーヌは言った。

だが、もし今夜、イギーと散歩に出かけたときに、物陰からあの男が飛びだしてきたら？　そう思うと、ぞっとした。

編集室に入ると、番組編成部長の部長室の前でギヨモが待っていた。クリスティーヌは挨拶をして、遅刻したことを詫びた。

「クリスティーヌ、いったいどうしたというんだ？」思ったより優しい声で、ギヨモが言った。

「すみません。これからは気をつけます」

そう言って、クリスティーヌは急いで自分の席に向かおうとした。けれども、ギヨモに手首をつかまれた。

「ちょっと私の部屋まで来てくれ」

「でも、今は時間がありません。番組が始まるまで、あと二十分です」

「それは気にしなくていい。きみに見せたいものがあるんだ」

クリスティーヌは警戒した。その声には何か通常とは違うものが感じられた。クリスティーヌがうなずくと、ギヨモは脇に寄って、部長室に通した。背後で扉の閉まる音がする。クリスティーヌは部屋のなかを見まわした。壁には〈ラジオ5〉の番組を宣伝するポスターが何枚も貼ってある。サイドボードにはカートリッジ式のコーヒーメーカーが置いてあり、パソコンからは自局の番組が流れていた。ギヨモはコーヒーメーカーのほうに身をかがめた。

「コーヒーはどうかね？」

「時間は大丈夫ですか？」

「エスプレッソ、それともレギュラー？」

「エスプレッソをお願いします。砂糖は一つで」

コーヒーが出来上がると、ギヨモは「どうぞ」と言ってカップを置き、デスクのうしろに座った。お腹の前で手を組んで、こちらをじっと見つめる。

「遅れて申し訳ありません。わたし……」クリスティーヌは言いかけた。

だが、それを手で制すると、ギヨモは口元に愛想のよい笑みを浮かべて言った。

「それは気にしなくていい。クリスティーヌ、きみは今まで、いつも時間どおりに来ていたんだから。一緒に仕事をするようになって六年か七年になるが、そのあいだ、きみが遅刻するのは見たことがなかった。ということは、何か事情があるんじゃないかね？　ひどい風邪をひいているとか。どうも最近、流行っているようだからね」

「そんなことはありません」

ギヨモは安心したようにうなずいた。

「よかった。その心配はいらないというわけだ。仕事のほうはどうだね？」

いったい、何を言おうとしているのだろう？　わけがわからず、クリスティーヌは用心しながら答えた。

「特に変わったことはありませんが。ラジオの仕事というのは、こういうものでしょうから。いつもどおりだと思います。でも、どうして？」

すると、その言葉にかぶせるように、ギヨモが尋ねた。

「ベッケルとはどうかね？　うまくいっているのか？」

クリスティーヌは微笑んだ。

「ええ。あの性格ですから、いろいろ言ってくることはありますが、ベッケルのせいで困ったことはありません。どうして、そんなことをお訊きになるんですか？　今、この時間に……。わたしはもう行かないと。コーヒー、ごちそうさまでした」

そう言って、クリスティーヌは立ちあがりかけた。だが、ギヨモは座るように両手で合図をすると、デスクの引出しを開けて、薬の瓶を二つ取りだした。

「なんでしょう？　それは？」クリスティーヌは訊いた。

ギヨモは探るような目つきをした。

「きみが答えてくれ」

クリスティーヌは二つの瓶に貼られたラベルを見た。〈ザナックス〉と〈フロキシフラル〉。〈ザナックス〉は強力な抗不安薬だ。〈フロキシフラル〉は、深刻なうつ症状や強迫性障害に使われる抗うつ薬。どちらも症状が重いときに使われる強い薬品だ。クリスティーヌは薬の瓶を見つめ、それからギヨモを見つめた。どういうことなのか、まったく見当もつかなかった。

「なんのことか、さっぱりわからないのですが……」

それを聞くと、ギヨモはやれやれといった顔で、ため息をついた。

「では訊くが、クリスティーヌ、最近、何か困っていることはないかね？　ちょっと様子が変だからね。それで心配しているんだ。私に何か相談することはないかね？」

クリスティーヌは昨夜のことを考えた。玄関の扉に尿がまかれていたこと、それから自殺を止めなかったと言って非難された電話のことを。あの男は番組の質問コーナーでも同じことを言っていた。確かに誰かに相談したかった。でも、相談する相手はギヨモではない。ジェラルドだ。ギヨモに話しても、なんの役にも立ってくれないだろう。

「で、その薬は？　部長に相談したいことがあるかというのと、その薬にどんな関係があるんです？」

「実は申し訳なかったんだが、きみのデスクの引出しを勝手に開けることになってね」ギヨモが説明した。「これから番組に出演するゲストの予定表を見たかったんだが。そうしたら、この薬が出てきたんだ。それで、何か精神的に追いつめられているのではないかと思って……。本当に私に相談したいことはないのかね？」

「その薬が？　わたしの引出しに？」クリスティーヌは声をあげた。

「そのとおりだ。それとも、この薬はきみのものではないと？」

まるで刑事ドラマで、しらを切る犯人に警察官が言うセリフだ。クリスティーヌは気持ちが高ぶるのを感じた。顔が赤くなっているのがわかる。

「わたしのものではありません！　きっと誰かがデスクを間違えたんです。そんな薬、わたしは……わたしは……」

「まあまあ、クリスティーヌ。そんなに興奮しないで。安心してくれ。私は何があっても、きみの味方だ。私はきみの友人だ。ともかく、落ち着いてくれ。引出しに薬が入っていたくらい、なんでもない。誰だって、精神が不安定なときが……」

「それはわたしのものではありません！　さっきからそう言っているじゃないですか！」

クリスティーヌは爆発した。そして、ギヨモが非難するようなまなざしでこちらを見つめるのにはかまわず、バタンと扉を閉めて、部長室から出た。そのまま編集室のデスクのあいだを抜けて、自分の席に向かう。そのあいだ、みんなの視線が痛いほど感じられた。「今、いったい、どこにいたんです？」椅子から立ちあがって、イアンが声をかけてきた。

何時だと……」

だが、そこでこちらの様子に気づいたのだろう、その言葉が最後まで口にされることはなかった。クリスティーヌは言った。

「台本をお願い」

「五分後には打ち合わせです」

そう言うと、イアンはこちらを見ようともせず、また椅子に座った。怒っているのは明らかだ。それはそうだろう。遅刻して心配をかけたのに、あんな態度をとったのだから。また失敗をしてしまった。

パソコンを開くと、クリスティーヌは仕事に集中しようとした。まずメールをチェックする。でも、内容が頭に入ってこない。ああ、どうすればこんな状態で仕事に集中できるというのだろう。昨日からおかしな男の電話に悩まされているし、編成部長に対しても感情を爆発させて、怒鳴るような声を出してしまった。でも、あの薬は？　どうしてあんな薬が自分の引出しに入っていたのだろう？　クリスティーヌはため息をついた。一瞬、目を閉じて、また開く。それから周囲を見まわした。

隣の席では、イアンが頬を紅潮させている。まだ怒っているのだ。わざとこちらを見ないようにして、「今朝の新聞から」の記事を選ぶために、自分の前に広げた新聞に集中しているようなふりをしている。けれども、チェック用に握られたペンは怒りで震えていた。

「なんだ、この記事は？」突然、イアンが声をあげた。

クリスティーヌはおそるおそるイアンを見た。ペンはあいかわらず震えている。だが、その怒りは今は記事に向けられているようだ。

「ひどい話だ！　ニューヨークで同時多発テロが起こった九月十一日生まれの息子に、ジハードって名前をつけた母親がいるんだと。聖戦って。しかも、その母親は幼稚園に行く子どもに、〝9・11生まれ　僕は爆弾〟とプリントしたTシャツを着せたそうだ。そんなTシャツが自由に販売されているってこと自体問題だけど、それを三歳の子どもに着せるなんてあり得ない。その母親が言うには、『別にテロを擁護しているわけではありません。だって、幼稚園の子どもたちは、まだ字が読めないでしょう』だってさ。でも、幼稚園の先生や、ほかの園児の保護者たちは、字が読めるじゃないか！」

そうぶつぶつ言いながら、イアンは嫌悪感を抑えきれないというように顔をしかめた。ユダヤ教徒のイアンはこういった問題にことさら強い反応を示すのだ。そのとき、ポケットで携帯が震えた。クリスティーヌは画面を見た。画面には知らない番号が表示されている。胸騒ぎがした。

「もしもし？」

「もしもし、クリスティーヌ・スタンメイエルさんですか？」

男の声だ。でも、昨日の男の声ではなかった。訛りはない。それほど低い声でもないし、耳元でささやくような感じもない。

「はい、そうです」クリスティーヌは用心しながら答えた。

「こちらは、警察署です。昨日、届出をされた手紙のことでお電話しています」

昨日の警官だ。どうやら調査にかかってくれるらしい。

「また警察署にいらしていただけますか？」

「今は仕事の最中なのですが」

「では、お仕事が終わったあとに。この件はボーリューという警部補が担当しますので、受付で、ボーリュー警部補に面会に来たと言ってください」

クリスティーヌは礼を言って、電話を切った。パソコンを見ると、新しいメールが一通、入っていた。件名は〈ゲーム〉。送信元はmalebolge@hell.comだ。maleborgeというのは、ダンテの『神曲』の「地獄篇」に出てくる地獄の第八圏の第五の嚢(ふくろ)のことだ。それに、hell.comとは……。迷惑メールに違いない。クリスティーヌはすぐにそのメールを〈ごみ箱〉に捨てようとした。だが、本文のメッセージがちらっと目に入ったので、思いとどまった。


リンクをクリックして、ファイルをダウンロードして。ジェラルド

クリスティーヌは眉をひそめた。どうしてジェラルドが知らないアドレスからメールを送ってくるのだろう？ ちょっとしたいたずらを仕掛けてきたのだろうか？ もしそうなら、タイミングが悪すぎる。

クリスティーヌはリンクをクリックした。

すると、jpegで保存されたファイルが出てきた。

ダウンロードしてファイルを開くと、画像が現れた。カフェのテラスを写した写真だ。歩道に置かれた丸いテーブルのうしろに、通りのほうを向いて客が何組か座っている。学生のカップルがひと組。チワワを連れた老婦人が一人。チワワはテーブルの脚にリードでつながれている。新聞を読んでいる男の人が一人。男の人はギャバジンのコートを着ていた。知っている顔は一つもない。

と、写真が替わった。スライドショーになっているようだ。そのとき、頭のなかで警報が鳴った。ジェラルドとドゥニーズがいる。同じカフェの屋内に、テーブルを挟んで向かいあわせに座るジェラルドとドゥニーズが写っていた。新聞を読んでいる男の人の向こうだ。二人はアップで撮られていた。顔を近づけ、互いを見つめて笑っている。だが、これだけなら、まだ本当に危険が迫っているとは言えない。確かに二人の距離は近いが――近すぎるが、何か決定的なものが写っているわけではない。けれども、写真が三枚目に替わったとき、クリスティーヌは衝撃を受けた。手袋をしたドゥニーズの手がジェラルドの頬をなでていたのだ。こんなのは、博士課程の学生が指導教授にする仕草じゃない。

写真がまた替わった。今度の写真では、ドゥニーズはカフェのガラス越しに通りのほうを見ていた。まるで、たった今の光景を誰かに見られていたのではないかと心配するように。ドゥニーズの若さと美貌はきわだっていた。そんなドゥニーズの顔をジェラルドはうっとりしたような顔で見つめていた。

どうして？ わたしの婚約者なのに……。

クリスティーヌはこぼれそうな涙を手で抑えた。

いったい、誰がこんな写真を撮ったのだろう？ なんのために？ どんな目的でわざわざ送りつけてきたのだろう？

「クリスティーヌ、クリスティーヌ……」

我に返ると、イアンが不審そうな顔でこちらを見ていた。少し前から声をかけていたらしい。

「打ち合わせが始まりますよ。みんな待っていますけど」

幸い、イアンの席からこの画面は見えない。写真は五枚目に変わっていた。ドゥニーズとジェラルドがカフェから出てくるところだ。ドゥニーズはまるで自分が婚約者であるかのように、ジェラルドの腕につかまっていた。笑いながら、ジェラルドの耳元に何かささやいている。ジェラルドのほうも、まんざらではない様子だ。口元にだらしない笑みを浮かべている。

なんなのよ、これは！

クリスティーヌはいきなり椅子を引いて立ちあがった。イアンがびっくりしているのはわかったが、それにはかまわず洗面所に向かい、扉を乱暴に押した。すごい勢いで押したので、扉は脇のハンドドライヤーにぶつかった。なかには誰もいなかった。クリスティーヌは急に胸がむかむかしてくるのを感じた。吐き気がする。そこで、個室に入ると、便器の上にかがみこんだ。だが、何も戻さなかった。代わりにしゃっくりと咳が出た。個室の壁は赤とベージュに塗られていて、目がちかちかした。泣いてしまえば、少しは気分がましになるかと思ったが、何かがそれを押しとどめた。泣いている場合ではない。何か危険が迫っているのだ。昨夜の電話の件にしろ、今の写真にしろ、誰かが自分を標的にしている。そう思うと、怖かった。

そのとき、ジーンズのポケットで携帯が震えた。メールだ。画面を見ると、小さな封筒が表示されていたので、指をすべらせてメールを開けた。

クリスティーヌ、ゲームはさらに続く。お楽しみに。

もう少しで、携帯を壁に投げつけるところだった。

「なんなのよ！　ふざけないでよ！」クリスティーヌは叫んだ。声は洗面所に響きわたった。

さっきのメールもそうだったが、このメールにも開封確認メッセージがついている。全部、同じ人間の仕業だ。電話の男だ。扉に尿をかけたのも、写真を送ってきたのも、このメールも、それから、車のフロントガラスに〝メリークリスマス！　このクソ女！〟と書いたのも。でも、どうしてあの男はこんなことをするのだろう？　自殺を予告する手紙を受け取ったのに、何もしなかったから？　でも、どうしてそのことを知っているのだろう？

「クリスティーヌ、クリスティーヌ。いったい、どうしたの？」

背後で声がした。思わず立ちあがって、うしろを向くと、そこには研修生のコルデリアが立っていた。個室のドアを開けっぱなしにしていたのだ。いつのまに入ってきたのだろう？　物音はしなかったのに。マスカラを塗りすぎた目で、コルデリアはこちらを見つめていた。好奇心と心配が混ざりあったような目つきだ。と、コルデリアが腕を伸ばして、手を握ってきた。もう片方の手で頬をなでてくる。

「どこか具合が悪いの？　どうしたの？」

そう言いながら、こちらを抱きしめる。クリスティーヌは一瞬ためらったが、結局、身を任せた。

「いったい何が起きたの、クリスティーヌ？」

声は優しく、力強かった。その声に安心して、クリスティーヌは堰(せき)を切ったように泣きだした。涙があふれてくる。嗚咽(おえつ)で体が震えた。

「何が起きたのか、教えて。あたしを信頼して」コルデリアが言った。

そうしてしまっていいのだろうか。コルデリアの香水と煙草のにおいに包まれながら、クリスティーヌはためらった。でも、今は何も考えないで誰かに身を委(ゆだ)ねたかった。コルデリアはまるで子どもをあやすように、こちらを抱きしめながら、髪をなでている。クリスティーヌは体の力を抜いた。誰かに身を委ねるのは心地よい。コルデリアが身をかがめて、頬にキスをしてきた。

「大丈夫よ。あたしがここにいるから」

そう言いながら、もう一度もっと優しくキスをしてくる。口の横に唇を寄せて……。だが、その唇はすぐにこちらの唇を探ってきた。舌が口のなかに入ってくる。

「放して！」

クリスティーヌは腕をほどいて、コルデリアを突き飛ばした。コルデリアの背中が壁にぶつかった。洗面所の黄色っぽい照明のもとで、クリスティーヌはコルデリアの顔を見つめた。そこには獲物を前にしたハンターのような笑みが浮かんでいた。優しさのかけらもない笑みだ。クリスティーヌはトイレから飛びだした。

コルデリアはきっと自分が席を立つのを見て、あとを追ってきたのに違いない。最初からこうするつもりで……。だとすると、今度の出来事はすべてコルデリアの仕業なのだろうか？　でも、電話の声は男だった。コルデリアの声ではない。

廊下に出たとき、洗面所からコルデリアの笑い声が聞こえてきた。

警察署の玄関をくぐると、クリスティーヌはたちまち重苦しい雰囲気に圧倒されそうになった。警察署には駅の待合室よりもたくさんの人がいるうえ、どの顔も疲れて、硬い表情をしていた。どの顔も何かあったらすぐに泣きだしたり、怒りだしたりしそうだった。

まるで怒りや悲しみやあきらめの壁が目の前に立ちはだかっているように思えた。そんな人々を見ているうちに、クリスティーヌは子どもの頃に見た『ベルリン・天使の詩』という映画を思い出した。映画では、ベルリンの街を見おろす天使たちが人々に寄りそいながら、彼らの心の声に耳を傾けるという設定だが、その天使が今ここにいたら、人々からどんな声を聞くことになるのだろう？　怒りの声？　悲しみの声？　あきらめの声？　少なくとも、希望の声ではなさそうだ。

順番待ちの列は受付のカウンターから入り口まで続いていた。椅子はすべて埋まっている。自分の順番を待ちながら、クリスティーヌはあたりをそっと見まわした。と、エレベーターの前で靴ひもを結んでいる男と目があった。男は薄い色の瞳で、じろじろとこちらを眺めていた。欲情を丸出しにした、いやらしい目つきだ。クリスティーヌは身震いした。

受付カウンターには、署員たちが飼っているのだろう、黒と灰色の雑種の猫がいて、プラスチックのかごのなかで丸くなって寝ていた。そういえば、このあいだここに来たときもこの猫はいた。そんなことを思い出しながら、クリスティーヌは言った。

「ボーリュー警部補と面会の約束があります」

受付の女性はこちらを見もせず、受話器を取って何か言った。それから、顎をしゃくって、エレベーターのほうへ行けと合図をした。おそらく、そこで待てというのだろう。最後までこちらと視線を合わせるつもりはないようだった。クリスティーヌは自分が虫けらになったような気がした。

エレベーターの前まで来ると、さっきの男がちょうど靴ひもを結びおわったばかりだった。男はドクターマーチンのブーツの上に、ジーンズのすそを引きおろすと、立ちあがってこちらを見た。あいかわらずいやらしい目でじろじろと眺めまわしてくる。ひょろっとした男で、目の色は履いている水色のジーンズより薄い。ふいに、男の顔に薄気味の悪い笑みが広がった。クリスティーヌは男から離れようとした。だが、遅かった。男はクリスティーヌのほうにかがみこむと言った。

「ちょっと脚を開いて、見せてくれないか？」

男の体臭とオーデコロンが混ざった、むっとするようなにおいがした。もみあげの近くには、ひげ剃りで切ったような傷があった。

「なんですか？」クリスティーヌはわけがわからず、訊き返した。

「指であそこを触ってほしいか？」男がさらに言った。

クリスティーヌはその場で固まった。

「車を外にとめてあるから、そのなかでどうだ？」粘っこい声で、男は続けた。「百ユーロある。すごいもんを見せてやるよ。今までに見たこともないような、でっかいモノをな」

クリスティーヌはめまいがして、立っていられなくなった。エレベーターの脇の壁に片手をついて、深呼吸をする。大丈夫、ブラウスのボタンはいちばん上までかけてある。そう思いながら、体がカッと熱くなるのを感じた。

「あっちに行って」

だが、男はあいかわらずいやらしい目つきで、こちらを眺めまわすと言った。

「そんなこと言うなよ。気持ちいいこと、したいだろ？　悪いこと、しようぜ」

「わたしにかまわないで」

おそらく、この男は性的暴行を働いたせいで勾留されていたに違いない。それなのに、釈放されたとたんに、また同じことを繰り返そうとしている。しかも、警察署の玄関ホールで。すぐ近くに警官たちがいるというのに、なんのためらいもなく。

そのとき、エレベーターのドアが開いて、男が一人出てきた。

「エクトール、そのご婦人にかまうんじゃない」

どうやら私服の刑事らしい。刑事は薄い目の男を追い払うと、話しかけてきた。

「クリスティーヌ・スタンメイエルさんですか？」

刑事は三十代で、栗色の飛びでた丸い目をしていた。髪はもじゃもじゃで、顎が細い。まるでプードルのような顔をした男だ。このあいだの警察官とはまったく印象が違う。同じなのは、ネクタイの趣味が悪いことだけだ。

「ボーリュー警部補です」そう言うと、警部補は身分を証明する磁気カードを見せた。

「こちらへどうぞ」

二人はエレベーターに乗った。クリスティーヌは箱の奥まで進んだが、上にあがるあいだ、警部補の視線が気になってしかたがなかった。人の顔をじろじろ見るのは、警察官の特権だと思っているのだろうか。クリスティーヌは素知らぬふりはしたものの、ときおり、警部補のほうを見返した。警部補はどうやら疲れているようで、目の下に隈があった。あまり情熱を持って、この仕事をしているようには見えない。そのうちに、エレベーターは三階に着いた。

書類の山でいっぱいのオフィスに入ると、ボーリュー警部補は椅子の上の書類をどけて、そこに座るように言った。と、電話が鳴った。警部補は受話器を取ると、二言、三言、簡単な返事をして、乱暴に切った。それから、こちらに向かって、「すみません」と言った。だが、特にすまないとは思っていないようだ。クリスティーヌは首を横に振った。すると、警部補は自分も椅子に座って、その飛びでた丸い目でこちらを見ながら、質問を開始した。

「最近、個人的なことで何か問題は起きていませんか？」

クリスティーヌは面くらった。

「どういうことですか？」

「つまりですね。ご家族や恋人、ご友人との関係で、何か問題はないかということですが」

「ご質問の意味がわかりませんけど」

「だから、何か問題はないかと……」

「いいえ、それはわかるんですが、わたしは昨日届けた手紙のことで、ここに来ているんですよね？」

「そのとおりです」

「だったら、わたしが家族や恋人とどういう関係だろうが、関係ないと思うんですが」

それを聞くと、警部補は不快感をあらわにした。いかにも面倒だというように、こちらを見つめる。それから言った。

「クリスマスの日は、どこで何をされてましたか？　お一人でしたか？　それともご家族と一緒でしたか？」

「婚約者と一緒でしたが。イヴの日は婚約者の両親の家で、昨日のクリスマスはわたしの両親の家で過ごしました」

どうして、そんなことを訊くのだろうと思いながら、クリスティーヌは答えた。昨日の夜、電話をかけてきた男のことを話すべきだろうか？　玄関の扉に尿をかけられたことも。だが頭のなかで、今は言わないほうがいい、という声がした。このボーリューという警部補がそういった話を丁寧に聞いて、きちんとした措置をとってくれるとは思えなかったからだ。昨日、応対してくれた警察官から、自分が〈ラジオ5〉のパーソナリティーをしていると聞いていないのだろうか。いや、聞いていたとしても、同じことに違いない。どうしてだかわからないが、ともかくこの警部補はこちらに対して敵意を抱いているように思えた。

「わかりました」警部補が言った。「それでは、この手紙のことですが。この手紙は、十二月二十四日、クリスマスイヴの日に、あなたの郵便受けに入っていたんですね？」

「はい」

「手紙は封筒に入っていた。でも、宛名も差出人も書かれていなかった」

「ええ、ですから、同じ建物の住人に尋ねてまわったんです。わたしの郵便受けに間違って入れられたものだと思って」

「そのときの婚約者の態度は？」

「いらいらしていました」

「なるほど。婚約者が普段からあなたにいらいらすることはありますか？　二人で言い争いをすることは？」

また私生活に関する質問だ。警部補は話をどこに持っていくつもりなのだろう？　クリスティーヌは、このボーリュ―という警部補が自分を罠にはめようとしているのではないかという気がした。だが、どんな罠に？　いや、そもそもどうしてそんなことをする必要があるのだろう？

「それが、手紙とどう関係するんですか？」クリスティーヌは尋ねた。

「どうか答えてください」

「確かに婚約者がいらいらしたり、二人で口喧嘩することもあります。でも、わたしたちは婚約しているんです。もうすぐ結婚するんです」

「ご結婚はいつ？」

「まだ決まっていません」クリスティーヌはしぶしぶ答えた。

「そうですか」そう曖昧にうなずくと、警部補はいかにも疲れたように、親指と人差し指でまぶたをさすりながら続けた。「実はですね。十二月二十四日から今日にかけて、トゥールーズ市内で自殺事件は一つも起きていないんです。毎年、一件や二件は必ずあるんですがね。一人暮らしの者にとっては辛い時季ですから。まあ、自殺がなかったことは喜ばしいことなのですが……」

それを聞いて、クリスティーヌは安心した。自殺がなかったのなら、自分には責任がない。誰からも、「自殺者を見殺しにした」と非難されるいわれはないのだ。と、警部補が続けた。

「でも、手紙はあなたの郵便受けに入っていた。ということは、誰かが書いたことは間違いありません」

「ええ。その誰かがわかればと思っています。手紙の内容はかなり深刻でしたから」

「本当にそう思いますか？」

すると、警部補の目が急に鋭くなった。

「と言うと？」

「実はあの手紙と封筒からは、あなたの指紋しか検出されなかったんですよ」

頭のなかで警報が鳴った。この刑事は行きあたりばったりで質問しているわけでない。何か意図があって尋ねているのだ。罠。再び、その言葉が頭に浮かんだ。ボーリュー警部補が続けた。

「そう、あなた以外の指紋は見つからなかった。ところで、プリンターは何をお使いですか？」

クリスティーヌは啞然(あぜん)とした。

「それはどういうこと？　まさか、刑事さんは……」

「結婚の日取りはまだ決まっていないということでしたが、どちらかが先送りしているのではありませんか？　おそらく婚約者の方のほうが。婚約を解消するという話はありませんでしたか？」

「ありません」

「スタンメイエルさん。失礼ですが、以前、心療内科にかかったことは？　嘘をついてもだめですよ。調べれば簡単にわかることですから」

クリスティーヌは足元で地面が崩れるような気がした。今や警部補の狙いははっきりと理解できていた。警部補はこの手紙は自作自演だと考えているのだ。つまり、自分で手紙を書いて、自分の郵便受けに入れたのだと。こちらを虚言癖の患者扱いしているのだ。

「まさか、わたしが自分でこの手紙を書いて、警察に届けたと思っているんですか？」信じられない思いで、クリスティーヌは言った。

「私がいつそんなことを言いました？　そんな考えが出るということは、あなたが実際にそうしたからじゃありませんか？」

「馬鹿にしないで！　いい加減にして！」クリスティーヌは乱暴に椅子を引いて、立ちあがった。

「なんですって？」顔を紅潮させながら、警部補が言った。「公務執行妨害で、あなたを逮捕することもできるんですよ」

「失礼します」警部補の言葉をさえぎって、クリスティーヌは言った。「これ以上お話しすることはありません」

「わかりました。どうぞお好きに」

8　メロドラマ

　十二月二十六日の午後一時、セルヴァズは、カードキーについていたメッセージどおり、グランドホテル・トマ・ヴィルソンにやってきた。王冠と鍵のロゴの入った扉を開け、ゴージャスな革のソファとテーブルが並ぶぶ厚い絨毯が敷かれたロビーを抜けていく。そうしてフロントまで来ると、身分証を提示して、カウンターの上にカードキーを置いた。

「これはお宅のカードキーですね？」

　質問というよりは確認だ。フロントの女性はキーを眺め、それからこちらを眺めた。白いシャツの襟から胸元がのぞき、ブラジャーのレースが見える。フロントにいるだけあって、かなりの美人だ。女性は目の前のパソコン画面に向かってキーを叩いた。

「さようでございます。ですが、このカードキーは無効になっております。一一七号室は、本日、予約が入っておりますので。これはどこで見つけられたのでしょう？」

「つまり、カードキーが紛失したので、新しいキーを再発行したというわけですね。そういうことはよくありますか？」

　フロントの女性は顔をしかめた。

「まったくないわけではございません。お客さまがカードキーを失くされたり、盗まれたりすることもございますから。返却するのを忘れたまま、お発ちになってしまう場合もあります。気がついたときには、中国行きの飛行機に乗ったあとだったとか」

女性はもう一度、パソコンの画面を見た。

「一一七号室は、今日、予約が入っていると言いましたね？」

「そうですが」

「予約の名前は？」

「簡単にお教えするわけには……」

「セルヴァズという名前ではありませんか？」

女性はうなずいた。

「その予約が入ったのは、いつですか？」セルヴァズは尋ねた。

「三日前です。ホテルのオンライン予約サービスで」

セルヴァズはフロントの女性を見つめた。どうせなら、もう少し聞きだしたい。

「メールアドレスはわかりますか？　あとはクレジットカードの番号と電話番号も」

「わかることはわかりますが」

「では、それを印刷していただけますか？」

「それは、上司に相談してみないと……。少々お待ちください」

そう言うと、女性は受話器を取りあげて支配人を呼んだ。セルヴァズは待った。二分後、ホテルの支配人が姿を現した。背が高く、丸縁の眼鏡をかけていて、髪を栗色とレンガ色の中間の色に染めている。ただ、額のはえぎわだけは白い地毛が残っていた。近くまで来ると、支配人はもったいぶった様子で手を差しだした。

「どういう捜査でしょうか？」

セルヴァズは少し考えた。今は休職中の身だ。このホテルで職務質問をする権利も資格もない。何か事件が起きたわけではないので、裁判所に尋問の許可も要請していない。

「司法警察の捜査の一環です」セルヴァズは嘘をついた。「身分詐称の疑いがあります。何者かが私の名前を使ってこのホテルの部屋を予約したのです。ほかにも何のいたずらか、私の名前を使って買い物をしたりと、同様の違法行為が行われています。そこで、このホテルの部屋を予約した人間のメールアドレスとクレジットカードの番号、電話番号を印刷してほしいとお願いしていたところです」

「わかりました。それなら問題ないでしょう。予約受付票のコピーをお渡ししましょう」

支配人はフロントの女性のほうを向いて言った。「マルジョリ、印刷してさしあげなさい」

女性はカウンターの下に設置された小型のプリンターから、印刷された紙を取りだし、支配人に渡した。支配人は紙を一瞥すると、こちらに差しだした。そのとき、支配人がかすかに眉をひそめたのをセルヴァズは見逃さなかった。

「ご協力ありがとうございます。ところで、この一一七号室ですが、何かいわくでもあるのですか？」単刀直入に尋ねる。

支配人とフロントの女性が目を見交わした。セルヴァズはそこに秘密のにおいを嗅ぎとった。

「あの……それはですね」一つ咳払いをしてから、支配人が説明を始めた。「実は、一年ほど前に、この部屋で事件が起きまして。つまり……」

そこでいったん言葉を切ると、支配人はウェーブした髪を触った。それから、言葉を継いだ。

「つまり……女性のお客様が自殺なさったのです」その声は異様なほど高く響いた。自分でもそれに気づいたのか、支配人は今度は声をひそめて話を続けた。「あれは恐ろしい、まさにぞっとするような出来事でした。その女性は浴室と寝室の鏡を全部割ると、その鏡の破片で……」

支配人の声はだんだん細くなっていき、最後にはほとんど聞き取れなくなった。セルヴァズは必死で耳をそばだてた。

「その鏡の破片でお腹を切り裂こうとしたのですが、うまくいかなかったらしく、ついには喉をかき切ったのです」

ようやくしまいまで話しおえると、支配人はあたりを見まわした。少し離れたところのソファに座っているビジネスマンたちに、この話を聞かれたのではないかと心配になったらしい。けれども、ビジネスマンたちがなんの屈託もなく話を続けているのを見て、安心した顔になった。

セルヴァズはこめかみの静脈がどくどくいっているのを感じた。あの悪夢の光景がよみがえってくる。マリアンヌの腹が切り裂かれている光景だ。めまいがした。恐怖がじわりとわきあがってくる。頭のなかから、なんとかその光景を追い払うと、セルヴァズは尋ねた。

「その部屋を見ることはできますか？」声がうわずっているのが自分でもわかった。

支配人はうなずいた。フロントの女性がプラスチックのカードキーを支配人に渡した。昨日、送られてきたのと同じ形のものだ。

「こちらへどうぞ」

二人はエレベーターに乗った。奥の鏡を見て、セルヴァズは支配人の赤い髪のはえぎわがじっとりと汗で濡れていることに気づいた。自分のほうもあまり陽気な顔をしているとは言いがたい。鏡には不安が二つ、双子のように映っていた。どちらも口をきかないまま、エレベーターのドアが開いた。二人は、絨毯を敷きつめた廊下に出た。

「一一七号室というのは、プラチナ・ランクのお部屋でして」静かな廊下を進みながら、支配人が説明した。「広さは三十二平米、ベッドは百八十センチのキングサイズ、テレビは液晶画面でチャンネル数は五十ございます。冷蔵庫（ミニ・バー）にセーフティボックス、コーヒーメーカーがついていて、もちろん、バスローブやスリッパも用意してあります。浴槽は二人が一緒に入れる広さで、無料のＡＤＳＬとＷｉ－Ｆｉがご利用いただけます」

おそらく、部屋の説明をすることで、不安から逃れようとしているのだろう。自殺した女性を発見したのは、この支配人なのだろうか？　セルヴァズは考えた。だが、ホテルの支配人がそう頻繁に部屋に入るはずがない。死体を発見したのは、客室係のメイドか、ルームボーイだろう。それとも何かの巡りあわせで、支配人が発見することになったのだろうか？

「その女性の名前を覚えていますか？」セルヴァズは尋ねた。

「もちろんです。決して忘れられる名前ではありません。セリア・ジャブロンカ。たしか、写真家だとか……」

　その名前には聞きおぼえがあった。あるいは何かで読んだのか。セルヴァズは記憶を探り、思い出した。一年前の新聞記事で読んだのだ。まだ、あの小包が送られてくる前のことだ。自殺事件は、司法警察の管轄ではなく、公安警察の担当だ。だから、その事件を直接調べることはなかったが、その女性の死に方と写真家という職業が特殊だったので、記事を読んだあとに司法警察の同僚と話した記憶がある。ずいぶん昔の出来事のようですっかり忘れていたが、司法警察でも少し話題になったのだ。

　一一七号室の前で支配人が立ちどまった。金縁のスロットにカードキーを差し込む。扉の内側でカチッという音がして錠が開いた。支配人に続いて、セルヴァズはなかに入った。すぐにフローラル系の香水や洗いたてのシーツといった高級ホテル特有のにおいが鼻をついた。入り口から部屋までの廊下沿いには、スーツケースをしまう棚や衣裳戸棚がしつらえられている。浴室の扉は少し開いていた。寝室に入ると、キングサイズの大きなベッドがあった。ヘッドボードには銀色のひし形のクッションがはめこまれている。枕は真紅だった。カーペットはグレー、寝室の壁は黒檀の板張りで、クロームメッキの小さなランプが数個、薄明かりのなかに光っていた。

いかにも高級ホテルといった内装だ。

支配人は何も言わなかった。ただ、押し殺したような息づかいだけが聞こえていた。下の広場は交通量が多いはずなのに、車の音はここまであがってこない。おそらく二重の防音ガラスで遮断されているせいだろう。壁は厚いようだ。隣の部屋の物音も聞こえない。カーテンはえんじ色で、窓の脇に寄せてあった。ブラインドも完全には閉じていない。半分開いたその隙間から、雪が舞い散っているのが見えた。トゥールーズでこんなに雪が降るなんて、あまりないことだ。

「自殺した女性が割ったのは、どの鏡ですか？　どこで自殺したのでしょう？　発見したのは誰でしょう？　そういったことをできるだけ具体的にお話しいただきたいのですが」

セルヴァズは言った。

「わかりました」

その声は、声というよりは、息を吐いただけのように聞こえた。眼鏡のレンズに天井の照明が映っているので、目の表情を読みとることはできない。だが、緊張しているのは明らかだ。その緊張はこちらにも感染してきた。セルヴァズは入り口のほうに戻って、どこのスイッチかもわからないまま、壁のスイッチを押した。すると、浴室の明かりがついたので、まずはそちらに向かった。なかに入ると洗面台が二つあって、それぞれ鏡の上にいくつもの泡をイメージしたランプがついていた。蛇口はハンドル式で、シンクの奥に石鹸とシャンプーが置いてあり、脇のかごには、丁寧に折りたたんだ清潔なタオルが入っている。鏡は大きかった。ランプの光がまぶしい。その光に目を細めながら鏡に映る二人の姿は、知らない場所で途方に暮れている子どものように見えた。

「この鏡です」支配人が言った。「そこらじゅうにガラスの破片が散らばっていました。それから、血も……。それはもうひどいものでした。シンクや床、うしろの壁、ありとあらゆるところに血が飛び散っていたんです。ひと目見ただけで、背筋がぞっとするような光景で……。でも、自殺した場所はここではありません」

そう説明すると、支配人は今度は寝室に向かった。部屋の明かりをつける。

「ここの鏡も割られていました」

見ると、ベッドの足元には書き物机があって、その上には鏡が取りつけられていた。洗面台の鏡よりはずっと小さい。机には電気ポット、照明スタンド、レター用紙が置かれていた。その下にはミニ・バーが備えつけられている。

「女性はベッドに横たわっていたのです。両腕を交差させて」支配人の息が荒くなった。

「それも、裸で……」

セルヴァズは何も言わなかった。また悪夢の光景がよみがえってくる。吹雪のなか、狼の遠吠えがする。罠にかかった動物の血。そして、小道の向こうにある小屋。その小屋のなかには……セルヴァズは唾を飲み込んだ。ズボンのなかで膝が震えた。だめだ。まだ気持ちの準備ができていない。こんな事件に関わるのは早すぎる。

「どなたが発見したんですか？　あなたですか？」自分でも声が動揺しているのがわかった。

　支配人のほうも、すぐにそれに気づいたようで、驚いた顔をした。司法警察の警察官なら、そういった場面には慣れているだろうに、意外とデリケートな警察官もいるものだとでも思ったのだろう。二人は一瞬、顔を見あわせた。

「いいえ。発見したのは、ルームボーイです」支配人が言った。「部屋の前を通りかかったら、なかから音楽が聞こえてきたというのです。ええ、廊下にまで。それで、おかしいと思ったらしいのです。まあ、少しでも奇妙なことがあれば確認するのが仕事ですから、ルームボーイは扉をノックして押してみたそうです。すると扉が開いたので、呼びかけたとのことでした。でも、返事はなくて、ただオペラの曲が聞こえるだけだったと。いやはや、オペラですよ。声をふりしぼって歌いあげるオペラの曲とは。まったく常軌を逸しているとしか思えません」

「オペラですか？」セルヴァズは思わず反応した。

「そうです。ベッドの上の死体の横でＣＤが見つかりました。曲は何だと思います？　リヒャルト・ワーグナーの『さまよえるオランダ人』でした。ヒロインの若い女性ゼンタが自分の純愛を証明するために、崖から身投げするという物語です。つまり、自殺の物語ですよ」

おそらく、こちらが警察官なので、オペラのことは何も知らないと思ったのだろう。支配人からすれば、警察官というのは、無教養な人間なのに違いない。映画によく出てくるように。

ふいに、頭のなかに別の光景がよみがえった。四年前に訪れたヴァルニエ研究所——重度の精神疾患のある犯罪者を収監する施設——での光景だ。オペラではないが、あの場所でも重厚な音楽が鳴っていた。セルヴァズは心臓が押しつぶされるように感じた。脈拍が速くなった。

「不運なのは、ルームボーイですよ。開いた寝室のドアから、まず足の先が目に入ったそうです」

支配人の話し方はしだいに熱を帯びてきた。まるでルームボーイが乗りうつったかのようだ。

「そう、まず足の先が目に入った。それから、脚、腰……。お腹にはいくつもの傷があって、でも、内臓を傷つけるほど深くはなかったようです。ええ、自分で切りつけたのです。それから、寝室に入ると、両方の手首の血管がカットされていました。そうして、喉も……。喉には鏡の破片が刺さったままでした。噴きだした血がそこらじゅうに飛びちって、見るも恐ろしい光景になっていました。ベッドも壁も床もヘッドボードも一面血に染まって……。結局、事件のあとで全部、取り替えざるを得ませんでしたよ。クリーニングして再利用なんてことは、できるはずがありませんから。警察によると、女性は最初、〝ハラキリ〟をしようとしたみたいなんです。三角形の鏡の破片をお腹に突きたてて……。でも、それがうまくいかなかったので、最後は喉をかき切ることにしたようだということでした」

セルヴァズは空っぽのベッドを見つめた。体の奥で恐怖を感じていたが、あえて死体が発見されたときの様子を想像してみた。ルームボーイの目に映った光景を自分の頭にも浮かべてみた。腹や手首の切り傷、喉に突き刺さった鏡の破片。耳にはオペラが鳴り響いている。ルームボーイは茫然として、その光景を見つめていたに違いない。虚ろな目で、口はぽかんと開けて……。ルームボーイは今でもその光景を思い出して、悪夢にうなされているのだろうか？　もちろん、そうだろう。この悪夢からは逃れられるはずがない。

「そのルームボーイは、まだここで働いているのですか？」セルヴァズは尋ねた。

「いいえ、辞めました。実を言うと、事件の翌日から出勤しなくなったのです。あれから一度も姿を見せていません。もちろん、だからといって解雇にはしませんでした。事情が事情ですから。数週間たってから退職届が郵送されてきたので、辞職扱いにしました」

「それで、あなたは？　あなたもその光景を見たのですか？」

「ええ」少したためらったのちに、支配人は答えた。「ルームボーイがまず私を呼びましたから……」

だが、それ以上は語りたくないようだった。その気持ちはよくわかった。いずれにしろ、ほかをあたれば、もっと詳しい情報が手に入るだろう。

「この部屋にはＣＤを再生する装置が見あたりませんが」セルヴァズは尋ねた。

「ええ、テレビをつければ音楽チャンネルが選べますし、ラジオの放送を聴くこともできますが、再生装置はついていないのです。ＣＤは、その女性が持参したＣＤプレイヤーで再生されていたのです」

「わざわざＣＤプレイヤーを持ち込んだというわけですか？　自殺するときに、オペラの曲を流すために……」

「おそらく、その曲を聴きながら死にたいと思ったんじゃないでしょうか」支配人は、警察官のような口調で言った。「ホテルに再生装置がないことを知っていたのでしょう。でも、その女性が死ぬまぎわに何を考えたのかは、誰にもわかりません」

「でも、それならどうして自宅ではなくこの場所を選んだのだろう？」

支配人は肩をすくめた。それに答えるのは警察の仕事でしょう――そう言わんばかりの仕草だ。

「さあ、私にはわかりません」

「その女性はどのくらい宿泊していたんですか？」

「自殺の当日にチェックインなさいました」

ということは、最初から意図してこのホテルを選んだのだ。自殺したセリア・ジャブロンカにとって、このホテルで死ぬことは重要な意味があったのだ。死ぬときにオペラをかけることにも……。当時、この事件を捜査した公安警察は、そういった些細な事実を気にとめただろうか。それとも、単なる自殺として、簡単に片づけてしまったのだろうか。検死解剖を担当したのは誰だろう？　デルマスであってくれたらいいが……。セルヴァズは考えた。あの男なら信頼できる。気難しいが、誰よりもプロフェッショナルだ。以前の自分のように。

セルヴァズは、この事件はもしかしたら自殺ではないかもしれないと思いはじめていた。もしそうなら、自分のところに一一七号室のカードキーが送られてきた理由も説明がつく。カードキーを送ってきた人間は、セリア・ジャブロンカの死が自殺ではないと知っていて、自分に捜査をしてほしかったのだ。捜査をして、犯人を見つけてほしかったのだ。だが、それなら、どうして事件から一年もたってから、そんなことをしたのだろう？　誰が、なんのために？　ここに来れば謎が解けるかと思ったが、逆に新しい事実が出てきて、謎は深まるばかりだった。

9　幕間

療養施設のすぐそばまで戻ってくると、セルヴァズはふと木の枝から葉っぱが一枚落ちてくるのに目を引かれた。枝から離れると、葉っぱは空中にアラベスク模様を描くようにひらひらと舞って、汚れた雪で覆われた舗道の上に落ちた。その木はだいぶ前にほとんどの葉を散らし、残っていたのはその葉、一枚きりだった。どうしてその葉だけ残っていたのかはわからない。オー・ヘンリーの『最後の一葉』ではないが、セルヴァズはその葉に自分の運命を託していたところがあった。あの葉ががんばっているかぎり、自分もがんばっていける。しかし、目の前でその葉が落ちたことで、気持ちが動転した。

いや、大丈夫だ。セルヴァズはくわえたばかりの煙草を口からむしりとって、落葉の近くに落とし、靴のかかとで踏みつけた。いけないとわかっていながら、つい吸ってしまう。それから後悔して、すぐに消すのだ。このところ、そういったことが一つの儀式になっている。休職してこの療養施設に来てから、もう八カ月がたっていた。そろそろ、ここから出てもよい時期になっているのかもしれない。

道路を渡って療養施設に入る前に、セルヴァズは携帯を取りだして、法医学者のデルマスを呼びだした。

「セリア・ジャブロンカという女性写真家が去年、グランドホテル・トマ・ヴィルソンで自殺したんだが、何か知っていることはないか？」

「そうだな……」

「知っていることがあるのか、ないのか。はっきりしてくれ」

「ある。検死解剖を担当したよ」

よかった。ついている。セルヴァズは思わず頬をゆるめた。

「それでどうなんだ？」

「どうなんだって、何が？」

「自殺か、自殺じゃないのか？」

「自殺だ」

「確かなのか？」

「おい、これまで私がでたらめを言ったことがあるか？」憤慨した口調で、デルマスが言った。

セルヴァズはますます頬をゆるめた。ここはひとまず、相手の主張を認めよう。

「いや」

「自殺だよ。これっぽっちも疑いの余地はなかった」

「だけど、どこかおかしいと思わなかったか？」セルヴァズは反論を試みた。「自殺をする人間がわざわざ鏡を割って、その破片を喉に突きたてるなんてやり方をするだろうか？もともとはハラキリをしようとしていたし……。それに、CDプレイヤーを持ち込んで、オペラの曲をかけていたのも気にかかる。なんだか、演出が派手じゃないか？」

だが、デルマスは動じなかった。

「確かにあれだけ自分の体を傷つけているのを見たら、自殺とは思えないかもしれない。恨みを持った人間に殺されたと考えるのが自然だろう。でも世の中には、自分で自分を罰しようとする人間がいるものなんだよ。だから、あんなやり方をしても不思議じゃない。あの女性は自分で死んだんだ。誰の助けも借りずにね。それは傷の形状が証明している。それに手首を縛られたような痕跡はなかった。無理やり腹を切り裂こうとしたら、抵抗にあうはずだからね。誰かが殺したとしたら、しっかりと縛りつけたはずだ。抵抗してもがいたら、その痕跡が残るはずだが、それもない。薬物検査の結果を見れば、クスリをのまされていないことも明らかだった。血の飛び散り方を見ても、自分で傷をつけたときにはこうなるのではないかという予測と一致している。それから、鏡のかけらを握って、喉に突きたてたときにできた右手の傷。それもまさにそのとおりの傷だった。詳細をすべて思い出せるわけではないが、矛盾したところは一つもなかった。自殺だと考えたときに、すべてが説明できるんだ。間違いない。自殺だということははっきりしているよ」

「薬物検査の結果、ほかに何が検出されたか覚えているか？」

「そうだな。約十五時間前に、睡眠薬を服用していた。だが、自殺したときには目は覚めていたはずだ。それから、大量の抗うつ剤と鎮静剤が血液のなかに残っていた。しかし、麻薬は検出されていない。どうして覚えているかというと、きみの言うように、あんな死に方だったからな。幻覚剤の服用を疑ったんだ。あるいは抗不安薬のベンゾジアゼピンによって自殺衝動が高まったかもしれないと……」

そこまで言うと、デルマスは口調を変えて尋ねた。

「ところで、マルタン、もう仕事に復帰したのか」

「いや、まあ……」

「ということは、まだなんだな。では言うが、この事件はすでに自殺として処理されている。それから、きみは休職中だ。したがって、本来この事件を調べることはできないし、私も事件の詳細を伝えることはできない。それはわかっているな？　それなのに、どうしてこの事件に興味を持ったんだ？　自殺した女性が知り合いだったのか？」

「いや、つい一時間前までは知らなかった。というより、事件について記事を読んだことはあったが、自分にはまったく関わりがなかった」

「そうか。まだ話したくないというわけだ。でも、そのときが来たら、どうしてこの件に関心を持ったのか教えてくれ。きみが何をしようとしているかについてもな」

「ああ、そのうちに。ともかく、助かったよ。ありがとう」

「まあ、あまり無理をするなよ。復帰を急ぐんじゃない」

復帰というのはおおげさだ。セルヴァズは思った。今はただ情報を集めているだけだ。

しかも内密に。デルマスにもこのことは黙っていてもらう必要がある。

「一つ頼みがあるんだが」セルヴァズは言った。「この会話はなかったことにしてくれないかな？」

「会話って、なんのことだ？」そう言って、デルマスは電話を切った。

療養施設に向かいながら、セルヴァズは考えた。セリア・ジャブロンカという女性が自殺したことは間違いない。もしそれが他殺だったなら、どんなにうまくやっても、デルマスの目をごまかすことはできないからだ。でも、そうだとしたら、どうしてあの部屋のカードキーは自分のところに送られてきたのだろう。犯罪捜査官である自分のところに。そもそも、自殺事件は司法警察の担当ではないのだ。それなのに、どうして自分が選ばれたのか。自分は今、休職中だ。警察官のための療養施設で心を休ませている。いわば何カ月も練習をしていないボクサーのようなもので、実戦に復帰するのはほど遠い。セルヴァズはポケットからカードキーを取りだした。王冠と鍵、それから〈T〉と〈W〉が組み合わされたホテルのロゴ……。ポケットには、青いインクで書かれたメッセージも入っていた。

明日、十二月二十六日の午後一時、一一七号室でお会いしましょう。

こんなメッセージにたいした意味はない。最後に残った葉っぱが落ちたことに意味がないように。あの小屋が出てくる悪夢に意味がないように。あんな悪夢など、自分より強い力に押しつぶされた男が見る、ちっぽけな悲劇にすぎない。そんな目にあっている人はごまんといる。だが、いくらたいした意味を持たなくても、このメッセージは誰かが自分に宛てたものなのだ。何はともあれ、それが誰なのか、見つけなければならない。

10 ソプラノ

クリスティーヌは、鍵業者の若者が扉の前で作業する様子を眺めていた。警察署から自宅に戻ったあと、鍵業者は約束どおり夕方五時にやってきて、工事にかかっていた。すでに古いシリンダーは新しい三点ロック式の鍵に取り替えられ、ドアチェーンもつけられている。今はドアスコープ——扉ののぞき穴を取りつけている最中で、鍵業者の若者は電気ドリルを手に奮闘していた。横には開いた道具箱が置いてある。若者が言うには、本当は扉ごと新しいものに取り替えるのがいちばんいいらしかった。お勧めは鋼鉄製の扉で、つなぎの部分がドア枠と一体化し、蝶番(ちょうつがい)にも防犯対策がしてあるものがいいという。だが、クリスティーヌはさすがにここをアラモ砦(とりで)や、映画『パニック・ルーム』並みの立てこもり部屋にまでするつもりはなかった。

鍵業者の若者は、その丸い顔にも青い作業服の下のお尻にも、たっぷりと肉をつけていた。ベトベトした茶色の髪が長く伸び、前髪が鼻にかかっている。首と頬には思春期の名残の吹出物がまだ残っていた。ふいに、若者が言った。

「知ってますか？　泥棒の六十パーセントは、二分で鍵が開かなかったらあきらめるんです。九十五パーセントは三分でだめならあきらめます。それから、六十三パーセントの泥棒は扉から入ってきます。あと、レイプ事件の六十五パーセントは被害者の自宅で起きているんですよ」

クリスティーヌはぎくりとした。

「レイプ事件？　どうして急にそんな話をするの？」

若者は顔にかかった髪を払い、お節介そうな栗色の目でこちらを見た。

「強盗はレイプ犯になることもあるからですよ。実は、そういう事件は思った以上によく起きてまして」

新しい鍵を取りつけたばかりだというのに、どうしてこの男はこんな話をするのだろう。ほかに何か売りつけたいものでもあるのだろうか。そこで、クリスティーヌは尋ねてみた。

「まだ何かお勧めの商品でもあるんですか？」

すると、若者は作業の手を止め、作業着のお腹のポケットからパンフレットを取りだした。

「どうぞ。これで安全対策はばっちりです」

クリスティーヌはパンフレットを開いた。それは防犯装置一式の宣伝だった。動作感知器が五つ、マグネットセンサーが三つ、一二〇デシベルの音で知らせる非常ベル、フラッシュライト。そのどれもが遠隔監視センターにつながっているという。パンフレットによると、警報装置が作動した場合には、警備会社と連携を密にする警察が、十五分以内に駆けつけることになっていた。さらに、動作感知器は侵入者を写真撮影し、契約者の携帯と監視センターに送信するという。つやのある紙で作られた立派なパンフレット。内容はきれいなカラー写真とわかりやすい図で説明され、頼もしさを感じさせる。これなら業績のいい、しっかりとした会社で信用できると思わせるのに十分だろう。

「ありがとう」クリスティーヌはパンフレットを返しながら言った。「でも、まだそこまでする気はないの」

「決めるのはお客さんですしね。それはとっておいてください。気が変わったときのために。そういえば、お客さんは『時計じかけのオレンジ』を観たことありますか？　あの映画でも家に押し入られて……」

どうやら怖がらせて売る作戦らしい。クリスティーヌは言い返すことにした。

「ねえ、誤作動確認って知ってる？」

「なんですか、それ？」

「警察に通報する前に、あなたの会社は誤作動確認っていう手順を踏まなきゃいけないの。法律で決められた義務よ。警報が作動したら、警備会社はまずその家に電話して、誰かが出たら合言葉を言えるか確かめないといけない。または、デジタル写真か監視ビデオで侵入があったかどうかを確かめないといけない。でも、画像で確認できるのは通信が切れていないときだけ。それか、侵入者だと思ったらその家の住人だったときね。たとえばカメラに向かって、子どもが楽しそうに手を振っているときなんかは、画像で確認するだけで大丈夫。でも、本当に侵入があったときは、そんなふうにはいかないわ。警備会社は現場に社員を派遣して確認することになる。その社員はわりと遠いところから来るから、時間がかかるはずよ。だって、あなたの会社はこの地方全域をカバーしているから。そして、その時点で警察はまだ呼べない。不法侵入か異常事態があったとはっきり認められないかぎり、警察を動かすことはできないもの。要するに、どんなに早くても警察が来るまでに三十分はかかるってこと。警察や憲兵隊の事情を考えれば、普通、一、二時間はかかるでしょうね。つまり、このパンフレットの『警察が十五分以内に駆けつける』っていうのは、違法な虚偽広告になるの。そもそも、あなたの会社の防犯システムなんて、百ユーロで電波妨害機を手に入れれば、あっという間に使いものにならなくなるはずよ。だって、この防犯システムって無線を使っているんでしょう?」そう一気に言うと、クリスティーヌは若者にウィンクした。「実はね、この話題、番組で取りあげたことがあるの」

若者がにらむような目で見返してきた。そこまで言うなら勝手にしろとでも言いたげな目つきだ。

そのとき、うしろで電話が鳴った。クリスティーヌは身を固くした。またあの男だろうか。全身に鳥肌が立ち、一気に頭が混乱する。鍵業者の若者が今度はいぶかしそうな目でじっと見ていた。何か様子がおかしいと感じたのかもしれない。しかたなく、クリスティーヌはキッチンカウンターの上にある電話へと近づいた。電話が鳴りやみますようにと祈りながら、ゆっくりと歩いていく。だが、電話は静寂を切り裂くように鳴りつづけていた。

クリスティーヌは暗い気持ちで受話器に手を伸ばした。毒蛇をつかむ気分だった。

「もしもし」

「クリスティーヌ？」

女性の声だ。聞き覚えがある。この声は……。

「ドゥニーズです」

ドゥニーズだとわかって、クリスティーヌは心底ほっとした。それと同時に、疑問がわいた。どうしてドゥニーズが電話してくるのだろう？ そして突然、今朝パソコンに送られてきた写真のことを思い出した。カフェのガラスの向こう側で、顔を寄せ合うジェラルドとドゥニーズ。怒りと不安がごちゃまぜになって、胃がキリキリする。

「どうしたの、ドゥニーズ？」クリスティーヌは尋ねた。

「会って話したいことがあるのよ」

ドゥニーズの声は張りつめていた。

「そんなに急ぎの話？」

「ええ、そう思う」

まるで命令するような言い方だった。声には敵意もにじんでいる。すぐさま、クリスティーヌは警戒モードに入った。何かが起きたのだ。体中の神経細胞が活発に動きだした。

「何があったの？ もう少し詳しく教えてくれない？」

「そんなこと、あなたのほうがよくわかってるでしょ！」

今度は非難する口ぶりだ。怒りと挑発も感じられる。ジェラルドのことを話したいのだろうか。

「とにかく、今すぐ来てちょうだい」

あまりにぶしつけな物言いに、クリスティーヌはカチンときた。いったい、自分を何様だと思っているのだろう。

「あのね、そんな失礼な言い方はやめてくれない？　わたしには本当になんのことだかわからないの。そっちがそうなら言わせてもらうけど、わたし、今日はいろいろあって疲れているの。そうね、ジェラルドにあなたのことを相談するつもりよ。あなたとジェラルドの関係のことをね」

ついに言ってしまった。クリスティーヌはドゥニーズの反応を待った。

だが、ドゥニーズはあいかわらずの命令口調でこう告げただけだった。

「三十分後に、サン・ジョルジュ広場の〈カフェ・ヴァラス〉で。ちゃんと来ることね」

そしていまいましいことに、こちらの返事も聞かないまま、がちゃんと電話を切ってしまった。

それから三十分後。〈カフェ・ヴァラス〉に着くと、クリスティーヌはざっと店内を見わたした。店は混雑していて騒々しかった。内装はラウンジ風で、レリーフを施した模造石の壁が、下から照明で照らされている。角ばった小さいアームチェア。水族館のような青い照明のバーカウンター。客の八割方は学生で、かかっている音楽はインディーロックばかりだった。

ドゥニーズのいるテーブルに行くと、クリスティーヌは声をかけた。

「こんにちは」座りながら目を細めて、ドゥニーズを見る。

ドゥニーズは顔をあげず、カクテルを飲みつづけていた。電話のとき以上にいらついている様子だ。やがて口からグラスを離すと、蛍光色のマドラーでカクテルをかきまぜるそぶりをし、ようやくゆっくりと緑色の目をこちらに向けた。カイピリーニャ……。アルコールを飲むには、まだ早すぎる時間だった。たぶん、ドゥニーズは自分を奮い立たせるために、アルコールが必要なのだろう。でも、なんのために？　クリスティーヌはもう一度声をかけた。

「ほら、言われたとおり、ちゃんと来たわよ。でも、どうしてわたしを呼んだの？　だいたい、どうして電話であんな言い方をしていたの？　教えてくれる？」

ドゥニーズは店内に視線をさまよわせ、しかたないといった様子で、またこちらを向くと、ようやく口を開いた。

「昨日、あなたはジェラルドのオフィスで、わたしたちが……ジェラルドとわたしが一緒にいるところに……えーと、出くわしたでしょ」

「本当は『乗り込んできた』って言いたいんじゃない？」胃が抉られるような気持ちになりながらも、クリスティーヌは言い返した。

「『乗り込んできた』でも『出くわした』でも、言い方なんてどうでもいい」ドゥニーズの口調は、やはり棘々(とげとげ)しかった。「あれはあなたが思っているようなことじゃないから。全然違う。わたしたち、研究の話をしていたの。彼もわたしも。ジェラルドはわたしの博士論文を指導していて……」

「そんなこと知ってるわ」

「いえ、論文の指導だけじゃない。わたしたち、もっとすごいことにも取り組んでいるの。とても意欲的なプロジェクトを一緒に進めているのよ。全地球衛星測位システム(GNSS)から電波を受信する新しい方法を研究していて、それを論文にして提出する予定なの。衛星測位技術に革新を起こすのよ」

そこまで言うと、ドゥニーズはこちらが話についてきているかを確かめるように、ちらっと目を向けた。

「GPSは知っているでしょ。そのGPSみたいなものの研究だと思ってくれればいいわ。あっちはアメリカ製だけど。わたしたちはそのヨーロッパ版の〈ガリレオ〉に取り組んでいるのよ。今のところ、GNSSには、アメリカの〈GPS〉、ロシアの〈グロナス〉、中国の〈北斗〉しかない。でも二〇〇五年からは、ヨーロッパでもEUの測位衛星が打ちあげられているから、〈ガリレオ〉もまもなくGNSSとして動きだすことになるわ。それで、わたしたちが研究している方法なら、位置情報を受け取る受信機にあまり演算負荷をかけずに、フーリエ変換ベースの周波数解析を速めることができるのよ」

ドゥニーズは申し訳なさそうなそぶりをして続けた。

「ええ、そうよね。わけがわからないでしょうね。専門用語で煙（けむ）に巻くつもりはないんだけど。要するに、今、わたしたちはとても重要な論文を仕上げているところってことよ。どれくらい重要かっていうと、アメリカ航法学会（ＩＯＮ）が主催するＧＮＳＳの国際学会で賞がもらえるくらいね。つまり、衛星測位システムの分野で、世界一大規模で権威のある国際学会で、賞がもらえるくらいすごい研究なのよ」

ドゥニーズの声にまた苛立ちが戻りはじめた。

「ええ、はたから見れば、ずいぶん退屈そうよね。だけど実際は、熱い分野なの。ジェラルドもわたしも研究に誇りを持っている。今やっている研究に打ち込んでいるわ。今の研究も、ジェラルドが思いついたのよ。ジェラルドは素晴らしい指導教授でもあるし……」

ドゥニーズは少し黙ってから続けた。「そういうわけで、わたしたちにはクリスマスもイヴも関係ないの。昨日は急にアイデアが浮かんだから、ジェラルドに電話したのよ。そうしたら、ジェラルドもとても興奮して、すぐに研究所で落ちあうことになった。それだけよ」

「そう……」

ドゥニーズはよくしゃべった。その饒舌（じょうぜつ）さの裏に隠れた意味を、クリスティーヌははっきりと感じていた。きっとこう言いたいのだろう。妄想はやめることね。所詮、あなたにはわからない世界なんだから。だって、あなたはあんまり賢くないし、頭の回転も速くない。博士課程まで勉強したわけでもない。これはわたしたちだけがわかる世界。ジェラルドとわたしの二人だけがね。そこにあなたが入るのは無理。だから、さっさとあきらめたほうがいいわよ。

クリスティーヌはまわりを眺めてみた。ここにいる学生のうち、何人くらいが科学分野を専攻しているのだろう。この地方では何万人もの人が航空宇宙産業で働いている。ランゲイユ地区の理工科大学やその周辺の研究所では、何千人もの学生が最先端の数学や情報技術、宇宙科学、航空学を学んでいるはずだ。気がつくと、ドゥニーズがこちらを見つめていた。さっきまで目に浮かんでいた不安や興奮は消え、非難する目つきに変わっている。

「そうよ、クリスティーヌ、あなたは誤解している」ドゥニーズがまた言った。「確かにわたしはきれいだし、ジェラルドのお気に入りだし、ジェラルドとわたしは気持ちが通じあっているけど。とにかく、あなたの頭が何を考えているのかは知らないけど、わたしたちにやましいことはないの」

あなたの頭。気に入らない言い方だった。自分たちのほうが頭がいいことをほのめかしている気がする。ジェラルドとドゥニーズにしかわからない世界があることを。クリスティーヌはふと思った。ジェラルドは、ドゥニーズとわたしを比較したりするのだろうか？

ドゥニーズを見ていると、ほかにも引っかかることがあった。でも、なんだろう。ふいにクリスティーヌはその正体に気がついた。ドゥニーズは姉のマドレーヌに似ている。確かに似ている。まるで大人になったマドレーヌのようだった。子どもの頃のふっくらした顔が洗練されると、マドレーヌはきっとこんな顔になっていたことだろう。

そう思うと、クリスティーヌはなぜか動揺した。

けれども、同時に胸をなでおろしてもいた。ここに来るあいだずっと、何か恐ろしいことがありそうで、胸騒ぎがしていたからだ。とはいえ、自分は何を恐れていたのだろうか。職場のデスクの引出しで見つかった薬の瓶のような、身に覚えのない何かを突きつけられることが怖かったのだろうか。それとも、ジェラルドとドゥニーズが親密な関係だと知らされることが怖かったのだろうか。自分でもよくわからなかった。ただ、電話で聞いたドゥニーズの声に、嫌な予感を覚えていたのだ。

「ドゥニーズ」クリスティーヌは言った。「ご心配なく。誤解なんてしていないから。ジェラルドが仕事熱心なのはよく知っているし、あなたを評価していることもわかっているもの。そんなの、どうってことないわ」

本当だろうか。クリスティーヌは心でつぶやいた。自分は本当にそう思っているのだろうか。

と、テーブルの向こうのドゥニーズが冷ややかな声で言った。

「じゃあ、これはどういうこと？」

クリスティーヌは身をこわばらせた。指先の出る手袋をしたドゥニーズの手が、一枚の紙を差しだしていた。紙には印刷した文字で何か書かれている。

そこにウェイターが来て、業務用の陽気な声で言った。

「いらっしゃいませ。ご注文は？」

クリスティーヌはウェイターを無視してドゥニーズに尋ねた。

「これは何？」

「知らないふりをしないで！」ドゥニーズが怒りに震える声で応じた。

怪しい雲行きを感じたのか、ウェイターはすぐにいなくなった。クリスティーヌは紙のほうに身をかがめた。メールのようだ。メールヘッダーは飛ばし、本文に目を通す。


ドゥニーズへ。わたしがあなたの小細工を見抜いていないとでも？　甘いわね。いいこと、わたしの男にちょっかいを出さないで。これは忠告よ。

爪を出したクリスティーヌ

あり得ない……。クリスティーヌは店内全体がぐるぐると回りはじめたような気がした。こんなことが起きるわけがない。

もう一度、メールの文面を読み返す。いったん目を閉じて、また開いた。こんなのはみんな夢だ。そんな考えが頭をよぎった。

「こんなもの、わたしは書いてない……」

「クリスティーヌ、いい加減にして！　だって、〝爪を出したクリスティーヌ〟って署名があるのよ。ジェラルドは、怒ったときのあなたをそう呼んでいるじゃない。そんなこと、あなたとわたし以外に誰が知ってるのよ」

「え？　そうなの？」クリスティーヌは頭を振った。「ジェラルドはわたしのことを〝爪を出したクリスティーヌ〟って呼んでいるの？」

ドゥニーズはこちらを見据えたままだった。苛立ちと軽蔑が顔に出ていた。

「知らないふりとはね」

「わたし……わたし、何が起きているのか、わからなくて……」

ドゥニーズはいまいましそうに黙っているだけだった。クリスティーヌは重ねた。

「本当よ。わたし、わけがわからなくて……。これを送ったのは、わたしじゃない。いったい、いつ受信したの？」

しばらくの沈黙のあと、ドゥニーズが吐き捨てるように言った。

「昨夜よ」

きっとあの男だ。ほかに誰がいるというのだろう。でも、どうやってアカウント情報を手に入れたのだろうか。

「いい、クリスティーヌ？」ドゥニーズは一音一音はっきりと言った。まるで、出来の悪い生徒に教師が言い聞かせるような口調で。「ヘッダーには、あなたのメールアドレスがある。メールはあなたのパソコンから送られている。それにこの署名。これだけ証拠がそろっていれば十分でしょ」

「このこと、ジェラルドには話したの？」

ドゥニーズが探るような視線で見た。

「まだだけど」

「お願い、ジェラルドには何も言わないで」

「じゃあ、やっぱりあなたがこのメールを書いたのね？」

クリスティーヌはためらった。否定することもできる。いや、否定しなければならない。自分は何もしていないのだから。この頃、おかしなことばかり起きていることを話せば、わかってもらえるだろうか。玄関マットの尿、ラジオ局での出来事、フロントガラスの落書き……。いや、この女にそんなことを話しても、通じないだろう。わかってもらえるどころか、きっと妄想癖のあるおかしな女だと思われるのがおちだ。それに、ジェラルドともこれ以上ぎくしゃくしたくなかった。ジェラルドに知られないためなら……。

混乱する頭のまま、クリスティーヌは思わずうなずいた。

「ええ、そうよ」

ドゥニーズは厳しい顔つきでこちらを見つめた。クリスティーヌは裸にされて裁かれているように感じた。ドゥニーズは硬い表情のまま、信じられないというように頭を振り、身を震わせていた。とんでもない女と関わってしまったとでもいわんばかりに。

やがて、ドゥニーズはゆっくりと宣言するように言った。

「わたし、ジェラルドのことが結構好きよ」

自信に満ちた口ぶりだった。そんなに自信があるなら、「結構」は入れなくてもいいのに。クリスティーヌはぼんやりと思った。案の定、ドゥニーズは挑戦的な仕草をしながら、こちらの目を見て、こう続けた。

「いいえ、本当はジェラルドのことがすごく好きよ。そう、すごく好き。だって、いい人だし、素晴らしい指導教授だし。でもね、ジェラルドとわたしのあいだには何もないの。確かに、わたしは彼のことがすごく好きだけど……」

何度「すごく好き」を言うのだろう。だんだんといらついてくる。

「で、わたし、考えたのよね」ドゥニーズが思わせぶりに言った。

「考えたって何を？」

「あなたがジェラルドにふさわしい人かどうか」

その言葉に、クリスティーヌは平手で頰を打たれた気がした。ふいに怒りがふつふつとわいてきた。

「今、なんて言った？」クリスティーヌは低い声で言った。

だが、声の調子が変わったことに、ドゥニーズは気づかなかったらしい。追い打ちをかけるつもりか、得々と続けた。

「どっちにしろ、ジェラルドとわたしのあいだに何かあったとしても、それは小細工がどうこうじゃないの。あなた、あんなメールを送ってくるなんて、精神科医にかかるべきよ」

言わせておけば、なんてことを！　頭にかっと血がのぼった。あまりのことに、クリスティーヌはわなわなと唇を震わせながら、ドゥニーズをにらみつけた。そのまま、数秒間が過ぎていく。そして数秒後、クリスティーヌは爆発した。

「よくもそんなことが言えたわね！」

そばのテーブルにいた男子学生たちが一斉に振り向いた。好奇の目で見られているのがわかる。だが、もう止められない。

「よくもわたしにそんなことが言えたわね！」

声はカフェじゅうに響きわたった。激しく低い、よく通る声。怒りが爆発したその声に、今度は店内にいる人たちがみんな、こちらを振り向いた。その剣幕に押されたのか、ドゥニーズは急にしおらしくなって言った。

「そうよね、悪かったわ。ええ、わたしが口出しすることじゃなかったわね。わたしには関係ないことよね」

それから、降参したというように両手をあげて続けた。

「ジェラルドは立派な大人だもの。自分にふさわしい人をちゃんと選んでいるのよね」

今さら取り繕っても遅いのよ！　クリスティーヌは、昨日からドゥニーズに感じていた怒りが戻ってくるのを感じた。その怒りを黙らせることはもうできない。

「そのとおりよ！　ジェラルドとわたしのことは、あなたにはこれっぽっちも関係ない。それと、この際だから言わせてもらうけど、あなた、ただの博士課程の学生のくせに、ちょっと指導教授に対してしつこすぎない？　馴れなれしすぎるのよ！」

そう言い放つと、クリスティーヌはまたドゥニーズをにらみつけた。ドゥニーズは身をこわばらせたまま、何も言えないでいる。

「そうね、一つ忠告しておくわ。これからは人のことに口出ししてないで、論文だけに集中することね。あなたの大事な論文とやらに、せいぜい励みなさい。この先、少しでも怪しい態度を見せたら、すぐジェラルドに論文の指導教授をやめてもらうから、そのつもりで」

そして、クリスティーヌは立ちあがり、最後に言い放った。

「いいこと、わたしの男にちょっかいを出さないで！」

「なかなか、いい女だ」クリスティーヌがカフェの出口に向かっていくと、そのうしろ姿を見ながら、男は思った。

身長は百六十五センチ。小柄だが、体つきは筋肉質で、均整がとれている。顔はどちらかと言うと女性的だ。顎が細く、頬はふっくらしている。鼻はすっきりと鼻筋が通っていて、まつげが長い。髪はブロンドのはずだが、スキンヘッドにしている。頭の形もどこか女性的だった。眉はなく、唇は柔らかそうだった。

しかし一見、女性を思わせるその顔のなかで、唯一、目だけは男性的だった。といっても、ことさら強い光を放っているわけでも、鋭い視線を持っているわけでもない。ひどい場面をたくさん見てきたせいで、無表情になってしまった——そんな男の目だ。ぽっかりと黒く穴が開いたような、虚ろな目。

男の名前はマーカスといった。ロシアの出身で、年齢は二十代の後半。グレーのTシャツの上に黒いフードつきのスウェットを着て、カーキ色のパーカーをはおっているのを見ると、まわりの学生たちと区別がつかない。虚ろな目を除けば。

目の前に広げていた新聞をテーブルに置いて、グラスのビールに口をつけると、マーカスは、その無表情な目で、出口に向かっていくクリスティーヌの背中や腰、尻を観察した。そして思った。フランス人とはなんとお気楽な民族なのだろう。あまり他人に干渉しないようにする習性が身についているので、自分のような危険な男が同じカフェにいても、誰も気がつかない。天使のように無邪気な心で、自分たちは平和で安全なところにいると信じきっているのだ。隣でビールを飲んでいる男が、これまでどんなひどいことをしてきたのか、想像もつかないのだ。本物の苦痛がどういうものかも知らない。恐ろしい拷問にあって、悲鳴をあげ、涙を流しながら、助けを乞う――そういった苦痛がどういうものか……。この世に地獄が存在することを知らないのだ。もし、ここにいる人々が自分と一緒に地下室に来たら――小便と汗のにおいが混じるなかで、へどと血で汚れたシャツを身につけた人間を目にし、大の大人が泣き叫ぶのを聞いたら、そこではじめて理解することになるのだろう。この世に地獄があることを。そう考えると、マーカスはにやりとした。そう、ここにいる人間はこの世に地獄があることを知らない。だが毎日、そばを通る建物の地下には〝地獄の扉〟があり、路上ですれちがったり、地下鉄で一緒になったりする者のなかには、〝地獄の使い〟がいるのだ。自分のような〝地獄の使い〟が……。

マーカスは、母国ロシアの詩人、オシップ・マンデリシュタームがつくった詩を思い出した。

樽のなかで　星は塩のように溶ける
冷たい水は黒くなる
死はより純粋に　不幸はより辛いものになる
そして地上は　より恐ろしい　真実の姿を明らかにする

クリスティーヌの姿が消えると、マーカスはもう一人の若い女に注意を向けた。驚くほどの美人だが、今はひどく青ざめている。おそらく、怒りをこらえているのだろう。唇を噛みしめ、目はじっと虚空（こくう）を見つめている。

と、女が立ちあがった。

マーカスはほくそえんだ。ここまでは完璧だ。事は順調に進んでいる。予想以上に順調だ。女がそばを通りすぎた。だが、マーカスはそのあとを追わなかった。標的はこの女ではないからだ。

今回の標的は、先に出ていったほうだ。さっき大声を出して、まわりの注意を引いた女。クリスティーヌ・スタンメイエル。それが指定された名前だった。雇い主は、住所やほかの情報も送ってきた。これから、あの女を地獄に突き落としてやるのだ。そう思うと興奮した。コーデュロイのズボンの上から、マーカスは固くなったペニスを押さえた。これから、あの女にしてやる仕打ちのことを考えると、欲情した。だが、本人はどんなことが待ちうけているのか、まだ知らないのだ。

マーカスは拷問のエキスパートだった。所属するロシアン・マフィアのために、さまざまな状況で拷問を行って、必要な情報を引きだしている。マーカスがその気になったら、口を割らない人間などいなかった。一人として。マーカスはだいぶ前に、アムステルダムのモダンなアパルトマンのキッチンで、一人の男を拷問したときのことを思い出した。

あのときは、いつも使う道具は持っていなかった。いきなり部屋に乗り込んで、そこにあった道具で拷問することにしたのだ。相手は大柄な金髪のオランダ人だった。ロシアン・マフィアと対立するグルジア・マフィアのために働いていた男だ。男をひと目見るなり、マーカスは自分と同じにおいを嗅ぎつけた。男は身長が百九十センチはあったろうか。その高さから、自分と同じ、人を見くだすような目で、こちらを見つめていた。

だが、二十秒後、両ひざの前とうしろの十字靭帯（じんたい）を切られて、床に倒れていたのは、金髪の大男のほうだった。二分後、マーカスは大男を椅子に座らせると、口に強力な粘着テープを貼り、足首をねじった。男は声にならない声をあげた。マーカスはハイファイオーディオのCDプレイヤーのスイッチを入れて、音量をあげた。プレイヤーにはディープ・パープルのアルバムが入っていたようで、イアン・ギランが大声を張りあげて、『チャイルド・イン・タイム』を歌いだした。それに合わせるように、金髪の大男も苦痛のうめきをあげていた。

ちょうど朝食の時間だったので、キッチンではコーヒーが沸いていた。マーカスはポットをつかむと、大男の顔や首筋に、熱いコーヒーを注いだ。それから、コーヒーポットが乗っていた電熱器の上に、男の手を片方ずつ、順番に置いてやった。だが、男はもちろん、このくらいのことでは口を割らなかった。マーカスはオーブン用の金属磨きスプレーを見つけると、男のまぶたを無理やり開き、スプレーを噴きかけた。スプレーに含まれる水酸化ナトリウムは皮膚を激しく損傷する。大男の顔からは、もうずいぶん前から見くだすような笑みが消えていた。見えなくなった目からは、とめどなく涙があふれていた。そのうちに、それ以上痛みに耐えられなくなったのだろう、男は気絶した。しかし、マーカスはバケツ一杯の氷水を頭からかけて、男を覚醒させた。男はまた苦痛にあえぎ、気絶した。マーカスはまた氷水を浴びせた。それでも大男はしぶとくて、なかなか口を割らなかった。

そこで、マーカスは男を浴室に連れていき、扉の上に取りつけられていたトレーニング用のバーに、足から吊りさげた。そして、かみそりで体中をめった切りにした。男はデルフトに家族がいて、妻子を心から愛していた（マーカスがもらった指令書にはそう書かれていた）。だが、浴室の床に汗と血と小便の水たまりができたとき、その拷問を終わらせてもらうためなら、男は喜んで妻と子どもを差しだすだろうと思われた。はたして……。

それから数分後、男はついに口を割った。ハイファイオーディオからは、イアン・ギランが歌う『スピード・キング』が流れていた。男の心臓もその曲と同じくらい激しく鼓動していたことだろう。

そこで思い出に浸るのをやめると、マーカスはグラスに残っていたビールを飲みほした。あいかわらず、まわりの人間は誰もこちらに注意を払わない。この国の人々は人間には興味がないらしい。誰もがタブレットやスマートフォンの画面に見いって、何かに取りつかれたように、指を動かしている。まるでゾンビだ。おれがここで着ているものを脱いで裸になれば、こいつらだって、おれが危ない人間だとわかるだろうが。マーカスは思った。このタトゥーを見れば、さすがに危険を感じるだろう。

マーカスは全身にタトゥーをしていた。右の首元には、ロシアの聖画（イコン）に見られる〈悲しみの聖母〉の顔が彫ってある。首から胸にかけては（乳首が一つ欠けていて、その代わりに傷痕があったが）、聖母子像やロシア正教会の丸屋根、星やドクロなど、さまざまな図像が彫られていて、その図像には一つひとつに意味があった。たとえば、聖母子像であれば、幼子イエスは若いときから刑務所に入っていたということを示し、聖母のほうは組織（ファミリー）に対する忠誠を意味していた。また、それぞれの星が放つ光の数は、刑務所に入った数を表し、膝に入れたドクロは、誰の前にもひざを屈しないという意志を表明していた。

実際、マーカスはこれまでの人生で、誰にもひざを屈したことがなかった。そう、あれはまだ十八歳のときだった。マーカスはアレクサンドル・ルージーヌ号という商船に乗っていたことがあった。それは、ロシア北西部の都市ムルマンスクと、ロシア北方のカラ海からエニセイ川をさかのぼったところにあるドゥディンカの町を結ぶ輸送船だったが、あるとき、暴風雪（ブリザード）によって、氷河のなかで立ち往生したことがあった。悪天候のため、砕氷船による救援も遅れ、乗組員たちは三日三晩、船に閉じ込められることになったのだ。そのあいだの夕食のときに、おそらく新入りで、線も細く、ひよわに見えるマーカスをからかうためだろう、年かさの乗組員たちが氷の海をさまよう亡霊の話をした。その亡霊は氷に閉ざされた船を見つけると、そのなかで眠っている水夫たちを起こし、あとについてこいと言うのだが、その声を聞いた水夫たちはたちまちおかしくなって、海に飛び込んでしまうというのだ。だが、マーカスはもちろん怖がるそぶり一つ見せなかった。

たぶん、それが気に入らなかったのだろう。別のあるとき、マーカスが用事を頼まれて機関室に降りていったときのこと、ひげを生やした大柄の機関士が通路をふさぎ、嫌がらせを仕掛けてきた。機関の騒音が鳴り響くなか、その機関士は、マーカスに服を脱いで、ひざまずくように命令したのだ。マーカスはおとなしく服を脱いで、タトゥーを見せてやった。すると、機関士はタトゥーのことはよく知っていたので、マーカスが若くして刑務所に入っていたばかりではなく、すでに人を殺していることに気がついた（マーカスはそのことを示すタトゥーもしていたのだ）。機関士は不安を覚え、「もういい。上にあがれ」と言ったが、それが機関士の発することのできた最後の言葉となった。その言葉を言いおわるか、おわらないかのうちに、鋭利なナイフで喉を切られていたからだ。結局、マーカスは機関士の前にひざまずくことはなかった。

その後――幸い、機関士は一命をとりとめたが、ドゥディンカの港湾警察の取り調べに対して、完全に沈黙を保った。喉を切られたせいで、話せなかったからではない。マーカスの不気味に光る黒い目を思い出すと、ペンと紙を渡されても、加害者の名前を書くことができなかったからだ。

タトゥーのことを考えたので、マーカスは自分の親指と人差し指の指先を見つめた。そこにもタトゥーが彫ってある。そのタトゥーの入った指で、新聞の横にあった金色のボールペンをつかむと、マーカスは新聞を開き、余白に女の顔を描いた。クリスティーヌの顔だ。なかなかよく似ている。それから、その女の頭に荊(いばら)の冠をかぶせると、顔の下に文字を書きいれた。

爪を出したクリスティーヌ

絵を描いた部分を内側にして新聞を折りたたむと、新聞はテーブルに置いたまま、マーカスはカフェを出た。

11 クレッシエンド

翌十二月二十七日の朝、セルヴァズは誰よりも早く起きた。まだ施設の人々が眠るなか、食堂へとおりていく。朝七時。一階の食堂はがらんとしていた。この療養施設の入所者のほとんどは、睡眠障害で苦しんでいる。少しでも寝不足を解消しようとして、みんな朝は遅かった。

セルヴァズはコーヒーをカップに注ぎ、クリームを一個取って、テーブルに座った。一人きりが心地よかった。ここに入所している警官は全員、過去にとんでもない事件と関わったり、恐ろしい経験をしたりしたせいで、心に傷を負っている。だからなのだろうが、ほとんど全員が過去の思い出を語ることで、心を慰めようとしていた。セルヴァズはここに来てからずっと、ノスタルジーというぬるま湯に浸かっている気がしていた。

「温かいクロワッサンはいかがです?」

明るい声に振り返ると、職員のエリーズが厨房の入り口に立っていた。セルヴァズは笑顔で応じた。と、栗色の髪の小さい男の子がやってきて、そばの椅子に座った。エリーズの息子だ。男の子はテーブルの上にノートを広げ、フェルトペンで絵を描きはじめた。そこにエリーズもやってきて、クロワッサンを目の前に置いてくれた。バターの香ばしいにおいが立ちのぼってくる。そのにおいをかいでいると、がぜん食欲がわいてきた。

「今朝は早いんですね」エリーズがテーブルの向かいに座って言った。

「ちょっとトゥールーズまで用事があって」クロワッサンをほおばりながら、セルヴァズは答えた。

　すると、エリーズが目を丸くしてこちらを見た。

「まあ、わたしの聞き違いかしら。今日もお出かけされるんですね！」

　療養施設の駐車場で、セルヴァズは車のフロントガラスの雪を払い、ぬるま湯で氷を溶かした。それから車に乗り込むと、ヒーターを最強にしてから、ゆっくりと駐車場を出た。さすがにこのあたりには、融雪用の塩をまく特殊トラックは来ていないらしく、道には雪が残っている。強い風に乗って、周囲の畑に積もった雪も道まで運ばれ、くるくると舞っていた。やがて、あたり一面の銀世界を抜けると、セルヴァズはA66線の高速道路に乗った。次いでA61線の高速を走り、東側からトゥールーズの街に入っていった。

　運転しながら、セルヴァズはハルトマンのことを考えた。ジュネーブの元検事だった殺人鬼。夢のなかにまでつきまとってくる男。そして、自分からマリアンヌを奪った男……。気持ちがしゃんとしているときには、二度とやつの噂（うわさ）を聞くことはないだろうと思うことができていた。きっと今頃、やつは南米かアジアのいかがわしい路上のどこかで、野垂れ死にをしているに違いない、と。今、自分に必要なただ一つのことはやつを忘れること、いや、少なくとも忘れたふりをすることだ。そう自分に言い聞かせることができた。だが、それも昼のあいだだけだった。日の光のある明るいうちは、気持ちを奮い立たせることができても、夕方になり、心の奥深い場所まで光が届かなくなると、とたんに陰鬱な思いにとらわれ、恐ろしい力で締めつけられた。心が恐怖にうめいていた。

そんななかで、マーラーは唯一の心の慰めだった。最近はまた聴けるようになっていたのだ。以前も恐ろしい犯罪の捜査のあとは、自宅に帰ってマーラーを聴き、気持ちを落ち着かせたものだった。マーラーは闇に対抗できる唯一の解毒剤であり、マーラーを聴きさえすれば、物事は秩序を取り戻せた。ただし、そんな聖域にさえも、ときにハルトマンの影がちらつくことがあった。やつもやはりマーラーを愛好していたからだ。

セルヴァズは、かつてハルトマンが収容されていたヴァルニエ研究所を訪れ、その独房からマーラーの音楽が聞こえてきたときの衝撃を思い出した。お互いに奇妙なほど趣味が一致していて、初対面から精神的な近さが危険なほどに感じられた。セルヴァズは当時のハルトマンの姿を思い浮かべた。背が高く細身で青白い肌。開襟のつなぎ服。まばたき一つしない鋭い視線。あの視線を向けられると、まるでスタンガンで撃たれたかのような衝撃を受けた。それだけじゃない。やつは出会ってすぐにこちらの心を見透かした。確かに自分は見抜かれていた。他人の前であれほど裸にされたように感じたことはめったになかった。

そういえば……。セルヴァズはイレーヌ・ジーグラーから葉書が届いていたことも思い出した。インドのニューデリーからの葉書だった。あれから、ジーグラーは志願して内務省管轄の国際協力局(DCI)に入り、今はその国内治安部からニューデリーのフランス大使館に派遣されているのだ。DCIというのは、多様化する国際犯罪に備えるため、警察と憲兵隊の垣根を越えて二〇一〇年に発足した組織だった。現在、二百五十人の警官と憲兵がDCIに所属し、世界の九十三の大使館で、テロやサイバー犯罪、麻薬取引などの国際犯罪を捜査している。

ジーグラーからの葉書には、たった二つの文章があるだけだった。

〝まだやつのことを考えてる？　わたしは考えてる〟

ジーグラーは、いつかハルトマンの行方をひそかにたどろうとして、DCIに志願したのではないか。ときどき、セルヴァズは考えた。きっと、ハルトマンを追うために、IT技術やコンピュータ知識を駆使しているのだろう。そうに違いない。以前、懲罰人事で片田舎のオーシュ憲兵隊に異動になったときのように。ただ、それはスプーンを使って、大海の水をからにしようとするようなものだった。

トゥールーズの市街地に入ると、セルヴァズはグランロン公園のそばを通り、キャピトル広場へと向かった。通りはどこも雪で覆われ、車道と歩道の区別がつかないほどだ。行き交う車の屋根にも、まるで白い羽根布団のように雪がふわりと積もっている。

やがて地下駐車場に車をとめると、セルヴァズはキャピトル広場に出た。景気づけにコーヒーを飲みたい気分だった。目当ての場所を訪ねるにはまだ時間も早い。そこで、市庁舎（キャピトル）の正面にあるブラッスリーに入り、セルヴァズはコーヒーを二杯飲んだ。そのあいだ、隣のテーブルに置きっぱなしの新聞を拝借して読んでいると、ある記事がペンで囲まれていた。ざっと目を通すと、人工衛星の〈プレアデス1B〉が、トゥールーズ宇宙センターに向けて初めて画像を送るミッションを成功させたらしい。この人工衛星は仏領ギアナのクールーにあるギアナ宇宙センターから、協定世界時の十二月二日午前二時〇二分に、ソユーズロケットによって打ちあげられたものだという。衛星から送られた画像は、パリとタヒチ北西のボラボラ島、それにギゼーのピラミッドだった。たぶんこの記事をペンで囲んだ人は、このあたりの航空宇宙産業に携わる何万人のうちの一人なのだろう。

九時三十分になると、セルヴァズはブラッスリーを出て、凍ったキャピトル広場をそろりそろりと歩いた。泥まじりの氷が張った広場は、さながらスケート場だった。雪かきでできた小さな雪の山が、あちこちの建物の前にある。強い風がその雪の小山から粉雪を巻きあげ、周囲にあるバラ色のレンガの建物へと吹きつけていた。まるでケベックにいるようだ。街なかで雪が静かに舞う光景を目にしていると、どこか懐かしく子ども時代が思い出された。

ありがたいことに、目当ての場所はキャピトル広場の近く、ポンム通りとサン・パンタレオン通りの角にあるので、それほど歩かずにすんだ。目当ての場所――それは画廊〈シャルレーヌ〉だった。親友で部下のエスペランデューの妻、シャルレーヌが営む画廊だ。

セルヴァズは画廊の入り口の前に立った。ガラスの扉が自動ですっと開く。光沢のあるベージュのカーペットに、雪で濡れた靴跡を残しながら、セルヴァズは画廊を進んだ。一階には誰もいなかった。ライトで照らされた壁には、何も飾られていない。大きな段ボール箱が床にいくつか置かれているので、きっとあのなかに次の個展の作品が入っているのだろう。

セルヴァズはまっすぐ奥に向かい、中二階へと通じる金属製の小さな螺旋(らせん)階段をのぼった。

上でヒールの音がする。

金属製の階段に足音を響かせながら階段をのぼっていくと、まず中二階の床が見えた。さらにのぼると、ボルドー色のブーツのヒールが見え、次いでジーンズに包まれた細い脚、それからはおったままの灰色の防水コートが見え、最後にシャルレーヌの顔が見えた。豊かに波打つ赤毛の髪を片側によせている。

「マルタン？　どうしたの？」

こちらを見ると、シャルレーヌは驚いて言った。もう四十近いはずだが、十歳は若く見える。

「いや、現代美術に目覚めてね」

階段から答えると、シャルレーヌが微笑んだ。

「元気そうね。この前、施設で会ったときよりずっと元気そう。あのときはゾンビみたいだったもの」

セルヴァズは階段をのぼりきり、シャルレーヌの前に立って答えた。

「死者の国から戻ってきたんだ」

「本当に元気そうよ」シャルレーヌは自分に言い聞かせるように言った。

「ノン・ヴェニト・アド・ドゥロス・パリダ・クーラ・トロス。軟弱な不安は固い寝床には寄ってこない」

「ラテン語ね。よかった。調子が戻ってきたみたいね」

シャルレーヌが挨拶のキスをした。腕に触れるその指が熱かった。

「とてもいい兆候だわ」

まだ冷たい頰をこちらの頰につけたまま、シャルレーヌが言った。軽くつけた香水と髪のにおいがふわっと香る。少しして、シャルレーヌが体を離した。寒さのせいか、その頰は赤く染まり、目はつややかに潤んでいる。あいかわらずとてつもなく美しかった。

「自宅に戻ったの？　それともまだあの施設にいるの？」シャルレーヌが尋ねた。

「食事と洗濯付きで宿泊できるんだ。あの場所もそう悪くないさ」セルヴァズは答えた。

「そうなのね。でも、とにかく嬉しいわ、マルタン。元気なあなたに会えて、本当に嬉しい。けど、ここにはわたしに会うために来たんじゃないでしょう？」

「実はそうなんだ」

シャルレーヌはコートを脱いでコートハンガーにかけると、背を向けた。そして部屋の向こう端の机へと歩いていった。細長い部屋の向こう端は、ちょうど一階入り口の上に当たる。窓の向こうには、入り口を飾る半円アーチの上の部分が見えていた。

「セリア・ジャブロンカ。この名前に心当たりはないかな？」

シャルレーヌの背中に、セルヴァズは尋ねた。すると、シャルレーヌが顔をわずかにこちらに向けた。美しい横顔と、髪がかかっていない側の優雅な首筋が目に入る。

「去年、自殺した写真家よね。ええ、知っているわ。自殺する少し前にここで個展を開いたから」

そう言うと、シャルレーヌはくるりとこちらを向いた。そのまま机にもたれかかり、鋭いまなざしを向けてくる。

「あいかわらず死んだ人にしか興味がないのね。嫌にならない？」

死んだ人にしか興味がない。その言葉はマリアンヌのことをほのめかしているようにもとれた。いや、シャルレーヌはそんなつもりで言ったわけじゃない。セルヴァズはそう思うことにした。ただ警官という職業のことを言っているだけだろう。ほかに意味はないはずだ。それでも一瞬、苦痛がよみがえった。

まだ早かったのか……。

朝、施設を出発するときには、不安な気持ちは施設にきれいに置いてきたつもりだった。それなのに、疲労と疑念と倦怠感(けんたいかん)があっという間に追いついてくる。

「セリア・ジャブロンカのことを話してくれないか」セルヴァズは言った。「どんなタイプだったんだろう？　なんていうか……精神的に不安定なところはあったんだろうか？」

するとシャルレーヌが興味深そうな目を向けて答えた。

「あの人はちょっと変わっていて、失礼なところもあったけど、才能は確かだったわ」

それから小さな本棚を向くと、厚くて豪華な図録を取りだした。本棚はこぢんまりした応接セットと机を除けば、この部屋にある唯一の家具だ。

「ほら、これよ。見て」

セルヴァズは近づいて、図録のタイトルを読んだ。『セリア・ジャブロンカ――あるいは不在の芸術』。シャルレーヌが表紙を開き、光沢のあるページをめくっていく。そこにはたくさんの写真があった。ホームレス、十平米の部屋に五人家族で暮らすアフリカ系移民、凍死しかけて救急車で運ばれた男、さまよう犬、ごみ置き場をあさる垢まみれの子ども、地下鉄で物乞いをする子ども。それと交互にこんな写真も配置されていた。食料品やハイテク機器、おもちゃ、バーゲンセールの衣服であふれたスーパーマーケットの売り場、ぴかぴかの新車、映画館に並ぶ人の列、客でごったがえすファストフード店、ショーウィンドウに飾られたビデオゲームの山、ガソリンスタンドの給油ポンプの列、ポリバケツからあふれるごみ、ごみ捨て場、ごみ焼却炉。考えるまでもなかった。メッセージは直接的で率直ではっきりしている。

「セリアは、気取りや凝りすぎた形式を徹底して排除していたの。小ぎれいで心を洗うようなものは、自分の写真にはいらないって。それとは正反対のものをセリアは求めてた。

メッセージ、それもフィルターを通さない、生のメッセージよ」

セルヴァズは顔をしかめた。セリアの芸術の方向性に興味はない。そもそも自分は現代美術より伝統的な国際ゴシック様式のほうが好みなのだ。

「写真の撮影場所はどこだろう？」

「路上ね。それから、難民が無断居住している建物でも撮っていたわ。その建物は個展の第二会場にもなったの。セリアは来た人にただ写真を見て終わるだけじゃなくて、『写真のなかに入ってほしい』ってよく言っていたから。そのために、音声ガイドで画廊に来た人がその建物まで行けるようにして、そこで個展が終了する仕組みにしたの。セリアは途中に道順のビラまで貼って、その建物に行きやすくしていたわ」

「その企画はうまくいったのかい？」

今度はシャルレーヌが顔をしかめた。

「うまくいったとは言えないわね。なかには、好奇心旺盛な人もいて、その建物まで行ったけど。でも、わたしの画廊に来る人たちは、なんていうか、貧しい人に無料食堂で炊き出しをするようなタイプじゃないから……」

セルヴァズはうなずいた。シャルレーヌは自分の画廊の顧客のことをよくわかっている。それだけではなく、現代美術を取り巻く状況全般についても詳しかった。前に何度か、美術界には不透明なことが蔓延（まんえん）していると聞いたことがあった。数百万ドル、数百万ユーロもの価格で作品が取引される投機バブル。事前に落札額が決められているオークション。

美術館や自治体が作品を購入するとき、美術商と画廊とオークション会社が結託して価格をわざとつりあげるせいで、結果的に税金が無駄に使われているという話もあった。ほかの業界なら、とっくに刑務所送りになるような違法行為がまかりとおっているという。

「わたしがこんなことを言っていいのかわからないんだけど……」シャルレーヌが言った。「セリアのことはよく知らないから。でも、個展の打ち合わせのあいだは、わりとよく話をしたの。そのときの感じだと、だんだん元気がなくなっていった気がする。初めて会った頃は明るくて熱意にあふれていたのに、それが徐々に消えていったの。終わりの頃には、生きる気力をなくしたみたいになっていた。そう、はっきり言って、心を病んだ状態だったわ。だから……自殺したって聞いたとき、わたし、実はあまり驚かなかったのよ」

それを聞いて、セルヴァズは突如、頭でアラームが鳴るのを感じた。シャルレーヌの話もセリアの自殺を裏づけている。だが、何かが引っかかった。それとも、自分は思い違いをしているだけなのだろうか。捜査する者にとって、大切なことを見逃していそうな捜査ほど心惹かれるものはない。そのせいで、何がなんでも事件のにおいを嗅ぎつけたいだけなのだろうか。今のところ、ホテルのカードキーが送られてきたこと以外、事件かもしれないという考えをあと押しする材料は何もないのだ。

「つまり、個展の相談をしているあいだに、セリアの様子が変わったということかい？」

「ええ」

「その変化は、どれくらいのあいだに起こったんだろう？」

「初めてセリアに会ったのは、自殺の九カ月前くらいだったわ。ここで個展をやりたいって言ってやってきたの」

「そのとき、セリアはどんなふうだった？」

シャルレーヌが額にしわを寄せ、思案顔になった。

「そうね。最初は全然違ってた。エネルギーの塊みたいで、熱意にあふれていて、山ほどアイデアを思いついてた。一分間に十個くらい、次々とアイデアを出すような人だったのよ。それなのに、最後の頃は、何もかもどうでもよくなっていたみたい。気力がなくてぼんやりしていたわ。いつも上の空だったから、何度も同じことを言わないといけなくて……まるで幽霊みたいだった」

そのあいだにいったい何があったのだろう。セルヴァズは考えた。

「これから撮影場所だった建物に行ってみるよ。住所はわかるかい？」

「ええ。でも、どうしてセリアのことを調べているの？」

それは、まさに自分自身に問いかけるべき質問だった。自分は結局何を探しているのだろう？　セリア・ジャブロンカの自殺は管轄ではないうえ、だいぶ前にけりもついているというのに。

「おととい、郵便受けにこれが入っていたんだ」言いながら、セルヴァズはポケットからプラスチックのカードキーを取りだした。

「これは何？」

「ホテルの部屋の鍵さ。この部屋で、セリア・ジャブロンカは自殺したそうだ」

シャルレーヌがよくわからないという顔でこちらを見た。

「そんなもの、誰が送ってきたの？」

「わからない」

シャルレーヌの目に戸惑いが広がった。セルヴァズは言った。

「そう、気が滅入りそうな話なんだ。それで、早く決着をつけようと思ってね」

セリアの撮影場所だった建物に着くと、セルヴァズはまず正門の前で足を止めた。門の上には〝自主管理社会センター／私たちはここを徴用し、助け合い、自主管理して生活する〟という横断幕がかかっている。門をくぐるとすぐ中庭があり、その向こうに難民が無断居住しているという建物があった。一階の窓は塗りこめられ、ふさがれている。その昔は瀟洒（しょうしゃ）だったと思われる建物正面の壁には、カラフルな落書きが一面に描かれ、少なくとも一つのストーリーを物語っていた。まず定員をはるかに超える多くの難民を乗せた船が海を渡り、嵐にあう。それから、難民たちは有刺鉄線付きの柵のなかに閉じ込められる。強烈なライトと犬を連れた監視員。次に、拳銃を手にした法服の判事が現れ、機動隊員が警棒を振りあげる。そして最後に、廃墟のなかで子どもたちがサッカーをしていた。きっとその廃墟が無断居住しているこの建物ということなのだろう。

ひととおり外から様子を見ると、セルヴァズは中庭を歩き、奥の建物に向かった。中庭にはいちおう敷石があるものの、石のあいだから雑草が生え、伸び放題になっている。建物の入り口には小さなステップがあり、その脇には自転車や車がとめられていた。セルヴァズはステップをのぼり、入り口のガラス戸を押して建物の玄関ホールに入った。そのとたん、ここで人が暮らしていることがありありと伝わってきた。子どもたちの元気な声。そんな子どもたちを叱る母親の大きな声。黄ばんだ壁には子どもが描いた絵やポスターが貼られ、フックにはいくつもコートがかかっている。話し声や笑い声が響き、あちこちから足音も聞こえていた。

壁に貼られたポスターを見ていると、うしろから女性の声がした。

「何かご用ですか？」

セルヴァズは振り返った。目の前には、セーターにジーンズ姿で、インテリ風の眼鏡をかけ、髪をきっちりシニョンにまとめた若い女性が立っていた。

「このセンターの所長さんにお会いしたいのですが」

「所長……ですか。どちらさまです？」

セルヴァズは警察の身分証を見せた。とたんに、女性は露骨に嫌そうな顔をした。まるで悪臭でも嗅いだようだ。

「警察がなんの用ですか？　わたしたちは何もやましい……」

「いえ、セリア・ジャブロンカの自殺の件を捜査しているんです。ここを個展会場にした写真家ですよ。別に、この建物を不法に占拠していることをとがめに来たわけじゃありません」

「お言葉ですが、ここは不法占拠しているのではありません。住む場所のない家族が暮すための場所で……」

「ええ」

「わたしたちが自主的に管理している社会センターです。それもこれも国や行政が怠慢だからで、わたしたちは行政が放置している部分を補っているだけです。ここには、住む場所のなかった二十五の家族が暮らしています。わたしたちはその人たちに住居を提供し、金銭的な援助をし、弁護士を手配しています。それから、フランス語も教えています。ここにはパソコンを使える部屋や各種の作業場、食堂、それに自己運営の託児所もあるんです」

「なるほど」

「わたしたちは難民が孤立しないように手助けしています。現在、難民に対してフランスの司法当局は敵意をむきだしにしていますが、そんな環境に立ち向かうすべも伝授しています。どうすれば警察や判事への恐怖を抑えることができるか、その方法も教えています」女性は〝警察〟の部分をことさら強調するように言ってから、また続けた。「ですから、ここは不法占拠しているわけでは……」

「わかりました。ここは不法占拠しているわけではないのですね」

「わかってくだされればいいんです。では、少々お待ちください」

女性は階段をのぼっていった。ふいに三輪車に乗った黒人の小さな男の子が現れ、三輪車をとめてこちらを見あげた。「こんにちは」セルヴァズは声をかけた。だが、返事はなかった。男の子はまたペダルをこいで玄関ホールを横切り、そのままどこかに行ってしまった。

それから五分ほどして、階段から足音が聞こえてきた。顔をあげると、ひょろりとした背の高い男性が現れた。この男性が所長らしい。身長は百九十センチ以上ありそうだったが、驚くほど痩せていた。しかし、何より印象的だったのは、若々しいその顔だった。頬はこけ、顔のあちこちにしわが寄っているが、顔全体に永遠の若さが炎となって燃えている。眼窩（がんか）はくぼみ、口元にしわが刻まれても、若さの炎はグレーの澄んだ大きな瞳のなかで熱く燃え、微笑みを彩っていた。鼻はくちばしのように細く尖っていて、どこかメランコリックな美さえも感じられる顔だった。

「なかを見学しますか？」

所長は目に面白がっているような光を見せて尋ねた。この人はここで自分がやっていることに誇りを持っているのだ。そう思うと、セルヴァズはごく自然に共感の気持ちがわくのを感じた。この人は自分が正しい戦いに挑んでいると確信している。あきらめず、世をすねず、無気力に陥らない人間がここに一人いる。

「いいですね」セルヴァズは答えた。

それから一時間、所長の案内でセルヴァズはいろいろな作業場を見学して回った。作業場のなかには、自転車修理を請け負っている部屋やシルクスクリーンの工房もあった。ここで暮らす人々の出自もさまざまだった。予想では、滞在許可を持たないアフリカ系の難民一家ばかりだろうと思っていたが、ほかにもいろいろな事情の人がいた。かつてソ連の構成国だったジョージアからの、あるいはイラクからの難民、貧しい労働者、失業者、学生、流暢な英語を話すスリランカ出身の上品な若夫婦。それから、子どもたちもいた。子どもたちはみんな冬物の温かい衣服を着て、フランスの学校にあがるための準備をしていた。

「今、ご覧になった状況は、どれもいつか終わらせることができるものです」

見学が終わると、古くてところどころ破れている革の肘掛椅子に座りながら、所長は言った。椅子は中庭に面した窓のそばに置いてあった。冬だからといって、不法占拠の強制退去が容赦されるわけではない。だから、所長はいつでも迎え撃つことができるように、中庭が見える位置に座ったのだろう。セルヴァズも空いている椅子に腰をおろした。

「ところで、ここにはセリアのことで来られたのでしたね」

そう言うと、所長は鋭い目でこちらを見た。敵意は感じられない。だが、心を見透かすようにじっと見つめられ、セルヴァズは居心地が悪くなった。恐ろしいほど鋭い目だ。

「ええ、セリアの自殺の件で来ました」

「何を知りたいのですか？　あの件は落着したと思っていましたが」

「おっしゃるとおり、落着しています」

するると、所長が疑問に満ちた視線を向けたので、セルヴァズは続けた。

「セリアが自殺しようと思うに至った経緯を知りたいのです」

「なぜですか？　警察がそういうことに関心を持つとは不思議です」

この男はなかなか侮れないようだ。

「実は、少しはっきりしないことがありまして……」

ここで、ホテルのカードキーが郵送されてきた話をするつもりはなかった。もちろん、ほかに何もすることがないので、この件を追っているなんて言うこともできない。

「はっきりしないこととは、なんでしょうか？」

「あの、セリアのことを話していただけませんか？」セルヴァズは相手の質問をさえぎるために、あえて質問で返した。「最後の頃、セリアの様子に何かおかしなところはありましたか？」

所長は再びいぶかしげな目をこちらに向け、それから考えるような顔をして言った。

「そこまでおっしゃるなら……」

そして、ズボンのポケットから小型の葉巻の箱を出すと、口に一本くわえた。

「一緒にいかがです？　そうですか、吸わないのですか。そのほうがいい。私はこの悪癖をどうにも愛していましてね」

所長はマッチをすり、葉巻を口からはずして炎に近づけた。骨ばった長い指先で葉巻を回して燃やしていく。そして何度か吸って、火がちゃんとついたことを確かめると、また口にくわえた。

「いや、うまい」

そう言いながら、所長が窓を開けた。冷たい空気と一緒に雪も少し部屋に入ってくる。セルヴァズは身震いした。寒さと葉巻の煙に同時に襲われ、どうにも気分が悪くなる。所長のほうは部屋の温度が急にさがったことなど、ちっとも気にならないようだ。

「そうですね、最後の頃、セリアの様子はおかしくなっていました」

所長は葉巻をふかしながら言った。あいかわらずこちらをじっと見つめている。

セルヴァズは寒さを忘れた。

「確かに、どこか変でした」

所長はじっと目を見ながら重ねて言った。セルヴァズも所長を見つめた。所長が続ける。

「どうも被害妄想があったようです。そのせいでおかしな言動が多くなっていました。セリアは誰かが自分のあとをつけて監視している、危害を加えようとしていると思い込んでいたようです。ここにいるときも、だんだんとまわりの人を警戒するようになっていきました。私に対してもです」そう言う所長の声は心底悲しそうだった。「最初のうちは、セリアの様子がおかしくても、それほど気にしていませんでした。たまに少し奇妙に思うことはありましたが。びくびくして不安そうで……。でも、それは個展を前に神経質になっているだけだろうと思っていたのです。セリアは個展の成功を心から願っていましたから。けれど、時間がたつにつれ、様子はますますおかしくなっていきました。以前にも増して周囲に敵意を見せるようになり、警戒するようになったというか……。私の態度にも疑いの目を向け、何か企てているんじゃないかと責めるようになりました。少しでもいつもと違うことが起きると、ひどくびくついて。まるで全世界を敵に回しているようでした」

今や、セルヴァズは寒さも忘れ、所長の口元だけを見つめていた。寒さとは別の意味で、背中に震えが走っていた。所長が続けた。

「そしてある日、とうとうセリアが騒ぎを起こしたんです。その日の午後、セリアは写真を撮るため、子どもたちと一緒にここの図画工作室にいました。いい写真が撮れて嬉しそうで、くつろいでいる様子でした。ところが、途中で中庭の向こうの正門の下に、カメラを持った男がいるのを目にしたようで。そこから、セリアの様子は一変しました。急に脈絡のないことを言いはじめ、今にも泣きだしそうなほど動揺しはじめて。その男が中庭の写真を撮ろうとしているようだったので、セリアはボランティアスタッフ二人を応援に呼んで、三人でその男のところに向かいました。そして、そばまで行くと、文字どおり男に跳びかかったんです。罵(ののし)り、殴りつけ、カメラをもぎ取ろうとしました」

上の階から音楽が聞こえてきた。バイオリンがロマ音楽を奏で、今はピチカートで弾いている。

「その後、男は地方紙の記者だとわかりました。このセンターを取材しにきたとのことでした。そのあとは事態を収めるのが本当に大変で。そもそも、私たちの活動をメディアにきちんと伝えてもらうことは、ただでさえ微妙で難しいことなのです。それなのにセリアときたら、いきなり殴りかかってしまって……。そこで、私はセリアにここから出ていくようにと告げました。二度とここに来ないように、と。もちろん、あんな態度を取るべきではなかったと、あとから何度も後悔しました。もっとセリアとちゃんと話をするべきでした」

「セリアは何を怖がっていたんでしょうか？」セルヴァズは尋ねた。

所長が再びこちらをじっと見つめた。外の通りでクラクションが鳴った。

「セリアが何を怖がっていたのか、あるいは誰を怖がっていたのか、私にはわかりません。ただ、自殺する少し前にこんなことを言っていました。誰かが自分に危害を加えようとしている、誰かが自分の人生を壊そうとしていると……」

そう言うと、所長は少しのあいだ口をつぐみ、また口を開いた。

「あの、お名前はなんとおっしゃいましたか？　そう、セルヴァズさんでしたね。私からも伺いたいことがあるのですが」

「どうぞ」

セルヴァズが答えると、所長は鋭い目をして言った。

「セリアが自殺してもう一年になります。それなのに、なぜ今さらセリアのことを訊きにいらしたんです？　捜査を再開したのでしょうか？　あなたがここに来られたのは、なんというか、私には少々異例のことに思えるのですが」

所長は開いている窓から葉巻の灰を落として、続けた。「あなたはいわば非公式の捜査をしている。違いますか？」

「そのとおりです」

「では、どうしてセリアの自殺が気になるのでしょう？　お知り合いでしたか？」

「いいえ、違います」

「ということは、セリアの友人とお知り合いですか？　それとも家族のどなたかを知っているとか？　いったい誰の依頼でここにいらっしゃったんです、セルヴァズさん？」

「すみませんが、その質問にはお答えできません」

「でしたら、どこの部署にお勤めですか？　去年ここに来た捜査員のなかに、あなたの姿はなかったと思いますが」

「犯罪捜査部です」セルヴァズは答えた。

　すると、所長が眉をひそめた。

「それはどういうことでしょう。犯罪捜査部が自殺事件に乗りだすなんて、聞いたことがありません。もちろん、セリアの自殺が実は自殺ではなく……」

「いいえ、セリア・ジャブロンカは自殺しました。それははっきりしています」

　所長の口から白い煙が天井へと立ちのぼった。

「そうですか。ではまあ、そういうことにしておきましょう。どうにも奇妙な話ですが」

　そして、最後に所長はこう言い添えた。「失礼ですが、セリアだけじゃなく、あなたもあまりお加減がよくなさそうだ。どうぞお気をつけて」

セルヴァズは療養施設の駐車場に帰りついた。まだ夕方の五時になったばかりだというのに、早くも日が落ち、あたりは暗くなっている。凍てつくような寒さが訪れていた。まさに冬だった。それでも施設の建物の窓には明かりが灯り、暖かで穏やかな雰囲気を醸しだしている。

セルヴァズは車のエンジンを切ると、震える手を見つめた。所長の最後の言葉に、思った以上に動揺していたらしい。やはり自分は療養中に見えるのだろうか。やがて車を降りると、セルヴァズは建物に向かって歩いた。足元で、雪混じりの砂利道がぎしぎしと鳴る。玄関を入ると、ラウンジから話し声が響いてきた。

セルヴァズは階段を一段飛ばしでのぼり、最上階の自分の部屋へ戻った。小さな部屋は真っ暗で寒かった。セルヴァズは机のランプだけを灯した。天井の明かりはつけない。つけたところで、それくらいの光では、暗い心を灯すことなどできないからだ。

それからパソコンを立ちあげると、画面隅にあるマーラーの顔のアイコンをクリックした。すぐにピアノの音が響きはじめた。流麗で澄みきった音の粒が、ひんやりとした水の粒のように静寂を満たしていく。やがて、音楽が生みだす安らぎは、心にも広がった。

それは、マーラーの歌曲集『若き日の歌』のなかの「私は緑の野辺を楽しく歩いた」をピアノで弾いたものだった。しかも、ピアノはマーラー自身の演奏だ。マーラーは一八九〇年頃にこれをピアノロールに記録し、その後、そのピアノロールがスタインウェイのピアノにつながれて演奏が再現されたという。さらに最近になって、その音源がデジタル化されたので、こうしてパソコンで聴くことができていた。マーラーの指がピアノを奏でていたとき、生まれたばかりの音たちは蝶（ちょう）のようにもろく、はかなかったに違いない。そんな音たちが長いときを経て、ここまでたどり着いたとは。

テクノロジーは奇跡を起こすこともできるのか。セルヴァズは思った。どちらかというと悪魔のように思えるときのほうが多いのだが。結局のところ、テクノロジーというのはよくわからない。そんなことを考えながら、セルヴァズは時計を見た。夕方の五時十六分。それを確認してから、携帯電話を取りだした。

「よお、マルタン」電話の向こうで、デグランジュの声がした。

デグランジュは警官仲間で、今は公安警察にいるが、かつては同じチームで働いていた。犯罪捜査部に異動になる前の話だ。きっちり理詰めで捜査するタイプで、ブラッドハウンド犬なみの嗅覚を持っている。それに口も堅く、セルヴァズは絶対の信頼を置いていた。

「久しぶりだな」デグランジュが言った。

きっと、療養施設にいることは知っているに違いなかった。ハルトマンがポーランドから箱を送りつけてきた話は、署内を駆けめぐっていたはずだからだ。だが、デグランジュは直接その話題を持ちだすほど思慮に欠けた人間ではなかった。

「今、休職中なんだ」セルヴァズは言った。

デグランジュは何も言わなかった。セルヴァズはまずは礼儀上、デグランジュの二人の娘のことを尋ねた。聞いていると、娘たちはどちらも甲乙つけがたい美人で、あっというまに大きくなってしまい、じきに背丈でも追い越されそうらしい。道ですれ違う人はみんな、二人に見とれているという。

「でも、娘たちの話を聞きたくて、電話をくれたわけじゃないよな、マルタン？」ひとおりの話が終わると、デグランジュが言った。

セルヴァズは本題に入った。

「セリア・ジャブロンカ。この名前に覚えはないか？」

「グランドホテル・トマ・ヴィルソンで自殺した女性だろう？　もちろん、覚えているさ」

「その捜査資料を見たいんだが」

「どうしてだ？」

デグランジュはまっすぐに切り込んでくる。そして、こちらにも同じように率直な答えを期待している。セルヴァズは本当のことを言うことにした。

「セリアが自殺した部屋の鍵を誰かが送ってきたんだ」

電話の向こうで、一瞬の沈黙があった。

「誰がそんなことをしたのか、心あたりはあるのか？」

「いや、まったく」

再び、短い沈黙がおりた。

「鍵がおまえのところに送られてきたんだな？」

「ああ」

「その話、上に報告したか？」

「いや」

「そりゃよくないぞ、マルタン。一人で抱えるのはよくない。まさかとは思うが、再捜査するつもりじゃないよな？」

「気になることをいくつかはっきりさせたいだけさ。もしそれで再捜査したほうがよさそうなら、エスペランデューとサミラに情報を渡すつもりだ。ただ、その前にいくつか事実を確認しておきたいんだ」

「どんな事実を確認したいんだ？」

セルヴァズはためらいながら言った。

「実は、この鍵を送ってきた人間を見つけたい。答えはきっと捜査資料のなかにあると思う」

デグランジュは何も言わなかった。思案しているようだ。

「なるほど。筋は通っている。まあ、ある程度はな。で、マルタン、ほかに疑問は浮かばなかったのか？」

「ほかに？」

「なぜおまえなのか、不思議じゃないか？　おまえはあの事件を捜査していない。そもそも、あれは犯罪捜査部が扱うような事件じゃない。それに、どう考えても送り主はおまえの居場所を正確に知っている。でも、どの警官が療養中かなんて、新聞を読んでわかる話じゃないはずだ。おかしな話だと思わないか?」

やっぱり、デグランジュも知っていたのか。話を聞きながら、セルヴァズは心でつぶやいた。きっと自分の状態は、トゥールーズ署のほとんど全員に知られているのだろう。そんなふうに思うせいで、なかなか職場に復帰できないことは自分でもよくわかっていた。それでもみんなの視線が怖かった。これもまたおかしな話だが……。気を取りなおして、セルヴァズは答えた。

「ああ、おかしいと思う。それを確かめるためにも、捜査資料を見たいんだ。どうも鍵の送り主は、自殺事件のことも私のこともよく知っているようだ」

「そうだな。おまえはここ数年、新聞の一面を飾ることも多かったしな。なんといっても、サン゠マルタン・ド・コマンジュやマルサックの事件を解決したんだから。もしおれがこの街の住民で、優秀な警官を探しているなら、きっとおまえの名前をリストの最初に持ってくるだろうよ。それはともかく、おれにできることはしようと思う。明日、来てくれないか。一緒に昼飯でも食おう。昔話でもしようじゃないか。そうだ、初めて署に来たときのことを覚えてるか? あのとき、おまえは荷物を全部車に詰めてたんだよな。で、途中でどこかの駐車場に車をとめて、何か食べて戻ってきたら、荷物をすっかり盗まれていて……たしか、下着まで盗られてたな! そんなこんなで、おまえが初めての配属場所で最初にやったのは、自分の被害届を出すことだった！」

セルヴァズは思わず笑った。それはかすかな笑いだったが、それでも笑いには違いなかった。


夕方の六時近く。クリスティーヌは自宅の建物に入るため、暗証番号を押した。開錠されると、重いガラス扉を押してなかに入り、暗い玄関ホールの明かりを急いでつけた。それから、タイル張りの床に靴音を響かせながら、郵便受けのほうへと急いだ。

昨夜と同じように、息を詰めて郵便受けを開ける。空だった。ほっとして郵便受けを閉めると、クリスティーヌはエレベーターに向かった。呼びボタンを押すと、上にあったエレベーターの小さな箱が、鉄のケージのなかでがたがたと揺れながら、こちらに向かっておりてくる。箱の下に垂れているケーブルは、木の枝にぶらさがる蛇のように長く伸びていた。クリスティーヌは格子の扉を引くと、エレベーターの狭い箱に入り、四階のボタンを押した。エレベーターが動きはじめる。

のぼる途中、エレベーターの光が外の壁にケージの影を映しだし、網目模様をつくるのが見えた。その白と黒の模様を見ていると、クリスティーヌは一瞬、自分が刑務所のなかにいるように思え、ますます息苦しく感じて鼓動が速くなった。とはいえ、今日は一日、何事もなく過ぎてくれた。昨日の夕方にドゥニーズと口論して以来、おかしなことは何も起きていない。まるで、やっといつもの暮らしが戻ってきたかのようだった。

きっと、わたしを狙っていた男は、望むものを手に入れたのだ。クリスティーヌはそう信じようとした。あの男はわたしを怖がらせたかっただけ、それだけだったのだ。でも、そんなのは自分に都合のいい考えだ、ということもわかっていた。男は他人が知り得ないようなことまで、この自分のことを知っている。冷静に考えれば、甘い希望は持てない。でも今は、これが早く終わってほしいとしか考えられなかった。自分勝手だとわかっていても、男の標的が別の誰かに移ってほしかった。

エレベーターががくんと揺れて、四階に止まった。クリスティーヌは格子の扉を開け、廊下に出た。そして、耳を澄ました。しんとしたなか、オペラらしきクラシック音楽が遠くでかすかに聞こえている。クリスティーヌはハンドバッグを探り、鍵を取りだすと、自宅アパルトマンのドアに向かった。昨日、取り替えてもらったばかりの新しい鍵だ。

だが、鍵を鍵穴に差そうとして、全身が凍った。

オペラのアリア……。

それが自分の家のなかから聞こえている。

扉の向こう側で、女性歌手の歌声が響いていた。一瞬、クリスティーヌは逃げだそうと思ったが、勇気を奮いおこして、鍵を差し込み、扉を開けた。そして、敷居のところで茫然と立ちつくした。歌はリビングのステレオから流れていた。バイオリンの伴奏にのって、ソプラノの力強い歌声が室内に響いている。

玄関の扉を開けっぱなしにしたまま、クリスティーヌは明かりをつけて、おずおずと家に入ってみた。何かあれば、すぐに逃げるつもりだった。リビングには誰もいなかった。けれども、すぐに異変に気がついた。リビングテーブルの上にCDケースが置かれていたのだ。今朝はCDなんてなかったはずだ。絶対になかった。もし置いていたとしても、出かける前に片づけたはずだった。そもそもオペラは嫌いだから、持っているCDにオペラは一枚もないはずだ。

クリスティーヌはゆっくりと呼吸をした。一歩前に出て、立ちどまる。CDはプッチーニの『トスカ』だった。ということは……。クリスティーヌは思い出した。ラジオ局に送られてきたヴェルディのCDも間違いではなく、自分宛てだったのだ。

あれも犯人の計画の一部だったのだ。

悪夢がまた始まった……。

そのとき、クリスティーヌははっとした。犯人はまだ家のなかにいるかもしれない。そこであわててキッチンに駆け込んだ。動悸がますます激しくなる。吐き気がしそうだった。キッチンカウンター下の引出しを勢いよく開け、ナイフやフォークをガチャガチャと引っかきまわすと、いちばん大きそうな包丁をつかんで叫んだ。

「出てきなさい、この悪党！　さあ、出てくるのよ！」

大声を出したのは、犯人を威嚇するため、それに自分を鼓舞するためでもあった。だが、どれだけ叫んでも、返ってくるのはCDから流れるソプラノの歌声だけだ。歌声は高音にさしかかり、キンキンと響いていた。クリスティーヌはステレオに突進して、CDを止めた。とたんに静けさが戻ってくる。静寂のなかにいると、鼓動の激しさがよくわかった。まるでたくさんの打楽器が胸のなかで一斉に鳴っているようだ。包丁を体の前で構えながら、クリスティーヌは家のなかを順に見てまわった。包丁は腕の先で小刻みに震えていた。部屋はどこも薄暗く、外の雪明かりはほとんど入っていなかった。クリスティーヌは照明のスイッチをつけるたびに、身構えた。いつ人影が飛びだし、襲いかかってくるかもしれない。


こんなことをするのは誰？ 誰なの？

なぜわたしの人生をめちゃくちゃにしようとするの？

あの男はどこから現れたの？ なぜわたしのことをそんなに知っているの？

犯人はまさに何もかも知っている様子だった。しかも鍵を取り替えたばかりなのに、家に侵入している。不安はますます大きくなった。もしかしてあの鍵業者の男……。クリスティーヌは考えた。あの男も仲間だったんだろうか？

いけない、そんなのは被害妄想だ。

それから、クリスティーヌは思い出した。そういえば、昨日ドゥニーズに会いにいくとき、鍵業者の若者に「作業が終わったら、新しい鍵は一階の郵便受けに入れておくように」と頼んでしまった。なんて馬鹿なことをしたのだろう。クリスティーヌは玄関の扉を閉めると、内側のチェーンを見つめ、急いでチェーンをかけた。これは出かけるときには、できなかったことだ。少しは役に立つだろうか。昨日、あの若者もこんなことを言っていた。「そりゃ、お好きな鍵をつけることはできますよ。でも、強盗だって研究してますからね。どんな鍵でも、いつかは開けられてしまいます。唯一できる対策はチェーンですよ。家にいるときは、必ずチェーンをしておかないと」

クリスティーヌは室内を見てまわり、最後にトイレのドアを蹴って開けた。だが、なかを見たとたん、嫌悪と恐怖で体がガタガタと震えだした。誰かが便器に用を足し、流さずに残していたのだ。自分がそんなことをするはずがない。しかも、黄色い水たまりのなかには、煙草の吸い殻が一つ、挑発するように浮いていた。頭に血がのぼるのを感じながら、クリスティーヌは水を流した。大きな音を立てながら、水が流れていく。その上に身をかがめ、クリスティーヌは吐こうとした。しゃっくりが何度も襲ってくる。けれども、ラジオ局のトイレのときと同じで、吐くことはできなかった。

クリスティーヌは立ちあがった。顔じゅう汗でぐっしょりしていた。

誰もいない。家には誰もいなかった。

と、そのとき、みぞおちを殴られたような衝撃が走った。イギーが……イギーがどこにもいない……。

「イギー、イギー！　お願い、答えて。イギー！」

クリスティーヌはまた叫んだ。その声に静寂が震え、恐怖に満ちた自分の声がこだまになって返ってくる。クリスティーヌは戸棚の扉を全部開き、次々と引出しをはずして床に置いた。ひょっとしたら、犯人はその奥にイギーを押し込めたかもしれないからだ。なんてこと、イギーに何かしたら殺してやる。

涙が出て、唇に伝い、塩辛い味がした。

「許せない。見てらっしゃい。ちょっとでもイギーに触れたら、ただじゃおかないから」

そう低く言うと、クリスティーヌは戸棚の扉をこぶしでバンと叩いた。それから、なすすべもなく、室内を見まわした。これ以上どうすればいいのだろう。思いつくところは、もう全部捜していた。ワードローブの奥に積んだ靴箱も開けてみたし、シンクの下も見た。リサイクル用のごみ箱のなかだって見た。あちこち全部、捜したのだ。いや……。まだ一つ見ていないところがあった。冷蔵庫だ。クリスティーヌはメタリック塗装の冷凍冷蔵庫を見つめた。扉についている青い温度表示には、「二度／マイナス二十度」とある。

まさか、そんなことはあり得ない。クリスティーヌは思わず心で叫んだ。これからはイギーを毎晩散歩に連れていこう。二度と箱で用を足させないようにしよう。だから、だから……お願いだから、冷蔵庫だけはやめて……。

深呼吸をすると、クリスティーヌはキッチンカウンターの向こうに回った。勇気を振りしぼり、冷蔵庫の取っ手に手を伸ばす。ドアを開こうとすると、磁石が軽く抵抗した。目を閉じて、ドアを引っ張った。

ドアが開いた。

目を開けて、クリスティーヌはほっと息をついた。イギーはいなかった。冷蔵庫のなかには、ヨーグルトのパックと砂糖無添加のフルーツのお菓子、低脂肪牛乳が二本、低脂肪のバター、〈グザビエ〉のチーズ、白ワインが一本、コカ・コーラゼロが一本、イタリア料理の食材店で買ったポルチーニ茸のリゾット、それに電子レンジ専用の惣菜がいくつかあるだけだ。野菜室にも、トマトとラディッシュ、あとはリンゴとマンゴーとキウイしか入っていなかった。

クリスティーヌはその下の冷凍庫に目を移した。ゆっくりと開けてみる。なかには、冷凍食品がぎっしり詰まっていた。つい最近ネットスーパーで注文したものだ。

ほかには何もない。イギーはいない。

ほっとすると同時に、今や認めるしかなかった。やっぱり、イギーはいなくなったのだ。クリスティーヌは玄関に走って扉を開け、何度もイギーの名前を呼んでみた。けれども、のんきそうなテレビの音が遠くで聞こえるだけだった。扉を閉めて、すごすごとリビングに戻る。ふと、イギーのトイレ用の箱が目に入った。なかに敷かれた新聞紙はきれいなままだ。それを見たとたん、自分のなかで何かが砕けた。まるで切れたバネのように、クリスティーヌはへなへなと力なく床にくずおれた。

もはやあふれる涙を止めることはできなかった。顔をくしゃくしゃにして、クリスティーヌは泣いた。こんなに泣くのは、十三歳のあのとき以来――マドレーヌが自殺したと知ったあの日以来だ。

当時、一家は海ぞいのラ・テスト＝ド＝ビュックの町に住んでいた。父親はまだ週三回、冠番組の収録でパリに行っていた（でも、その後は大学で放送関連の講義をするだけになった）。家は砂丘の近くにあり、松林に囲まれていた。あの場所は、まるで砂と風がたわむれる、はかない王国のようだった。いつだって砂丘は森や庭園まで広がろうとし、森はでこぼこした自転車の道を侵食しようとし、海は砂浜と砂州の形を変えようとしていた。永遠に変わらないものなど何もない場所。すべてがたえず形を変えているような、はかないかりそめのような場所だった。

クリスティーヌは思い出していた。

そう、あれは復活祭の休みのすぐあとのことだった。あの日の午後は嵐が来そうで、海で雷が鳴っていた。だから、中学校から帰り道、わたしは必死に自転車のペダルをこいで、木々の下を駆け抜けていた。雷が鳴っているときは、木の下にいてはいけないと習っていたし、作文で満点をもらったので、早く両親に知らせたかったから……。けれども、家に帰ると、なぜかパパとママはひどく悲しそうな顔をして、台所で待っていた。なぜかパパに息ができないほど強く抱きしめられた。なぜかママはげっそりとやつれた顔をしていた。しばらくしてようやく、パパが涙をこらえながら「マドレーヌが恐ろしい事故にあった」と言ったので、わたしにも何があったのかが理解できた。それを告げたときのパパの目には、どこか異様な光があった。だから、わたしは「きっと二度とマドレーヌに会えないのだ」と本能的に理解した。こんなに深い悲しみから立ち直ることなんてできない、あのときはそう思った。悲しすぎて体が二つに引き裂かれるようだった。死にたくなるほどの悲しみだった。

そして、今度はイギーと……イギーと二度と会えないなんて、悲しくて死にたくなる。いけない。今はそんなことを考えちゃいけない。

クリスティーヌは泣いた。顎を胸にうずめ、膝をかかえて泣きつづけた。

それからしばらくして——クリスティーヌはまぶたが重くなり、頭が揺れはじめるのを感じた。不安がゆっくりと小さくなっていく。通常の倍量の睡眠薬をのんで、四十分がたっていた。それが効きはじめているらしい。血液中に薬の成分が広がり、脳まで運ばれてきたようだ。たぶん、疲れ果て、神経が張りつめているので余計に効くのだろう。恐怖と悲しみのせいで、とことん心がすり減り、残っているのは茫然とした気持ちと無気力だけだった。

薬の効果で夢うつつの世界に入りながら、クリスティーヌは不思議なイメージが頭に次々と浮かぶのを見た。まるで頭のなかに、色とりどりの魚が泳いでいるようだ。ちらちらと断片的に浮かぶ考えや、幻覚のようなサイケデリックな映像が心の岸辺をなでていく。時間と空間がよくわからなくなって、突然、目の前にイギーの姿まで見えた。イギーは顔を舐めてくれたあと、優しい目でこちらを見つめ、鼻先をすぐ近くまで寄せてきた。あんまり近いので、イギーの鼻しか見えない。まるで牝牛のように大きな鼻……。

そのまま眠りに落ちてしまう前に、クリスティーヌはもう一度電話を手にし、番号を押した。

ジェラルドの番号だ。

でも、また留守電だった。

つかのま、不安が押しよせ、睡眠薬の効果を追い払った。ジェラルドはなぜ電話に出てくれないのだろう。決まってるじゃない。ドゥニーズと一緒だからよ。心のなかで、いつもの辛辣な声が答えた。睡眠薬が神経をなだめるにつれて、その声はだんだん遠ざかっていくものの、まだ聞こえてくる。ジェラルドはドゥニーズと愛しあっている最中なのよ。だから、あなたの電話に出られないの。お腹がよじれそうだった。でも、そのあとは睡眠薬が力を発揮し、眠気がその柔らかい指先で、お腹のよじれをほどいてくれた。まどろみながら、クリスティーヌはふと思った。

警察……。

警察に通報すればよかったのかもしれない。危険を感じているのだから。でも、あの警察を相手にどう話せばいいのだろう。手紙の自作自演を疑われたばかりなのだ。飼い犬がいなくなったと言っても、警察がどう思うかは、手に取るようにわかる気がした。きっと、虚言癖のある女がまた自作自演をやっているだけ、と思われるに違いない。クリスティーヌはすすり泣いた。それでも、今では気持ちはずいぶんと安らいでいた。薬がないと安らげないなんていまいましいが、それでも安らぎは安らぎだった。

やがて、眠りに落ちる直前に思った。

玄関の扉にちゃんとチェーンをかけただろうか。眉をひそめて考える。頭はどんどん重くなっていた。大丈夫、確かにチェーンをかけておいた。扉の前に小さなタンスを引きずって置いた気さえする。いや、本当にそうしたんだろうか。そうしたいと思っただけだろうか。どちらなのか、もうはっきりしなくなっていた。でも、そんなことはどうでもいい。

クリスティーヌはナイトテーブルの上に携帯を置くと、あくびをした。頭を枕にのせる。

そして、目を閉じた。

やっと得られた安らぎだった。

12　暗闇の朝課(ルソン・ド・テネブル)

その夜ふけ、クリスティーヌは眠りの底で、声を聞いた。悪夢のなかで、その声は不気味にささやいていた。「死とは生の一部であり、死への入り口は決して遠くにあるわけではない。おまえを守る周囲の壁は、おまえが思うほど頑丈ではない」と。それは、子どもの頃の恐怖を呼び覚ますような声だった。明かりが消え、扉が閉まって暗くなると、部屋にある物たちがモンスターに変わりそうに思えたあの恐怖。そんなときはいつも、不安の大海原(おおうなばら)に漂う小舟のようなベッドにしがみつきながら、自分がどれほどちっぽけで弱い存在かを思い知らされた。

クリスティーヌは寝汗で湿った布団のなかで、何度も寝返りをうった。うなされながら、お願いだからもう黙って、と声に頼んだ。それから、はっとして目を開けた。何かが気にかかっていた。天井を見ると、常夜灯がほのかに寝室を照らしている。目覚まし時計の時刻表示が光っていた。午前三時五分。寝室は冷えきり、まるで凍るような手が顔に触れているようだった。

どうして目が覚めたのだろう？

クリスティーヌは考え、気がかりの正体を思い出した。そうだ、音だ。眠っていた意識をチクチクと刺すように、どこかから音が聞こえた気がしたのだ。そのせいで、あんな悪夢を見たのだろう。ベッドに横になって天井を見つめたまま、クリスティーヌはじっと四方に耳を澄ました。だが、建物はしんと静まり返っている。夢を見ただけなのだろうか。そのとき、クリスティーヌはイギーのことを思い出した。また不安な気持ちがよみがえり、涙があふれてくる。イギー……。イギーはどこに行ってしまったのだろう。そのまま、枕の上で泣きつづけた。

そこに再び音が聞こえ、クリスティーヌは心臓が跳ねあがりそうになった。そう、この音で目が覚めたのだ。この音は……。クリスティーヌは布団をはねのけた。全神経を集中させて音を聞く。音は遠くからだが、はっきりと聞こえた。助けを求めるような小さな鳴き声。間違いない、イギーだ！　クリスティーヌはベッドを飛びだした。

「イギー、イギー！　大丈夫、わたしはここよ！」

叫びながら、寝室からリビングへと走っていく。鳴き声はリビングから聞こえているようだった。

「イギー、どこにいるの？」

リビングに入ると照明を全部つけ、四方を見まわして、クリスティーヌは鳴き声の出所を探した。だが、鳴き声はもうやんでいた。

「イギー！」

頭がどうにかなりそうだった。

でも、これは絶対に夢なんかではない。クリスティーヌは気を強く持った。と、また鳴き声が聞こえてきた。確かに鳴き声だ。まるで壁の向こうから聞こえているような、くぐもった遠い声。いったい、どこから聞こえているのだろう。

イギーはキャンキャンと鳴きつづけていた。クリスティーヌは耳を澄ました。どうやらキッチンのほうから聞こえてくるようだ。だが、リビングからキッチンカウンターの向こうに回ってみても、やはりイギーはどこにもいなかった。ただ鳴き声だけが、遠くから響いている。つまり、鳴き声は本当に壁の向こうから聞こえているということだろうか。そうなると、イギーは隣の家にいるのだろうか。隣のミシェル夫妻の部屋から、自分を呼んでいるのだろうか。ミシェルは動物を毛嫌いしているのに。クリスティーヌはパニックに陥りそうになった。思わず額を壁にくっつけ、口を壁ぎりぎりまで近づけて叫んだ。

「イギー、わたしはここよ！　ここにいるわよ！」

でもその一方で、この状況にどれほど現実味がないかもわかっていた。夜中の三時過ぎに、イギーが隣の家の部屋で吠えているなんて。しかも自分以外、誰も心配していないようなのだ。ミシェル夫婦は、イギーが吠えても目を覚まさないのだろうか。一瞬、クリスティーヌは、お隣は旅行に出かけているのだろうかと考えた。ひょっとして……死んでいるのかもしれない。いえ、まさか。つい苦笑いをしてしまう。夜中の三時過ぎに、こんなふうにうろたえているなんて、まったくおかしな状況だった。そもそも、イギーはどうやって隣に行けたのだろう？

疑問は残るが、ともかくイギーが隣にいるのは間違いなさそうだった。クリスティーヌはもう一度壁に耳をくっつけた。鳴き声ははっきりと聞こえている。この声は絶対にイギーだ。壁の向こうからイギーの鳴き声がしている。すぐに連れ帰ってやらないと。朝までなど、待っていられなかった。騒ぎになるだろうが、しかたない。これ以上イギーを放っておくなんて、かわいそうでとてもできない。ミシェルになんと言われようがかまわなかった。クリスティーヌは寝室に戻るとセーターとジーンズに着替え、はだしのまま玄関に向かった。

廊下に出ると、鳴き声は聞こえなくなった。さすがに一瞬どうしようかと思いながらも、クリスティーヌは意を決して隣人の扉の前に立った。ひと呼吸してから、しっかりと呼び鈴を押す。一回、二回……。三回目に押した呼び鈴のか細い音が、静まり返ったアパルトマンに響いた。と、ついになかで物音がした。ひそひそと話す声がして、忍び足の音が扉へと近づいてくる。それから音がしなくなった。きっと、のぞき窓からこちらを見ているのだろう。

「隣のクリスティーヌです」扉に顔をぐっと近づけながら、クリスティーヌは言った。

ドアチェーンがはずれ、鍵が開けられた。扉が数センチほど開き、白い髪を垂らしたミシェルの顔がのぞいた。眠そうで不安そうだ。

「クリスティーヌ、どうしたの？　いったい、何があったの？」

何があったのかは、こっちが聞きたいくらいだ。そう思いながらも、クリスティーヌは言った。

「あの、こんな時間に起こしてしまって、すみません」

口のなかがひどく粘ついていた。睡眠薬のせいで滑舌も悪い。しかも、これからずいぶんと突拍子のない話をしないといけない。

「実は、うちの犬がお宅にお邪魔しているようでして……」

「なんですって？」

扉が大きく開かれた。ミシェルはぼんやりとし、わけがわからないという目をしている。

「イギーが……イギーがうちからいなくなってしまったんです。でも、さっきイギーの鳴き声が聞こえまして。それが、お宅から聞こえたものですから……。確かに、お宅から聞こえたんです」

ミシェルは怪しむように目を細めた。

「クリスティーヌ、馬鹿げたことを言わないで。あなた、普通の状態じゃないわね？　お酒でも飲んでいるの？　もしかして……クスリでもやっているの？」

「いいえ、違います！　その、睡眠薬を服用しただけです。それだけです。そんなことより、イギーがお宅にいるんです。鳴き声が聞こえたんです」

「そんなおかしな話があるものかしら」

ミシェルはだんだんと目が覚めてきたらしい。不安な様子が消え、昼間の辛辣な調子を取り戻してきた。

「本当に鳴き声が聞こえたんです。絶対に」

「あのね、うちにはあなたの犬なんていませんよ。絶対に。わかったら、お帰りなさい」

「ほら！　聞いてください！」

クリスティーヌは、静かにするようにと、口に指をあてた。イギーがまたキャンキャンと吠えている。

「お宅から聞こえるんです！　どうやってお宅に入れたのかは、わかりませんが……。きっと、お気づきにならないあいだに、こっそり入ってしまったんです！」

「だから、さっきから言っているでしょう。うちには犬なんて来てませんよ。馬鹿げてるわ！」

「ちょっと入らせてください」

クリスティーヌは扉をぐいっと開け、ミシェルの体を押して、玄関に入った。

「間違いないわ。イギーはここにいるんです」

そして、ミシェルが止めるまもなく、つかつかと室内に入り、声のするほうへと進んだ。

「やめてちょうだい！」うしろで、ミシェルが叫んでいる。「あなた、勝手に人の家にあがっていいと思っているの？」

「イギーを連れ戻したいだけなんです！」

そこに、ミシェルの夫も現れた。

「おいおい、どうしたんだ？」

太った体を揺らし、フクロウのように目をパチパチさせている。普段は残り少ない白髪で頭全体をカバーしているが、今は起きぬけのせいか、そのわずかな白髪が頭の上でふわふわと漂っていた。はだけたパジャマから、おへそのすぐ下に、大陸地図のような形のアザが見えている。

「クリスティーヌが変なのよ！」うしろで、ミシェルがキンキン声をあげた。「飼い犬がここにいるって聞かなくて。シャルル、クリスティーヌを連れだして。出ていってくれないなら、警察を呼ぶわ！」

そのとき、また鳴き声がした。

「ほら、聞いてください！　聞こえませんか？」クリスティーヌは訴えた。

三人で黙って耳を澄ます。

「お宅のほうから聞こえるようですがね」ミシェルの夫が険しい口調で言った。「犬はちゃんとお宅にいるんですよ。いやはや、とんだ人騒がせだ」

「いいえ、イギーはここにいるんです！」

クリスティーヌは、震える足で鳴き声のするほうへと急いだ。

そこは夫妻の寝室だった。ベッドにはさっきまで寝ていたあとがあり、下にはスリッパが置いてある。椅子には脱いだ衣服が乱雑に乗り、部屋全体に老人特有のにおいが漂っていた。家具はどれも古ぼけていて、まるで博物館から一九六〇年代のものを持ってきたかのようだった。まだテレビのチャンネルが二つしかなく、電話は一家に一台で、子どもたちが朝食のミルクにバナナ風味の粉末ココア〈バナニア〉を混ぜて飲んでいた時代のようだ。

「いい加減になさい！　警察を呼びますよ！」ミシェルが叫んだ。「すぐに出ていってちょうだい」

その声に、ようやくクリスティーヌは我に返った。ミシェルが警察を呼ぶと叫ぶなんて、よほどのことだ。いつもは警察や国家権力を軽蔑しているというのに。それに、部屋のどこにもイギーはいなかった。やはりイギーはいなくなったのだ。また目の前が暗くなった。希望が吹き飛んでしまった。

「気がすんだでしょう。あなたの犬はいないの」ミシェルが言った。

クリスティーヌは力なくうなずいた。途方に暮れ、吐き気がしていた。

「自分の部屋にお帰りなさい」

そう言うミシェルの声にもう激しさはなく、同情すら感じられた。クリスティーヌはむしろそれが怖かった。

頭がくらくらしていた。意識を失いそうだった。

うまく呼吸ができないまま、クリスティーヌはうなだれて玄関へと戻った。イギーの鳴き声はやんでいた。扉を出ながら、ミシェルに謝ろうとしたが、どうしても声が出なくて、そのまま外に出た。

「心療内科のお医者さまに診てもらいなさい」ミシェルが優しく言った。「あなた、治療してもらったほうがいいわ。お医者さまを呼んであげましょうか？」

クリスティーヌは首を横に振った。扉が閉まり、鍵のかかる音がした。胸が苦しくて、思わず廊下の壁に両手をつき、額をつけた。心臓の鼓動がやけに速い。心臓発作でも起こしてしまうのだろうか。涙があふれてきた。頭がおかしくなりそうだ……。開けっ放しにしていた自宅の扉から、光が廊下に伸びていた。その光に導かれるように、クリスティーヌはふらふらと家に戻り、鍵をかけた。

静かだった。

リビングに行っても、イギーの鳴き声はもう聞こえてこなかった。

クリスティーヌはソファにぐったりと座り込んだ。まるで見えない大きな力に打ち砕かれている気がした。いったい、自分はいつこんな事態を招いてしまったのだろう？どうしてこんな目にあっているのだろう？　誰がこれほどまでに自分を恨んでいるのだろう？

イギーが連れ去られたとわかったときには、強い怒りを感じ、断固として対決しようと思っていた。だが、今ではそれもすっかり消えてしまい、絶望の淵をさまよっていた。虚ろな気持ちのまま、怯え、途方に暮れていた。身も心もへとへとだった。でも、もう眠ることはできないだろう。今はソファの上で身を縮めながら、ひたすら朝を待ちたかった。手負いの動物が洞窟に隠れるように。

クリスティーヌはソファの上で身を丸めた。ソファに両足を乗せ、折り曲げたひざとお腹のあいだにクッションを挟んで抱きしめる。明かりは部屋の隅のランプを一つだけ灯しておいた。全身を奇妙な無力感が襲っていた。そろそろ午前四時だった。あと三時間もすれば、ラジオ局に出勤する仕度を始めなければならない。でも、今はそんなことはどうでもよかった。

と、突然、クリスティーヌはぱっと身を起こした。

鳴き声がしている。

また聞こえた。

イギーだ！

やはりイギーはこの建物のどこかにいる。生きて、助けを求めている。クリスティーヌは武者震いした。鳴き声はさっきと同じところから聞こえていた。キッチンの壁——隣と接している壁の向こうから……。一瞬、クリスティーヌは、また隣家に行こうかと考えた。けれども、ふと思いついて、キッチンカウンターの向こう側に急いで回り、調理台とシンクの前を過ぎて、ダストシュートの金属のふたを勢いよく開けた。そのとたん、イギーの声が大きく響いた。キャンキャンと助けを求める悲痛な声がはっきりと聞こえてくる。

声は輸送管にこだまして響いていた。

イギーは下にいる。

地下のごみ置き場にいる。

ほっとして、クリスティーヌは大声で笑いだしそうになった。天に感謝したい気分だってはいけなかった。急いでイギーを出してやらなくては。真っ暗ななか、ひとりぼっちで知らない場所に閉じ込められて、どれほど怖い思いをしていることか。早く行ってあげないと。

だが、ふと頭に別の考えが浮かび、はやる気持ちがくじかれた。イギーはひとりでごみ置き場に行っていないはずだ。あの小さな足でダストシュートのふたを開け、楽しそうになかに飛び込んだとも思えない。これまでに起きていることを思えば、こんな真夜中に地下室におりていくなど危険すぎた。そんなのは、ワニがうようよいる川岸を歩くようなものだ。自分は頭がおかしくなったわけではない。その証拠はちゃんとある。そして、もし頭がおかしくなっていないのなら、今、自分が危険にさらされていることは明らかだ。もし地下で恐ろしい目にあって叫んだとしても、誰にも聞こえないだろう。

そんな危険を冒してまで、イギーを助けにいきたいのだろうか？

そのとき、イギーのか細い悲痛な声がまたもや管を通して聞こえてきた。助けを求める声だ。やっぱり、このまま夜が明けるまで地下室に放っておくなんてことはできない。クリスティーヌはダストシュートの口に身をかがめると、大きな声で言った。

「イギー、聞こえる？　わたしよ！　そこで待ってるのよ。すぐ行くから！」

声は管のなかで大きく響き、一瞬、イギーは鳴きやんだ。が、すぐにまたいっそう激しく鳴きはじめた。鳴きすぎてかれかけた声が、苦しげにうめく声へと変わっていく。それを聞いていると、クリスティーヌは胸が締めつけられそうになった。

キッチンカウンターの引出しを開けると、クリスティーヌはいちばん大きくて頑丈そうな包丁を取りだした。それから玄関に向かい、鍵を吊るしてある箱を開いて、地下室の鍵を手にとった。そして、靴箱から蛍光色のスニーカーを出して履き、玄関の鍵を開けた。今夜二度目の開錠……。手が少し震える。廊下は暗く、出てすぐに暗がりへの恐怖が呼びさまされた。恐怖はインクのようにじわじわと広がり、脈が危険なほど乱れた。

やっぱり無理だ。地下になんて行けっこない。

それでも、なんとか廊下の点灯スイッチを探り当て、クリスティーヌは明かりをつけた。ゆっくりと呼吸をする。

大丈夫、行かなくちゃ。五分後には戻ってこられる。でも、それは下で誰かが待ち伏せしていなければの話……。いえ、本当にイギーが大切なら行かなくちゃ。

気がつくと、エレベーターが来ていた。無意識にボタンを押して呼んでいたらしい。ほんの一瞬ためらったあと、クリスティーヌは格子扉を引いて、なかに入った。エレベーターがガタガタとおりはじめる。その音を聞いていると、少し気持ちが落ち着いた。だが、一階に着き、地下室へと通じる低いドアの前に立ったとたん、また怖気(おじけ)づいて部屋に戻りたくなった。そこは、階段の下にあたる暗いスペースで、玄関ホールとはガラスのはまった木製の両開きの扉で区切られていた。明かりといえば、埃をかぶった電球が弱々しい光を放つだけで、周囲の様子はぼんやりとしか見えない。クリスティーヌは、アパルトマンの総会で、複数の住人が管理会社にこんなことを訴えていたのを思い出した。「あのスペースは危ない。不審者が簡単に隠れることができますよ」「あんなに暗いと、いつか事件が起きそうです。そのときは、あなた方管理会社の責任になるんですよ」しかし、管理会社は高い手数料をとるだけで、いまだに何も手を打っていなかった。

あたりはしんとしていた。物音一つしない暗がりにいると、クリスティーヌは再び恐怖で足がすくむのを感じた。これまで地下室には一度しかおりたことがない。この物件を見にきたときだけだ。そのときの記憶では、ごみ箱は階段をおりた右手にあった。クリスティーヌは意を決し、地下室へと通じる低いドアに鍵を差し込んで回すと、手前に引いた。ドアがギイッと音を立てながら開く。地下室特有のカビ臭いつんとしたにおいが、闇の底からあがってきた。

たしか、地下室まで行く階段は、途中に踊り場を挟んで二つあった。そんなことを思い出しながら、クリスティーヌは階段の照明スイッチを入れた。黄色っぽい明かりが灯り、ぼろぼろの壁を照らしだす。

こんな場所に一人きりでいるなんて。みんな眠っているというのに。

いや、一人きりじゃないかもしれない。あの男がいるかもしれない……。

とにかく呼吸を整えよう。クリスティーヌは自分に言い聞かせた。ゆっくりと息を吸って、吐いて、吸って……。

だが、やはり恐ろしかった。もう少しで叫びだしそうだった。大声で叫んで住人を起こし、助けを求めたい。けれども、ミシェルの顔が浮かび、クリスティーヌはそれをこらえた。もし午前四時に、包丁片手に共有スペースをうろつく自分を見たら、みんながどう思うかは目に見えていた。クリスマスイヴのおかしな手紙に、職場の引出しで見つかった抗うつ薬。さっきは真夜中にミシェル夫婦の家に押しかけて、騒ぎを起こしたばかりだ。そのうえ、イギーが地下のごみ箱にいることを知られたりしたら……。きっと、たちどころに精神が不安定な女というレッテルを貼られてしまうだろう。

そんなことになってはいけない。勇気を出さなければ。少しのあいだ、我慢するだけでいいのだから。そう自分に言い聞かせると、クリスティーヌは階段を数段おりて、耳を澄ました。何も聞こえない。壁はすすけて黒ずみ、ところどころに綿毛のようなカビが生えていた。それでも上の陰気なスペースとは違い、少なくともここでは白熱電球の黄色っぽい光が周囲を明るく照らしてくれている。だが、踊り場に着くと、クリスティーヌは下を見て、たちまち勇気がしぼむのを感じた。階段の下には、地下室の廊下が暗い井戸のように口を開けて待っていたのだ。奥はまったく見えない。またもや恐怖が胸に広がった。イギー、許して。やっぱりできない。こんなことは無理。ごめんなさい……。クリスティーヌは暗闇に背を向け、もと来た階段をのぼりかけた。けれども、そこに弱々しい鳴き声がした。

「イギー？」

答えはない。

「イギー！」

大きな声で呼びかけると、今度はキャンキャンと鳴く声がはっきり聞こえた。かなり近くだ。とっさに恐怖を忘れ、クリスティーヌは階段を駆けおりた。靴底が地下の固い地面に触れる。そこは凍るように寒かった。でも、本当はわかっていた。こんなに寒く感じるのは、たぶん冷気のせいだけじゃない。頭上には築百年以上になる五階建てのアパルトマンがあり、どの部屋にも人が住んでいるが、もし自分がここで叫んでも悲鳴は誰にも聞こえない。そう思うと、余計に寒気を感じるのだ。クリスティーヌはあたりの様子をうかがった。地下の廊下の左側には金網のドアがあり、その奥は物置で、古いガラクタが山ほど置かれていた。あちこちに蜘蛛の巣が張り、ネズミの走る気配もする。右側には、緑色に塗られた金属製のドアがあった。その先がごみ置き場だ。

クリスティーヌは取っ手を持ち、重いドアを開けた。

「イギー、わたしよ」

呼びかけると、暗闇のなかでイギーがキャンキャン吠えた。照明のスイッチはどこだろう。ドアの向こうには恐ろしく深い闇が広がっていた。これからサメの口に手を突っ込む気分だった。それでも、クリスティーヌは壁のでこぼこした石材とセメントの継ぎ目を手探りし、プラスチックのスイッチを探りあてた。スイッチを押すと、冬の黄昏のような弱々しい光があたりをおぼろげに照らした。天井の裸電球は周囲の影を消すというよりも、むしろたくさんの影を作りだしていた。

そんな薄明かりのなかで、クリスティーヌは、右側の壁に大きくてずっしりとした暗い色の容器が並んでいるのを見た。ごみ箱だ。どうやら、イギーの鳴き声はいちばん奥のふたの開いたごみ箱から聞こえているらしい。ありがたいことに、黒いごみ袋であふれた、ダストシュートの下のごみ箱ではないようだ。クリスティーヌは奥のごみ箱へと向かった。途中、背後のドアがバタンと閉まる音がして体が震えたが、それでも進んだ。ごみ箱に近づくにつれて、なかの様子も少しずつ見えてくる。まだイギーの姿は見えてこないが、鳴き声は聞こえていた。ごみ箱の底から響いているようだ。そのとき、嫌な考えが頭をよぎった。いくつも並んだごみ箱のあいだには、濃い闇ができている。そこに人が隠れていてもおかしくない……。

いいえ、そんなことは考えないようにしよう。もうすぐイギーが見つかるのだ。

クリスティーヌはさらに一歩進み、奥のごみ箱の前に立った。

と、イギーの鼻先が目に入った。イギーはこちらを向いていた。薄暗いなか、優しい目が希望で輝いている。クリスティーヌは泣きそうになるのをこらえた。イギーはキャンと嬉しそうに鳴いて、しっぽを振っていた。ところが、立ちあがろうとしたとたん、うめき声をあげ、ついには苦しそうに鼻を鳴らした。爪はごみ箱のプラスチックをカリカリと引っかいているが、立ちあがろうとすると、やはりまた胸を引き裂くようなうめき声をあげていた。いったい、あの男はイギーに何をしたの？　いや、今はまずイギーをごみ箱から出すのが先だ。どうすればいいだろう。クリスティーヌは考えた。ごみ箱は背が高く、胸の高さほどまであるので、手を伸ばしても底にいるイギーには届かない。かといって、頭からなかに突っ込んでいくなど論外だった。やはりごみ箱を倒し、それから四つんばいになってなかに入る方法しかないだろう。そう考えると、クリスティーヌは握っていた包丁を床に置き、ごみ箱をつかんだ。

下についている車輪がすべるので、ごみ箱を倒す作業は思ったよりも大変だった。クリスティーヌは必死に力を込め、どうにかごみ箱を傾けて、ゆっくりと箱を地面に倒した。それから、四つんばいになってなかに入っていった。洗剤のレモンのにおいが鼻をついた。クリフンの匂いもする。きっと我慢できずにイギーがしたのだろう。ごみ箱の奥で、イギーは嬉しそうに鳴いてから、また苦しそうにうめき、それからまた鳴いた。狭いごみ箱のなかで、キャンキャンと鳴く声が鼓膜が破れそうなほど大きく響いている。

そのとき、クリスティーヌはごみ置き場のドアが開く音がした気がして、動きを止めた。凍りつくような恐怖が背筋を走る。脈拍が速くなった。どうしよう。包丁は外に置いてきてしまった。ここからでは手が届かない。だが、その後、怪しい物音は何もしなかった。聞こえるのは、ドクドクと脈打つ自分の鼓動だけだ。どうも空耳だったらしい。クリスティーヌはほっとしてまた前に進んだ。そして、ついに指がイギーの少しざらっとした毛並みに触れた。クリスティーヌはさらに近づき、イギーを抱きあげようとした。けれども、右のうしろ脚に触れると、イギーは身を守るようにうなり声をあげ、うしろにさがろうとした。

どうしたのだろう？　あの男はいったいイギーに何をしたのだろう？　指の先で、イギーの小さな脚にそっと触れてみる。カーブした爪とざらざらした肉球に異状はなさそうだ。そのまま少し上に指をすべらせると、体毛をとおして固い筋肉と細い骨の感触が伝わってきた。ところが、脛(すね)の上のほうを触ったとき、イギーがうなりはじめた。

クリスティーヌはすぐに触るのをやめた。

「イギー、わたしよ。大丈夫よ。もう何も怖くないから」

ごみ箱の奥で、クリスティーヌはどうにか上半身を起こし、ひざをついた。といっても高さがあまりないので、背中を曲げ、首筋をごみ箱の上部につけるような前かがみの姿勢になる。それから、イギーをそっと抱きあげ、優しく胸に引きよせた。怪我をした足に触れないように気をつけながら。イギーが温かい舌でぺろぺろと顔を舐めてくれた。そうやって「ありがとう」の気持ちを伝えてくれているのだろう。涙がこぼれそうだった。クリスティーヌはイギーのふさふさの巻き毛に顔をうずめた。毛は犬くさくて、麝香(じゃこう)のようなにおいがした。ひとしきりそうしてから、クリスティーヌはゆっくりとひざをすべらせ、来たときと同じく這(は)うようにしてうしろにさがった。そして、ようやくごみ箱から出て、立ちあがった。

その後、ごみ置き場のおぼろげな光のもとでイギーの右のうしろ脚を見て、クリスティーヌは目を回しそうになった。脚はただ折れているだけでなかった。血まみれの毛のあいだから、骨の一部が露出していたのだ。脱臼していたらしく、ひざ関節から下はぶらぶらしている。まるで人形の取れかけた足のようだった。かわいそうに、ひどく痛い思いをしたに違いない。ごみ箱に投げ込まれときに、折れたのだろうか。それとも、あの男がわざと折ったのだろうか。

そこまで考えて、クリスティーヌはぎくりとした。動物をここまで虐待できるなんて、犯人はどこまで残酷になれる男なのだろうか？　もはや悪ふざけの域を超えていた。楽観的な考えなど吹き飛ばすほどに。犯人はこちらの想像をはるかに超える残酷な男なのだ。

ぞっとして、クリスティーヌはあたりを見まわした。急いで包丁を拾う。

それから、イギーを腕に抱えたままドアに向かうと、ひじで金属の取っ手を押し、一階まで階段を駆けのぼった。やっとひと心地がついたのは、自宅に戻り、鍵とチェーンをかけたあとだった。ふと見ると、両手がわなわなと震えている。クリスティーヌはリビングのソファに座り、ひざにイギーをのせて、しばらく気を落ち着かせた。イギーはひどい怪我を負ったものの、今はご主人に助けられ、保護されて、すっかり安心していた。こちらを信頼しきって、ひざの上で身を丸めている。

そんなイギーを見ながら、クリスティーヌはぼんやりと考えた。でも、わたしのことは誰が助けてくれるのだろう。誰が守ってくれるのだろう。そもそも、なぜ犯人はこんなことをするのだろう？　そこには動機があるはずだった。偶然、標的にされたわけではないだろう。偶然にしては、犯人はこちらのことをよく知りすぎている。住所も職業もプライベートな電話番号も知っているし、驚いたことに、ジェラルドが陰で自分をなんと呼んでいるかまで知っていた。ということは、犯人はその線で捜すといいのだろうか。ジェラルドの周囲にいる人物で、自分をおおいに恨む人物……。思いあたるのは一人しかいなかった。ドゥニーズだ。だが、ドゥニーズは、おそらく犯人と思われる人物から偽のメールを受け取っている。あれは犯人だと疑われないように、自分で自分にわざとメールを送ったのだろうか？　でも、ドゥニーズがこの家に侵入し、イギーを虐待したりするだろうか？　そこまでするとは思えない。それに、もし犯人がドゥニーズなら、電話の男は誰なのだろうか？　いけない、どうも被害妄想気味になっている。

それよりも今はイギーをなんとかしなくては。クリスティーヌはイギーに目をやった。こんな状態のまま、イギーを放っておくわけにはいかなかった。手遅れになる前に、少しでも早く足を治療してあげないと……。

そうだ、ジェラルドの友だちに獣医がいる。

クリスティーヌは一度パーティーでその獣医に会ったことがあった。ロッククライミングとバックカントリースキーが趣味の鼻もちならない男で、パーティーでは二十歳前くらいの若い女性たちばかり追いかけていた。獣医になったのは、手っとり早くお金を稼ぐためで、天職だとは思っていないと、公言してはばからないような男だったが、今はより好みしている場合ではない。

クリスティーヌは携帯を探した。だが、いざ見つけると、携帯を見つめたまま動けなくなった。ジェラルドは電話に出てくれるだろうか。たとえ出てくれたとしても、誰かと一緒だったらどうすればいいのだろう。いや、イギーのために電話しなくては。目の端に、携帯を探すときに床におろしたイギーが、三本の足でケージへと懸命に移動する様子が見えていた。頭を垂れ、折れた右のうしろ脚をふらふらさせながら必死に歩いている。クリスティーヌは迷いを捨てて電話をかけた。

「クリスティーヌ？　どうしたんだ？」

それでもジェラルドが出ると、つかのま、クリスティーヌは何も言わずに耳をそばだてた。ジェラルドの横に誰かいないか、声や息づかいや動く音はしないかを探ったのだ。大丈夫、いないようだ。

「ちょっとイギーのことで」小声で言う。

「イギーのこと？」

何があったかを話そうとして、クリスティーヌは口を開きかけた。誰かがこの部屋に侵入して、イギーを地下室まで連れだし、ごみ箱に捨てたことを言わなくては。けれども、はたと気づいて思いとどまった。そんなことを話したら、犯人の思うつぼではないだろうか。もし正直に話しても、ジェラルドは信じてくれるどころか、こちらの精神状態を疑う可能性がある。そして、おそらくそれこそが犯人の狙いなのだ。自分を孤立させること——妄想症の女だと家族や友人に思わせ、周囲から人を遠ざけること——犯人はそれを狙っているのだ。そうとわかった以上、むざむざそんな手に乗る気はなかった。

「イギーのうしろ脚が折れてしまって」クリスティーヌは答えた。「とても苦しそうなの。傷口が開いていて、見ていられないほどなのよ。骨までむき出しで。このまま放っておくなんて、とてもできない。でも、こんな時間じゃ、電話に出てくれる獣医なんてまずいないでしょう。ただ、もしかしてあなたのお友だちの獣医さんなら、診てくれるんじゃないかと思って。もしあなたから電話があれば……」

「おいおい、クリスティーヌ。今、何時だと思っているんだ？　朝の四時過ぎだぞ」

「お願い、ジェラルド。イギーがすごく苦しんでいるの」

電話の向こうで長いため息がした。

「クリスティーヌ、きみときたら……」

また暗に非難するような言い方だ。たまには思っていることを、最後まではっきり言ったらどうなのよ。そう思ってから、クリスティーヌは自分がやけに攻撃的になっていることに驚いた。昨日もカフェでドゥニーズを相手に激昂したばかりだ。やはり、ここ最近、不気味な出来事が立てつづけに起きたせいで、気が立っているのだろうか。

と、ジェラルドが言った。

「ドゥニーズから聞いたよ。昨日のきみたちの話しあいのことを全部聞いた。なんてことだ、クリスティーヌ」

その言葉に、クリスティーヌは目の前が暗くなった。

ジェラルドには言わないでと頼んだのに……。

「クリスティーヌ」電話の向こうで、ジェラルドが低い声で言った。「きみがあんなメールを書いたなんて信じられないよ。どうしたっていうんだ？　まともな頭で書いたとは、とても思えない。きみは本当にドゥニーズを脅したのか？　『わたしの男にちょっかいを出さないで』なんて下劣なことを本当に言ったのか？　答えてくれないか。本当に言ったのか、言わなかったのか」

そうだったのか。これが理由で、ジェラルドは夜に何度電話しても出なかったのか。こちらの態度に腹を立て、いらついていたのだ。おかしなことに、それがわかって、クリスティーヌはかえってほっとした。ジェラルドの怒りなら、うまく治めることができるだろう。

「そのことは、あとでちゃんと話すわ」後悔している口ぶりで言う。「お願い。何もかも説明するから。これは、あなたが思っているよりも複雑な話なの。今、普通には理解しがたいことが起きていて……」

「つまり、本当なんだな？　きみは本当にあんなことを言ったんだな。なんてことだ！」ジェラルドが大声を出した。「きみは本当にあんなメールを送ったんだな！」

「違う。あのメールはわたしじゃない。それもあとでちゃんと説明するわ。だからお願い、早くお友だちに電話して。わたしのために。そのあと、二人で話をしましょう。お願い、ジェラルド……」

異様に長い沈黙が続いた。クリスティーヌは目を閉じた。お願い、お願いだから……。

「すまない、クリスティーヌ。今度ばかりは無理だ。少し考えさせてくれ。このまま、きみと続けていける自信がない」

クリスティーヌは凍りついた。

「僕たちはしばらく距離を置いたほうがいいと思う。二人の関係を客観的に見つめる時間がほしい」ジェラルドは続けた。「だから、いったん関係を解消しよう」

ジェラルドの言葉は聞こえていた。だが、心は理解したくないと叫んでいた。ジェラルドは本当に別れを切りだしているのだろうか。

「イギーのことはすまないと思う。だけど、あと何時間か待てば、獣医のところに連れていけるだろう? とにかく、今後、きみからは連絡しないでくれ。何かあれば、僕から連絡する」

クリスティーヌは携帯を見つめた。信じられなかった。

何か答える前に、電話は切れていた。

13 オペラ・ブッファ

イギーに顔を舐められて、クリスティーヌは目を覚ました。もう朝になっていた。結局、一時間くらいは眠ったのだろうか？ ジェラルドに電話を切られたあと、神経が高ぶって、イギーを抱きながら、ずっと泣いていた。だが、そのうちに疲れが押しよせてきて、眠ってしまったらしい。まぶたが涙で張りついている。無理に開けると、視界はぼんやりしていた。舌は枯木のように硬直していた。

イギーはそばでじっとしていた。思わず抱きしめようとして、クリスティーヌは思いとどまった。うしろ脚を骨折していることを思い出したのだ。

そっと状態を確かめると、傷口からはまだ出血していて、掛け布団の上に血が染みている。かわいそうに……。イギーも苦痛に耐えながら、夜を過ごしたのだろう。一刻も早く、動物病院に連れていかなければ。だが、診察時間はまだ始まっていない。電話をかけても誰も出ないだろう。しかたがない。それまでにちゃんと準備をしておこう。

そう考えると、クリスティーヌはそろそろとベッドからおりた。イギーはあとを追いかけてこない。つぶらな瞳で悲しそうにこちらを見つめると、あきらめたように傷口を舐めはじめた。クリスティーヌは胸が締めつけられた。

とりあえず、キッチンに向かう。だが、廊下に出たときに思い出した。昨日の夜、靴箱を玄関の扉の前に押しだして、その上に安定の悪い花瓶を置いたのだ。誰かが扉を押しあけようとしたら、花瓶が落ちて割れるように。玄関をのぞくと、靴箱の上にはまだ花瓶がのっていた。クリスティーヌはほっとして、リビングに入った。ヒーターの温度をあげて、震えながら、ガウンをきつく重ねあわせる。それからキッチンに行って、コーヒーを淹れ、カウンターの上でバターを塗ったスウェーデンパンを食べた。不思議なことにお腹がすいていた。

スツールに腰かけ、かかとをフットレストに置いて、朝食を食べながら、クリスティーヌはこれまで起こったことを頭のなかで整理した。おそらく、昨夜のイギーの件で、悲しみと恐怖を使いはたしてしまったのだろう。今は事態に立ちむかう勇気が出てきていた。いつもそうなのだ。衝撃的な出来事があると、最初はそれに打ちひしがれているが、あるとき、突然モードが変わり、力がわいてくる。それはいつもいちばん落ち込んだときにやってきた。もうこれ以上は落ち込まないという強い意志のもとに、最後の最後まで戦ってやる気持ちになり、力がみなぎってくるのだ。まるで、脳のなかで戦うための物質がつくられたかのように。

クリスティーヌは誰が犯人かということを集中して考えることにした。真夜中に電話をかけてきた男、玄関の扉に小便をかけた男、パソコンに写真を送ってきた人間、そしてイギーをひどい目にあわせた人間――これは全部、同じ人間に違いない。きっと同じ男だろう。もちろん、その男が誰かということは、今の時点ではわからない。でも少なくとも、その男はなんらかのかたちで、自分とつながっていることは確かだ。自分が直接、知っている人間か、あるいはその人間の知り合いか。犯人がなんらかのつながりで接触してきた以上、こちらも知り合いから逆にたどっていけば、犯人にたどり着けるはずだ。

そうよ！　それだわ！　クリスティーヌは心のなかで叫んだ。これまではいろいろなことが次々に起こるので、そのひとつひとつに振りまわされて、じっくり考えてみることができなかった。猟犬の群れに追いかけられているウサギのように、あちこちに跳びはねながら、逃げまくるしかなかった。だが、今は違う。冷静に考えて、こちらから犯人に迫ってみようという気になってきた。

それはやはりイギーに起きたことのせいだ。あんなことをされて黙っているわけにはいかない。落ち込むのは、これで十分。これからは反撃に出るのだ。

誰がやったかわからないけれど、その男を見つけたら、思い知らせてやる。

そのためにも、まず今の自分にわかっていることをあげてみよう。

落ち着いて、考えなくては。クリスティーヌは頭のなかを整理した。

ポイントは二つある。まずは一つ目――犯人は〈ラジオ5〉まで来ている。あるいは、局内に協力者がいる。デスクの引出しに抗不安薬と抗うつ薬の瓶が入っていたからだ。次に二つ目――犯人はジェラルドが自分の婚約者であることを知っている。そのうえで、ジエラルドの行動にも注意を払っていた。そうでなければ、ドゥニーズと二人でカフェにいる写真をパソコンに送ってくることはできない。もちろん、これだけではまったくわからないが、それでも範囲は狭まった。局内の線か、ジェラルドとドゥニーズが勤める航空宇宙高等学院の線からたどっていけば、犯人に行きあたる可能性がある。

しかし、あいかわらず重大な疑問が残っていた。動機だ。犯人はなぜこんなことをするのか？　でも、逆に考えると、その動機がわかれば犯人の姿が見えてくる。

クリスティーヌは、カフェオレボウルに口をつけた。

そのとき、もう一つ、考えが浮かんだ。

犯人は自分を孤立させようとしている。

いや、これははっきりした事実ではない。だが、なんとなく、そんな気がするのだ。たとえば、クリスマスイヴに自殺を予告する手紙のことでは、ジェラルドと気まずい関係になった。昨日はとうとうドゥニーズとやりあい、ジェラルドに「距離を置こう」と宣言されてしまった。引出しに入っていた薬のことでは、上司からの信頼を失っている。放送中に犯人から「自殺を止めなかった」とおかしな電話がかかってきて、放送事故を起こした件でも、局内の評判はさがっているはずだ。イギーのことだって……。イギーの鳴き声はごみ置き場からダストシュートを伝って聞こえてきた。でも、イギーがごみ置き場にいると知らなければ、隣家から聞こえると思うではないか！　その結果、隣人との関係は最悪になってしまった。犯人の狙いはそこにあったのだ。もしそうなら、警察も？　犯人はこちらがあの手紙を警察に届ければ、担当の警察官が「その手紙は、煮えきらない婚約者の気を引くための狂言だ」と疑うだろうと、そこまで計算に入れていたのだろうか？

いずれにせよ、自分は今、孤立している。こんなにひどい状態にいるのに、いちばん頼りになるはずの婚約者との関係を絶ちきられているのだ。ともかく、誰か相談する人を見つけなければ……。家族？　そう考えて、クリスティーヌは母親の顔を思い浮かべた。そして、すぐに首を横に振った。こんなことを相談しても、母親は形のいい鼻にしわを寄せて、サファイアのような青い目でこちらを見つめ、〝娘がおかしなことを言いだした。昔から変な子だったけれど〟と思うだけに違いない。父親に相談するのは論外だ。父親は自分に関心がない。マドレーヌに対しては、今でも喪に服しているというのに。では、誰？　アシスタントのイアン？　そうだ、イアンに相談してみようか？　イアンは真面目で、人柄も信頼できる。アシスタントとしては完璧だ。もちろん、仕事以外のことではどうかわからないけれど、ほかに選択肢はない。

すると、頭のなかで小さな声がした。ネガティブな気持ちを代弁する声だ。

ほかには誰もいないの？　本当に？　一人も友達がいないなんてみじめなものね。

いいえ、だめよ。そんな声を聞いてはだめ。もうひとつの声がする。

クリスティーヌは歯を食いしばって、最初の声に負けないようにした。ネガティブな声に耳を傾けている暇はない。ほかにやらなければならないことがたくさんあるのだ。

仕事用のバッグからノートパソコンを取りだすと、クリスティーヌはカウンターの上で立ちあげた。外部からパソコンを操作されないよう、クッキーを削除し、パスワードを変える。それからインターネットにつなぐと、アンチウイルス、ファイアウォール、スパイウェア対策、迷惑メール対策など、あらゆるセキュリテイ対策が備わっている最新のソフトを購入して、ダウンロードした。そしてシャワーを浴びて戻ってくると、新しいソフトでクイックスキャンを始めた。ちらっと時計を見る。やはり全体をスキャンしている時間はなかった。それは職場ですることにしよう。

次は貴重品の持ち出しだ。このアパルトマンは留守のあいだ誰が入ってくるかわからない場所になってしまった。大事なものは家のなかに置いておけない。そう考えると、クリスティーヌはテレビ台の引出しを開けて、請求書や領収証、クレジットカードの控え、小切手帳を取りだし、学生時代から使っているカーキ色のバッグに入れた。ちゃんとした解決策が見つかるまで、銀行の貸金庫を借りて、そこに入れておくことにしたのだ。そこでまた時計を見ると、ようやく動物病院が開いている時刻になっていた。クリスティーヌはすぐに電話をした。電話には事務員が出て、一分ほど待たされたあと、獣医が急患として診察してくれると、はきはきした口調で返事をくれた。そのとき、パソコンから、「お使いのコンピュータに脅威は発見されませんでした」と合成された音声が流れた。スキャンが終了したのだ。クリスティーヌはすでに重くなっているバッグにパソコンを入れると、犬用のケージを取りに寝室に行った。ついでにペットフードの缶詰も皿にあけて持っていく。ベッドの上でイギーはしっぽを振った。その目は信頼と愛情に満ちていた。

動物病院に寄ったあと、局に着いたときには八時二十分になっていた。また遅刻だ。だが、おとといとさきおとといの遅刻に比べれば、それほどでもない。それにおとといまでの七年間、一度も遅刻してこなかったのだから、三日ばかり遅刻したくらいで、深刻な事態になることはないだろう。

そう前向きに考えると、クリスティーヌはコーヒーの自動販売機のところに行って、エスプレッソ・マキアートのボタンを押した。一口飲んで、ようやく息をつく。とりあえずは、これで安心だ。イギーは鎮痛剤を打ってもらって、骨折の治療をしてもらっている。犯人がまたイギーをひどい目にあわせて、こちらに揺さぶりをかけてくる心配はない。銀行の貸金庫に書類を預ける時間はなかったが、デスクの引出しにしまって鍵をかけておけば安心だろう。パソコンも使わないときは、そうしよう。そうだ。鍵をかけておけば大丈夫だ。薬瓶を入れられていたときには、まだ鍵をかけていなかったのだから。鍵は服のポケットにしまっておこう。

編集室のデスクで、そんなことをしているところを見られたら、おそらくまわりの席にいる人たちに不審に思われるだろう。でも、しかたがない。

一時間しか眠っていないので、頭がふらふらした。眠気をこらえながら、クリスティーヌは今日の番組のゲストのことを考えた。今日のゲストはトゥールーズ宇宙センターの局長だ。フランスの宇宙開発部門からゲストを招くのはこれが初めてではなかった。トゥールーズの産業、経済の振興にとって、宇宙開発は中核をなすものだからだ。それに自分にとっても、ある意味で宇宙開発は身近な存在だった。婚約者のジェラルドを通じて……。そこまで考えたとき、クリスティーヌは夜中のことを思い出した。胸に苦いものがこみあげてくる。

いいえ、今はそんなことを考えている場合じゃない。

湯気のあがるカップを手に、クリスティーヌは自動販売機のあるガラス張りの部屋を出て、編集室に入った。デスクのあいだを抜けて、自分の席に向かう。番組が終わったら、イアンに相談してみよう。でも、今は「今朝の新聞から」のコーナーの準備をしなければ。

だが、イアンは席にいなかった。

どこにいるのだろう? クリスティーヌは不思議に思った。

イアンはここにアシスタントとして来てから三年間、一度も遅刻したことがないのに。

ふと自分のデスクを見ると、電話機に黄色い付箋が貼ってあった。

私の部屋に来るように。至急。

〝至急〟のあとには、番組編成部長のギヨモのサインがある。

ずいぶんと居丈高な調子だが、番組編成部長の命令ならばしかたがない。クリスティーヌはまわりを見やった。誰もがパソコンや書類に向かって、仕事に没頭している。いや、仕事に没頭しているふりをしている。

何かが起きているようだ。

クリスティーヌは突然、誰かに喉を押さえつけられたような息苦しさを感じた。編集室の扉の近くにある部長室のほうを見る。部長室はガラスの壁で編集室と仕切られている。部長室の扉は開いていた。だが、ブラインドはおろされていた。悪い兆候だ。そのとき、クリスティーヌはコルデリアの姿も見えないことに気づいた。もしかしたら、コルデリアはギヨモと一緒にいるのだろうか？ そして、イアンも……。そう思って見ると、ブラインドの向こうに三人のシルエットが見えるように思った。

ともかく行ってみよう。

そう決心して、クリスティーヌは部長室の扉の前まで行った。部屋のなかでは、イアンとコルデリアの前に立って、ギヨモが二人に質問している。こちらに気づくと、ギヨモは部屋に入ってくるようにと合図をした。イアンとコルデリアがシンクロナイズド・スイミングのように、同時にこちらを見た。

「扉を閉めてくれ」ギヨモが言った。

感情を抑えている調子だ。あまり楽観はできない。

「何があったんです？」クリスティーヌは尋ねた。

「まずは座ろうか」ギヨモが続けた。

「でも、もうすぐ放送が始まりますが。わたしたち、その準備をしないと……」言いながら、二人のアシスタントを指す。

「ああ、わかっている。まあ、座ろう」ギヨモの声の調子は変わらなかった。まずはギヨモが座った。続いて、イアンとコルデリアも腰をおろす。クリスティーヌは眉をひそめた。

いったい、何が始まるのだろう？　クリスティーヌも椅子に座った。ギヨモの目の前には手帳が開いて置かれている。しかたなく、クリスティーヌも椅子にと、ギヨモはペンを手にした。そして眼鏡の奥からねっとりした視線で、こちらを眺めると言った。

「えーと、どこから始めたらよいのか……。これはかなり異例の事態なので、きみたち三人と話をしたいのだが。まず最初に言っておくと、私は番組編成部長として、この部署の運営に責任がある。つまり、ここで働く者たちが……同僚の行為によって、迷惑をこうむることがないよう、注意を払う責任があるということだ」

クリスティーヌはイアンとコルデリアをかわるがわる見つめた。イアンはさっとその視線を避けた。これに対して、コルデリアは表情ひとつ変えない。首筋がぞくっとした。

あいかわらず眼鏡の奥からねっとりした視線を送りながら、ギヨモが続けた。

「コルデリアが今朝、私のところにやってきてね」

クリスティーヌはコルデリアを一瞥した。コルデリアは何も言わなかった。だが一瞬、その目が冷たく光ったのをクリスティーヌは見逃さなかった。頭がカッとなるのがわかった。と同時に、今の状況を理解した。次の攻撃はここから来るのだ。

「コルデリアが言うには……」ギヨモはそこでひと呼吸置くと、続けた。「きみから、その……ハラスメントを受けているというんだ。セクシャル・ハラスメントを。もう何週間も性的な誘いをかけられていて、応じなければ解雇すると脅しを受けたというのだが……。これは本当かね？」

呆れてものが言えない。クリスティーヌは思わず鼻で笑ってしまった。

「面白い話かね？」ギヨモが言った。「今のところ、コルデリアは法的に訴えるところまでは望んでいない。ここでの研修は大切なものなので、問題を起こしたくないということでね。だから、内々で解決したいのだか、ともかくこういうことはやめてほしいと言っている。私にはきわめて当然の訴えだと思うがね。きみはそれを笑うのか？」

クリスティーヌはわきあがる怒りを抑えた。

「まさか、その話を信じたわけではないでしょうね」ギヨモのほうに身を乗りだして、答える。「わたしが彼女にセクシャル・ハラスメントをしただなんて、そんなのはでたらめです。部長は彼女の言葉を信じたんですか？　職場にこんな格好で来る人間のことを」

クリスティーヌはコルデリアのほうを顎でしゃくってみせた。今日のコルデリアはスコットランドキルトの超ミニスカートをはいて、黒いパンストをつけている。上は胸にALCHEMYという文字が入ったスウェットシャツ。靴は銀の鋲がついた厚底スニーカーだ。爪のマニキュアは血のように赤い。口紅も真っ赤で、唇につけたピアスがきらきらと輝いている。顔だけ見ていると、ディズニーの『101匹わんちゃん』に登場する悪女クルエラを彷彿とさせる。

「まあ、格好はともかく……。コルデリアによると、きみは……その、洗面所で彼女の体を何度もなでまわしたというんだが」少し顔を赤らめながら、ギヨモが言った。「それから、キスしようとしたと。自宅に誘われたことも、何度もあるとか」

「そんなことはありません。いったい、どうしてそんなことになるんですか？　この話は馬鹿げています」

「とにかく、彼女はきみがひっきりなしに言いよってきたと言っている」

「嘘です。そんなのは大嘘です」

「それから、きみが大量のメールを送りつけてくるとも。なんとかいうか、いやらしい内容のメールが送られてくるということだが」

「もう、いい加減にしてください」クリスティーヌはコルデリアのほうをちらっと見ると言った。「ありもしないことを言いふらしているだけです」

「なるほど」ギヨモが言った。

「なるほどって、何です？」

「コルデリアの言うことなど、誰も信じないと、きみはそう思っているわけだな」

「だって、そうじゃありませんか。それとも……」

クリスティーヌは不安になった。ということは、ギヨモはコルデリアの言ったことを信じたということだろうか？　ギヨモだけではなく、ほかの人たちも。

「冗談でしょう?」クリスティーヌは言い返した。「みんな、どうかしてるわ。コルデリアの言葉を信じるなんて……」

だが、ギヨモは答えなかった。クリスティーヌは続けた。

「じゃあ、わたしの言うことは? わたしの言うことは信じないと言うんですか? わたしはこれまで、ここで七年も働いているんですよ。七年もちゃんと仕事をしてきた。それなのに、わたしよりコルデリアの言うことを信じると言うんですか?」

「だが、現実にコルデリアはきみの行為に迷惑している。ひっきりなしに声をかけられたり、メールを送られたりしてね」

「メール? メールですって? そんなメールがあるなら見せてください」

それを聞くと、ギヨモはこちらの顔をしげしげと見て、それから目の前にあった紙の束を押しだした。

「メールならここにある。見たまえ」

クリスティーヌは息を呑んだ。誰も何も言わない。イアンが椅子に深く座りなおしたのが、目の端に入った。コルデリアのほうは見なかったが、こちらを見ているのはわかった。視線が重い。心臓がどきどきしてきた。

「あり得ない……」

クリスティーヌは紙を見た。それは確かにメールを印刷したものだった。

コルデリア、ごめんなさい。あなたを脅すつもりはないの。困らせるつもりも。でも、いつもあなたを想っている。自分でもどうしようもないの。あなたの香水の匂い、あなたの声……。あなたがそばに来ると、それだけで、わたし、胸が苦しくなって、どうすることもできなくなる。女の人のこと、こんなふうに感じるのは初めてよ。

クリスティーヌ

コルデリア、お願い。返事をちょうだい。このまま、わたしを放っておかないで。もう待てない。今、わたしが何をしているか、あなた、想像できる？　ベッドで横になっているの。何も身につけないで。そうして、あなたのことを想っている。あなたの体のことを。唇につけたピアスや胸のことを。それで、ちょっぴり感じちゃってるの。あら、わたしったら、こんなこと書いて……。きっとワインを飲みすぎたせいね。夜にメールを書くのは危険ね。つい本音が出てしまうから。

あなたのクリスティーヌ

今度の土曜日、一緒に食事しない？　お願いだから、「はい」と返事して。食事するだけで、ほかに何も求めたりしないから。約束する。友達同士で夕食を共にするだけよ。もちろん、誰にもそのことは話さない。約束する。電話を待ってるわ。お願い。

クリスティーヌ

コルデリア、どうして返事をくれないの？　そんなにわたしが嫌いなの？　冷たい人ね。でも、いいこと？　これだけは覚えておいてちょうだい。あなたの将来はわたしにかかっているのよ。

C

コルデリア。二十四時間以内に返事をちょうだい。

信じられなかった。こんなメールが数十件もあったのだ。頭のなかで、メールの文字が踊っていた。手のひらがじっとりと汗ばんでいる。

「嘘です」メールから目を離すと、クリスティーヌは言った。「こんなメール、わたし、送っていません。セクシャル・ハラスメントをしていたことがわかったら大問題だというのに、そんなメールをわたしが送ると思いますか？　しかも、署名までして……」

すると、ギヨモはうんざりしたような顔をした。

「私だってそう思ったよ。だから、調べてみたんだ。このメールはきみのパソコンのＩＰアドレスから発信されている」

「だからどうだって言うんです？　パソコンはデスクに置きっぱなしなんだから、パスワードさえ知っていれば、誰だってわたしのパソコンを使えるでしょう。パスワードなら、わたしが打ち込むところを見ていれば、簡単に知ることができるし。だったら、答えは簡単でしょう？　コルデリアがわたしのパソコンを使って、自分宛てにメールを送ったのよ」

ギヨモはゆっくりうなずいた。だが、こちらを見る目は冷たく、突きはなすようなものだった。これまで、ギヨモのこんな視線は見たことがない。

ギヨモがイアンのほうを見て、言った。

「イアン、さっきの話をもう一度、聞かせてくれるかね？」

クリスティーヌは血の気が引くのを感じた。イアンを見ると、困ったような表情で、顔を真っ赤にしている。と、イアンがほとんど聞きとれないような声で、話しはじめた。

「クリスティーヌさんは素晴らしいパーソナリティーだと思います。一緒に仕事をさせてもらえてよかったと思っています。ええ、僕は一緒に仕事をする仲間として、クリスティーヌさんを尊敬しています。だから……。もしクリスティーヌさんがこんなメールは送っていないと言うなら、僕はそれを信じます」

「よくわかった」イアンの言葉を手で制しながら、ギヨモが言った。「さっきもきみはそう言ったね。確かにそう記録してある。だが、今、きみに訊いたのはそういうことじゃない。端的に訊こう。きみもクリスティーヌから困ったメールを受信したかね？」

「メールは受信しましたが……」

「なんだって？　すまないが、もう少し大きい声で話してくれないか？」

「受信しました」喉を締めつけられたような声で、イアンが繰り返した。

「送信者のIPアドレスは、コルデリアに送られたメールのものと同じだった。そうだね？」

「そうです……」

「メールには署名があったかね？」

「ありました……」

「なんという署名だ？　いや、もう言わなくてもいい。さっき聞いたからな。メールには
クリスティーヌという署名があった。そうだね？」

聞いているうちに、クリスティーヌは我慢の限界に達した。テーブルを拳で叩いて、立ちあがる。

「いい加減にしてください。本当におかしなことばかり！　もうたくさんです」

すると、すぐにギヨモがなだめにかかった。

「クリスティーヌ！　まあ、落ち着いて。頼むから、そこに座って……」

そのあいだ、コルデリアは一言も口をきかなかった。黙って、こちらを見つめている。

クリスティーヌは息が苦しくなった。ちらっとコルデリアの顔を見ると、その目には勝ち誇ったような光があった。

「確かに署名はありました」イアンが言った。「でも、だからと言って……」

「そのメールは、いつ受信したのかね？」イアンの言葉をさえぎるように、ギヨモが尋ね

た。

「先月です。でも、すぐにやみました。あの、もう一度、言いますが、僕はクリスティーヌさんと一緒に仕事をするのが好きなんです。非難する気持ちなんて、これっぽっちもありません。きっとこれは何かの陰謀です。クリスティーヌさんは被害者なんだと思います。そうとしか考えられません」

そう言うと、イアンは疑うような目で、コルデリアを見つめた。ギヨモのほうは、イアンの思わぬ反論に、一瞬、むっとなったようだったが、すぐに感情を抑えたような口調で続けた。

「よろしい。だが、それはいったいどんな種類のメールだったのかね？」

「内容から言えば、いわゆる、その……困ったメールというか……」イアンは口ごもった。

「もう少し具体的に言ってくれないか？」

「その……つまり……」

「誘いをかけてくる種類のものか？」

「そうです」

「性的に？」

「はい……。でも、繰り返しますが、メールはすぐに来なくなったんです」

「受信した件数は？」

「数件程度かと……」

「何件だ？」

「十件くらい……」

「あまり覚えていませんが。二十件くらいかと……」

「それより多いのか？　少ないのか？」

「覚えていません」

「わかった。件数のほうはそのくらいにしておこう。受信した期間はどのくらいかね？」

「一週間から十日です。それ以上ではありません。それは確かです。メールはすぐに来なくなったんです」

「一週間から十日。ということは、一日に何通も来たということだな？」

膝がくがくした。クリスティーヌは足元で地面が揺れているように感じた。イアンの顔からは血の気が引いていた。まるで蠟人形になったようだ。ギヨモが質問を続けた。

「いったい、一日にどのくらい来たんだ」

「いえ、数えたわけではないので……」

「メールは毎日、来たのか？」

「はい、そうです」

「十日間？」

「一週間を少し超えるくらいです」

今度こそ、本当に我慢できない。クリスティーヌは立ちあがった。ギヨモを見おろしながら言う。

「いったい、いつまでこんなことを続けるんです？　そんなことを訊いても、なんの証拠にもなりません。さっきも言ったように、わたしのパソコンが立ちあがっていれば、誰だって、そこからメールを送れるんですから。署名もしてね。これ以上、こんな中傷を受けるのは耐えられません。どうしてこんな馬鹿げた話が信じられるというんです？」

だが、その言葉を無視して、ギヨモは続けた。

「イアン、それでは訊くが、メールを受信したのは、昼間だったかね？　夜だったかね？」

沈黙があった。

「両方です」しばらくして、イアンが困惑した顔で答えた。

また沈黙があった。クリスティーヌは立ったままだった。頭がくらくらして、吐き気がした。何も考えることができない。と、ギヨモが時計を見た。

「正直に答えてくれてありがとう。コルデリア、イアン、きみたちは仕事に戻ってくれ。今日の番組はアルノーがパーソナリティーを務める。アルノーに協力してやってくれ」

その言葉を潮に、コルデリアとイアンは扉に向かった。クリスティーヌは茫然として、二人のうしろ姿を見送った。部屋を出ていきしな、コルデリアがこちらを振り返って、意味ありげな視線を送ってきた。クリスティーヌはすぐに前を向いて、ギヨモに言った。

「わたしには理解できません。部長はどうして、こんなでたらめを信じるんです」

「クリスティーヌ……」

ギヨモが言いかけた。だが、クリスティーヌはそれを制して続けた。

「いいえ、今度はわたしに言わせてください。わたしはこれまでちゃんと仕事をしてきました。それは部長もよくご存知のはずです。プライベートなことで同僚と問題を起こしたことは一度もありません。あの嫌味なベッケルとだって、うまくやってきたつもりです。部長ともね。それに、わたしはこの部署で誰よりも熱心に働いていると思います。スタッフからも信頼されて、みんな、わたしのことを評価してくれています」

しかし、その言葉を口にした瞬間、待ちかまえていたように、ギヨモが言った。

「みんながきみを評価している、だって？　きみには現実が見えていないようだ。きみにはまわりの人たちの不満がわからないのかね。傲慢で横柄なスター気取りの女王さま――それがきみに対する、みんなの評価だ。誰もがきみに迷惑しているんだよ。この私だってね」そこでいったん言葉を切ると、ギヨモはねっとりした視線でこちらを見つめた。「最近のきみを見ていると、仕事だってきちんとしているとは思えない。この四日間で三日も遅刻しているし、番組中に起きたアクシデントにも機敏に対応することができない。それに、あの引出しにしまってあった抗不安薬の問題もある」

クリスティーヌは耳を疑った。ギヨモはこれまで、こんなふうに批判的な目で自分を見てきたのだ。こちらの言動に苛立ち、だが、こちらが人気パーソナリティーなので、口には出さず、恨みをためてきた。その恨みを今、一気に晴らしているのだ。心のなかを嵐が吹き荒れた。

「きみは自分がいないと、番組がやっていけないと思っているだろう？　誰もがきみを必要とし、きみに頼っていると思っているのでは？」あいかわらず恨みのこもった声で、ギヨモが続けた。「とんでもない！　スタンメイエル。もっと現実をよく見るんだ。おまけに、今度はこんな事件まで起こして……。きみはこの部署の厄介者なんだ」

目の前が真っ暗になった。これまで自分はプロフェッショナルとして、しっかり仕事をし、まわりからも信頼され、評価を受けてきたと思っていた。もちろん、こういう仕事だから、部内での競争もあるだろうが、少なくとも、スタッフや同僚とはうまくやってきたと思っていた。それなのに……。

ギヨモがこれみよがしに腕時計を見た。

「わたしはこれから経営会議に出席する準備をしなければならない。一時間後には株主と経営陣が集まることになっているんでね。きみはいったん家に戻りなさい。これからのことは考えておく。それまでは、とりあえず自宅待機だ。当面はアルノーがきみの代わりを務めることになる」

クリスティーヌは立っていられなくなった。椅子の背に手を置き、どうにか体を支える。疲労が限界に達していた。反論しようにも、もう言葉が出てこない。頭が爆発しそうだった。

と、少し言いすぎたと思ったのか、ギヨモが口調をやわらげて言った。

「クリスティーヌ、ともかく、今は家に帰りなさい。こちらから連絡するから。どういう処遇になるかはわからないが、結論が出たら、まずきみに知らせる。それは約束するよ」

その言葉にクリスティーヌは部屋を出た。さっき部屋を出るときにコルデリアがわざと閉め忘れたのか、部屋の扉は開いたままだった。つまり、今の会話は編集室に丸聞こえになっていたということだ。室内はしんと静まり返っていた。人々の視線を感じながら、クリスティーヌは自分のデスクに戻った。

「クリスティーヌさん……」イアンが話しかけてきた。

だが、今は誰の話も聞きたくなかった。片手をあげて制すると、イアンは黙った。引出しの中身を出そうと、クリスティーヌはポケットから鍵を取りだした。けれども、指が震えて、うまく鍵穴に入らない。結局、二度もやりなおさなければならなかった。引出しの中身をバッグに入れると、クリスティーヌはエレベーターのほうに向かった。

「かわいそうに。お払い箱だね」

背中のうしろで、そうささやく声が聞こえた。

14　コロラトゥーラ

車を運転して、施設を出ると、セルヴァズは街に向かった。昨日の電話で、公安警察のデグランジュから、グランドホテル・トマ・ヴィルソンで自殺したセリア・ジャブロンカの捜査資料をこっそり見せてもらえることになったからだ。

施設は丘のふもとにあった。背後には森が広がり、目の前にはポプラ並木の一本道が走っている。道の両側は畑で、今は真っ白な雪に覆われている。その並木道を車で走りながら、セルヴァズは今、自分が暮らしている療養施設が好きになりはじめていることに気づいた。施設のある場所に魅力を感じはじめていたのだ。森と畑に囲まれて、街の喧騒は聞こえてこない。その静けさが気に入っていた。これなら、もうしばらくここにいてもいいか、そんな気持ちにさえなっていた。だが、それは逆に言えば、元の生活に戻るのが怖いということでもあった。まだあの生活には戻りたくない。ということは、自分はまだ十分、回復していないのかもしれない。

だが、〝回復〟というのは、いったい何を意味するのだろう？　精神科医も体の医者も、ことあるごとに回復という言葉を口にするが、結局、何がどうなったら〝回復した〟と言えるのか、セルヴァズにはよくわからなかった。ただ、今の自分の心が、目の前のこの雪で覆われた大地のように、冷たく閉ざされていることだけはわかった。そう、マリアンヌが死んでから、自分の心はこの大地のように凍りついているのだ。しかし、それでも、セルヴァズは希望を捨てていなかった。今は雪に閉ざされていても、自分の心はその雪が解ける日が来るのを待っている。春が来るのを待っているのだ。

待ち合わせはラスクロス通りにある〈ル・カクタス〉というカフェだった。〈ル・カクタス〉はガイドブックに載るような種類の店ではない。〈シェ・オーティエ〉のように百年以上の歴史もなければ、〈バール・バスケ〉のように繁華街にあるわけでもない。〈ユビュ・クラブ〉のように、有名人たちが集まるナイトクラブでもなかった。流行の最先端を目指すような店でもなければ、トマ・ヴィルソン広場にある歴史を思わせる店でもなかった。外見はどこにでもあるカフェと区別がつかない。しかし、カフェのよさは見た目だけでは判断できない。それはカフェも人間も同じだ。〈ル・カクタス〉にはどこにでもある普通のカフェ以上の魅力があった。なんとなく惹かれて、この店に通っているうちに、客たちは、猫が居心地のよい場所に住みつくように、いつのまにかこの店の常連客になっているのだ。それはおそらく客層のせいだろう。ラスクロス通りはどちらかと言うと、中流以上の人々が住む界隈にあって、安酒を飲みに来るような連中がいる場末の通りではない。それなのに、この店をここにつくった先代の主人は大胆な人で、朝早くから夜更けまでずっと店を開くと、娼婦でもちんぴらでも警察官でも、誰かれかまわず客として歓迎したのだ。そして、先代の主人が亡くなると、店は従業員だった女性が引き継ぎ、新たに女主人となったが、この女主人も先代のやり方を踏襲した。空いた時間に詩を書きながら、店の雰囲気を変えないように努めたのだ。そうすれば、店の主人が替わっても、常連客が同じように来てくれて、店がこれまでと同じように居心地がよくなることを、女主人は知っていたのだろう。

扉を開けてなかに入ると、デグランジュはいつもの席に座っていた。テーブルにはベルギービールがのっている。椅子に腰をおろしながら、セルヴァズはデグランジュのまなざしが温かいことに気づいた。相手が病気休職中だと思うと、どうしてもそうなってしまうのだろう。

席に座ると、セルヴァズはあたりを見まわした。何も変わっていない。いつもの席に、いつもの顔ぶれが座っている。

「元気そうじゃないか」控え目な口調で、デグランジュが言った。

「毎日、規則的な生活をしているからな。あまりやることはないが。落葉をほうきで掃いて、軽く体操をする。そのあとは休息だ。そうしているうちに、時間が過ぎていくよ」

「なら、ちょうどいいときに、ホテルの部屋の鍵が送られてきたというわけだ。会えて嬉しいよ、マルタン」

セルヴァズは黙ってうなずいた。デグランジュの言葉には、心からの愛情がこもっていた。こちらは、ただうなずけばいい。

「そっちのほうは？　変わりはないか？」セルヴァズは尋ねた。

「ああ、元気にやってるよ。このあいだは闘鶏を摘発したところだ」

「とう……何だって？」

「闘鶏だよ。雄鶏(おんどり)が闘うのを見て、どちらが勝つかに賭けるんだ。フランスでは一部の地方を除いて違法なんだが、トゥールーズ郊外のジエストゥーに非合法の組織がやっている闘鶏場があることがわかったんだよ。いや、驚いたね。雄鶏が闘うリングや観覧席があるのはもちろん、怪我をした鶏たちの治療室もある。リングにあがる前の雄鶏たちが待機する控室もあってね。そこにはなんと、雄鶏専用のランニングマシーンまであるんだ。そのマシーンは洗濯機のモーターで動いているんだが、まあ、ちょっと想像してみてくれよ。小さなベルトの上を脚の筋肉を鍛えるために、雄鶏たちが必死で走っているところを。かわいそうに、おれたちが現場に踏み込んだときは、雄鶏たちはふらふらになっていたよ。あんな目にあわせて、そのあとで闘わせるなんて、まったくひどい連中だよ」

　そう言われて、セルヴァズは確かそんな事件があったと、新聞で読んだことを思い出した。

「では、雄鶏(コック)を助けにいった雌鶏(プーレ)に乾杯！」（プーレには俗語で「刑事」の意味がある）

「闘鶏マフィアたちの羽根をむしって、丸焼きにしてやった雌鶏(プーレ)にもな」

「それはそうと、例の件だが……。きみはいつも、自分が捜査した事件の資料をとってあるのかい？」セルヴァズは尋ねた。

デグランジュはうなずくと、隣の椅子に置いてあったファイルをテーブルにのせた。

「メモとか領収書にいたるまでな。まあ、担当したのがおれで運がよかったな。ほかの人間が担当していたら、こうはいかない。それで、来る前に、あらためてこのファイルの中身を見てみたんだが。マルタン、おまえもよく知っているように、死体が発見されたときに、それが自殺か他殺か、はっきりわからないケースはたくさんある。特にトゥールーズではな……」

あたりをはばかって、デグランジュは声をひそめた。セルヴァズはうなずいた。デグランジュが言わんとすることがよくわかったからだ。

というのも、一九八〇年代から九〇年代にかけて、トゥールーズ警察では、たとえ殺人に見えても、はっきりと説明できないケースはすべて自殺として処理されるという〝黒歴史〟があったのだ。そのことは当時、現役だった警察官なら誰でも知っている（その多くは定年を迎えてしまったが）。手足を縛られ、ミディ運河で溺死体となって発見された若い男のケースも自殺、激しい暴力を受けた痕跡のある若い女性のケースも自殺。首にひもを巻きつけられ、喉におむつを突っ込まれて、大量の血を流して死んでいた一家の母親のケースも自殺。頭を銃弾で撃ち抜かれた二十八歳の男性のケースでは、死後、明らかに死体が移動されているのに、警察が出した結論はピストル自殺だった。そのなかには捜査の不手際や、いい加減な鑑識の報告、安易な不起訴処分など、警察や検察の怠慢が理由のものもあったが、警察官や検事、司法官が腐敗に手を染めている場合もあった。街の有力者や裏社会のボスの頼みを聞いて、明らかな他殺を自殺として処理してしまったのだ。あるいは未解決事件として処理されるものもあった。おそらく裏社会が絡んでいたのだろう、出勤途中の若い女性たちが次々と行方不明になった事件や、何軒ものホテルで娼婦が殺された事件はろくに捜査がなされないまま迷宮入りとなった。その結果、一九八六年から九八年までのあいだに、トゥールーズでは百件近い事件が未解決のまま捜査を打ち切られていた。

そして話を自殺に戻すと、一九八九年に、パトリス・アレーグルによる、あの忌まわしい連続殺人が始まったとき、検事と何人かの警察官たちは、「これは殺人ではなく自殺だ」と主張し、一九九七年に逮捕するまで犯人を擁護するという、とんでもない出来事まで起こってしまった。

こうした警察の黒歴史を証明する書類は、トゥールーズ特有のバラ色のレンガの建物の地下で今も文書庫に眠り、卵が腐ったような嫌なにおいを放ちつづけている。その明るい建物からは想像もつかないかもしれないが、警察署の地下には、暗い時代の記憶を残す腐臭が漂っているのだ。

「まあ、その反対に殺人に見せかけた自殺もあるがね」デグランジュが言った。「妻を寝取られた男が、妻と愛人に濡れ衣(ぎぬ)を着せようとして自殺をしたケースだ」

「確かにそういうケースもあるだろうな」セルヴァズはあいづちを打った。「で、ここに来る前にファイルの中身を見たということだが、めぼしいものは見つからなかったということかい？」

「そうとも言えるし、そうでないとも言える」デグランジュは曖昧な答え方をした。

セルヴァズは、問いかけるように視線を向けた。

「なにしろ、セリア・ジャブロンカの死体が発見されたとき、現場の状況があまりに異様だったからな。最初に駆けつけた警察官たちは、まず殺人の可能性を考えたんだ。そこで、現場に残されていたもののほとんどを押収したんだが、そのなかにこれがあった」

そう言うと、デグランジュはファイルのなかにあったピンク色の手帳を取りだした。

「なんだい、それは？」

「見てのとおり。手帳だよ。セリアの手帳だ」

「でも、どうしてきみが持っているんだ？　遺留品は遺族に渡すことになっているんだろう？」

「そうなんだが、これだけは返さずに手元に置いておいたんだ」

「どうして？」

「まだ他殺の可能性が残されていたからね。こちらでもいちおう、捜査をしてみようと考えたんだ。だが、結局、自殺というかたちで処理されることになって……」

「それなのに、まだ手元に置いておいた？」

「ちょっと引っかかることがあってね。いずれ確認しようと思っていたんだが、結局は時間がなくて、そのままになってしまった」

「いったい、何を確認しようと思ったんだ？」

「まだ自殺だと断定される前、おれはこの手帳に書き込まれた名前が被害者とどういう関係にあるのか、一人ひとり確かめたんだ。その結果、友人だとか、仕事上の知り合いだとか、そのほとんどがわかった。たった一人、〝モキ〟と記された人物を除いて。おれはその〝モキ〟というのが誰なのか、調べようと思ったんだよ」

「モキ？」

「ああ、それ以外は全部わかった。全員、友人か身内、仕事上の知り合いだ」

その言葉に顔をあげると、デグランジュと視線があった。セルヴァズは待ち伏せされていたように感じた。自殺かどうかは別にして、この事件はまだ完全には解明されていない。いったい、どのくらいの事件が謎を秘めたまま、地下の文書庫で眠っているのだろう？ そう思うと、口のなかに苦いものがこみあげてきた。そのとき、頭上で声がした。

「あら、おひさしぶりね」カフェの女主人だ。「死者たちの世界から戻ってきたの？」

自分が休職中なのを、この女主人は知っているのだろうか？ セルヴァズは思った。もしかしたら、自分の額にはそのこと示す烙印（らくいん）があるのかもしれない。だが、顔をあげて、女主人の美しい笑みを見ると、心が温まった。ここは何もかもが懐かしい。セルヴァズはステーキとサラダを注文した。

そのあいだ、デグランジュは太い指で手帳のページをめくっていたが、その指を止めると、手帳をこちらに向けて言った。

「ほら、見ろよ」

そこには、〈モキ　午後五時半〉〈モキ　午後七時〉〈モキ　午後六時半〉〈モキ　午後六時〉と記されていた。

「モキは人の名前だと思うのかい？」

「ほかに何がある？　いずれにしろ、セリアの身近な人間に、この意味を知っている者は誰もいなかった」

「手帳を見て引っかかったのはそれだけか？」

デグランジュはにやりとした。

「ほかに何が出てくると思ったんだ？」

「わかったよ。きみの仮説を聞こう」

「モキというのは家族持ちの男だ」デグランジュはすぐに答えた。「時間が午後五時から七時に集中している。モキというのはセリアがつけた符丁だろう。本名がわからないようにするために。おれはセリアの葬儀にも行ったがね。身元のわからない男はいっさい姿を見せなかった。つまり、このモキは葬儀に来なかったというわけだ。家庭のある男だという証拠だ」

セルヴァズは反論した。

「人の名前とは限らないだろう？　店の名前ということだってある。じゃなかったら、最んな買い物をしたことがあるんだ。最近、流行りのスポーツかもしれない」

「いや、ほかにも情報があるんだ」

デグランジュの話を聞いているうちに、セルヴァズは心が弾んでくるのを感じた。こんなふうにわくわくするのはひさしぶりだ。デグランジュがファイルのなかから、今度は領収書を取りだした。

「自殺するちょっと前、セリアはある買い物をしている。その買い物というのが、なんというか、少し奇妙なんだ」

セルヴァズは身を乗りだして、領収書を見た。買い物をしたのはトゥールーズ武器店、品物は護身用ライト、護身用スプレー、ペッパースプレーだ。セリア・ジャブロンカは明らかに自分の身を守ろうとしていた。セルヴァズは目を細めて、領収書の細かい日付を見た。自殺する二週間前だ。

「確かに奇妙だ。護身用のグッズとは……。少なくとも、生きようという意志が感じられる」セルヴァズは言った。「それなのに、二週間後にみずから命を絶つなんて」

「そうだろう?」デグランジュはうなずいた。「とはいえ、人が何を考えているかなんて、本当のところはわからないもんだがな。誰もが、いつでも筋の通るやり方で行動するわけじゃない」

「まあ、死にたいという気持ちと、殺されるのは嫌だという気持ちが同居することだってあるだろうしな。いずれにしろ、セリアが身の危険を感じていたことは間違いない」

そのとき、女主人が二人分のステーキとサラダを運んできた。さっそくサラダをつつきながら、デグランジュが言った。

「領収書を見るかぎりではな。だが、あくまでもそのかぎりで、だ」

その言葉の意味はよくわかった。捜査をしていると、一見、関係のありそうな事柄が、あとになって無関係だとわかることがよくあるのだ。捜査は未知の文字を使った未知の言語を解読するのに似ている。重要な文字のつながりをいくつか発見すれば、解読は一気に進むのだが、解読を始めた段階では、どのつながりが重要なのか、判別がつかないのだ。

デグランジュが眉をひそめて言った。

「やっぱり、鍵の話はなんだか気になるな。おまえにホテルの部屋のカードキーを送りつけてきたやつは、この事件について何か知っていると思うか？」

「実はその人間がセリアを殺したのかもしれない。あるいは、この事件が自殺ではなく他殺だと信じていて、もう一度、捜査をさせたかったのかもしれない。だが、その人間はどうやって部屋のカードキーを手に入れたんだろう？」

「その部屋に泊まったんじゃないか？」デグランジュは答えた。

「まあ、それしかないだろうな。その場合、ホテルは鍵を紛失したり、返却しわすれた客のリストを作っているだろうか？」

「いちおう訊いてみてもいいが、まずその可能性はないだろう」

「すると、残るはモキの線か……。いろいろありがとう」

そう言うと、セルヴァズはステーキに手をつけた。いつもより、少しだけ食欲がわいてきたような気がした。

〈ル・カクタス〉を出ると、セルヴァズはトゥールーズ警察署の捜査資料室に電話をかけた。捜査資料室は、四人で構成されていて、現在、進行中の捜査のファイルを管理している。つまり、捜査が行われている事件であれば、容疑者や被害者や目撃者はもちろん、ほんの少しでも事件に関わりのあった人や場所の資料もそこにまとめられているということだ。またこの資料室は警察全体のＦＢＳ（犯罪捜査ファイル）もデータとして持っているので、進行中の捜査に関係する人や場所が過去の犯罪になんらかのかたちで関わりを持っていれば、すぐにそれを見つけだすこともできた（現場の捜査員たちはそういった作業は苦手だったし、捜査に追われて、その時間もなかった）。

資料室長はレヴェックといって、以前は犯罪捜査部の巡査部長だったが、ひき逃げ犯人を追おうとして事故にあい、足に障害が残って現場での捜査ができなくなった。そこで、欧州刑事警察機構（ユーロポル）で〈情報の管理と分析〉の研修を受け、この仕事についたという経歴を持っていた。直接的な捜査権はないが、「集まってきた情報の山から真相にいたる事実を見つけるのはやりがいがある」と、セルヴァズは以前、本人の口から聞いたことがあった。実際、捜査資料室では、同じ氏名や電話番号が別個の捜査で何度も出てくることや、強盗現場と金が引き出された銀行のＡＴＭ近くで同じグリーンのルノー・クリオが目撃されていることなどを突きとめている。そうした些細な情報によって事件が解決されたことも珍しくなかった。

「やあ、レヴェックか？」セルヴァズは言った。「こんな天気だが、足の具合はどうだ？」

「ムズムズするよ。まるで足のなかをアリが這っているみたいだ。まあ、天気のせいばかりではないがね。きみのほうはどうだ？　休職中だと聞いたが」

「そうなんだ。おかげで、私のほうも足のなかをアリが這っているよ」

「今日はまたどうして電話をくれたんだ？」

「ある事件のことで、知りたい名前が一つあってね」

「休職中なのにか？」レヴェックは驚いたような声を出した。だが、しばらく黙り込んだあと、こう続けた。「なんという名前だ？」

「モキだ。綴りで言うと、ＭＯＫＩ……」

「それは人の名前か？　服のブランドか？　それとも金魚の名前か？」

「まったくわからない。それだけでわからないようなら、一緒にこんなキーワードを入れてくれ。『強姦』『ドメスティック・バイオレンス』『ハラスメント』『脅迫』……」

「わかったら、電話するよ」

　一時間後。レヴェックから電話があった。

「セルヴァズ、調べてみたが、何も見つからなかったよ」

「本当に？　間違いないかい？」

「私を疑うのか？　間違いないよ。モキなんていう言葉は一つも出てこなかった。人の名前でも、店の名前でも。だが、調べているうちに一つ思い出した。この言葉を調べてほしいという依頼は、去年、一度、受けているんだ。たしか公安警察のデグランジュとかいう名前だった」

「なるほど。ありがとう」

クリスティーヌはおぼつかない手つきで、テーブルの上にアルコールのグラスを置いた。完全に悪酔いしている。まるで遭難した船の船長のようだ。乗組員たちが救命ボートに向かうなか、嵐にもまれる船の上で、もう立っていることもできず、帆桁（ほげた）につかまりながら、船とともに海の底に沈もうと決意している船長――気分はまさにそんな感じだった。アルコールが体中を巡って、頭がくらくらする。

カフェの曇った窓ガラス越しに、クリスティーヌは外の様子を眺めた。雪はもうやんでいたが、冷たい北風が歩道に積もった雪を舞い散らせている。それでも通りには車が行き交っていて、前の車が残した黒い轍（わだち）のあとをゆっくりと走っていた。通りの名前はジャン・ジョレス通り。通りの向こう側にはアルノー・ヴィダル通りとの角に〈ラジオ5〉の建物が見えている。十五階以上の高いビルに囲まれた、レンガ造りの小さな建物だ。編成部長に自宅待機を命じられて、足早に〈ラジオ5〉を出たあと、クリスティーヌはなんとか気を落ち着けようと、通りの反対側にあるこのカフェに飛び込んだのだ。だが、窓ガラス越しに〈ラジオ5〉の建物を目にするたびに、悲しみが募ってくる。その悲しみを忘れようとアルコールを注文したが、いくら飲んでも効き目はなかった。いっそう暗い気持ちになって、気分が悪くなるだけだ。

「大丈夫ですか？」ウェイターが尋ねた。

クリスティーヌはうなずいて、コーヒーを注文した。声はかすれていた。ジェラルドのこと、仕事のこと、おかしな電話のこと、イギーのこと、いろいろなことが一気に頭に押しよせてきて、一つのことを考えていられない。クリスマスイヴから四日もしないうちに、わたしは婚約者と職を失ったのだ――その言葉だけが何度も繰り返されていた。でも、これはもう決まったことなのだろうか？　どちらも取り返しがつかないものなのだろうか？

もちろん、取り返しがつかないわよ。傷口をナイフで抉るように、ネガティブな気持ちを代弁する声が言った。誰だって、あなたみたいな頭のおかしい女と暮らしたいと思わないでしょ？

その声が聞こえた瞬間、涙があふれてきた。ウェイターがコーヒーを持ってきたが、顔をあげることもできない。コーヒーに砂糖を入れて、ゆっくりとかきまわしながら、クリスティーヌは静かに涙を流した。もうどうすることもできない。崖から落ちそうになって、指の先だけで縁にしがみついているようなものだった。ああ、あの手紙さえ、郵便受けに放り込まれていなければ……。クリスティーヌは思った。すべてをあの手紙のせいにするのは道理に合わないかもしれないが、でも、あのときから悪いことが起こりはじめたのは確かだ。あれは呪いの手紙だったのだろうか？　あの手紙を読むまでは、自分はクリスマスイヴに婚約者の両親の家に行き、その翌日には自分の両親に婚約者を紹介しようとしている、ごく普通の幸せな女だったのだ。仕事は順調で、素敵なアパルトマンに暮らしてもいた。それがあの手紙を見てからというもの、悪いことばかりが雪崩のように押しよせている。その雪崩に巻き込まれて、自分はただ転げ落ちるだけだった。

ごく普通の幸せな女ですって？　あなたがこれまで幸せだったことなんて、一度でもあったかしら？　また、あの嫌な声が言った。それを否定してくれる声は出てこなかった。

そのとき、コルデリアの姿が目に入った。〈ラジオ５〉のアルノー・ヴィダル通りに面した口から出てくると、ジャン・ジョレス通りをストラスブール大通りのほうに歩いていく。おそらく、〈ラジオ５〉から四百メートルほど先にある地下鉄の駅に向かっているのだろう。何気なく時計を見ると、二時三十六分だった。クリスティーヌは遠ざかっていくコルデリアの背中を目で追った。怒りと憎悪が燃えさかる炎のように、体の底からわきあがってくる。落ち着いて、落ち着いて。クリスティーヌは必死で自分に言いきかせた。だが、コルデリアの姿が視界から消えそうになった瞬間、思わず横の椅子に置いてあったバッグをつかむと、立ちあがってカウンターまで行った。

「ビール三杯、コニャック二杯、それとコーヒー、全部でいくら？」

バーテンは眼鏡をずらしてちらっとこちらを見ると、頭のなかですばやく計算して答えた。

「二十一ユーロです」

クリスティーヌは震える手で、二十ユーロ札と五ユーロ札を出すと、カウンターに置いて言った。

「おつりは結構よ」

外に出ると、耳元を冷たい風が吹き抜けた。だが、アルコールのせいで、寒さは感じなかった。歩いている人はほとんどいない。クリスティーヌはすぐにコルデリアの姿を見つけた。百メートルほど先を駅に向かって歩いている。バッグのベルトの長さを調整すると、クリスティーヌはコルデリアとは反対側の歩道を勢いよく歩きだした。シャーベット状に凍った雪に足をとられて、転ばないように気をつけながら。そのあいだ、コルデリアからは一回も目を離さなかった。

やがて、コルデリアがシティーズ・ホテルの前まで来た。以前はオテル・ド・パリという名前だったが、今はこの名前になっている。地下鉄の入り口のある広場は、このホテルの斜め向かい、大通りを渡ったところにある。コルデリアが大通りを渡ったので、クリスティーヌも大通りを渡って、広場に足を踏み入れた。コルデリアは駅におりるエスカレーターに乗ったところだった。このエスカレーターはちょうどA線の改札口の前に出る。凍った広場ですべらないように気をつけながら、地下鉄の入り口まで行くと、クリスティーヌはエスカレーターに乗って、下までおりた。すると、ちょうどコルデリアがA線のホームに出る回転扉を通り抜けるところだった。長身で痩せた体つき、人を見くだすような尊大な横顔――コルデリアに間違いない。それを見ると、また憎悪と怒りの炎が燃えあがってきた。

改札からは下のホームが見える。コルデリアは、バッソ・カンボ行きのホームに立っていた。どうしよう？　このままホームに降りたら、コルデリアに気づかれてしまう。クリスティーヌは少し脇に寄って、改札に向かう乗客をやりすごした。二分後、電車が到着した。クリスティーヌは急いで改札の回転扉を抜け、ホームに駆けおりた。コルデリアがこちらを向いたらおしまいだ。だが、コルデリアは前を向いたまま電車に乗り込んだ。クリスティーヌは二つ先の扉から乗って、扉のガラスに身を寄せた。ヘッドフォンを使って大音響でゼブダの曲を聴いている若者と四十代くらいの男性の陰に隠れるような位置だ。男性はかなりの肥満で、早急に減量しないと心臓の発作を起こしかねないといった体形をしていたが、それでもこちらの姿を完全に隠してくれているわけではない。コルデリアが車両のなかに視線をめぐらせば、たちまち見つかってしまうだろう。

クリスティーヌはバッグからタブレットを出して、なるべく自然にふるまおうとした。へたに隠れようとしてこそこそしていたら、かえって人目を引くだろうからだ。それはよくわかっていた。

でも、〝自然にふるまう〟のはなかなか難しかった。心臓がどきどきした。ドラマに出てくる刑事ではないのだから、こんなことには慣れていない。クリスティーヌは、コルデリアが立っているあたりをそっとうかがった。よかった。コルデリアは周囲にはまったく関心を払っていない。ひっきりなしに親指を動かして、携帯に何かを打ち込んでいる。と、電車がキャピトル駅を過ぎて、エスキロル駅に近づいたとき、コルデリアが携帯をしまって、扉に近づいた。このあたりは高級住宅街だ。両親と同居しているなら別だが、コルデリアが住んでいるとは思えない。表通りには、若者たちが集まる店もたくさんあるので、そういった店で誰かと待ち合わせているのだろうか？

けれども、そこでふと思った。コルデリアの姿を見たので、何も考えずにあとをつけてきてしまったが、このまま尾行を続けたとして、このあとには何が待っているのだろう？というより、自分はいったい何をするつもりなのだろう？　このあたりで一度、考えを整理しておいたほうがいい。だがアルコールのせいで、考えをまとめるのは難しかった。浮かんでくるのは、突拍子もないシナリオばかりだ。コルデリアを誘拐して拷問し、「あのメールは嘘だった」という告白文を書かせる。コルデリアの家まで行ってこれまでの誤解を解き、お互いに仲よくできるよう話し合いをする……だめだ。そんなことで問題が解決するとは思えない。じゃあ、いったい何をしようと言うの？　クリスティーヌは心のなかでつぶやいた。だがそれでも、コルデリアがエスキロル駅で電車を降りたときには、反射的にあとを追っていた。

気がつかれないように、ホームでしばらく待ってから地上に出ると、コルデリアは百メートルほど先を歩いていた。クリスティーヌは距離を離されないように――かといって、詰めすぎないようにしながら、あとをついていった。と、コルデリアがエスキロル広場の一角にある〈ユニック・バール〉という名のカフェに入った。カフェのガラス越しに見ていると、三人の若者がいるテーブルのほうに歩いていく。男が一人、女が二人のグループだ。コルデリアと同じように、三人とも奇妙な格好をしていた。黒い服、銀の首飾りと腕輪。ゴシック調の化粧、赤や紫に染めた髪、黒いアイライン。アイラインは男も引いていた。

クリスティーヌはあたりを見まわした。

通りを挟んでカフェの正面は、パン屋とエステティック・サロンだ。建物のなかに入って、コルデリアが出てくるのを見張っているわけにはいかない。といって、歩道でうろうろしているわけにもいかない。コルデリアが入ったカフェの隣には、〈レスキロル・バール〉という別のカフェがあるが、テラス席はガラスで仕切られているだけなので、向こうからもよく見える。見張りにはとうてい使えなかった。クリスティーヌは少し離れたところから、様子を観察した。コルデリアは席に座ると、椅子の背に黒いロングコートをかけているところだった。ということは、まだしばらくはこのカフェにいるに違いない。

そう判断すると、クリスティーヌはエスキロル広場から少し行ったところにあるアルザス・ロレーヌ通りに入った。そこはこの地区の中心的な通りの一つで、ブティックが立ち並んでいる。そのブティックのどこかでフード付きのパーカーを買って、顔を見えないようにし、隣のカフェからコルデリアを見張ろうと思ったのだ。二百メートルほど行ったところに適当なブティックがあったので、クリスティーヌは丈が長めのしゃれたパーカーを手に取り、そのままレジに向かった。試着室を借りて、そのパーカーを着ると、フードを目深（まぶか）におろし、付属のベルトをウェストのあたりで締める。それまで着ていたコートは、バッグにしまった。そのあいだ、四分とかからなかった。パーカーは、この冬流行の赤や黄色はやめて、目立たない色にした。「あなたにはそれがお似合いよ」心のなかで、またあのネガティブな声が聞こえた。

エスキロル広場に戻ると、コルデリアはまだ同じ場所に座っていた。クリスティーヌはフードをかぶったまま、隣のカフェに入り、ホットココアを注文した。だが、ウェイターがホットココアを運んできたちょうどそのとき、コルデリアが立ちあがった。コートに腕を通し、友だちにキスをしている。クリスティーヌはすぐに勘定をすませて、カップに口をつけた。お腹がすいてきたのか、胃がきゅっと縮まるのを感じた。けれども、コルデリアはすでに出口のほうに向かっている。

クリスティーヌは大急ぎで、ココアをふた口、喉に流し込んだ。舌が火傷（やけど）してひりひりした。だが、それにはかまわずカフェを出ると、一定の距離を置いて、コルデリアのあとについていった。コルデリアは地下鉄の駅のほうに戻っていた。この駅を通っているのはA線しかない。となれば、方向は二つ。ラジオ局のほうに戻るか、さっきと同じようにバッソ・カンボのほうに向かうかだ。広場の時計を見ると、時刻は三時二十六分だった。

コルデリアのあとをつけながら、クリスティーヌは自分のなかに変化が生じているのをには気がつかれずに、自分のほうだけが相手に気づいていて追いかけていく〝ハンター〟のような気持ちになっていた。追われているのではない。追っているのだ。そう思うと、血管のなかで血がたぎるのを感じた。これから何が起こるのだろうと、わくわくした。それと同時に、頭がはっきりし、物事をきちんと考えられるようになった。

クリスマスの日にラジオ局にかかってきた電話、その夜に玄関の扉に小便をひっかけたり、イギーをひどい目にあわせた悪質な行為、引き出しのなかにこっそり抗不安薬や抗うつ薬を入れて、番組編成部長のギヨモに不信感を抱かせたこと――あれはすべてコルデリアがしたことだったのだろうか？　でも、そうだとしたら、その理由はなんだろう？　局内での評判を落とすため？　確かに評判は落ちたけれど（それ以上に、局内で自分がこれまで思っていたほど、よく思われていなかったことがわかって、ショックだったけれど）、でも、どうしてコルデリアがわたしの評判を落とすようなことをしなければならないのだろう？　自分でも気がつかないうちに、コルデリアに対して何かひどいことをしてしまったのだろうか？　そうは思えない。だけど、もしコルデリアが犯人なら、電話してきた男は誰なのだろう？　コルデリアのボーイフレンドか何かだろうか？　それはわからない。

だが、一つだけ確かなことがある。コルデリアは嘘をついている、ということだ。わたしがコルデリアに送ったという、あのセクシャル・ハラスメントのメールはでたらめだからだ。あれはおそらく、アドレスを偽装したに違いない。もしそうなら、コルデリアには共犯がいることになる。そんなことがコルデリア一人でできるはずがないからだ。イアンはたぶん共犯者ではない。イアンのところには、やはり偽装されたアドレスからメールが送られたのだ。

突然、クリスティーヌはもう一つの可能性に気づいた。この一連の出来事を仕組んだのは、もしかしたらコルデリアではなく、コルデリアの背後にいる別の人間かもしれない。コルデリアはその人間の指示どおりに動いた。つまり、共犯なのはコルデリアのほうということだ。そうだとすると、コルデリアはその犯人を知っていることになる。いずれにせよ、コルデリアからたどっていけば、犯人のところまで行き着けるはずだ。

そう考えると、さらに気持ちが奮いたった。

コルデリアが地下鉄の入り口から下におりていったので、しばらく間を置いて、クリスティーヌも階段をおりた。改札口を抜けて、上からホームを見おろすと、コルデリアはさっきと同じようにバッソ・カンボ行きのホームに立っている。やがて、電車がホームに入ってきたので、クリスティーヌはホームに駆けおり、電車に乗った。フードで顔を隠しながら、コルデリアの様子をうかがう。コルデリアはまた携帯をいじりはじめた。電車はいくつも駅を通りすぎたが、なかなか降りようとはしない。だが、エスキロル駅から六つ目のミライユ・ユニヴェルシテ駅を過ぎたところで、携帯をしまい、降りる支度を始めた。クリスティーヌは停車駅を示す電光掲示板を見た。次はレヌリー駅だ。頭のなかで警報が鳴った。この界隈に足を踏みいれたことはないが、治安が悪いと評判の地域なのだ。不良グループがたむろし、麻薬取引が行われ、店舗が襲撃されている。つい先月も、ビルの下でタクシーが二台、襲撃されるという事件があった。そのうちの一台は病人を病院に連れていくところで、襲撃があったのは昼間のことだ。昼間でさえそうなのだから、夜になったらもっと危険だろう。今は午後の四時。外はもう暗くなりはじめている頃だ。

レヌリー駅に着くと、クリスティーヌは、コルデリアやほかの乗客たちに続いて、いちばんあとからホームに降りた。乗客のなかには数人、女性が交じっていたので、少しだけほっとした気持ちになった。だが、地下鉄の階段をあがって外に出ると、思わぬ光景に息を呑んだ。そこは公園で、目の前には池が広がっていたのだ。黒い大きな雲の姿を映して、池の水は黒く、激しい風に波立っている。池の向こうには背の低い、色あせた団地が並んでいた。その暗い光景を見たとき、クリスティーヌは急に気持ちが沈むのを感じた。これから獲物を追っていくという、さっき電車のなかで覚えた高揚感はもはやない。

コルデリアは公園のまわりの道路を歩いていた。雪の積もった歩道を急ぎ足で行く、黒いコートのうしろ姿が見える。バスが何台か通りすぎていき、白い車道に黒い轍を残していった。と、コルデリアが小さな道に入り、団地のほうに向かった。風がいっそう強くなった。カフェを出たときよりも、気温はさらにさがっている。寒くて、凍えそうだった。

あたりはもうかなり暗くなっていた。地下鉄の出口から出た人々は、コルデリアと同じように団地に向かい、薄闇のなかに消えている。クリスティーヌはいつのまにか、自分が一人、その場に取り残されたことに気づいて、人々のあとを追っていった。ここまで来たら、コルデリアの姿を見失うわけにはいかない。

団地に近づくと、建物の下や木々のあいだに、また人々の姿が見えてきた。コートのフードをかぶり、薄暗がりのなかでうごめく、その姿はまるで幽霊のようだった。その幽霊のような人々は地面を覆っていた真っ白い雪を踏み荒しながら、建物のなかに消えていく。刻一刻と闇が濃くなっていくなか、団地の窓には次々と明かりがついていった。けれども、その明かりを見ても、クリスティーヌは安心する気持ちにはならなかった。逆に見知らぬ場所に、よそ者として、たった一人で紛れ込んでしまったような気がして、不安が募った。もし、今、ここで誰かに襲われ、声をあげたとしても、誰も助けにこないだろう。そう思った。

はたして、このまま尾行を続けるべきだろうか？　コルデリアのあとをつけて犯人のところまで行ったとして、そのあとどうすればいいのだろう？　いや、そもそもコルデリアは犯人のところに行くのだろうか？　引き返すなら今よ、クリスティーヌは考えた。今なら、地下鉄の駅は数十メートルのうしろにある……。

だが、その考えを振り払うと、クリスティーヌはまた歩きはじめた。そして、コルデリアが曲がった小道に入っていった。コルデリアはおそらく、この小道ぞいの建物に住んでいるのだろう。あるいは、ここに一連の事件の犯人が住んでいて、コルデリアはその犯人を訪ねようとしているのだろうか？　建物の前には駐車場があって、若者たちがたむろしていた。もしこの若者たちが襲ってきたら？　クリスティーヌはバッグのなかに入れたものを思い出して、ぞっとした。小切手帳が入っている。

暗がりのなか、若者たちはカーステレオでヒップホップの曲を流しながら、陽気におしゃべりをしていた。クリスティーヌはそのそばを緊張しながら通り抜けた。だが、若者たちはこちらには見向きもせず、お互いに相手をからかいながら、ふざけあっていた。

それからまもなく、コルデリアが少し離れた建物のなかに入っていくのが見えた。クリスティーヌはその建物の前まで行った。なかに入るには暗証番号が必要だろうか？　しかし、その心配はいらなかった。建物の扉は開いていたのだ。入ってみると、狭い玄関ホールに折りたたみ椅子を並べて、何人かの人たちが座っている。また若者たちかと思ったら、今度は老人たちだった。六、七人いるだろうか、のんびりおしゃべりをしている。こちらの姿を見ると、老人たちはぴたりと話をやめた。麻薬の売人とでも思われたのだろうか。

「こんばんは」クリスティーヌは声をかけた。「お友だちを訪ねてきたんですけど」

それを聞いて安心したのか、老人たちはまたおしゃべりを始めた。

クリスティーヌはそっと郵便受けに近づいた。郵便受けの上には、〝監視カメラ作動中。みんながあなたを見張っている〟という貼り紙がしてあった。クリスティーヌはコルデリアの名前を探した。

だが、その名前はどこにも見つからない。

おかしい。確かに、この建物に入ったのに……。ということは、コルデリアはここに住む犯人を訪ねてきたのだろうか？　そうなると探しようがない。

それでも、クリスティーヌは高ぶる気持ちを抑えながら、もう一度、郵便受けを端から見ていった。すると、ある名前が目にとまった。

コリンヌ・デリア。五階の19B。クリスティーヌはエレベーターへ向かった。老人たちのほうをちらりと見ると、あいかわらずおしゃべりを続けている。こちらのほうは見ていなかった。エレベーターに乗ると、不安が高まってきた。体全体がここから逃げるように言っている。

けれども、クリスティーヌは逃げなかった。五階で降りると、照明スイッチを押して、コルデリアの部屋を探しながら、長い廊下を歩いていく。扉をひとつ通りすぎるたびに、その向こうからは、テレビの音や食器を洗う音、テクノ音楽、赤ん坊の泣き声、子どものわめき声などが聞こえた。そして、廊下を二回、曲がったところで、ようやく目指す部屋に着いた。

19B。

クリスティーヌは立ちどまって耳を澄ました。扉の向こうから、音楽が聞こえてくる。MTVで流しているようなR&B系のポップ・ミュージックだ。なかに人がいるのは間違いない。クリスティーヌは呼び出しのブザーを押した。音楽に交じって、部屋のなかでブザーが鳴る音が小さく聞こえた。クリスティーヌはしばらく待った。だが、誰も出てこない。

と、廊下の照明が消えた。クリスティーヌはもう一度、ブザーを鳴らした。

あたりは真っ暗になった。ただ、扉ののぞき穴から漏れる光だけが、闇のなかで光っている。突然、その光が消えた。なかにいる人間がのぞき穴からこちらを見ているのだ。おそらく、コルデリアだろう。でも、もしコルデリアじゃなかったら、電話で脅してきた男だったら……そう考えると、クリスティーヌはパニックに陥りそうになった。すでに体の奥で発作が始まりかけているのがわかる。どうしよう？　ただでさえ暗闇恐怖症なのに。

そのとき、いきなり扉が大きく開いた。光と音楽が同時に襲ってくる。クリスティーヌは恐怖のあまり、身震いした。

だが、その恐怖は顔をあげて目の前に立っている人間の姿を見ると、驚きに変わった。そこには確かにコルデリアがいた。が、一糸まとわぬ姿だったのだ。

部屋の奥からの照明で、ひょろ長いシルエットが浮かびあがっている。その目がきらりと光ったように見えた。光源がうしろにあるのに、どうしてコルデリアの目が光ったように見えるのだろう。クリスティーヌは不思議に思い、そのまま視線をさげていったところで恐怖を覚えた。コルデリアの腕には、肩の先から手首のところまで、あますところなくタトゥーが彫ってあったのだ。まるで、皮膚の上にレースをつけているかのように。右の上腕には高層ビルを紅に照らす赤い夕陽。その先の前腕には青い川面とその向こうに屹立する自由の女神。左腕にはおどけた格好をした黄色い骸骨と蜘蛛の巣、それから深紅のバラと大きな十字架……。会社ではいつでも長袖のシャツを着ていたので、これまで気がつかなかったのだ。タトゥーは太腿と腰にもあった。おそらく、本人の人生に関係のある言葉なのだろう、ヒエログリフか何か、古代文字による言葉が肌に彫られていた。自分の肌に自分の人生を刻んで、本のように持ち歩いているのだ。そう思うと、なんだか気味が悪くなった。

それから、クリスティーヌはコルデリアの胸を眺めた。ここにはタトゥーが彫られていない。お腹も同じだ。おへそにはてっきりピアスがしてあるかと思ったが、予想に反して、そこには何もなかった。お腹は引きしまっていて、腰は少年のように細い。クリスティーヌは視線をさげて、性器を見つめた。毛は剃ってあるのか、貝殻のようにすべすべしている。

だが、そこで目が釘づけになった。背筋がぞわりとした。

コルデリアは性器にピアスをしていた。半円形の、両端が小さな球になったピアスがクリトリスのまわりで輝いている。

体中の血が勢いよく流れだすのがわかった。頭がくらくらしている。

「入って」コルデリアが言った。

15　二重唱

　コルデリアのあとをついていくと、クリスティーヌは居間に案内された。だが、コルデリアのほうは、そのまま居間の奥にある部屋に入ってしまった。

　しばらくして、その部屋から赤ん坊の泣き声がした。赤ん坊をなだめるコルデリアの声も聞こえてくる。お腹をすかせたような、激しい泣き声だ。

「ほら大丈夫、いい子ね……大丈夫、とってもいい子……そう、いい子、いい子、とってもいい子ね……」そのうちに、赤ん坊の泣き声は小さくなり、最後には泣きやんだ。

　クリスティーヌは居間を見まわした。

　イケアの家具に、安っぽい置物。壁には映画のポスターが三枚貼られている。一枚はデヴィッド・リンチが監督した『ロスト・ハイウェイ』で、黒を基調とした背景がまがまがしい。その隣にあるのは『ザ・クロウ』のポスターで、主人公とカラスが描かれている。最後の一枚は『イースタン・プロミス』で、タトゥーが入った男の両手がクローズアップされていた。どれも犯罪映画だ。部屋のなかには音楽が鳴り響いていた。曲はR&Bからテクノに変わっていた。低音で同じリズムが繰り返されている。それを聴いているうちに、頭が痛くなってきた。部屋のなかはむっとしていた。キャンドルのにおいもする。昼間、飲んだアルコールがまだ胸のあたりに残っている。それにこの音……。目をつむると、今度はコルデリアの裸体が頭に浮かんできた。

クリスティーヌは耐えられなくなって、ベランダに出た。外の空気が吸いたかった。ベランダから見ると、外はもうほとんど暗くなっていた。低く垂れこめた雲のあいだからわずかに残照が漏れていて、遠くに立ち並ぶ建物の群れを赤く染めている。と、先ほど駐車場にたむろしていた若者たちの騒ぎ声が聞こえてきた。あいかわらず、ドアを開けたままカーステレオを鳴らしているのだろう、ヒップホップの曲も流れてくる。まさに典型的な郊外の風景だ。コルデリアと対決しおわったら、またあの前を通って駅まで戻らなければならない。さっきはまだ薄暗がりだったけれど、今度は真っ暗になっているだろう。それを思うと、思わず体が震えた。だが、今はともかくコルデリアとの対決だ。

クリスティーヌは居間に戻った。それにしても、突然、家に押しかけられたら、さすがのコルデリアも少しは動揺するかと思ったのに、動揺したのはこちらのほうだった。いきなり裸で戸口に現れるなんて。コルデリアはいつも家のなかでは裸なのだろうか？　それとも、訪ねてきたのが誰か確かめたうえで、こちらを驚かせようと、裸になって出てきたのだろうか？　戦いの主導権を握るために。そうだとしたら、一刻も早くその主導権を取りもどさなければならない。でも、あの赤ん坊の泣き声は？　あれはコルデリアの子どもだろうか。あの娘が母親だったなんて知らなかった。まだ二十歳前だ。経済的にも苦しいだろう……。研修生だから、給料も低い。そもそも、赤ん坊の父親はどこにいるのだろう？　クリスティーヌは考え込んだ。

ふいに扉が開いて、コルデリアが部屋から出てきた。なかを見られたくないのか、コルデリアはすぐに扉を閉めた。さっきのように裸ではなく、今はガウンをはおっている。扉の向こうの暗闇のような漆黒のガウンで、胸の部分にデヴィッド・ゲッタのアルバムタイトル『FUCK ME I'M FAMOUS』の文字が赤く縫いとりしてある。袖口も赤く縁どられていた。丈は腿のあたりまでしかなく、コルデリアの棒のように細い足がむきだしになっていた。

「何しに来たわけ？」コルデリアが尋ねた。

「どうして嘘をついたのか、あなたから訊きだすためよ」

そう答えると、クリスティーヌは相手をじっと見つめた。コルデリアも見つめ返してくる。ここで負けてはいけない。クリスティーヌはくたびれたソファに腰をおろすと、ゆったり足を組んでみせた。と、そっけない口調でコルデリアが言った。

「そんなこと、あたしが話すと思う？　用がないなら出てってよ」

だが、クリスティーヌはそう簡単に出ていくつもりはなかった。悠然(ゆうぜん)とソファに座ったまま、居間を眺めまわす。もちろん、本当に余裕があるわけではなく、そのふりをしているだけだ。心臓は早鐘のように鳴っていた。ともかく、相手にこちらの気持ちを悟られないようにして、主導権を握る必要がある。クリスティーヌはコルデリアに視線を戻した。

コルデリアは立ったままだ。

「そんなところに突っ立っていないで、あなたも座りなさいよ」命令するように言う。

コルデリアは考え込むような顔つきをした。黒いラインで縁どられた目が抜け目なさそうに光っている。いったい、何を考えているのだろう？　油断してはいけない。クリスティーヌは気持ちを引きしめた。

するとコルデリアが言った。

「おとなしく出ていったほうが身のためだよ。さもないと……」

「警察でも呼ぶ？」クリスティーヌは応じた。「呼べるものなら、呼んでみなさいよ」

相手の出方はわからなかったが、ここは強気で攻めていくしかなかった。だが、コルデリアはあっさり引きさがった。

「わかったよ。じゃあ、どうぞお好きに。その代わり、あとで吠え面かいても知らないからね」

クリスティーヌはコルデリアがソファに座るのを待った。いよいよ戦闘開始だ。しかし、案に相違して、コルデリアは居間から出ていってしまった。

何をするつもりだろう？　クリスティーヌは不安になった。が、すぐに冷蔵庫を開け閉めする音が聞こえ、コルデリアがビールの瓶を二本、手にして戻ってきた。栓は抜いてある。温かい部屋の空気に触れて、ビール瓶は汗をかいていた。ビールをテーブルに置いて、向かいのソファに腰をおろすと、コルデリアが言った。

「あんたってほんと、いつも上から目線だよね。まあ、いつまでそんな態度をとっていられるのか、見ものだけど」

コルデリアの口調には余裕があった。やはり何か企んでいるのだろうか。そう思いながら、ふと見ると、コルデリアのガウンの裾がまくれあがっていて、なかまで見えそうになっている。だが、コルデリアはそれを気にするようなそぶりさえ見せずにビール瓶をつかむと、ごくりと口のなかに流し込んだ。クリスティーヌもそれにならった。昼間、飲んだコニャックのせいで、喉が渇いていた。

「誰があなたに嘘をつけって言ったの？」ビール瓶を戻しながら、クリスティーヌは尋ねた。「誰かに頼まれたんでしょ？　嘘をつけって」

「それを聞いたからって、何か変わるわけ？」

クリスティーヌはコルデリアの顔を眺めた。よく見ると、瞳孔が開いている。ということは、この娘はクスリをやっているのだろうか？　コルデリアが続けた。

「ねえ、あんた、そんなことを訊くために、わざわざこんなところまで来たの？　ここは危険なところなんだよ。ほんと、馬鹿みたい。襲われるかもしれないのに。怖くなかったの？　それに、そんなみっともないパーカーなんか着ちゃって……」

だが、それにはとりあわず、クリスティーヌは質問を繰り返した。

「誰に頼まれたの？　クリスマスの日にスタジオに電話をかけてきた男の人？　その人は深夜にもわたしの家に電話をかけてきたわ。あれは誰なの？　あなたの恋人？　ねえ、教えてちょうだい。コリンヌ」

　クリスティーヌは下の郵便受けで見た名前で呼びかけた。その瞬間、コルデリアの瞳が怒りに燃えた。

「何？　今、なんて言った？　あたしをそんなふうに呼ぶな、くそババア。いったい、何様のつもりよ。このブルジョワの馬鹿女が」

　コルデリアは明らかにうろたえていた。どうやら実家と問題を抱えているらしい。両親とうまくいっていないのか。クリスティーヌは少し攻め手を変えることにした。ここは一気に揺さぶりをかけて、相手が動揺したところで、真実を引きだすのだ。

「ねえ、あの赤ちゃん、父親はどこにいるの？」

「あんたには関係ないね」

「あなた、あの子を一人で育てているの？　あなたがいないときは、誰が面倒を見てくれるの？　出かけるときはどうしているの？」

　コルデリアは答えなかった。あいかわらず不機嫌そうな顔で、こちらをにらんでいる。だが、その目つきは前ほど反抗的でもなければ、自信に満ちてもいなかった。

「そんな質問には答えない」コルデリアが言った。「なんなの、うっとうしい。取り調べでもやってるつもり？」

「そうじゃないけど」クリスティーヌは理解を示すような口ぶりで続けた。「赤ちゃんを育てるなんて、そんなに簡単なことじゃないはずよ。ちょっと赤ちゃんの顔を見せてもらってもいいかしら？」

それを聞くと、コルデリアの顔に戸惑いが浮かんだ。

「なんで？」

「なんでって、ただそう思ったのよ。子どもが好きなの」

「なんなの、子どもを持ったことなんてないくせに」

その言葉は重いパンチのように、ずっしりお腹に響いた。だが、クリスティーヌは何食わぬ顔をして穏やかな声で訊いた。

「名前はなんていうの？」

しばらくして、コルデリアが答えた。

「アントンだけど」

「いい名前ね」

「あたしを見くびらないでよ！　そんな優しげな言葉で、あたしのことを丸め込めると思ったら……」

「ねえ、赤ちゃんを見せてよ。いいでしょ？」

コルデリアは迷っているようだった。でも、最後には見せると決めたらしい。こちらを見すえたまま、立ちあがって隣の部屋に行くと、すぐに赤ん坊を抱えて戻ってきた。赤ん坊はぐっすりと眠っていた。

「いくつなの？」

「一歳」

クリスティーヌは立ちあがると、今度は自分が親子のそばに行った。

「美男子ね」

「もういいでしょ」

そう振り払うように言うと、コルデリアは赤ん坊を部屋に連れていった。クリスティーヌはまたソファに座った。と、コルデリアが戻ってきて言った。

「まったく、なんなのよ。いきなり、赤ん坊を見せろだなんて」

コルデリアはまだ動揺していた。クリスティーヌはすかさず、さっきの質問を繰り返した。

「誰があなたに嘘をつけって言ったの？」

「もう、うんざり！」

コルデリアが叫んだ。クスリのせいで感情の抑制がきかないのだろうか？　全身に激しい怒りをみなぎらせている。だめだ。もうしばらく子どもの話を続けよう。いくらつっぱっていても、子どものことは大切に思っているようだ。クリスティーヌはそちらから攻めることにした。

「落ち着いて。アントンが起きちゃうわよ」クリスティーヌはなだめた。「まあ、わたしの質問に答えてくれるかどうかは別にして、アントンのことなんだけど」

その言葉に、コルデリアはまた向かいのソファに座った。手や膝が小刻みに震えている。

やっぱり、クスリをやっているに違いない。だがそれには触れずに、クリスティーヌはいきなり核心に切り込んだ。

「わたし、とってもいい私立の保育園と小学校を知ってるの」

「どういうこと？　どうしてそんなことを言うの？」

「アントンのために役に立つかと思って」相手の気を引くように、クリスティーヌは言った。「そこの理事長と友だちなの。ちょっと高いけれど、そのあたりはなんとかなると思うわ。アントンをそこに入れてみない？　それともあなたは、アントンがこの町で成長したほうがいいの？　そうなったら、いったいどんなふうに育つやら……。あなただって仕事があるから、四六時中、あの子を守ってあげるわけにはいかないでしょう？　そんなとき、下にいるような連中があの子に誘いをかけたら？　ちょっとした小遣い稼ぎになるから、見張りをしないかとか、コカインを売る手伝いをしないかとか。ああいった連中は小学生を使って、そういうことをするのよ。だから、ちょっと考えてみて。アントンが八歳とか、九歳になったときのことを」

コルデリアの目に恐怖の色が浮かんだ。クリスティーヌはそのまま続けた。

「わたしなら、そうならないようにすることができる。アントンをいい学校に行かせることができるのよ。下にいるような連中から、あの子を遠ざけることができるの。それどころか、あの子は人生で最高のチャンスをつかめるようになるわ」

「そんなのでたらめでしょ」コルデリアは言い返した。「あんたってほんと馬鹿。そんな話をあたしが真に受けるとでも思ってんの？　それに、あんたが本当にそうしてくれるなんて、誰が保証してくれるの？　知りたいことだけ聞いたら、あたしたちのことなんて、その場で忘れてしまうくせに」

やっぱりコルデリアは息子を大切に思っている。〝あたしたち〟と言ったのが、いい証拠だ。この線でもう少し押してみよう。思わず笑みが浮かびそうになるのをこらえると、クリスティーヌは携帯を取りだし、スピーカーフォンにしてから電話をかけた。電話はすぐにつながり、相手の声が聞こえてきた。

「はい、フランス共同信用金庫、アラン・メイナディエですが」

「こんにちは、アラン。クリスティーヌ・スタンメイエルよ」

そう言って、手短に挨拶をすませると、クリスティーヌは要件を切りだした。

「ある口座に振り込みをしたいんだけれど、どうすればいいかしら？　電話でもできる？」

すると、すぐにスピーカーフォンから、手順を説明するアランの声が聞こえてきた。今まで利用していなかったけれど、ネットバンキングを使えば、簡単にできるらしい。クリスティーヌは礼を言って、電話を切った。

「これでどうかしら？　アントンを私立の保育園に入れる援助くらいはできるわ。あとは、そこの園長に電話をすれば……」

コルデリアは何も言わなかった。だが、こちらを見つめるコルデリアの表情はこれまで

とははっきりと違っていた。それほど攻撃的ではなくなっている。あの子の将来のことも考えてみて。あの子の将来のことも
「ねえ、コルデリア、あの子のことを考えてみて。あの子の将来のことも」

しばらくして、コルデリアがようやく口を開いた。

「お金で買収しようって言うの？　あんたさ、あたしがあれだけの嘘をつくのに、ただでやったと思ってるの？　報酬なら、たっぷりもらってるよ」

報酬をもらったということは、やはり誰かに頼まれたということだ。これで一歩、前進だ。けれども、クリスティーヌはさらに子どもの話をすることにした。

「そう。じゃあ、その人はあの子の将来のことも考えてくれているわけね」

それを聞くと、コルデリアがびくっとして、うしろに身を引いた。どうやら図星だ。もちろん、コルデリアに嘘をつくように頼んだ相手が赤ん坊の将来まで考えてくれているはずがない。

「ほんとにあんたったら」コルデリアが言った。「あたしが誰に頼まれたかなんてどうでもいいでしょ。どうして、そんなに執着するわけ？」

「その人がわたしの人生をめちゃくちゃにしようとしているからよ。それが誰なのか、わたしはどうしても知りたい。だって、そうでしょう？」

だが、その言葉を聞いても、コルデリアは何も言わなかった。どうも迷っているようだ。

やがて、目の前にあったビール瓶をつかんで飲みほすと、コルデリアが言った。

「あたしは、やりたくなかった。ほんとにやりたくなかったんだよね……けど、やれって

言われたから……」

嘘だ！　クリスティーヌは思った。子どものことでは本当のことを言っているけれど、それ以外のことでは嘘をついている。けれども、ここは黙って話を聞くことにした。コルデリアが続けた。

「断れなかったんだよね。お金を渡されて、もし言うことを聞かなかったら路頭に迷わせるぞって言うから。あの子と一緒にここから追い出してやるって脅されたから」

そう言うと、コルデリアは脚を組みなおした。ガウンの裾が開いた。クリスティーヌは目を奪われないように、顔をそらした。

「このアパルトマンはその人から借りてるわけ。その人も借りてるから又借りだけど。あたし、両親の家から出てきたから、住むところがなくて。それに、アントンの父親はどこかに消えちゃうし……」

「どうしてご両親の家を出てきたりしたの？」クリスティーヌは慎重に探りをいれた。

するとその言葉を聞いたとたん、コルデリアの様子が変わった。今にも泣き出しそうな顔をしている。

「父親は酒浸り、母親も弟もそう。それに父も弟も失業中。家族としては、完全に壊れてる。十五のときには、突然、弟がキスを迫ってきて、抵抗したら歯を折られたこともあったし。そんな家族が五十平米の狭いアパルトマンで、一緒に暮らしてんだよ。そんなところで、あたしの赤ちゃんを育てたくなかった。だから、飛びだしてきた」

もしこの話が本当なら、コルデリアが社会的な良識に背を向けて、冷たく、計算高い行動をすることになったのもうなずける。でも、はたしてこの話は本当なのだろうか。コルデリアはまた嘘をついているのではないだろうか。しかしその一方で、たとえば、この郊外の地域でコルデリアが育った環境を思えば、あながち嘘ではないという気もした。ここは貧困に苦しむ人々が暮らす地域なのだ。子どもたちはろくな教育も受けずにクスリをやり、大人たちもアルコール依存症になっていく。本を読んだことのある人など、ほとんどいないだろう。それでもテレビやゲーム機はあるので、乱暴な言葉ばかりが身についていく。いや、トゥールーズの裕福な家庭で育てば気がつかないが、ちょっとでも外に目を向ければ、こんなことは普通にあるのだ。

コルデリアがまた口を開いた。

「だから、研修生としてラジオ局で働くっていうのは、あたしにとっては夢のようだった。これはあんたやイアンには絶対にわからないだろうね。毎朝、家を出て、ラジオ局に来ると、ここが自分の本来の場所だっていう気がするんだよ。こんなことは初めてだった。まるでもう一人の自分に出会ったような気がした……」

「でも、研修生になるのは大変だったでしょう？　どうやって試験をパスしたの？」

コルデリアは一瞬、ためらうような顔をした。だが、すぐに言葉を続けた。

「偽の履歴書を作ったんだよね。けど、研修生になってよかった。だって、両親が寝そべってテレビを見たり、あのバカな弟が『グランド・セフト・オートⅣ』のクライムアクシヨンゲームをやっているあいだ、あたしはラジオ局の情報資料室で本を借りることができたんだから。ちょっとでも惹かれたものがあったら、片っ端から読みあさった。これでも学生の頃の国語の成績はいつもトップだったんだよ。学校は十六でやめたけど。そう、経歴をごまかしたのは事実。でも、仕事はできたはずだけど？　少なくとも、もう一人の研修生と同じくらいには」

クリスティーヌは目を伏せた。コルデリアの知識のなさにびっくりして、どうして研修生として採用されたのだろうと思ったことがたびたびあったからだ。

「でも、あたし、いつだって一生懸命だった。それは確かだよ」こちらの内心に気づいたのか、コルデリアが言った。「あたしだって、自分の立場くらいわかってる。それに、ずっとラジオ局で働きたいと思ったから、それこそ必死に働いた。それに、なんとしてもあの仕事が欲しかったから。それはあんただってわかってたでしょ」

クリスティーヌはうなずいた。その気持ちはおそらく本当だろう。だが、ここで心を動かされてはいけない。そろそろ、また本題に戻らなければ。

「あなたが断れなくてやったというのはわかったわ。で、その相手の名前だけど……」目の前のビールを飲みほして、またテーブルの上に置くと、クリスティーヌは切り込んだ。「そろそろ、その人の名前を教えてちょうだい」

コルデリアは何も言わずに、下を向いている。

「コルデリア……」クリスティーヌは答えをうながした。

「あんたに言ったりしたら、とんでもない罰金を払わされるの」

「お金のことね。でも、それよりはアントンのことを考えてみて。あなたの大切な息子のことを。わたしだったら、あの子の手助けをしてやれる。でも、そうなるかどうかはあなたが名前を教えてくれるかどうかで決まるの。あなたしだいなのよ」

そう言いながら、クリスティーヌはコルデリアの目をのぞきこんだ。コルデリアはどちらとも決心がつかない様子で、身を硬くしている。クリスティーヌは続けた。

「ねえ、その人の名前を教えてちょうだい。誰にも話したりしないから。教えてくれたら、あとはわたしが一人でなんとかする。これはわたしの問題だから。それよりも、子どものことを考えて。そう、これはアントンのためなの。その人の名前を教えてくれたら、経済的なことも含めて、あなたがあの子を育てる手助けをする。だから……」

「だめだよ。そんなことしたら、あたしの赤ちゃんがひどい目にあうに決まってる！」

コルデリアの声は明らかに怯えていた。とすると、相手の男に脅されているというのは本当なのだ。もしそうなら、まずはその男からコルデリア親子を引きはなすしかない。

「じゃあ、聞いて、コルデリア、あなたたちが住む場所を……わたしが……わたしが準備するから。わたしが……あなたとアントンのために……」

おかしい。言葉がうまくしゃべれない。クリスティーヌは動揺した。口のなかでキャラメルがへばりついたみたいに、言葉が引っかかって、すんなりと出てこないのだ。クリスティーヌはソファに寄りかかった。まわりの景色がぐらぐらと揺らいでいる。おそらく目が回っているのだ。部屋もソファも海の上に浮かんでいるかのように思えた。どうしたの？　いったい何が起きたの？　いえ、何が起きたかはわかっている。ビールに何か入れられていたのだ。そう思って、コルデリアの顔を見ると、コルデリアは計算高い目つきで、こちらを見つめていた。クリスティーヌは冷たい汗の玉が肌の上にびっしり浮かびあがるのを感じた。気分が悪い。心臓の鼓動が激しくなった。頭がくらくらする。

と、コルデリアが口を開いた。

「だから、おとなしく帰ったほうが身のためだって言ったのに。あんたのご親切な言葉にはちょっとは心が動かされたけどね。でも、騙されたりはしない。しょせん、あんたとあたしは違う世界の人間なんだから。あんたが本当にあたしたちを助けてくれるはずがない。いい？　あんたの運命はビールを飲んだときに決まったの。そう、ブザーが鳴って、訪ねてきたのがあんただとわかったとき、あたしはどうすればいいか、電話で相談したの。あんたが名前を知りたがっていた人に。そうしたら、ビールにクスリを入れて、飲ませろって言うから……」

じゃあ、これは最初から計画的だったということね。混乱する頭で、クリスティーヌは考えた。わたしがこの家のブザーを押したときから。それなら、裸で出てきたのも計画的？　でも、どうして？　それに、さっきの態度は……。子どもの将来の話をしたら、真剣になって聞いていたように思えたのに……。あれはビールに入れたクスリがきいてくるのを待っていたから？　そのとき、またコルデリアが続けた。

「さて、これで準備はできた。お楽しみはこれからよ」

お楽しみって？　クリスティーヌはもう何がなんだか、わけがわからなくなった。だが、そこでまたコルデリアのほうを見たとき、驚きのあまり、心臓が飛びだしそうになった。コルデリアがガウンを脱いで、裸になっていたからだ。両腕と両腿にタトゥーを入れた、すらりとした体が目に入った。

「コルデリア……。何を……する気なの……」クリスティーヌは言った。

しかし、その言葉には答えず、コルデリアはソファから立ちあがって、ローテーブルをまわってきた。こちらが座っているソファとテーブルのあいだに立つ。クリスティーヌは身じろぎひとつできなかった。すぐ目の前にはコルデリアの陰部がある。その奥にはクリトリスにはめた金色のピアスがあった。クリスティーヌはそこから目を離すことができなかった。すると、突然、コルデリアが体をかがめ、キスをしてきた。熱く湿り気のある唇が自分の唇に触れる。と思った瞬間、生き物のように舌が入ってきた。クリスティーヌは必死でもがいた。だが、おそらくクスリがきいているせいだろう、体はまったく動かなかった。

やがて、コルデリアがまた立ちあがった。目の前を丸みを帯びた臀部が通っていく。朦朧とする意識のなかで、クリスティーヌは何が起こっているのか、確かめようとした。コルデリアは部屋から出ていったのだろうか？　いや、まだ部屋にいる。どこかでキーボードを叩く音が聞こえた。

「準備オーケー」コルデリアの声がした。
その瞬間……意識がぷつんと途切れるのがわかった。

16 叙唱（レチタティーヴォ）

けたたましい音が頭のなかに鳴り響いた。その音で、一瞬にして目が覚めた。すぐにまた同じ音がした。車のクラクションの音だ。遠くで人が話す声やエンジンをふかして車が通りすぎる音が聞こえて、あたりはようやく静かになった。

クリスティーヌは身を起こした。

部屋のなかは暗かった。ほとんど何も見えない。ここはどこだろう？　ブラインドの隙間から、わずかに薄明かりがのぞいている。ということは、今は明け方だろうか。恐怖をこらえながら、クリスティーヌは部屋を見まわした。闇のなかにぼんやりと家具のかたちが浮かびあがってくる。自分の寝室だ。いつのまにか、自分の家に戻っていたのだ。

昨日の夜のことが少しずつ頭によみがえってきた。クスリの入ったビールを飲まされて意識が朦朧とし、体が動かせなくなったところで――コルデリアがキスをしてきたのだ。ガウンを脱ぎ捨て、裸になって……。コルデリアは唇を重ねると、そのまま舌を入れてきた……。

そのときの感触を思い出して、クリスティーヌは体を震わせた。もしコルデリアがこの部屋にいたら？　ベッドライトのスイッチを探して、明かりをつける。だが、部屋には誰もいなかった。

　それにしても、どうやってこの部屋に戻ってきたのだろう？　あの状態で一人で戻ってくることは不可能だから、きっと誰かに連れてこられたのだろう。連れてきたのはコルデリア？　それとも、影で糸を引いている黒幕の男？　いずれにしろ、その誰かは——クリスティーヌは自分が服を着ていないことに気づいた——その誰かは、服を脱がせて、ベッドに寝かせたのだ。いや、服ははじめから着ていなかったのか。意識を失っていたあいだに、いったい何があったのだろう？　あのコルデリアの部屋で……。体のあちこちが痛かった。背骨に、脇の下、それに片方の肘も。床を引きずられたのか、それとも……。嫌な想像をして、クリスティーヌはあわててその考えを振り払った。

　そのとき、ベッドの脇のテーブルから小さなモーター音が聞こえた。見ると、パソコンのステータスランプが点滅している。ということは、誰かがパソコンを開いて、スリープモードにしていったのだ。

　クリスティーヌはテーブルのそばまで這っていくと、キーを押した。すると、すぐにスリープモードが解除され、画面が明るくなった。動画のスタート画面だ。画面の中央に大きな三角の矢印がある。これをクリックすれば再生が始まるのだ。スタートボタンをクリックしようとして、クリスティーヌは迷った。この矢印を押したら、さらに恐ろしい悪夢のなかに引きずり込まれるのは間違いないように思われたからだ。

だが気がつくと、指はボタンをクリックし、動画が流れはじめていた。

その画面を見て、クリスティーヌはすぐに思い出した。

19Bと書いてある扉。コルデリアのアパルトマンを玄関の外から撮ったものだ。

それから画面が変わって、今度はアパルトマンの内部が映しだされた。玄関の扉を内側から撮影したものだ。おそらく、パソコンのウェブカメラを使ったのだろう。バックにはR&B系のポップ・ミュージックが聞こえる。しばらくして、ブザーが鳴った。たぶん、自分が押した呼びだしのブザーだ。すると、画面の手前に人物が入り込んで、扉に向かっていった。すらりとした長身のシルエット。コルデリアのうしろ姿だ。コルデリアは裸だった。丸みを帯びた臀部、その割れ目の青白い部分までくっきりと見える。扉の前まで来ると、コルデリアは二秒か、三秒、ドアスコープから誰が来たのか確かめていた。それから、おもむろに錠をはずすと、扉を開けた。扉が内側に開いて、来客の姿が見えた。パーカーを着て、フードを深くかぶった女——自分だ。コルデリアが少し脇によけたので、自分の姿は正面からカメラで捉えられることになった。なんだか自分ではないような気がする。クリスティーヌは不思議な気持ちで、画面のなかの自分を眺めた。コルデリアが一糸まとわぬ姿でいるのを見ると、画面の自分は明らかに動揺していた。びっくりした表情で、コルデリアの顔を見つめている。それから、その視線はコルデリアの若々しい体をなめるように、徐々に上から下にさがり、陰部のあたりで止まった。その様子にクリスティーヌは顔から火が出そうになった。画面の自分は目を大きく見開き、その部分を凝視していたのだ。おそらく、ピアスに目を奪われていたのだが、カメラを通してみると、そうは見えない。コルデリアの陰部を目にして、欲情しているように見える。やがて、コルデリアが静かな声で「入って」と言った。画面の自分は勢いよくなかに入った。

クリスティーヌは絶句した。これではまるで、なかに入るのを待ちきれずに、うずうずしていたみたいではないか。遠慮しているようにも見えないので、前にもこのアパルトマンに来たことがあるように映っている。コルデリアの迎え方も、その印象を強めていた。動画を見ただけでは、あたかも初めから会う約束があったように思えるのだ。

場面がまた変わった。

今度はコルデリアの家の居間で、自分がソファに腰をおろしている様子が、背後から撮影されている。ということは、そこにもウェブカメラが仕掛けられていたのだ。おそらく、無線でパソコンとつながっていたのだろう。だが、これはいつの映像だろう。クスリの入ったビールを飲まされた前だろうか？　あとだろうか？

あとだ！　どこかでキーボードを叩く音がして、「準備オーケー」と言うコルデリアの言葉が聞こえたからだ。意識を失う寸前のことだ。

まもなく、画面にコルデリアの姿が現れた。ソファとテーブルのあいだに入ると、あり得ないほど淫（みだ）らなポーズをとって、ソファに座っている自分に見せつけている。尻を突きだし、蛍光イエローのネイルが塗られた指で、陰部の割れ目を開いて見せているのだ。クリスティーヌは茫然とした。頭がどうにかなりそうだった。あのとき、意識を失った自分に、コルデリアはこんなことをしていたのだ。すると、コルデリアが口を開いた。クスリでハイになっているような声だ。

「見て、このピアス。これはトライアングル・ピアッシングっていって、どんな女も一個しかつけられないの。それもクリトリスが大きくなきゃだめ。もちろん、ピアスだから見た目もあるけど、これをつける理由はそれだけじゃない。これのおかげで裏側から刺激されて、たまらないんだよね。まあ、あんたにはこのよさは想像できないだろうけど。だって、あんたはされるほうじゃなくて……」

そう言われても、画面の自分は動かない。あたりまえだ。意識を失っているのだから。じっと前を見つめたまま、肩から上だけがカメラに映っている。

その様子は──コルデリアの性器に目が釘づけになっているかのように見えた。玄関で撮られた映像と同じだ。

だが、衝撃はそれだけでは終わらなかった。画面がまた変わったとき、クリスティーヌは驚きのあまり、のけぞった。裸の自分とコルデリアがソファの上で絡みあっていたのだ。今度は正面からカメラが捉えている。二人はキスをしていた。唇を重ねて。コルデリアはあえぎ声を出していたが、自分のほうは声を発していない。けれども目を閉じたまま、片手をコルデリアの尻にまわして、その尻の動きに合わせて手が動くので、画面の上ではお互いに激しく求めあっているように見えた。

そして、また画面が変わった。今度はまた背後から映されていた。自分はソファに座っていた。その前にはローテーブルを挟んで、コルデリアが腰をおろしている。コルデリアは脚を組んで、お札を数えていた。

「千六百、千七百、千八百、千九百……二千……。ちょうど二千ユーロね。オーケー。これで訴えを取りさげてあげる。言うことをきかなきゃ、解雇するって脅迫したんだから、このくらいはあたりまえだよね。ほんとは、もっともらってもいいんだけど、あんたが気持ちよくしてくれたから、これで許してあげる。脅迫なんてひどいことをしなきゃ、最初から言うことを聞いてあげたのに。あんた、よかったよ。まあ、ともかく、これでおしまいにするから」

その言葉を最後に、画面が真っ白になった。動画は終わったのだ。

クリスティーヌは、ごくりと唾を飲み込んだ。こめかみがズキズキする。だが、これで少なくとも、自分が意識をなくしたときに何があったのか、その一部分はわかった。

それにしても、うまい編集だ。これだったら誰が見ても、玄関で裸で出迎えて、そのままソファで淫行を始めたように思うだろう。お金を渡してセクハラの訴えを取りさげるよう頼みにきたのに、相手の誘惑に負けて、喜んでセックスしたようにしか見えないだろう。セクハラを認めて、お金まで払い、そのうえコルデリアの陰部を物欲しげに見つめて淫らな欲望を満たした最低の女……。この動画を見たら、誰だって、そう思うに違いない。

罠にかかった……クリスティーヌは思った。もしあのギヨモがこの映像を目にしたら、間違いなくコルデリアの訴えは正しかったと考えるだろう。いや、ラジオ局の誰であろうと同じことだ。自分のキャリアは完全に終わりだ。もちろん、コルデリアのほうだって、セクハラ被害を訴えながら、その当の相手とセックスをして、お金を受け取っているのだから、〈ラジオ5〉でのキャリアは終わったと言っていい。けれども、ひと口にキャリアを失うと言っても、コルデリアと自分では失うものの大きさが違う。自分のほうがはるかに大きなダメージを受けることになる。確かにコルデリアはラジオの仕事が好きで、〈ラジオ5〉で働きたいと言っていたが、あれはビールに入れたクスリがきくまで、こちらの気持ちを引きつけておきたかったからだろう。

でも、そうだとすると、コルデリアはラジオ局の職を犠牲にしてまで、自分を罠に掛けようとしたことになる。いったい、何の目的で？　これから先、もっとお金を揺すりとろうというのだろうか？　自分はこれから何を失うことになるのだろう？　クリスティーヌは思った。いや、その問いかけは正しくない。自分はすでに婚約者も仕事も失っている。もはや失うものすら、残っていないのだ。

ため息が出てきた。体がくたくたでもう動けそうになかった。これははたして、どん底なのだろうか？　どん底なら、いつものように突然、力がわいてくるかもしれない。クリスティーヌはひそかにそれを期待した。だが、いくら待っても、気分はますます落ち込むだけで、事態に立ちむかう勇気はわいてこなかった。

ベッドに横になると、クリスティーヌは天井を見あげた。ブラインドの隙間から射し込んでくる光が天井に美しい模様を描いている。こんな状態でなければ、ゆらゆらと揺れるその光を見て、やっぱりこのアパルトマンを買ってよかったと思っただろう。でも、今は……。じっと天井を見つめているうちに、今はその天井が揺れだして、ベッドの上に落ちてくるような気がした。そう思うだけで、胸が圧迫される。息ができなくなりそうだ。

そのとき、クリスティーヌはショルダーバッグのことを思い出した。あのバッグには小切手帳を入れてあったはずだ。それに銀行のキャッシュカードも。おそるおそるあたりを見まわす。バッグはベッドの片隅にあった。急いでなかを見ると、小切手帳は盗まれていなかった。誰かが使った様子もない。キャッシュカードも無事だった。クリスティーヌは胸をなでおろした。けれども、そのとき、バッグの横に白い紙きれがあるのに気づいた。

何かのメッセージだろうか？

すぐにその紙きれをつかむと、裏返して見る。

銀行の引出し明細書だ。クリスティーヌはパニックに襲われた。

最初の数字を見ると、そこには自分の口座番号が書かれていた。すぐに引きだされた金額と日時、ＡＴＭの番号を確認する。

お引き出し金額　二千ユーロ
日時　二〇一二年十二月二十八日　午前九時三十分
ＡＴＭ　三九二〇八一

二千ユーロがまとめて自分の口座から引き出されている。それも昨日の朝だ。午前九時三十分と言えば番組編成部長の部屋で、コルデリアのでたらめな訴えに関して、ギヨモから質問を受けていた時間だ。いったい、誰がどうやって？　キャッシュカードはバッグのなかに入っていた。ということは、昨日の朝、誰かがキャッシュカードを盗みだし、お金をおろしてまた戻したということだろうか？　でも、暗証番号は？　そのとき、クリスティーヌはさっき見た動画のなかで、コルデリアがお札を数えていたのを思い出した。

すると、あのお金は自分の口座から引き出されたものだったのだ。訴えを取りさげてもらうために金を渡したという証拠を残す目的で、あらかじめ引き出しておいたのだろう。あの動画と銀行の引き出し明細書があれば、自分がコルデリアにセクハラをし、それをお金で解決したことは疑いようのない事実となる。

あの動画にはそんな罠まで仕掛けられていたのだ。

クリスティーヌは明細書をベッドの上に放りだした。ふとバッグの脇を見ると、シーツの上にCDが置いてあった。

プッチーニのオペラ、『蝶々夫人』のCDだ。

オペラは嫌いだったが、『蝶々夫人』のあらすじは知っている。永遠の愛を誓ったと思ったのに、アメリカ人の夫に裏切られた日本の女性が物語の最後で自殺する話だ。

「自殺」という言葉に、クリスティーヌは震えあがった。突然、あの日の記憶がよみがえった。あの日、嵐が来そうななか、必死に自転車のペダルをこいで、家まで戻ると、パパが涙をこらえながら言った。「マドレーヌが恐ろしい事故にあった。そう、本当に恐ろしい、恐ろしい事故に」と。でも、それは正確には事故ではなかった。姉は自殺したのだから。

首を吊って……。まだ十六歳だった。

それを知ったとき、自分はショックのあまり、何も手につかなくなった。大好きな姉が自殺してしまうなんて、そんな悲しい出来事がどうして自分に降りかかるのだろう。そんな確率はめったにないはずなのに。そう思うと、なかなかその出来事を受けいれることができなかった。それ以来、自殺に関係したことや物には恐怖を感じるようになっていた。

クリスティーヌは動画の画面を閉じた。すると、その下から別の画面が現れた。メールボックスだ。ということは、自分をここに連れてきた人間はまずメールボックスを開き、それから動画のページを開いたのだろう。動画を見終わったら、その次にメールボックスを見ることになるように。

だが、パソコンにはロックをかけてあるので、パスワードを入れないと、操作することはできない。つまり、相手はこちらのパスワードを知っているということになる。クリスティーヌは自分のアドレスからセクハラ・メールが発信されていたことを思い出した。どういうやり方をしたかはわからないが、相手はこちらのパソコンを自由に操作できるらしい。もしそうなら、パスワードを手に入れるくらい、なんでもないはずだ。

そう考えながら、クリスティーヌはメールボックスにさっと目を走らせた。最後にチェックした以降に届いたメールを、順に目で追っていく。動物病院からの「イギーの件」と書かれたメールが一通と、ショッピングサイトからの案内メールがいくつかあった。ふと、あるアドレスに目がいった。malebolge@hell.com――ダンテの『神曲』に出てくる地獄の層の一つだ。このアドレスのことはよく覚えている。ジェラルドとドゥニーズがカフェで親密にしている写真を送ってきたアドレスだ。不安な気持ちを抑えながら、クリスティーヌはメールを開いた。すると、次のような文章が目に飛び込んできた。

クリスティーヌ、あなたがオペラを愛していますように！


ただそれだけ……ほかには何もない。

いったい、どういうつもりなの！

思わず、パソコンをつかむと、クリスティーヌは壁に向かって投げつけた。まるで、すべての恨みをぶつけるかのように。パソコンは壁にぶつかると床に落ちた。おそらく、完全に壊れているだろう。だがそばに行って確かめてみると、破損しているところは一つもなく、動作も正常だった。ＭａｃＢｏｏｋ Ａｉｒは頑丈だった。

本を読んでいる途中だったが、セルヴァズはふとマーラーの『交響曲第九番』が聴きたくなって、ミニコンポにＣＤを入れた。たちまち、小さなスピーカーから第一楽章が流れだした——柔らかなバイオリンの音色、もの憂げなホルンの響き、そして短く弾むハープの調べ——淋しげな秋の朝方、森のなかに佇んでいるかのようだ。やがてティンパニの音が轟き、突然嵐がやってきたかのように金管と弦楽器の音が響きわたった。小さな部屋のなかが嵐に包まれた。セルヴァズはしばらくのあいだ、活字から目を離し、じっくりと音楽を聴くことにした。ぼんやりした視線を壁に向けたまま、その一節に耳を傾ける。打楽器奏者が鳴らす微かな音が悲劇の到来を告げていた。何百回と聴いているというのに、それでも耳にするたび血が騒ぎ、その世界から逃れられなくなるほどの衝撃を感じる。

いつの日か、宇宙から異星人がやってきて、「人類は素晴らしい文化を持っているか？もし何も持っていないようなら、この地球を支配する」と言ってきたら、マーラーの音楽を聴かせてやろう——そう考えると、思わず口元がゆるんだ。もちろん、異星人たちは、ほかのくだらない音楽も耳にするだろう。音楽にかぎらず、この地球には凡庸なものがあふれかえっているからだ。だが、それでも異星人がマーラーを聴いたら、あまりの衝撃に、不思議なビームで地球を攻撃する前に大あわてで宇宙船に乗って帰っていくのではないだろうか。「こんなに素晴らしい音楽を創りだしたのなら、科学技術もさぞ高度なものを持っているに違いないぞ」と考えて。そうなったら、核兵器を使って対抗しなくても、相手への警告になる。

音楽を聴きながら、しばしそんな空想に耽ると、セルヴァズは本の続きを読みはじめた。少し目が痛い。本のせいではなく、パソコンのせいだ。さっき施設の図書室でパソコンを使って、本の検索をしたからだ。入力の仕方がよくわからず、自分の知りたいことを書いた本を見つけるのに、ずいぶん時間がかかってしまった。

探していたのは、〝精神的な暴力〟に関する本だった。それはもちろん、セリア・ジャブロンカの自殺事件に関係していた。というのも、あれが自殺だというなら、セリアは精神的にそうとう追いつめられていたはずだし、もしその原因が誰かに――たとえば恋人にあるなら、精神的な暴力をふるわれた可能性もあるからだ。セリアが精神的に追いつめられていたことは、シャルレーヌの言葉でもわかる。シャルレーヌはセリアが心を病んでいたのではないかと言っていた。また、セリアが写真を撮っていた難民をサポートする施設――自主管理社会センターの所長も、セリアは様子がおかしくなっていたと言っていた。所長は被害妄想だと説明していたが、セリアは誰かから精神的な暴力をふるわれ、もしかしたらストーカー行為までされていたのかもしれない。実際、所長の言葉によれば、地方新聞の記者を誰かと間違えて、怯えていたというではないか。

そう考えて、セルヴァズは精神的な暴力に関する本を探し、今、手元にある『モラル・ハラスメント――人を傷つけずにはいられない』と『こころの暴力　夫婦という密室で――支配されないための11章』を借りてきたのだ。

この二冊の本によると、この世の中には人の心を操る異常な精神の持ち主（マニピュレーター）がいて、弱くて脆（もろ）い人間を自分の張った網のなかに捕まえようと日々狙っているらしい。相手は女性であろうが男性であろうが関係ない。そういった人々はひたすら相手を支配し、貶（おとし）め、握りつぶすことしか考えていない。セリア・ジャブロンカが人生のなかで、そういった人間に出会い、網のなかに捕えられたことは十分に考えられる。人生における出会いは、素晴らしいものだけにかぎらないのだ。もしセリアがそういった危険な人物に出会っていたとしたら、その危険人物とは……。

可能性として、いちばん考えられるのは、セリアの手帳にあったモキという人物だろう。セリアの手帳には、〈モキ　午後五時半〉〈モキ　午後七時〉といった記載がたくさんあった。だが、このモキというのはいったい何者なのだろうか？　あるいは店の名前なのだろうか？　しかし、警察の捜査資料室で調べてもらったところでは、この名前にあたる人物も店の名前も見つからなかったという。セルヴァズも図書室のパソコンで、ＭＯＫＩという単語を入れて調べてみたが、ニュージーランドに生息する魚の名前だとか、パリの二十区にあるライブバーくらいしか出てこなかった。タイプミスでＭＵＫＩと入れたときには、「無季――季語のない俳句」と出てきたが。捜査資料室の室長のレヴェックには「強姦」「ドメスティック・バイオレンス」「ハラスメント」「脅迫」という単語とともに調べてくれるよう頼んでいたが、まだ返事はない。電話帳やイエローページにも〝モキ〟という言葉は見あたらなかった。

そこで、とりあえずモキの探索はあきらめて、セリアが精神的な暴力をふるわれていたのだとしたら、それはどのような暴力なのか、詳しく調べてみることにして本を借りたのだ。そこでわかったのは、モラル・ハラスメントの加害者、あるいはマニピュレーターは、まず優しい態度で被害者の心に入り、それから徐々に被害者を支配していくということだった。そのやり方は、何気ない言葉や仕草で相手に非があるように思わせ、知らないうちに「いけないのは自分だ」と被害者に思わせていくというかたちをとる。また、被害者がひそかに抱いているコンプレックスを巧みに刺激して、被害者の自尊心を失わせていくというやり方もとる。被害者は、加害者があまりにも自信たっぷりに自分の非を指摘するので、反論することもできず、かといって、加害者の言うことに心から納得できるわけでもないので、ひたすら混乱する。だいたい、反論しようにも、加害者は何が悪いのかを具体的に言わず、「そんなものは自分の胸に訊いてみろ」のように曖昧な言い方をするので、まともな議論ができない。また、被害者が「おはよう」と挨拶しても返事をしなかったり、ずっと不機嫌な顔を続けることで言葉を使わず被害者を非難するというやり方をとることもあるので、被害者はともかく自分が悪いと思うしかなくなってしまう。あるいは、小さなことで突然、怒りだしたりするので、いつでも加害者の反応をうかがって、びくびくしながら暮らさなければならない。こういった状態が長いあいだ続いたら、誰でもおかしくなる。被害者は疲れはて、気がふさいだり、自殺を考えるようになってもおかしくない。だが、被害者がモラル・ハラスメントを受けて、憔悴(しょうすい)していたら、まわりの人はそれに気づかないものだろうか?

実は、本を読みすすめてわかったのだが、モラル・ハラスメントが起きても、まわりの人はそのことに気がつかないらしい(セルヴァズはこのことにびっくりした)。というのも、こういったことは被害者にしかわからないかたちで巧みに行われるので、まわりの人は加害者が被害者に対して精神的な暴力をふるっているとはわからないのだ。たとえば、被害者の心をひどく傷つけるようなことを言うとき、加害者はそれが攻撃だと見えないような言い方をする。あるいは、表面的には愛情を込めてからかっているかのような言い方をする。そこで、もし被害者が家族や友人に「こんなひどいことを言われた」と訴えても、「ちょっとした冗談でしょう」とか「被害妄想だ」とか「愛されている証拠じゃないの」とか言われてしまうのだ（そこが加害者の狙いだ）。

また、加害者は二つの顔を持っていて、世間に対する顔と被害者に対する顔を使い分けている。世間に対しては笑顔を絶やさず、愛想よく感じよくふるまうので、まわりの人はそんな好人物がひどいことをするとは思わない。そのため、たとえ被害者が家族や友人に相談しても、「あなたは要求が大きすぎる」とか「あの人はそんなに悪い人ではない」と逆に被害者のほうが悪いことにされてしまう。そうなったら、被害者は誰にも助けを求めることができず、まわりから孤立する。そうして孤独のなか、ますます加害者の支配に取り込まれてしまうのだ。加えて、加害者はわざと被害者を家族や友人から遠ざけることもする。家族や友人のちょっとした欠点をあげつらい、いかに自分がその人たちから被害者を守っているかを強調して、巧みに距離を置かせるのだ。これを読んだとき、セルヴァズは「まるでカルトだ」と思った。

いや、「家族や友人から遠ざける」という言い方はあまり正確ではない。モラル・ハラスメントは、配偶者や恋人、両親や祖父母の一人から受けることが多いからだ（その意味では、「ほかの家族や友人から遠ざける」と言ったほうが正しいだろう）。一般に親から子どもに対するモラル・ハラスメントは、〝しつけ〟というかたちでなされることが多い。子どもにはとうてい守ることのできないような規則を押しつけ、それを破ったからといって厳しい罰を与えるのはまさしくモラル・ハラスメントだ。また夫婦の場合は、たとえば夫が妻を精神的に支配したあとに、「おれがいなければ、おまえは一人ではやっていけない」と言って支配を強化するのも、モラル・ハラスメント的なやり方だ。いずれにしろ、まるで猫が獲物にしたねずみをいたぶるように、被害者を支配したうえで精神的に追いつめる。それがモラル・ハラスメントだった。

それでは、家族ではなく、職場におけるモラル・ハラスメントはどうなのだろう？　職場というのは、上下関係が決まっているので、相手を支配しやすい。もしかしたら、自分も部下たちに対してモラル・ハラスメントをしたことがなかっただろうか？　セルヴァズは思った。この本を読んで、自分もモラル・ハラスメントの加害者ではないかと思わない者はいないだろう。部下の失敗を責めた経験を持たない上司など、いるはずがないからだ。だが、本によると、本物の加害者というのは、どうやらそういうものとは違うらしい。本物のモラル・ハラスメントの加害者は、配偶者や恋人、子どもに対するときと同じように、被害者の人格を貶め、被害者の心を傷つけることだけを目的にするからだ。たとえば、自分の無能さを隠すために、部下がとうてい達成できないようなノルマを課し、達成に失敗すると、皆の前で叱る上司がいたら、それは本物の加害者だ。いや、本物の加害者は部下が失敗するように、足を引っ張ることまでする。そこにあるのは、ただ、相手を貶めるかたちで自分が上に立ちたい、相手を支配したいという欲望だけだ。セルヴァズは、ジョージ・オーウェルの『一九八四年』のなかにある一節のことを思い出した。そこにはこんなことが書かれていた。「支配欲とは人間の知性を粉々にするものである」と。

では、こういったモラル・ハラスメントの加害者に対して、被害者はどのように対抗していけばよいのだろう？　本にはそのことも書かれていた。といっても、それはあまり簡単ではないらしい。というのも、モラル・ハラスメントがあったという事実を証明するために、裁判所なり労働監督局は、被害者の側に証拠や証言を求めてくるからだ。したがって、被害者のほうはモラル・ハラスメントが行われていると気づいたときに（最初は加害者に巧妙に支配されているので、自分が被害を受けていることにも気がつかない）、加害者の言葉を録音したり、起こったことを日記のようにしてメモしておく必要がある。

だが、こうして被害者がはっきりと加害者に反旗をひるがえすと、そのときはまた別の問題が起きてくる。これまでは自分の支配下にあった被害者が自分に反抗したと思うと、加害者は逆上し、今度は直接的な暴力をふるう危険性も出てくるからだ。特に被害者が女性の場合はレイプされたり、殺されたりする恐れもある。そこまでいかなくても、被害者が加害者を避けたりしたら、ストーカー行為はされるだろう。そこまで読んだとき、セルヴァズはまたセリア・ジャブロンカのことを頭に思い浮かべた。セリアもまたモラル・ハラストメントに耐えかね、加害者のもとから離れ、それによってストーカー行為をされていたのではないだろうか？　セリアは結婚していないので加害者は夫ではない。でも、恋人か一時的な同棲相手なら……。この線で捜査は行われたのだろうか？　デグランジュが貸してくれた資料には何も書かれていない。おそらく自殺とはっきりしたせいで、それ以上の調査はしなかったのだろう。はたして、自分はこれからこの調査をすべきだろうか？それとも、そんなことをしても時間を無駄にするだけだろうか？

インターネットが普及してからというもの、ストーカーは実際に被害者のそばに行かなくても、被害者につきまとうことができるようになっている。その被害者もたとえばマドンナやジョディ・フォスターのような有名人ばかりではない。SNSを使って、被害者がよくアクセスするツイッターやフェイスブックに被害者だけにわかるサインを送ればよいのだ。セルヴァズはふと施設の職員であるエリーズのことを考えた。エリーズは数年にわたり夫からモラル・ハラスメントを受け、離婚したあとはストーカー行為の被害にもあった。場合によったら、エリーズにセリアの件を相談すべきだろうか？　いや、いくらストーカーのサインがどんなものか知っていたとしても、今、自分の手元にはわずかな材料しかない。ストーカーとしてセリアにつきまとっていた人間がいたとして、こんな材料からその人物にたどり着けるものだろうか？

セルヴァズは立ちあがると、窓まで歩いた。

日が暮れはじめていた。窓の外には雪に覆われた森が広がっている。まるで灰色の濃淡で描かれた絵画のような雪景色が。その灰色の世界が徐々に青みを帯びていった。背後からは、ゆったりとした調べが聞こえてきた。『第九番』の最終楽章だ。バイオリンのゆっくりとした、簡潔で無駄のない弓使い。驚くようなその弓使いから、なんと大胆で優しく、物悲しい音色が生まれるのだろうか！　思わず、腕とうなじに鳥肌が立った。この神のごとき音楽に身を任せるたびに、セルヴァズは思った。自分はこの現代社会に適合しない人間なのだろうか、と。そうかもしれない。施設にあるテレビをつけるたびに、現代社会というのは未熟であり幼稚であると思って不快になるからだ。なんだか綿あめに触れてしまったようにべたべたした感じがするのだ。いや、別に現代社会に適合しなくたってかまわない。自分には本や音楽がある。死を迎えるときまで読んだり、聴いたりすることのできる本や音楽が……。

セルヴァズはふと部下のヴァンサン・エスペランデューのことを思った。エスペランデューならこう言うだろう——「ボスは変人ですからね」と。エスペランデューのほうは自分が聞いたこともないような日本人作家の小説も読めば、ゲームもするし、最新の連続ドラマについてもよく知っていた。それに自分とはまったく違うジャンルの音楽を聴く。つまりエスペランデューは完全に現代社会に適合しているということだ。歳は自分とほんの十歳くらいしか違わないというのに。

エスペランデューのことを考えているうちに、今度はシャルレーヌのことが頭に浮かんできた。シャルレーヌのことを思うだけで、体が熱くなり、気持ちが弾んでくる。シャルルレーヌはドラッグのようなものだ。セルウァズは心のなかでつぶやいた。近くにいて香りをかぐと、心が安らぐのだ。

だがそうは言っても、シャルレーヌは、自分の部下であり友人でもある男の妻だ。それに二人の子どもの母親でもある。洗礼のときに自分は末の子の代父まで務めたのだ。

〈危険 身を乗りだすな〉

そう自分に言いきかせると、セルヴァズはまたセリアのことを考えた。

形式的には自殺だとしても、あれはセリアがそうするよう、誰かが精神的に追い込んだのかもしれない。もしそうなら動機があるはずだ。動機もなく、人を自殺にまで追い込むようなことはしないはずだからだ。そう、これは殺人で、殺人には動機がある。連続殺人は性衝動と深く絡んでいるし、情痴犯罪は嫉妬が原因だ。また、たいていの犯罪は金が動機になっている。ストーカーの場合も嫉妬や恨みや復讐などの動機が考えられる。だとしたら、セリアの場合も同様だ。セリアがもし自殺にまで追い込まれるほど、誰かから嫌がらせを受けていたり、あるいはそれがストーカー行為にまで及んでいたとしたら、そこには必ず動機があるはずだ。その動機はセリア・ジャブロンカの人生のどこかに埋もれているはずだ。

そのとき、うしろから聞こえてくる、ゆったりとした音の響きが弱まった。いよいよフィナーレだ。セルヴァズは思った。手探りで進むような、ゆっくりとひそやかな音が流れだした。まるで森のなかをそっと歩く鹿の足音のようだ。それから煙のようにかすかな、そして繊細な音にあたりが包まれたかと思うと、曲は終わった。
平穏で静かな世界が戻ってきた。

17 端役

ザナックスにプロザックにスティルノックス。抗不安薬に抗うつ薬に睡眠薬。どうしてこういった薬にはSF映画に登場するような名前がついているのだろう。名前からして危険そうではないか。クリスティーヌは洗面所のキャビネットに入っている薬箱の山を眺めた。コルデリアの家で撮られた、あのおかしな動画を見たショックで、まだ気持ちが動転している。そこで、ともかく落ち着こうと薬に頼ることにしたのだが、薬を見て、逆に不安に駆られてしまった。認可されたものとはいえ、パッケージには赤いラインが引かれ、〝使用にはご注意ください〟という警告文のほかに、〝危険〟のマークまで入っているのだ。まるで原子力発電所の周囲にある〝立ち入り禁止〟の札のように。つまり、そんな薬を大量に常備しているということは、すでに精神が危険な状態にあるということなのだろう。

そんなことを思いながら、クリスティーヌは手のひらのくぼみをじっと見つめた。手には三種類の錠剤がのっている。二色のカプセル剤、白くて細長い錠剤、水色の卵形の錠剤。白と水色の錠剤には分割できるように割れ目まで入っている（だけど、どちらも割ったことなんて一度もない）。それを見ているうちに、あんな動画を撮られたのは、たぶんビールにクスリを入れられたせいだということを思い出した。クスリのせいで不安定になった精神を薬で鎮めようなんて……。でもさしあたって、気持ちを落ち着けるには、この薬をのむしかない。クリスティーヌは手のひらの薬を三つとも口のなかに押し込んでから、水の入ったコップを口元に運んだ。だが手が震えて、水は半分くらい顎のほうに流れ落ちた。ともかく、これでうまく眠れるといいのだけど。クリスティーヌは寝室に向かうと、掛布団にくるまって丸くなった。頭のなかでは自殺のことばかり考えていた。

それからしばらくして——眠りから覚めると、どんなふうに自殺のことを考えたのか、もう覚えていなかった（覚えているのは真っ暗で、恐ろしい眠りの世界に引き込まれる前の半覚醒状態の感覚だけだ）。けれども今が危険な状態であることは、眠りにつく前と変わりない。これほど危険な状態になったのは初めてだった。もちろん、その危険とは死の危険だ。

ひどい頭痛がした。何をする気も起きず、体を動かすこともできない。この無気力な状態から抜けだす方法を見つけることができなければ、本当にこのままベッドのなかで死んでしまって、新年を迎えることもできないかもしれない。でも、それならそれで簡単でいいじゃないの。クリスティーヌは思った。だがそれと同時に、その考えにぞっとして、歯ががちがちと鳴った。寒かった。体の芯から凍えるような気がする。マットレスの上の布団もシーツもすべて体に巻きつけると、クリスティーヌはベッドから起きあがった。掛け布団ははおったままだ。そういえば、この建物の下の通りにいるホームレスは、いつもこんなふうに布団にくるまっている。そのホームレスのように、肩にかけた布団を引きずりながら寝室を出ると、クリスティーヌはゆっくりとリビングに向かった。そこで、暖房のスイッチに目をとめたとき、どうしてこんなに寒気がしたのか、その理由がわかった。暖房のスイッチが低温になったままだったのだ。

クリスティーヌはそのスイッチを目いっぱい逆方向に回すと、今度はキッチンへ向かった。途中、壁時計に目がいき、反射的に、〝いけない。局に行く準備をしなければ〟と思った。だが、昨日、ギヨモに自宅待機を命じられたことを思い出し、一瞬にして足が萎えた。立っているのもやっとだった。キッチンカウンターに寄りかかると、クリスティーヌはその場にくずおれないよう、体を支えた。

ふと足元を見ると、イギーのエサ入れが目に入った。イギーは今も病院にいる。おととい の夜、ひどい目にあったせいだ。そのことを思い出すと、みぞおちに強烈なパンチを食らったような気がした。もうだめ！　早く気持ちを落ち着けなければ……。クリスティーヌは洗面所に入った。

洗面台に寄りかかって鏡を見る。そこには怯えたような顔が映っていた。この薬をのんだら、いったいどうなるのだろう？　さっきのんだばかりなのに……。やはり危険なのではないか？　心のなかで問いかける。手のひらにはすでに二色のカプセル剤と水色の卵形の錠剤がのせられている。抗不安薬と睡眠薬だ。味の違う二つのキャンディーのようだった。いつもネガティブなことを言う心の声は、決定的な言葉を発しない。いつもだったら、早くのんじゃいなさいよ、とそそのかしてくるのに。その代わりに、もう一つの心の声が厳しい口調でこう言った。それをのんだら、あいつらの思うつぼよ。あいつらはあなたを破滅させようとしているのだから。

「だから、なんなのよ」クリスティーヌはその声に逆らいたくなった。「これをのまなかったら、何かが変わるって言うの？　あいつらに破滅させられるのは結局、おんなじじゃない。それとも、あなたにはほかに解決策があるって言うの？　ないでしょ？　だったら、黙っててよ」

そう言って、手のひらの薬をじっと見つめる。だが、結局はのむのはやめにして、洗面台の縁に薬を置いた。

それから、コップに水を満たして、そのなかにアスピリンの錠剤を入れると、そのコップを手にリビングに戻った。アスピリンの錠剤は水のなかで溶けだして、細かい泡を出している。それを見ながら、クリスティーヌはソファに腰をおろし、しばらくのあいだ、そこでじっとしていた。耳を澄ますと、上や下や隣から、いろいろな音が聞こえてくる。ちょうど住人たちが目を覚まし、朝の身支度をしているのだ。配管を流れる水の音、床の上を歩く足音、小さなラジオの音に、ぼそぼそとした話し声――古い建物だけあって、防音措置はほとんど施されていない。聞こえてくるのは、いつもと同じ、平和な日常の生活の音だ。そのなかで、自分は――自分だけは狡猾(こうかつ)な連中を相手に、たった一人で戦っているのだ。時計を見ると、二度目に目を覚ましてから、もう一時間はたっている。クリスティーヌは身を震わせた。

このまま相手のやりたいようにさせていてはいけない。だが、何をすればいいのだろう？　誰かに相談する？　でも、誰に？　そう考えただけで、途方もない疲労感に襲われた。ソファから立ちあがることもできない。次に何が待ちかまえているのかと思うだけで、恐ろしさに身がすくんだ。自分は小舟に乗って、大海原を漂流しているようなものだ。波の下に隠れた岩礁（がんしょう）にぶつかって、粉々に砕け散る恐怖に怯えながら。このまま流れに身を任せたら、本当に砕け散ってしまうだろう。けれども、実際にそうならないためにはどんな選択肢があるというのだろう。そう、選択肢はない。自分はすでに恋人も仕事もなくした。そして、このまますべてをなくしてしまうのだ。

自分にはもう選択肢がない。このまま破滅に向かうだけだ。それが現実なのだ。そう思うと、クリスティーヌはこの現実に打ちのめされた。すると、またさっきの心の声が聞こえてきた。ネガティブではないほうの声だ。

このまま破滅するにしても、まだ時間があるんだから、戦い方を考えてみてもいいんじゃない？

さっきは退け（しりぞけ）たが、その心の声に、クリスティーヌは今度は素直に従うことにした。そこで考えたのは、今の自分は以前とは比べようもない、根本的に違う状況に置かれているということだ。仕事も恋も順風満帆で、何もかも思いどおりにいっていたときとはまったく違う。まるで竜巻が通りすぎたあとのように、少し前までの人生はすべて跡形もなく失われてしまった。そして今、自分は見る影もないほどすさんだ、まったくの別世界にいるのだ。もしそうなら、生きるために自分が適用するルールは今までとは違ったものだということになる。なんとか生き延びたいと思うなら、現在の自分の状況に即したやり方をとるしかない。たとえ、その状況が足を踏みだすたびに体が沈んでいく底なし沼のようなものだとしても。そして、どこに何があるのか、どちらを目指していけばいいのか、それを知るための地図やコンパスがない状態だとしても。

とはいえ、どちらに足を踏みだせばよいのか、それを知るための手がかりが一つだけある。コルデリアだ。というより、コルデリアに昨日のようなことをさせた黒幕だ。今回の件にコルデリアが深く関わっているのは間違いないが、コルデリア自身が首謀者だということはないだろう。今度のことは、いろいろなことがかなり緻密に組み立てられているが、そんな緻密な計画をコルデリアが一人で作りあげることができたはずはないからだ。コルデリアは研修生として働きながら、赤ん坊まで抱えている。おそらくあの娘は金に目がくらんだだけだ。コルデリア自身、「報酬なら、たっぷりもらってる」と言っているので、それは間違いない。

したがって、自分のすべきことは、まずその黒幕を見つけることだ。でも、それにはどうすればよいのだろう？　昨日はコルデリアの線からその黒幕にアプローチしようとして、かえってひどい目にあってしまった。だから、また別の方法を考えなければならない。クリスティーヌはクリスマスの夜に電話をかけてきた男のことを思い出した。玄関に尿をかけて、立ち去った男。もちろん、その男が黒幕でない可能性もあるが、少なくとも実行犯的な役割をしているのではないだろうか。自動車のフロントガラスに〝クソ女〟と書いたり、家に侵入してオペラのCDをかけていったのも、その男の仕業だろう。イギーをダストシュートから落としたのも、その男だ。昨日の夜、わたしをここまで運んできて、オペラのCDを置いていったのもその男に違いない。そして、そもそもの発端となった自殺を予告するような手紙を郵便受けに入れたのも……。要するに、その男はこの家のことを知っていて、わたしのいないあいだに、自由に家に出入りしているということだ。もしそうなら、誰かにこの家を見張ってもらえば、その男の正体がわかるに違いない。その男は必ずまたこの家に何かを仕掛けにくるはずだから。

けれども、この家を見張ると言ったって、どうすればいいのだろう。クリスティーヌは考えた。誰かに頼むしかないが、いったい誰に？　ジェラルドは論外だし、イアンだって仕事がある。父親と母親だって、そんなことはしてくれないだろう。

そのとき、突然、二人の男の顔が頭に思い浮かんだ。敵側の人間はおそらくその二人のことを知らないはずだし、そんな人間がこちらの協力者だとは考えもしないだろう。そのうちの一人は家を見張ることはできないが、何かのかたちできっと助けてくれる。もう一人は——もう一人はまさにこの仕事にうってつけだ。その男はいつもこの建物の下にいる。そう、あのホームレスだ。

そのことを考えると、クリスティーヌは思わず笑いだした。あまりに突飛な思いつきに、気分が浮かれて、口はしゃぎたくなってくる。敵側だって、こんなことは予想もしていないに違いない。

クリスティーヌはリビングを出ると、寝室に向かい、そのまま窓辺に近寄った。鎧戸（よろいど）の隙間からのぞくと、ホームレスの男は歩道の奥に座っていた。重ねた段ボールの真ん中あたりに腰をおろしている。近くには身の回りのものをすべて入れたごみ袋がいくつか置いてあった。

しばらく見ていると、男は絶えず右や左に顔を向けていた。通行人がやってきて、目の前に置いたコップに硬貨を入れてくれないかと、うかがっているらしい。この家を見張るには適任だ。クリスティーヌは、ホームレスと話をしたときのことを思い出した。汚れた身なりをして、やつれた顔をしているが、その目には知的な光が宿っていた。話し方も穏やかで、内容にも教養が感じられた。頭脳も明晰（めいせき）で、頭の回転が速い。性格も優しく、思いやりがあった。

あらあら、そんな素晴らしい人がどうしてホームレスなんかしてるのよ。

また心の声がささやいた。今度はネガティブなほうの心の声だ。

もう黙ってよ！　クリスティーヌはその声に向かって叫んだ。

見ると、ホームレスの男はたった今、ガラスのコップに硬貨を入れてくれた女性に笑顔を向けて、お礼を言っていた。女性がその場を去っていくと、男はそのうしろ姿をじっと見送っていた。やっぱり、この人に協力してもらおう。そう思うと、クリスティーヌは窓から離れ、とにかくまずは目を覚まそうと浴室に向かった。眠る前にのんだ抗うつ薬と抗不安薬、睡眠薬の成分がまだ体のなかから抜けきっていなかった。昨日の夜、ビールに入れられたクスリもまだ残っているのかもしれない。頭のなかでアリの大群がうごめいているようだった。

浴室に入ると、頭をすっきりさせるために、クリスティーヌは氷のように冷たい水を全身に浴びた。シャワーのあとは、濃いコーヒーを一気に飲みほし、急いで服を着て、外に向かった。通りに出たとたん不思議なほど溌剌とした気分になったのが、自分でもおかしかった。ホームレスの男は玄関のちょうど向かいにいたので、クリスティーヌは男に挨拶をした。すると、男も笑顔で挨拶を返してきた。

だが、クリスティーヌは男のもとには行かず、カルム広場を目指した。そこにはATMの機械がある。ホームレスの男に何かを頼むとしたら、現金が必要だからだ。機械の前に立つと、クリスティーヌはいくら引き出せるのか不安になった。たしか自分のカードの引き出し上限額は一カ月で三千ユーロだったはずだ。昨日の朝、相手の一味に二千ユーロ引き出されてしまっているので、もしかしたら、今月はもうカードは使えないかもしれない──そう考えて、心配になったのだ。いや、それどころか、敵側の人間がもっと引き出していたらどうしよう。カードが利用停止になってしまうかもしれない……。けれども、そういった心配は無用だった。おそるおそる五十ユーロ引きだしてみると、取りだし口からは無事にお札が出てきた。クリスティーヌはほっとして、お札をポケットに入れると、今度はパン屋に入った。クロワッサンを二つ頼んで、五十ユーロ紙幣を出すと、店の人がこちらをにらんだような気がした。きっとお釣りが不足しているのだろう。パン屋を出ると、クリスティーヌは今度は文房具屋に入り、メモ用紙とボールペンを買った。それから部屋に戻り、ホームレスに渡すためにメモ用紙にメッセージを書きつけて、ポケットにしまった。

そこで、急にまた不安になった。自分がおかしな考えに取りつかれてしまったのでないかと思ったのだ。だが、もう一度、最初から自分の考えをたどって、大丈夫と判断すると、クリスティーヌは濃いコーヒーをプラスチック製のカップに注ぎ入れ、クロワッサンを軽く温めた。そして、ふたをしたカップと温かいクロワッサンの入った紙袋を手に、部屋を出てエレベーターに向かって歩きはじめた。

「どうぞ、あなたの分よ」

歩道に出ると、座っている男に向かって、袋を差しだした。すると、男の顔にたちまち笑みが広がった。その顔にはしわが深く刻まれていた。白髪まじりのひげの下からは、黄ばんでぼろぼろになった歯がのぞいている。奥のほうには金属をかぶせた歯が何本か光って見えた。

「いやあ、これはついている。ちゃんとした朝食だ」

袋とコーヒーを受け取ると、男はびっくりしたように言った。

「名前はなんていうの？」クリスティーヌは相手の目を見て尋ねた。

男はますますびっくりしたように目を見開くと、用心するようにこちらを見つめた。

「マックスだが……」

「ねえ、マックス」クリスティーヌはそう呼びかけながら、男のコートのポケットのなかにメモ用紙を押し込んだ。メモ用紙のあいだには、二十ユーロ紙幣がしのばせてあった。「あなたの力を借りたいの。ポケットのなかに紙きれがあるわ。誰にも見つからないように、見てもらえるかしら。それだけは気をつけてほしいの」

その言葉にマックスは顔をあげて、こちらをじっと見つめた。今度はびっくりしているというより、慎重な目つきだ。それから、真剣な顔でこっくりとうなずいた。

クリスティーヌは来た道を戻った。建物の前に着くまでのあいだ、背中にマックスの視線が張りついて、痛いほどだった。エレベーターに乗って、部屋に戻ると、クリスティーヌはすぐに寝室の窓辺に向かった。見ると、マックスがこちらを見あげている。どの部屋に住んでいるのか、ちゃんと知っているのだ。ただ、その目には戸惑いの色が浮かんでいた。これほど距離が離れていてもはっきりとわかるほどだ。マックスはゆっくりとカップを持ちあげ、乾杯のような仕草をした。こちらを見つめたまま、神妙な顔をしている。それから、コーヒーとクロワッサンをたいらげると、段ボールと毛布に身を包んで、横になった。どうやら食後の休憩をすることにしたらしい。

クリスティーヌはメモ用紙に書いた言葉を心のなかで反芻（はんすう）した。

裏口の扉の暗証番号を教えるわ。番号は一九四五。この通りの反対側にも建物の入り口があるの。そこからなかに入ったら、四階まであがってきてちょうだい。部屋は左側よ。あなたにやってもらいたい仕事があるの。こんなお願いのしかただけど、法を犯すようなことは何一つないから安心して。

寝室の窓辺を離れると、クリスティーヌはリビングに入った。だが、そこでまた不安にとらわれた。ホームレスの男に見張りを頼むなんて、本当に正しい判断だったのだろうか。マックスのような人物を部屋に招きいれようとするなんて。だいたい、あなたはマックスの何を知っているというの？　クリスティーヌは自分を非難した。何も知らないでしょう。もしかしたら逮捕歴があるかもしれないし、麻薬の禁断症状があるかもしれない。強盗犯や、強姦犯の可能性だって……。

でも、今さら遅すぎる。だって入り口の暗証番号を知らせてしまったのだから。だとしたら、扉を開けなければいいだけの話じゃない。

そう自問自答を繰り返しながら、クリスティーヌは玄関に向かい、とりあえず扉に鍵がかかっていることを確かめた。それから、また寝室に行って、窓から通りの様子を眺めた。マックスは起きあがっていた。今は座ったまま、この窓に視線を向けている。だが、なんらかの合図を送ってくることはなかった。「行くから待ってろ」とも、「行くつもりはない」とも、そういったメッセージを示す仕草は一つもしない。ただ表情一つ変えずに、下から見あげているだけだ。まるでこちらを観察するかのように。不意にクリスティーヌはいたたまれない気持ちになった。きっとマックスはわたしを頭のおかしな女だと思っている違いない。そんな思いがこみあげてくる。そのとき、またあのネガティブな心の声が聞こえた。この建物を見張ってほしいと頼んだら、マックスはどう思うかしら？　それこそあなたの頭が……。

クリスティーヌはいったん窓から離れた。だが、それから五分おきにまた窓辺に様子を見にいった。だんだん不安な気持ちが高まってくる。マックスのほうはさっきと同じ場所に座ったまま、あいかわらずこちらを見あげていた。もうそろそろ一時間になる。クリスティーヌはまた窓から離れ、しばらくしてからまた窓辺に行った。そして、はっと息を呑んだ。歩道からマックスの姿が消えていたのだ。その瞬間、玄関の呼び鈴が鳴った。頼んだとおり、マックスがついにここまでやってきたのだ。また心の声がささやいた。

やれやれ、あなたってほんとにどうかしてるわ。

クリスティーヌは大きく息を吸い込んだ。それから、玄関まで一気に走っていくと、鍵をはずして扉を開けた。

18 写実主義(ヴェリズモ)

こんなに背が高かったのか。玄関口にいるマックスを見て、クリスティーヌはまずそう思った。ゆうに百九十センチはありそうだ。それにずいぶん痩せている。マックスは二メートル近いその体をかがめて、戸口をふさぐように立っていた。まるで童話に出てくるおとなしい巨人みたいだ。でも、おとなしいのが見かけだけだとしたら？　クリスティーヌはあらためて、自分が危ないことをしたのではないかと思った。あら、それじゃあ小男のほうが危険じゃないってこと？　また、ネガティブな心の声が言った。すると、こちらのためらいが伝わってしまったのだろう。マックスは困惑した顔で、だが、しかたなさそうに、くしゃっとした笑顔を作ると言った。

「なんなら、ここで話をするのでもいいですよ。靴を脱いだほうがよければ、そうしますが……。まあ、あまりお勧めはできないがね」

マックスの声は落ち着いていた。クリスティーヌは気をとりなおした。

「いえ、いえ、どうぞ入って」

そう言って、脇に寄ると、マックスを部屋のなかに通す。その瞬間、強烈なにおいが鼻をついた。すえたような汗の臭いと首筋や耳の裏にたまった垢のにおい。汚れた足のにおいもする。それから、妙に甘ったるい、粘っこいにおいもした。おそらくアルコールだろう。いったん消化して、毛穴からしみでてきたような感じだ。きっと歩道で話をしたときにも、こんなにおいをさせていたのだろう。ほかのホームレスの人とは違って、あまりにおいのしない人だと思っていたが……。でも、部屋のなかのような閉ざされた場所ではどうにもならない。たちまち部屋はマックスのにおいで満たされた。かすかに糞便のにおいもする。そのにおいの元から逃れようと、クリスティーヌは急ぎ足で先を歩きはじめた。だが、途中で思いなおして、リビングのほうを指さし、マックスを先に行かせた。うしろから行けば、鼻をふさぐことができるからだ。少々、顔をしかめても、相手に気づかれない。マックスは静かに廊下を進んでいった。くたびれて泥だらけの大きな靴が一歩ずつ床を踏みつけていく。

リビングに入ると、クリスティーヌはマックスに声をかけた。

「コーヒーでもいかが?」

「ジュースがあればジュースをもらえるかな」

その言葉にネガティブな心の声が意地悪を言った。いっそ発酵して酸っぱくなったジュースを出してあげれば?

だが、その声は脇に押しやって、クリスティーヌは冷蔵庫にジュースを取りにいき、リビングに戻ると、ソファに腰かけるよう、マックスに勧めた。

「バイ菌が怖いとか思わないのかい?」

そう皮肉を言いながらも、マックスはソファに腰をおろした。クリスティーヌは何も言わずに、グラスを差しだした。ジュースはグラスの七分目あたりまで注がれている。マンゴージュースだ。そのジュースの入ったグラスを、マックスは指先のない黒い手袋をはめた大きな手で受け取った。手袋から突きでた指は真っ黒に汚れている。ただ、爪は白く、黒い炭のうえに白い小石がのっているように見えた。

クリスティーヌはマックスがジュースを飲むのを見つめた。ゆっくりとグラスを傾ける、その下で喉ぼとけが静かに上下している。そうやって、音を立てずにジュースを飲みほすと、マックスは舌の先でひび割れた唇をなめ、おどけたように舌つづみを打ってみせた。見ると、白いひげのあたりにマンゴージュースの雫が垂れて黄色い筋になっている。自分でもそれに気づいたのか、マックスは手袋の甲でその雫をさっとぬぐった。それから、視線をあげて、こちらを見つめた。

おそらく、昔はきれいな顔をしていたに違いない。肌はくすみ、全体に深いしわが刻まれていたが、顔立ちは整っている。まっすぐな鼻に、形の良い唇。黒く、くっきりとした眉の下にある凛々しい目元。霞がかかったような淡い色の瞳。髪はグレーで肩まで垂れている。その髪がぼさぼさで汚れていなければ、昔の肖像画を思わせただろう。いや、今の姿をそのまま表現するなら、物置で偶然見つけた昔の肖像画そのものだと言ったほうが正しいかもしれない。煤と埃にまみれていても、昔の端整な姿が容易に想像できる。

「ジュースをごちそうさま」しばらくして、マックスが言った。「だが、おれのほうも、金のためならなんでもやるってわけじゃないんでね。いったい、おれに何をさせようというんだい？」

そう訊きながら、マックスはポケットから二十ユーロ紙幣を出し、ソファの前のローテーブルの上に置いた。それから、メッセージが書かれた紙きれを取りだすと、紙幣の隣に並べた。

「違法じゃないっていうなら、どうしてこんなことをする？」まるで刑事が世間話をしながら被疑者を尋問するような口調で、マックスが続けた。「それとも、あんた、頭が少しどうかしているのかね？」

クリスティーヌはぎくりとした。口調は穏やかだが、本当に頭がおかしいのではないかと、様子を探っているのだ。

「いえ、どうかしてはいないわ」クリスティーヌは答えた。

「名前は？」

「クリスティーヌよ」

「じゃあ、クリスティーヌ。いったい、どういうことなのか、説明してくれるかい？」

そう言うと、マックスはソファに体を深くうずめて足を組んだ。クリスティーヌは苦笑した。垢じみた服を着て、長いことハサミも入れたこともないような頭をしてはいるけれど、まるで心理学者のようだ。

「あなたこそ、どうして路上に？　以前は何をしていたの？」質問に答える代わりに、クリスティーヌは尋ねた。

沈黙が流れた。マックスはこちらを探るような目で見ると、肩をすくめてみせた。

「あんたが他人の過去を知ろうとするなんてね。思いもしなかったよ」

「聞いて、マックス。お願いというのはかなり個人的なものなので、こちらの話をする前に、まずあなたのことを知る必要があると思ったのよ」

すると、マックスはあらためて肩をすくめてみせた。

「頼んできたのはそっちだ。おれじゃない。なんで路上で暮らしているかなんて、そんな話をたった二十ユーロですると思っているのか？　仕事を依頼するなら、それなりの礼儀を守ってほしいね。おれがホームレスだからといって、馬鹿にしているのか？」

マックスは明らかに怒っていた。声がわなわなと震えている。今にも立ちあがってこの場を去ってしまいそうだ。クリスティーヌはなだめるように言った。

「馬鹿になんかしていないわ。その証拠に、あなたを家に入れたじゃない。わたしが誰かれかまわず、ホームレスを家に招きいれると思う？　あなたを入れたってことは、わたしがあなたを信頼している証拠じゃないの。もちろん、自分のことを話したくないなら、それでもいいけど……。ええ、嫌なら言わなくていいわ。どうして、あなたが路上生活をしているのかはだいたいわかるから」

それを聞いて、マックスは迷いはじめたようだった。だが、急に決心したような顔になると、口を開いた。

「路上で暮らす前は、国語の教師をしていたんだ。私立の学校でね」眉間にしわを寄せ、大きく息をつきながら続ける。「これでも熱心な教師だったんだ。万聖節や復活祭の休みには生徒を連れて、行事に行ったりしてね。日曜日には教会に行き、教区の信者たちのなかでは重要な役割を果たし、まわりから尊敬されて、友だちも多かった。おれにとって、信仰というのは大切なものだったんだ。なあ、これはある研究者たちが言いだしたことなんだが、人間と動物の違いを知っているか？　信仰心を持てるかどうかなんだ。その研究者たちによると、人間の脳にはどうやら信仰だけに関する回路が特別にあるらしい。その結果、世界中のどんな文化にも宗教があるということなんだが……」

「それで？　あなたはどうして路上に？」話が思わぬ方向にそれてきたので、クリスティーヌは質問した。

だが、マックスはその質問にはまったく答えるつもりがないようで、信仰の話を続けた。

「しかし、これは科学界でも意見の分かれる問題らしい。というのも、生物学者たち、なかでもダーウィンの信奉者たちのなかには、ダーウィンの自然淘汰説をもとに、信仰心は遺伝の問題だと主張する研究者たちもいるんだ。つまり、信仰心を持っていた人のほうがそうでない人より生き延びるチャンスが大きかったというわけだ。現代の地球にはその子孫が散らばっているわけだから、それで世界中にいろいろな宗教が散らばっているというんだな」

そこでいったん話をやめると、マックスはしばらくのあいだ、こちらを見つめ、それからまた口を開いた。

「だが、おれはある出来事がきっかけで、その信仰心を失うことになった。つまり、世の中には神を信じていても救われないことがあるというのを身をもって体験したんだ。その出来事ってのは――その、ある日、小さな男の子の両親がおれを訴えたんだ。その子に対して、教師らしからぬ下劣なふるまいをしたと言ってね。要するに、両親の言葉によれば、おれがその男の子に自分の性器を見せたと……。その噂はあっという間に広がった。なにしろ、小さな町だったからね。よるとさわると、その話になったんだ。そうなったら、もちろん、おれの学校に通う児童の親は心配になって、『本当にそんなことがあったのか？』と、自分の子どもに訊くだろう。子どものほうは親の気持ちに応えようとして、『あったよ』と言うわけだ。結局、おれは学校の教室で、その男の子と証言の突きあわせをさせられることになった。その子の両親や校長が見守るなかでね。だが、その男の子の証言にはつじつまが合わないところが多く、最後にはその子が作り話をしたことがわかった。おれはようやく安心して、家に帰った。ところが、話はそれで終わらなかった。おれの知らないところでメールが出まわりはじめ、そこにはおれのパソコンから児童ポルノのビデオが見つかったとか、まったくのでたらめが書かれていたんだ。いや、ひどいもんだ。なかには、週末、外出先で子どもたちを盗み見しながらこっそり自慰行為をしていたとか、子どもたちがトイレに行ったり、シャワー室に行ったりするタイミングを見計らってよからぬことをしている、とかいうのもあった。いや、それくらいならまだしも、おれが自分の子どもにもそんなことをしているというのまであって……」

そこまで話して、感情があふれだしたのか、マックスは言葉を詰まらせた。瞳が濡れて、右の頰がピクピクと痙攣している。クリスティーヌはそっと視線をそらした。やがて、マックスが言葉を続けた。

「たぶん、メールを流した連中はこう考えたんだな。あの男は証拠不十分で警察には捕まらなかったのだろう。でも、だからと言って、あいつが何もしていないとはっきりしたわけじゃない。あの男の子の両親が訴えを引っ込めたのは、ごたごたに巻き込まれたくなかったせいだと……。こうして、おれは一方的に疑われ、要注意人物になった」

そこでまたマックスが話をやめたので、クリスティーヌはあらためて、マックスを眺めた。もう家のなかで暮らしたいと考えることはないのだろうか。そんな思いが、ふと頭をかすめる。だが、すぐにマックスは話に戻った。

「そのうちに、『あいつがやってないとはかぎらない』という意見はだんだんエスカレートしていって、ついには『あいつはやったに決まっている』になっていった。おれはとうとう犯罪者だということになってしまったんだ。そうなったら、今度はSNSだ。自分が裁判官になったつもりの正義面した連中が、ツイッターでおれを叩きはじめた。つまり、こんな機会はないとばかりに、自分のなかにある暴力性をおれにぶつけたというわけだ。

その頃、おれは妻や子どもたちと森の近くの一軒家に暮らしていたんだが、そんな離れた場所に住むのはいかがわしいことをしたいせいだという噂も流れた。そのあげく、ある日、家族でテレビを見ていると、窓に向かって、外から石を投げられたことまであったんだ。窓ガラスが割れて、そこからおれの名前をもじった卑猥な言葉が投げ込まれた。次の日から、家では日が落ちたら、すぐに雨戸を閉めるようになったが、それでも投石はやまない。雨戸に石が当たる音がひと晩中、聞こえてくるんだ。子どもたちはすっかり怯えてしまってね。あたりまえだろう。毎日、毎日、そんな目にあうんだから……」

そう言って、大きくため息をつくと、マックスはテーブルに置いたジュースのグラスを持ちあげた。クリスティーヌは冷蔵庫からマンゴージュースを出してくると、グラスに注ぎいれた。マックスはそれをひと息で飲みほした。だが、今度は舌つづみを打たなかった。そんなおどけた真似をする心境ではなかったのだろう。

「それからは最悪な出来事の連続だ。飼い猫は毒殺されるし、車のタイヤはパンクさせられる。町の連中からもつまはじきにされた。妻が子どものための咳どめシロップを買いにいっても、薬局の主人が売ってくれない。それどころか、もう二度とうちの店に来ないでほしいと言われる始末だ。友人からも誘われなくなった。友だちの数が減っていき、妻が電話をするといつも留守番電話のままにする人もいた。おれたちのほうから誘っても、婉曲に断られるか、ひどいときには、こちらが誰だかわかったところで、電話を切ったりされるんだ。仕事から帰ると、部屋で泣いている妻の姿をよく見たもんだよ。妻はその理由をおれに話そうとはしなかったがね。おれも訊こうとはしなかった。怖くて訊くことができなかったんだ。子どもたちのほうも、学校で仲間はずれにされていた。一緒に遊んでくれる友だちは一人もいない。まあ、男と女の双子だったから、二人で遊んで、淋しさをまぎらわせていたようだが。かわいそうに、子どもたちはまだ七つだったんだ。七つの子どもたちをそんな目にあわせるなんて、考えられるかい？　善人面して、学校から出てきた子どもたちに、『お父さんに何か悪いことはされてない？』と訊く者までいた。そのせいで、妻は毎日、子どもたちを校門のところまで迎えにいかなければならなくなったくらいだ」

そう言いながら、マックスはふっと哀しそうに笑った。

「そして、ある日のことだ。家に戻ると、妻がおれを見すえて、こう言ったんだ。『ねえ、やっぱり、あなたはやったんでしょう』と。まわりがさんざんそう言うので、妻もとうとうそう思うようになってしまったんだ。『だって、みんながそう言っているもの。火のないところに煙は立たないでしょう』そう断言すると、妻は子どもたちを連れて、家から出ていってしまった。さすがにショックだったね。おれは酒に溺れるようになり、二日酔いの状態で学校に行くようになった。そうなったら、校長にとっては好都合だった。なんであれ、おれを追い出す理由を探していたもんだから、これ幸いとばかりに、おれをクビにした。おれはもちろん、再就職もできず、家のローンが払えなくなって、家からも出ることになった。で、しばらくのあいだは、最後に残った友だちの家で居候していたんだが、そこからも追い出されることになった。奥さんから、『わたしをとるか、あの人をとるか、どっちかにして』と言われたんだ。無理もない。おれはその友だちのことは恨まなかったよ。友だちのほうは、そのことを気にして、『いつでも好きなときに連絡してくれ』と言っていたが、おれはもうその友だちと顔を合わせるのはやめようと思った。もちろん、連絡もしていない。いや、本当にいい友だちだったよ。たった一人の親友だった……。で、そのあとは、ご存知のとおり、路上暮らしをすることになったというわけだ」

最後にそう言うと、マックスは目を閉じた。両の目尻からはこめかみに向かって、放射状にしわが刻まれている。再び目を開いたとき、その顔は少しすっきりとした表情になっているように見えた。

「さてと」マックスが口を開いた。何か面白いことでも思いついたかのような、溌剌とした口調だ。「おれの話は終わったよ。で、クリスティーヌ、あんたはおれに何を頼みたいんだ?」

クリスティーヌはその顔を見つめた。マックスはいったい、いくつなんだろうか? 見た目は六十歳くらいに見えるけれど、四十代にも見える。路上生活を始めておそらく十年くらい。まさか二十年はたっていないだろう。でも……。そこで、クリスティーヌはふと疑問に思った。マックスの話は本当なのだろうか? 児童に性器を見せたという話だが、マックスは本当にやっていないのだろうか? たとえ、本当にやっていなかったとしても、そのあとまわりから中傷されて、被害にあったという話は? もしかしたら、少しは作り話がまじっているかもしれない。それとも、ほとんどが作り話で、真実は少しだけ? 反対に、もっと恐ろしい過去が隠されていないだろうか。たとえば、人を殺したとか……。でも、それをどうやって確かめたらいいと言うのだろう。しかたがない。ここまで来たら、最後まで行くしかない。初めに考えたように、マックスに協力を求めるのだ。クリスティーヌは口を開いた。

「ねぇ、あなたから見て、わたしは情緒不安定だったり、ノイローゼみたいに見える？」

「いいや。おかしな頼みごとをするとは思ったがね」

「あなたはいつも向かいの歩道から、この建物を見ているでしょう？　ここで起きていることを何ひとつ見逃さずに。きっと観察眼も鋭いんだと思うわ。そのあなたから見て、わたしは小さなことで騒ぎたてたり、被害妄想に取りつかれているように見える？」

「ないね。あんたの隣に住んでいる痩せた女とは違ってな」

マックスがお隣のミシェルのことをそんなふうに見ていたことを知って、クリスティーヌは思わず笑みを浮かべた。

「仮にだけれど——誰かがわたしのことを見張っていて、わたしに危害を加えようとしていると話したら、信じてくれる？」

「信じるよ」

「実はこの建物を監視している人間がいるの」

「それは穏やかじゃないね、まったく」

「そのとおりよ。でも、あなたはいつもこの建物の前の歩道にいるわよね」そこまで言うと、クリスティーヌは思いきって、依頼の内容を話すことにした。「そこで、あなたにお願いがあるの。もしこの通りを何度も行き来する人や、この建物をじっと見ている人がいたら、わたしに教えてほしいの。わたしのお願いしていることがわかる?」

「おいおい、あんまり人を馬鹿にするもんじゃない」マックスは人のよさそうな声で返事をした。「だけど、どうして、誰かがあんたを尾行したり、あんたのことを監視していると思うんだ?」

「それはあなたには関係のないことよ」

「関係あるね。最初に言ったはずだ。金のためならなんでもやるってわけじゃないって。何かするからには、自分なりに納得する理由が必要だ」

クリスティーヌは迷った。だが、結局、話すことにした。金のためならなんでもやるってわけじゃないという信念を持っているということは、敵側に買収される心配も少ないということだ。

「いいわ」クリスティーヌは口を開いた。「すべての始まりは、郵便受けに匿名の手紙が届いたことよ。五日前に……」

マックスは何も言わずその話を聞きはじめた。ときおりうなずくだけで、本当に辛抱強く。まあ、辛抱強いのは習い性になっているのかもしれない。誰かが硬貨をコップに入れてくれるのを日がな一日、辛抱強く待っているのだから。

そうは言っても、こちらの話が進むにつれて、マックスは興味を持ったようで、驚いたように目をみはることさえあった。そのたびに目尻のしわが伸び、また深く刻まれる。もちろん、イギーの話やコルデリアの家で撮られたビデオの話のところでは、「まさか、そんなことは信じられない」といった表情を見せることもあったが、それはほんの一瞬のことで、すぐにまた熱心に話を聞きはじめた。厳しい路上生活をしているので、このくらいのことでは驚かないのだろう。

「興味深い話だ」最後まで聞くと、マックスはたった一言で話を総括した。

「でも、マックス、今の話を心から信じてくれたわけじゃないんでしょう?」クリスティーヌは尋ねた。

「まだね。人の話なんて、どこまで真実か、わからないものだからな。でも、あんたの頭がおかしいとは思っていない。それで、いくらなんだ?」

「まずは手始めに百ユーロではどうかしら? そのあとのことは、おいおい……」

「おいおいってのはつまり?」

「結果次第よ」

マックスは笑みを浮かべた。

「じゃあ、どうだろう? 百ユーロに加えて、何か食べるものと、温かいコーヒーっていうのは? コーヒーのほうは今すぐ頼むよ」

その言葉にクリスティーヌは久しぶりに声を立てて笑った。こんなふうに笑ったのは、何日ぶりのことだろう。

「取引成立ね」クリスティーヌは言った。

マックスはこちらをじっと見つめたまま、首を縦に振った。それから口を開いた。

「クリスティーヌ、一つ訊いてもいいか？　あんたはおれのことをよく知らない。それなのに、ほとんどためらうこともなく、おれを部屋に入れた。おれが盗みを働いたり、その……あんたを襲ったりするとは思わなかったのか？　あんたは美人だ。それは誰の目にも明らかだ。それなのに、ホームレスなんかを部屋にあげたりしたら、危険だとは考えなかったのか？」

自分の置かれた状況を考えて、クリスティーヌはうんざりした声で答えた。

「これ以上、悪いことは起こらないと思ったのよ。もう不幸の割り当ては全部受け取ってしまったはずだから。それにあなたのことは知らないわけじゃない。もう何週間も、ほぼ毎日、言葉を交わしているでしょ。会社にいたって、まったく話をしない同僚だっているのよ」

その言葉に、マックスはうなずいてみせた。だが、それでも、用心しないと危険だという話を続けた。

「でも、恐ろしい事件が新聞でたくさん報道されているだろう。鍵をかけ忘れて眠っていたら、おれみたいな男が侵入してきて、喉を掻っ切られたとか……」

「わかったわ、マックス。あなたが部屋を出たら、すぐに鍵をかけるわ。それで安心してもらえるなら」そう言って、クリスティーヌはいたずらっぽく笑った。「でも、あなたのほうは、どうしてわたしの依頼を引き受けてくれたの？　心から信じてくれたわけでもないのに」

するとマックスから意外な答えが返ってきた。

「金のためだよ。こいつはいい小遣い稼ぎになる。もちろん、やっているあいだは、あんたの期待に応えられるよう、一生懸命やるさ。だが、続けるかどうかは、本当にあんたの話が信じられると思った時点で決めよう。それから、報酬とは別に、温かいスープとか、コーヒーとか、ときどきは食事なんかを差しいれてくれてもいっこうにかまわない。喜んで歓迎するよ。どうだい、これで？」

もちろん、それに異論はなかった。二人は同時に笑い声をあげた。クリスティーヌはなんだか温かなものがじわりと二人のあいだに流れだしたのを感じた。相棒——そんな言葉が頭に浮かんだ。誰かに思いきって打ち明けることが、これほど心を落ち着かせるとは知らなかった。マックスのおかげだ。マックスはあれこれ判断せずに、信用できるかできないか、どちらかわからないうちは、ともかく信用してみるという考えで接してくれたのだ。今、自分は数日ぶりに希望を取り戻そうとしている。そのことに気づいて、クリスティーヌは驚いた。自分にもようやくチャンスが巡ってきたのだろうか？

「それじゃあ、もし誰か怪しい人を見かけたら、わたしに教えて。何も怪しいことがなかったら——つまり、歩道に誰もいなくて、建物の出入り口を見張っているような人物がいなかったら、硬貨を入れるコップをあなたの左側に置いてちょうだい。反対に誰か怪しい人物を見つけたら、コップを右側に置いてもらえるかしら。そのときは、わたしが詳しいことを訊きにいくか、あなたにあがってきてもらうから。何も異状がなければ、コップは左側で、何か危険があったら、コップは右側よ。これで大丈夫？」

マックスはうなずくと、笑いながら、ジュースのグラスで実際にやってみせた。

「何も異状がなければ、コップは左側で、何か危険があったら、コップは右側だな。これでいいかい？　マダム、気に入ったよ」

そのとき、ふと頭に浮かんだことがあって、クリスティーヌは立ちあがった。

「ねえ、マックス、オペラのことは詳しい？」

「少しはね」

自分から質問したくせに、その答えを聞いて、クリスティーヌはあらためて驚きを感じた。まさか、本当にオペラに詳しいとは思わなかったのだ。その気持ちを見せないようにしながら、寝室まで行くと、棚に置いておいた三枚のCDを取りにいく。ヴェルディのオペラ『イル・トロヴァトーレ』と、プッチーニのオペラ『トスカ』、それから同じくプッチーニのオペラ『蝶々夫人』のCDだ。『イル・トロヴァトーレ』はラジオ局に送られてきたもの。『トスカ』は誰かが家に侵入して、自分が帰宅したときにかかっていたもの。『蝶々夫人』は今朝、ベッドに置いてあったものだ。CDを手にリビングに戻ると、クリスティーヌはマックスに差しだして言った。

「これなんだけど、この三つのオペラに共通したことはあるかしら？」

マックスはケースを見比べた。それから、少し考えたあとに答えた。

「自殺だな。『イル・トロヴァトーレ』では、レオノーラという女性が恋人のマンリーコを処刑から救うために、自分に横恋慕しているルーナ伯爵に嘘の結婚の約束をし、そのあとでマンリーコへの愛の証をたてるために自殺するんだ。だが、それも空しく、恋人は処刑されてしまうんだがね。『トスカ』では、恋人の画家カヴァラドッシが騙されて殺されたと知ったあと、歌姫のトスカがサンタンジェロ城からテヴェレ川へと身を投げる。それから、『蝶々夫人』では、アメリカの海軍士官ピンカートンと結婚した長崎の芸者、蝶々さんがアメリカに帰ったピンカートンが来るのを待って暮らしていたが、そのピンカートンがアメリカで結婚し、子どもまでいると知って、短刀を喉に当てて、自殺するんだ」

クリスティーヌは、マックスのオペラの知識に唖然とした。だが、さらに唖然としたのは、犯人が送ってきたオペラの共通点に対してだった。三つのオペラではどれもヒロインが自殺している。そこに込められたメッセージは明らかだ。間違いない。わたしに自殺をうながしている。

気がつくと、マックスがこちらを見ていた。そのマックスに、クリスティーヌはできるだけ優しく聞こえるように気をつけながら尋ねた。

「ねえ、マックス、お子さんとはまた会えたの？」

沈黙が流れ、やがてマックスが答えた。

「いいや」

19　テノール

マックスに見張りの依頼をしたあと、クリスティーヌは午前中に動物病院に行った。今、ちょうどイギーを連れて帰ってきたところだ。

イギーはなんとも不思議な格好をさせられていた。漏斗（ろうと）のように広がった保護具——エリザベスカラーで、頭部全体をぐるりと囲われている。口を使って、怪我をしたうしろ脚の包帯をはずさないようにするためだ。うしろ脚は骨折していたので、添え木を入れて、包帯で固定してある。それは海賊の義足のように見えた。エリザベスカラーとあわせて見ると、ピクサーのアニメ映画に出てくる新キャラクターのようにも思えた。

エリザベスカラーのせいで視界がきかないのだろう。かわいそうに、イギーは歩くたびに扉や家具にぶつかっていた。また、それをつけていること自体が気になるのか、なんとかこの拷問道具のようなものをはずそうと、必死になって頭を振っていた。

「イギー。大好きだからね」クリスティーヌはたまらず声をかけた。

すると、イギーはこちらを見つめて、何度か鳴いた。このおかしな道具をはずしてくれと訴えているのだろう。その姿に胸が張り裂けそうになった。せめて気晴らしに外に出してやれるといいんだけど……。脚がよくなったら、マックスに散歩をお願いしようかしら。

だが、すぐにそこで、ネガティブな心の声が反対した。

ちょっと！　そのためにはマックスに鍵を預けなきゃいけないでしょ。マックスのことは、ほとんど何も知らないのに……。

それはそうかもしれない。もう一つの心の声も言った。

確かに、こういったことはもう少し慎重になる必要がある。クリスティーヌは思った。だいたい、自分には不用意なところがあるのだ。イギーを引き取りに行った病院でも、きちんとした説明をあらかじめ考えていなかったせいで、獣医の質問にその場で思いついた、いい加減な釈明をして、相手に不信感を抱かせてしまった。引き取りに行くのが今日になってしまったことを訊かれたときにも、「ちょっと家族にいろいろと……」と言って、あとはしどろもどろになってしまったし、骨折の原因を質問されたときにも、「イギーがリードを引きちぎって逃げ出して、気がついたら車にひかれていた」と、誰が聞いても嘘だとわかる説明をしてしまった。霞（かすみ）のかかった秋の朝のようにくぐもった声で……。獣医ははっきりと疑っている冷たい目でこちらを見ていた。恥ずかしさで、思わず頬が熱くなったのを覚えている。

いや、だからこそ、これからは何をするにも、慎重に運ばなければならないのだ。

そう考えて、クリスティーヌはこれから自分がしようとしていることが慎重さに欠けていないかどうか、もう一度、点検してみることにした。自分は今、ある人に電話をしようとしている。建物の見張りを依頼しようと思ったとき、マックス以外に頭に思い浮かんだ、もう一人の人物だ。その人は家を見張ることはできないが、きっと何かのかたちで助けてくれる。だが、それは正しいことなのだろうか？　よくわからない。でも、自分一人では何もできない以上、誰かに助けてもらわなければしかたがない。少なくとも、相談する相手くらいは必要だ。そして——相談するなら、その人はふさわしいように思えた。やはり、電話をしよう。

そう決心すると、クリスティーヌは携帯を取りだした。これからかけようとしている電話番号を見つめる。そのとき、もし電話を盗聴されていたら？　という考えが、ふと頭をよぎった。馬鹿ねえ。スパイ映画じゃあるまいし……。また、心の声が言った。ネガティブではないほうの声だ。

確かに馬鹿げている。クリスティーヌは心の声に同意した。が、すぐに思いなおした。ここはやはり慎重にいかなければ。何事も用心するに越したことはないのだ。家に盗聴器が仕掛けられていたら、ここから電話するのは危険だ。できれば、この携帯も使わないほうがいい。そうだ。外に出て、新しい携帯を手に入れよう。でも、外で誰かがこちらの様子をうかがっていて、あとをつけてきたら……。

クリスティーヌは寝室の窓辺まで行って、通りを眺めた。マックスはいつものように歩道の奥に座っていた。窓のほうには顔を向けていない（それはマックス自身がそうしようと言いだしたことだ。コップの合図で十分なはずだと言って）。そして、そのコップは

——マックスの左側にあった。つまり、この周辺に怪しい人物はいないということだ。こちらの様子をうかがっている者はいない。だが、それでも用心は重ねたほうがいいだろう。それにしても……。クリスティーヌは思った。マックスは楽しんでいるように見える。まあ、建物を見張っているだけで、小遣いがもらえ、ときおり温かい食事が提供されるのだから、そんな様子を見せるのも無理はない。

スカートをジーンズにはきかえ、バスケットシューズに足を入れると、クリスティーヌは家を出た。用心のため、昨日買ったパーカーを着て、フードをかぶる。もちろん、サングラスをかけるのも忘れない。

そうして通りに出ると、マックスには目もくれず、いちばん近い地下鉄の駅へと向かった。雪こそ降っていなかったが、通りの端にはまだ雪が残っていた——ずいぶん冷え込んでいた。

地下鉄の車内は空いてもなく、混んでもいなかった。あいた座席がちらほらある。車内を照らす明かりを見ると、目がちかちかして、少し頭がぼうっとした。クリスティーヌは座席に腰をおろすと、車内にいる乗客を一人ずつ順番に確認しはじめた。若者にお年寄り、年齢も服装もさまざまだ。と、座席の端にいた三十代くらいの男に目がとまった。その男がずっとこちらを見ていたからだ。だが、こちらがじっと見つめ返すと、その男はすぐに視線をそらした。やがて、電車は裁判所前駅（パレ・ド・ジュスティス）に着いた。クリスティーヌは電車を降りると、地上に向かう長いエスカレーターに乗った。途中で何度か、うしろを振り返り、尾行されていないかどうか確かめる。それらしい人物は誰もいない。さっきの男もこの駅では下車しなかったようだ。

エスカレーターが上まで来ると、クリスティーヌはすぐに下りのエスカレーターに乗り換えた。尾行がついていたときに備えて、最初からそうするつもりだったのだ。うしろを振り返ったが、今度も尾行らしきものはついていない。安心してひと息つくと、壁面の大きな装飾に目が止まった。一角獣が織り込まれたモザイクの上に〈自由〉〈平等〉〈博愛〉の文字がタイルで記されている。見ると、ホームには反対方向行きの電車が来ていた。残りの数段を駆けおりるようにして、ホームにおりると、クリスティーヌはその電車の先頭車両に飛び乗った。そして、そこから三つ先のジャン・ジョレス駅で降りた。ここが本来の目的地だ。

エスカレーターをあがって地上に出ると、そのままプレジダン・トマ・ヴィルソン広場に向かう。地上に出たことで、少し自由になったような気がした。キオスクや広告塔が並ぶ通りは人でごった返していた。広場に入ると、メリーゴーランドのそばを通り抜け、中央の噴水を過ぎたところで左に曲がり、いったん広場を抜けて、まっすぐにトゥールーズ・サン・タントワーヌ通りに入った。この通りには携帯電話の店がある。ここでプリペイド式の携帯電話を買うことにしたのだ。それにここからなら、グランドホテル・トマ・ヴィルソンも近い。

携帯ショップに入ると、クリスティーヌはフードをとってサングラスをはずし、店員が声をかけてくるのを待った。そして、五分後には計画どおりプリペイド式の携帯電話を手に、近くのカフェに入っていた。

テーブルのあいだをすり抜けて、いちばん奥の席に腰をおろすと、クリスティーヌはあたりを見まわした。大丈夫。誰もあとをつけてきていない。ようやく安心して、これまで使っていた携帯を取りだすと、さっきかけようしていた番号を表示した。これから、あの人に電話をするのだ。もう二度と話をすることがないと思っていた人に……。

セルヴァズは大粒の汗が流れ落ちるのを感じた。体中の筋肉に乳酸が溜まっていくようだ。いったいどれほど筋肉が疲労すると、痙攣を感じるのだろうか。そんなことを考えていると、頭にこんな映像が浮かんできた。ランニングマシーンの上に倒れ込んでいる自分の姿だ。上からは電子音で合成されたコーチの声が聞こえる。マシーンのコーチだ。コーチは、「立て！　立つんだ！　休憩時間じゃないぞ、怠け者め！」と倒れた自分を叱りとばしている……。

いや、そんなことになる前にここでやめにしよう。セルヴァズはプログラムを終了すると、タオルに手を伸ばした。汗で濡れたTシャツが背中や胸に張りついている。肺からはゼーゼーと音がした。それにもかかわらず、セルヴァズは充実感に満たされていた。どうして、これまで運動の習慣をつけようと思わなかったのだろう。だが実際のところ、この運動は自分から始めたものではない。治療の一環として、強制されているものだ。だから、最初は義務としていやいやマシーンに乗っていた。ところが、今ではすっかり日常の一部になり、運動がもたらす効果を日々実感している。

ボートマシーンのトレーニングに精を出している男に挨拶すると——アルコール依存症のせいで赤い顔をしている男だ——セルヴァズはシャワールームに向かった。そうして、シャワーを浴びると、ジャージとパーカーに着替え、湿った髪のまま、施設に付属したスポーツセンターから外に出た。このセンターは以前、倉庫だったのを改装したらしい。雪に覆われた芝生を歩いていると、本館の窓から手招きするエリーズの姿が目に入った。セルヴァズは大きくうなずいて、玄関に向かった。

「小包が届いていますよ」ちょうど玄関ホールで落ちあうと、エリーズが言った。

だが、差しだされた小包を見て、セルヴァズは言葉を失った。ポーランドから届いた小包のことをまた思い出したからだ。あの悪夢で見た森の光景までよみがえってくる。

「マルタン、大丈夫？」

セルヴァズはうなずいた。もしかしたら、小包の送り主はこのあいだホテルのカードキーを送ってきた人物かもしれない。しかしそうは思っても、玄関ホールの真ん中に立ちつくしたまま、足が動かなかった。

「すまない」ようやくセルヴァズは口を開いた。

「代わりに開けましょうか？」

「いや、大丈夫。自分でやるよ」

小包を受け取ると、真っ先に消印を確認する。よかった。小包はこのあいだと同じようにトゥールーズで投函されていた。エリーズに「ありがとう」と言うと、一人にしてほしいというこちらの気持ちを察したのか、エリーズは小さくうなずいて離れていった。

その姿が見えなくなると、セルヴィズはすぐに包みを破った。すると、なかから、しっかりとした紙製の箱が現れた。これもこのあいだと同じだ。サイズは十一センチ×九センチといったところだろうか。開ける前に、一度、大きく息を吸い込み、セルヴァズは箱のふたをそっと持ちあげた。なかに入っているものに、目が吸いよせられる。写真だ。が、いったい何の写真だろう。さっぱりわからなかった。何やら巨大な機械のようなものであるのは確かだ。その奥には地球が写っている。写真のなかの地球は青くひんやりとした靄に包まれていた。ということは、この機械は地球を周回しているのか？　人工衛星？　いや違う。機械には真ん中に円筒形の構造物がいくつかあり、その両脇に太陽光発電のパネルのような形をした大きな翼がついていた。これは――国際宇宙ステーションの写真だ。そうだ。それに間違いない。そう思いながら、セルヴァズは写真を持ちあげた。その下には方眼ノートを引きちぎった紙きれがあった。ボールペンで何か書いてある。

もう少し手がかりをあげましょう、警部。こちらの方面を積極的に探るべきです。

セルヴァズは、もう一度その写真に目をやった。ふいにシャルレーヌに会う前に入ったカフェで、何気なくページを繰っているときに見た新聞記事が頭に思い浮かんだ。〝トゥールーズ――宇宙の実験と研究を担う都市〟という見出しがついた囲み記事だ。つまり、トゥールーズの宇宙センターの周辺を探れということだろうか？　だが、いったい何を探れというのだ。セルヴァズは状況を整理した。最初に送られてきた手がかりは一一七号室のホテルのカードキーだった。その場所は有名な女性写真家のセリア・ジャブロンカがみずから死を選んだ場所だ。そして今、二番目の手がかりが送られてきた。国際宇宙ステーションの写真だ。トゥールーズには宇宙センターがあるので、おそらくそのあたりを調べろと言っているのだろう。しかし、セリア・ジャブロンカの自殺と宇宙センター、この二つにどんなつながりがあるのだろう？　セリアを自殺に追い込んだ人間が宇宙関係の人間だったということだろうか？

セルヴァズは写真と箱を別々にポケットにしまうと、携帯を取りだした。

「シャルレーヌかい」相手が電話に出たところで、こちらの名前を告げる。「マルタンだ」

ほんの少し、沈黙が流れた。

「またきみに訊きたいことがあるんだ。ギャラリーで個展をした、あの写真家についてなんだが」

「どうぞ」

「難民たちの生活を写真に撮って、個展を開く前に、セリア・ジャブロンカは宇宙に興味を持っていたということはないかな？」

また沈黙が流れた。

「ええ。その前にうちで個展を開いたときには、宇宙がテーマだったわ。でも、どうして？　何かわかったの？」

シャルレーヌの声。その声を聞くと、いつものように胸がちくちくとうずいた。

「セリア・ジャブロンカが宇宙をテーマにしたその個展を開いたとき、誰かと出会ったという可能性はないかい？　宇宙関係の誰かと？」

「誰かと出会ったって、どういう意味で？　もちろんセリアは仕事を通じて大勢の人に会っていたと思うわ。セリア自身、自分は写真家であると同時にジャーナリストでもあると考えていたから、写真を撮るだけじゃなくて、かなり突っ込んだ取材もしていたでしょうし」

「そのなかで、特に親しくなった人物とか、何か特別な思いを抱いていた人物はいなかったろうか？　きみとの会話のなかで、その人物の話ばかりしていたとか」

「いいえ。それに、あの個展の担当者はわたしじゃなかったの」

それを聞くと、セルヴァズはひと呼吸置いた。それから、シャルレーヌに礼を言った。

「ねえ、マルタン、大丈夫？　声がなんだか……変よ」

「いや、大丈夫だ」セルヴァズは答えた。「いろいろ聞けて助かったよ、ありがとう」

「気をつけてね、じゃあね」

電話を切ると、セルヴァズはポケットからさっきの写真を取りだし、あらためてじっと見つめた。宇宙開発とは、科学と政治が交差するデリケートな分野だ。したがって、セリア・ジャブロンカが誰かと特別な関係にあったというなら、宇宙関係の科学者や技術者だけではなく、宇宙関係の事業に関わっている政治家も視野に入れる必要がある。いや、有名な人物だけではなく、無名の人々まで含めれば、このトゥールーズには宇宙開発の分野に多少なりとも関係しているか、あるいはその周辺の仕事をしている人々は大勢いる。その数は、おそらく数千に及ぶのではないか。それなのに、自分は〝宇宙関係〟という漠然とした手がかりを与えられただけで、実際のところ、何を探したらよいのかもわからないのだ。

そのとき、うしろで声がした。

「信じられませんよ、また雪が降ってくるなんて！」

この声は……。セルヴァズは振り返って、その声の主が誰であるかを確かめた。自分の部下であり、シャルレーヌの夫であるヴァンサン・エスペランデューだ。思わず笑みがこぼれる。エスペランデューは玄関の入り口で、しわくちゃのトレンチコートにかかった雪を払っていた。甘いものに目がない子どものようにふっくらとした顔、栗色の髪が額の上にバラバラとかかっている。顔だけ見ると、パソコンやゲームやマンガの前でずっと時間を過ごしている若者のようだが、これでも三十二歳だ。二人の子どもの父親でもある。

「どうも」そばまで寄ってくると、エスペランデューが言った。

胸のあたりにぶらさげたイヤホンから、コオロギの鳴き声みたいに震える高音の歌声が漏れてくる。と、エスペランデューがコートのポケットからｉＰｈｏｎｅを取りだし、その画面にさっと指を触れて音を消した。

「ザ・キラーズの『オール・ジーズ・シングス・ザット・アイヴ・ダン』ですよ」そう言うと、エスペランデューは続けた。「シャルレーヌから聞きましたよ。自殺した女性写真家について調べるために、ギャラリーを訪ねたそうですね。いったい、どうしたんです？　何か新しい事件でも起こったんですか？」

その顔をじっと見つめると、セルヴァズはポケットに手を入れ、写真の入っていた薄いグレーの小さな紙の箱を取りだした。エスペランデューに渡しながら言う。

「ちょっとこれを見てくれないか？　この箱がどこで製造されたものか、あるいはどこで売られているものかわかるだろうか？　なかにロゴマークはあるんだが」

その言葉にエスペランデューは眉をひそめると、箱には一瞥もくれずに言った。

「どういうことです？　これは警部としての命令ですか？　つまり、ボスが僕たちのチームに戻って、この事件を捜査すると？」

「いや、それはまだだ」

「セリア・ジャブロンカの件については、僕のほうでも検死医に照会してみました。でも、自殺ということで片づいています」

「確かに片づいている。アレーグルの事件と同じように」

「でも、この件で検死を担当したのはデルマスですよ」

「わかっているよ。デルマスは自殺と判断した。その意見をもとに、この件は自殺として決着した」

「デルマスと話したんですか？　休職中なのに。いつ話したんです？」エスペランデューは信じられないといった顔をした。

「そんなことはどうでもいい話じゃないか。だが、もし誰かがその女性を自殺するように仕向けていたとしたら……」

「デルマスと話したんですか？」もう一度、エスペランデューが尋ねた。「いったい、ボスは何をするつもりなんです？」

「つまり、自殺には違いないが、セリアが自殺するように、誰かが追い込んだのではないかと考えているんだ」

「どうやって？」

「モラル・ハラスメントによって、精神的に追いつめて」

「何か証拠でもあるんですか？」

「今のところは一つもない」

「まったく、どういうつもりなんです？　これから自分で捜査して、証拠でも見つけるつもりですか？　ボスは休職中なんですよ。どんな事件であれ、捜査をする許可はおりませんよ」

「きみはそんなことを言うためにここまで来たのか？」思わずカッとなって、セルヴァズは言った。「そんなことなら、電話ですむだろう。私は捜査などしていないよ。ただ一つか二つ確認したいことがあるだけだ」

エスペランデューは首を横に振った。

「招かれざる客で、すみませんね」

セルヴァズは声を荒らげたことを後悔した。エスペランデューは自分がこの施設に来てから、頻繁に訪ねてくれる唯一の人物なのだ。

「すまない、ここに会いに来てくれるのは、きみくらいなものなのに。それも毎週、足を運んでくれて……」セルヴァズは謝った。

「まあ、ほかに誰も来ないのはしかたありませんよ。警察官としては、あまり足を踏み入れたい場所ではありませんからね」

「そうかな。それはまたどうしてだろう？」セルヴァズはわざとわからないふりをして、皮肉を言った。「確かに食事はひどいさ。だが、それ以外はむしろ悪くないと思うぞ。運動をして、いい空気を吸って、ときにはちょっとした活動もある。演劇セラピーをしたりしてね」

「そうは言っても、精神をすり減らしたあげく、毎年、四十人の警察官が自殺していますからね。減ってきているとはいえ、誰もそんな現実と向きあいたくないんでしょう」

そう言うと、エスペランデューは手に持った箱を示して尋ねた。

「それで、これは何なんですか？」

「今朝、郵便局から届いたんだ。なかにはこの写真が入っていた」セルヴァズはポケットから国際宇宙ステーションの写真と、その下にあったメモを手渡した。「それに四日前には、ホテルのカードキーを受け取ったんだ。同じ箱に入れられてね。そのカードキーの部屋は、セリア・ジャブロンカが自殺をした部屋なんだよ」

その瞬間、エスペランデューの目が光った。まるで千ワットの電球が灯ったかのようだ。

「それで、この調査を始めたんですか？」

セルヴァズは首を縦に振った。

「これを送ってきた人物の手がかりは？」

今度は、横に振る。

「でも、もしボスが調査をしていることがばれたら……」

「手伝ってくれるのか？　くれないのか？」

「まったく、いつもこうなんですから……」

「私が知りたいのは、セリア・ジャブロンカがハラスメントを受けていると、誰かに訴えていたかどうかなんだ。あるいは脅されていると。もしそうなら、友人や知人に相談していてもおかしくないと思うんだが、調書にはそういったことがまったく記されていなかった。それに、セリアが以前、自殺を図ったことがあったのかということについても知りたい。あと、この箱に関する情報も欲しい。こういった箱は大量生産されているものなのか、数個単位の購入が可能なのか、もしそうならどこで買えるのかも」

するとエスペランデューがこちらを諭（さと）すように言った。

「まあ、僕が手伝いをするのはかまいませんがね。でも、ボス自身が『自分は警察の者だ』と言って情報を集めたり、ましてや〝捜査〟をするのは危険です。そんなことをしたら、最後には上層部の耳に入ってしまいますよ」

「上層部だって？」一瞬、顔を曇らせてから、セルヴァズは皮肉を込めて言った。「連中は、警察というのは大きな家族のようなものだって、よく言うじゃないか。なら、ここにいる人間だって、まだ警察官なのだから、その家族の一員のはずだが――でも、心の病に苦しむその家族のために、上層部の連中がここに見舞いに来たなんて話は一度も聞かない。それなら、その家族というのは、機能不全の家族じゃないか。いいか？　ここにいる警察官たちのほとんどは、自分の拳銃の銃身を自分の口のなかに突っ込んだ経験を持っているんだ。そんなとき、きみの言う上層部の連中が何をしてくれたって言うんだ！」

エスペランデューは黙って下を向いた。と、脇のほうから声がした。

「そのとおりですね、ボス」

セルヴァズは声のしたほうに顔を向けた。そこには部下のサミラ・チュンがいた。たった今、この玄関にやってきたらしく、息を弾ませていた。フェイクファーがついたフードのなかから、なんともいえず醜い顔をのぞかせている。サミラは香港出身の中国人の父とモロッコ系フランス人の母を両親に持つ女性警察官で、チームではいちばん若い。だが、チームでいちばん自分に尽くしてくれる部下だった。

「ちょっと、この施設の周辺をぐるっとまわってきたんですけど、なかなか素敵なところですね。老人ホームにいるみたいな気分になりますよ」サミラが言った。

セルヴァズはもう何カ月もサミラに会っていなかった。一緒に仕事をしているときには、この顔にももう慣れたと思っていたが、どうやら違ったようだ。今、ひさしぶりにサミラの顔を見ると、サミラが初めて自分の部屋にやってきたときのあの衝撃を再び味わうことになった。とはいえ、大切な部下であり、その顔を見るとやはり懐かしかった。サミラはポケットからハンカチを取りだすと、大きな音を立てて鼻をかんだ。

「どうしてもう少し早く会いにきてくれなかったんだい？」セルヴァズは尋ねた。

それを聞くと、サミラは少し顔を赤らめ、しかめっ面をするような笑顔を見せた。

「あんまり調子がよくないって聞いてたんですよ、ボス」鼻にハンカチを当てたまま、鼻声で答える。「それに、こういう状態のボスにあんまり会いたくなかったのもあって……だって、あたしにとってボスは父親みたいな感じですから。その意味では、まだエディプス・コンプレックスを克服していないのかも」

「父親とはね」サミラがうまく言いのがれたのを聞いて、セルヴァズは笑顔で言った。

「私はそんなに年寄りかい？」

「父親ではなく、父親みたいな感じってことです。まあ、ジェダイ・マスターみたいなもんです」

あいかわらず鼻を詰まらせながら、サミラが説明した。その鼻はナスみたいに紫がかった色になっている。風邪を引いているのか、目が涙ぐんでいた。鼻に当てたハンカチで、サミラがまた鼻をかんだ。

「何マスターだって?」セルヴァズは尋ねた。

「『スター・ウォーズ』ですよ」エスペランデューが横から説明した。

セルヴァズは二人の顔を代わるがわる見つめ、結局、それが何を意味するのか、理解するのをあきらめた。

そのとき、エスペランデューが持っている写真に気づいて、サミラが訊いた。

「それは何?」

その言葉に、エスペランデューは今、聞いたばかりの話をそのまま繰り返して説明した。その様子をセルヴァズはある種の感慨を持って見守った。二人とも警察署のなかでは何かと攻撃されることが多い。二人が自分の部下になって以来、自分はそんな場面を何回も見てきた。サミラに対しては、父親が中国人で母親がアラブ系だという出自がその理由だった。それにサミラは署内でも指おりの刑事なので、移民の娘なのに自分たちより優秀なのが癪(しゃく)に障った連中もいたに違いない。エスペランデューのほうは、ホモセクシュアルだという噂を流されていた。シャルレーヌという美しい妻がいるのだが、おそらく服装やふるまいにどこか中性的なところがあるからだろう。警察の内部でホモセクシュアルは嫌悪されるのだ。

「それで、この写真が何を示しているのか、考えでもあるんですか?」写真を持った手をくるりと回して、まるで手品のような手つきで目の前に差しだすと、エスペランデューが言った。

「いや、これっぽっちもないんだ」

「そうはいっても、セリア・ジャブロンカが何かしら宇宙開発に関係しているかどうかはわかっているんですよね？」

「シャルレーヌの話では、前回の個展で宇宙をテーマにしていたらしい。だから答えはイエスだ」

エスペランデューがじっとこちらを見つめた。美術品の蒐集家がある作品を見て、興味を惹かれたときに見せる目つきだ。この事件に興味を持ったのだ。

「でも、ボス、そのセリアっていう女性は自殺したんでしょう？　そうじゃないんですか？」ハンカチをポケットにしまいながら、サミラが尋ねた。

「そうだ。自殺したのは間違いない。きみが風邪を引いているのと同じくらいにね」

携帯を手にしたまま、クリスティーヌはしばらくのあいだ、これから電話をかけようとしている男のことを考えた。レオナール・フォンテーヌのことを。レオと会ったのはあるレセプションでのことだった。二〇一〇年の年の暮れだ。場所はトゥールーズの市庁舎の〈名士の間〉――長い回廊が金箔や絵画、細かな化粧漆喰で埋めつくされた、十九世紀風のブルジョワ的で大時代な空間だ。そこには大勢の人々がひしめき、ひそかに喜びを感じながら、互いに挨拶を交わしていた。というのも、そのレセプションに招待されるのは、この地方のいわば名士ばかりだったからだ。そもそもパーティーの会場も〈名士の間〉で（そう呼ばれるのは回廊にお歴々の胸像が並んでいるからだが）、それだけでも招待された人々のプライドを満足させるには十分だった。だが、そこに集まった者たちのうち、本物と言える人はどのくらいいたのだろう？　正真正銘のセレブはほんのひと握りで、あとは政治家にしろ、法律家にしろ、建築家にしろ、ジャーナリストにしろ、アーティストにしろ、スポーツ選手にしろ、そこそこ有名といった程度だった。そういう自分だってラジオのパーソナリティーとして人気は出てきていたが、誰もが知っている有名人というわけではなかった。自分も含めてそういった人たちが、必要であれば真面目な話もしながら、だが堅くなりすぎないよう気をつけて、こちらの招待客からあちらの招待客へと軽妙な話題をふりまきながら渡り歩いていた。ひらひらと舞う蝶々のように……。もちろん本物のジュエリーや、名だたるメゾンのドレスを身につけている人もいくらかいたが、残りは偽物の、いわば上品ぶった人々だった。ちょうど会場になっている〈名士の間〉の大理石の柱のように。回廊の柱のうち、本物の大理石でつくられたものはたった四本しかなく、残りは全部、大理石風に塗られた偽物だった（あるとき、そのことを知って、クリスティーヌは心から驚いた）。

このときのレセプションは宇宙開発に関係したもので、パーティーの主役は宇宙飛行士たちだった。四〇〇トンもあるロケットに乗って、宇宙に打ちあげられることをなんとも思わない人々。そんなことができるタイプの人間にはそれだけの何かがあるということなのだろう。聴診、検査、スキャン、測定など、何百ものテストや健康診断を受けながら訓練を続け、厳しい選考をくぐり抜けた本物のエリート。発射に失敗したら死ぬかもしれないのに――たとえ発射には成功しても無事に地球に戻ってこられるかわからないのに――ありとあらゆるプレッシャーにも動じず、発射台の下でも笑顔でいられるような人々だ。この宇宙飛行士たちは会場の奥に市長と一緒にいた。そのまわりには多くの女性たちもいて（なかには夫や恋人がいる人もいただろうが）、この〝宇宙のカウボーイ〟たちに熱い視線を送っていた。そのなかには自分もいた。もちろん、自分の場合は仕事絡みだったが、少なくともまわりからは同じように見えたに違いない。レオは――これから電話をかけようとしているレオナール・フォンテーヌは、その宇宙飛行士の一人だったのだ。

そういえば、ジェラルドと出会ったのも、あのレセプションのときだった。クリスティーヌは思い出した。ジェラルドは航空宇宙高等学院の研究者なので、レセプションに来ていたのだ。といっても、宇宙飛行士たちとは違い、注目の的にはなっていなかったが。ジェラルド自身もそのことは気にしていたようで、せっかく声をかけてきたのに、こちらがおざなりの態度で挨拶だけですまそうとすると、「あの集団以外には目もくれないんですか？　人を馬鹿にするのもいい加減にしてほしいですね」と言って、立ち去っていった。それなのに、しばらくしたら、カクテルのカイピリーニャを手に、また声をかけてきて、それから一時間後にはお互いに相手のことなら知らないことはないというくらいまで、おしゃべりを続けていたのだ。眼鏡は似合っていなかったけれど、ジェラルドは感じのいい顔だちをしていた。背が高く、ブルーのシャツとグレーのジャケットが素敵で、引きしまった体つきをしていた。ユーモアのセンスもあった。要するに——ジェラルドに惹かれたのだ。

だが、そこでそのままジェラルドとつきあいはじめるという展開にはならなかった。そのレセプションで、別の男に心を奪われたからだ。宇宙飛行士のレオナール・フォンテーヌに……。

レオの場合、声をかけたのはこちらのほうだ。自分の番組にゲストとして呼びたいと思ったからだった。出演交渉をするために声をかけるんだから、まわりの女たちとは違う——そんな気持ちはあった。また、レオに対して、特に憧れを抱いていたということもなかった。第一印象は、鼻もちならない、自信たっぷりなタイプの人間だと思えたからだ。でも実際に話してみると違った。レオはとても気さくな人だった。年齢は五十五歳。がっしりした肩。感じのいい顔つき。年齢にふさわしい自然なしわが、むしろ素敵だった。口元には作りもののようにきれいな歯がのぞいていた。成熟した男の魅力……。結婚していて、まだ小さな子どもが二人いたが、年齢や社会的地位からすれば、結婚しているのは当然だ。そんなふうに、しだいに心を惹かれながら話をしていると、レオのほうも優しい声で好意を示してくれるので、気持ちが動揺したのを覚えている。そのときにレオとした会話をクリスティーヌは思い出した。

「マドモワゼル・スタンメイエル、いや、クリスティーヌと呼ぼう。どうして夜になると、空が暗くなるのか、きみは考えことがあるかな？　つまり、宇宙が無限であり、そこに無限の星があるなら、地球から見たときに、遠くの星と近くの星が重なりあい、夜空は文字どおり、星で埋めつくされることになる。もしそうなら、一つの星の光は白い点にしか見えなくても、その白い点が夜空全体を隙間なく埋めているのだから、夜空は白く光っていなければならない。それなのに、実際の夜空は暗いというのはどういうことだろう？　こんなふうに考えたことは？　これは〈オルバースのパラドックス〉と言うんだが、そう考えると、確かに夜空は白く光っていてもいいはずだ。しかし、実際には暗い。その理由は宇宙には始まりがあって、今でも膨張を続けているので、その意味では無限の広さは持っていないというところにある。つまり星の数は有限だし、いちばん遠くの星はほぼ光速で遠ざかっていくので、その光は地球には届かない。星自体にも寿命があるので、いつまでも光りつづけているわけではない。だから、夜空は暗いんだ。星の寿命は宇宙の寿命よりもはるかに短い。そして、人間の寿命は星の寿命よりもはるかに短い。それなのに、こうして今、私たちはここで出会って話をしている。クリスティーヌ、きみはこれが偶然だと思うかい？」

「あなたはどうなの？」

「原子の世界ではすべてが偶然だ。そこには必然など一つもない。けれども、現実の世界では必然だとしか思えないことが起きる」

「わたしたちはどちらかしら？　偶然？　必然？」

「選ぶのはきみだ」

その言葉を聞いたときには、二人の将来を想像して、一瞬、罪悪感が心をよぎった。そして、その翌日、レオから連絡があった。番組にゲストとして出演してくれるということで、その話をしているうちにディナーに誘われ、その晩にはもうベッドをともにしていた。レオはとても大胆で、率直だった。素敵な愛人――そう、自分の想像をはるかに超えるようなことをしてくれる魅力的な愛人だった。レオには家族があったので、会うのはたいてい昼間のホテルだった。この近くにあるグランドホテル・トマ・ヴィルソンだ。最初にベッドに入ったとき、レオは「妻と別れるつもりはない」と言った。「だが、きみとは誠実な気持ちでつきあっている」と。あのときは確かに自分もそうだと思ったけれど、でも、それは不誠実のきわみじゃないかしら――そのときのことを思い出して、クリスティーヌは心のなかでつぶやいた。だって、「選ぶのはきみだ」と、責任はこちらに押しつけて、自分は安全な立場でいられるんだから。それでも、自分は関係を続けた。レオの言葉に納得するほど、レオに恋していたからだ。

そのあいだ、ジェラルドからも食事に誘われたりすることがあって、しだいにつきあっているというかたちができていった。けれども、最初のうちはレオのほうに、はるかに惹かれていたと思う。でも、そのうちに、だんだんジェラルドのほうに気持ちが傾いていった。だったら、どうしてもっと早くレオと別れなかったのだろう？　クリスティーヌは思った。レオと別れたのは、ほんの一カ月前、ジェラルドから婚約指輪を見せられたあとのことなのだから。それに、別れたあとも、まだレオに気持ちを残している自分がいる。レオの心と体に……。

おそらく、レオにとって、自分は情事の相手の一人だったのだろう。宇宙飛行士のような死と隣りあわせに生きている人には、そういったことが必要なのだ。そして、自分もまたその危険なにおいに惹かれたのだ。

これに対して、ジェラルドは地球で暮らす、地に足のついた男性だった。普通の恋愛感覚を持ち、そこそこの野心を持って生きるタイプの人間だ。自分は結局、ジェラルドのそういったところを愛するようになっていったのだ。恋愛感情がほかのすべてのことを壊してしまうことのない関係。ジェラルドといると、嵐に巻き込まれてどこかに飛ばされてしまうのではなく、しっかりと大地に足をつけて暮らしていくことができるような気がした。

それにしても、婚約直前までレオとつきあっていたことをジェラルドが知ったら？　もちろん、つきあうようになったのはジェラルドとのほうがあとだったし、婚約したときにレオとの関係はきちんと絶ったのだけれど……。でも、一時期は二人の男に抱かれていたこともあったのだ。ジェラルドは自分はドゥニーズに迫られて鼻の下を伸ばしているくせに、こちらがレオと別れられずに、まだつきあっていたことを知ったら、猛烈に怒ったに違いない。男の人なんて、そういうものだ。

そこまで考えて、クリスティーヌはふと、もしかしたら、今度の事件の黒幕はレオナールかもしれないと思った。ジェラルドとの婚約を機に、こちらから別れてしまったので、それを根に持ったということはないだろうか？　ただの情事のつもりだったけれど、女のほうから言われて、プライドを傷つけられたとか。もしそうなら、これから電話で相談しようというのは馬鹿げていることになる。でも……。新しく買ったプリペイド式の携帯の画面を見ながら、クリスティーヌは考えを続けた。レオはエゴイストだけど、いつも冷静でバランス感覚はとれている。女にふられたからといって、逆上して嫌がらせをしてくるような人ではない。だいたい、自分はレオがその冷静さをかなぐりすてて本気になってくれることを期待して、この二年間、別れられずにいたのだ。ジェラルドとつきあうようになったあとも……。だから、レオが冷静さを失って、自分に復讐してくるようなことはまずない。そしてだからこそ、今、自分はレオに相談しようとしているのだ。

そう思うと、クリスティーヌはようやく決心をつけて、相手の番号を押した。

「やあ、クリスティーヌ？　考えなおしてくれたのかい？」呼びだし音が鳴ったあと、レオの声がした。

その声にはなんの棘々しさもなかった。突然の電話に驚いた様子もない。口調としてはちょっとふざけたような感じだ。クリスティーヌは少し腹が立った。自分のほうは二年間の関係をようやく先月、終わりにする決心をして、断腸の思いで別れ話を切りだしたというのに、それをまるで軽い冗談だったかのように言うなんて……。だが、これはこの人の流儀なのだ。二人は世間的には許されない恋をして、そして別れた。そこにはお互い、言葉にはできない思いが残っているはずだ。それをこの人はよく響く落ち着いた声で、何事もなかったように思わせてしまうのだ。ときにはふざけた口調で軽口を叩くように。これがレオなりの受けいれ方なのだ。二人の別れをレオはこのやり方で消化した。たぶん、別れたあとには、さまざまな思いを抱いたことだろう。感情を隠して、思いを見せないからといって、思いを抱いていないことにはならない。

「いや、悪かった。つまらないことを言って……」こちらの雰囲気で察したのか、レオは今度は真面目な口調で言った。「クリス？　元気かい？」

そう呼ばれて、たちまち気持ちが揺らいだ。レオにはいつも〝クリス〟と呼ばれていた。結局、一カ月たっても、まだあちらのペースで話が進んでしまう。

「あなたに会う必要があるの、レオ。とても大事なことなの」クリスティーヌは言った。

「声がおかしいけれど……。何かあったのかい？」

クリスティーヌは直接会って話をしたいとレオに答えた。だが、レオはすぐに返事をしなかった。つまり、驚いているということだ。この数日間に起きたことを、どうやってレオに説明しよう。自分が本当に困っているということを。レオはわかってくれるだろうか？　クリスティーヌは目を閉じた。だめだ、悪いほうに考えてはいけない。今、自分のことを助けてくれる人がいるとしたら、それはレオだ。だって、レオは誰よりも強く、自信に満ちているのだから……。

「お願い」クリスティーヌは消え入りそうな声で頼んだ。

「もちろんだ。直接会って、話を聞くよ。でも、そんなに深刻なことなのかい？」

「ええ、とても深刻なの。命に関わるくらい」

長い沈黙が流れた。

「わかった。どこで会う？」重々しい声で、レオが尋ねた。

「わたしたちが会っていたホテルの部屋で。いつもの部屋よ。あそこで一時間後に……」

「よし、先に行って待っている。一時間したら、部屋に直接来てくれ。それと、クリスティーヌ？」

「なに？」

「何が起きたのかは知らないが。私を信じてくれ。大丈夫、うまく解決できる」

この言葉で希望がわいてきた。とてつもなく大きな安心感に包まれながら、クリスティーヌは電話を切った。やっぱり電話をしてよかった。レオは自分にとって、元気の出る薬なのだ。そう思いながら、ふとレオが冬になると来ていたフランネルのシャツの手触りを思い出した。それから、鼻孔をくすぐる柑橘(かんきつ)系の香水の匂いを……。その瞬間、体の芯が熱くうずくのを感じた。まったく、この薬にはいけない副作用があるようだ。

カフェを出ると、クリスティーヌは再びフードをかぶった。誰も自分を見張っていないか、左右を見て確認する。ふんわりした大きな雪のかけらがまるで羽毛のように空から落ちてきていた。その雪のなかをクリスティーヌは馴染みの映画館へと向かった。いくつかの映画が上映されているなかで、あえて観客がほとんど入っていなそうな映画を選ぶ。耳にしたことのない作品だ。

「上映が始まって三十分たってますけど」窓口の女性が言った。

「いいんです。前に観たのをもう一度、観たいだけだから」クリスティーヌは答えた。

窓口の女性は肩をすくめてみせると、お金を受け取り、チケットを差しだした。クリスティーヌは絨毯張りの廊下を進み、脇の出入り口からホールに入った。扉を開けると、そこには薄闇が広がっていた。スクリーンのなかでは男と女がキスをしていた。壁ぞいにうしろまで行くと、クリスティーヌはいちばん奥の席に座った。観客はほんの五、六人だ。映画の内容は五分ほど観たところで、すぐにわかった。どうやらオゾン層が破壊されたため、地球は明日の早朝、午前四時四十四分ちょうどに滅亡するらしい。その最期の瞬間を待ちながら、中年男と若い女のカップルが前日の午後——つまり、最後の午後を過ごす話だ。男を演じているのはウィレム・デフォー、若い女優のほうはわからない。二人は激しく喧嘩をし、それから激しく愛しあう。だが、滅亡から地球を救うヒーローは現れない。なんと悲しい映画だろう。クリスティーヌはまるで自分のことのように感じた。とはいえスクリーンに目を向けながらも、ホールの出入り口を見張ることは忘れなかった。この三十分間、誰も入ってきていないのは確かだ。つまり、自分を尾行してきた人間はいないということになる。それから十分間、さらに映画を観つづけると、クリスティーヌは立ちあがった。このホールには左右に扉がある。来たときは左の扉から入ったが、今度は右の扉から出ていくつもりだった。それにしても、気の滅入る映画だ。出口の前まで来て、もう一度、スクリーンを見やってから、クリスティーヌは扉を開けて、廊下に出た。そのまま映画館を出て、小道を抜けていく。通りには誰もいない。雪に覆われたごみ箱のほかには何も見当たらなかった。

やがて、プレジダン・トマ・ヴィルソン広場を周回する通りまで出たところで、クリスティーヌはいったん足を止めた。探るような目で広場を見渡し、誰もこちらを見ていないことを確かめると、両手をパーカーのポケットに突っ込んで、広場を横切り、中央の噴水に向かった。噴水は表面が凍っていた。噴水に沿って半周ほどすると、左に折れて、それから少し大回りをしてグランドホテル・トマ・ヴィルソンのほうへと向かった。ホテルは周回道路を挟んで広場の向こう側にある。

回転扉を抜けてホテルのなかに入り、クリスティーヌはようやくフードをはずした。フロントを通さず、直接エレベーターで部屋に向かったので、フロント係の視線を気にする必要もなかった。二階でエレベーターを降り、クリスティーヌはひっそりと長い廊下を歩きはじめた。ときおり、絨毯の毛足に足をとられて、つまずきそうになる。

部屋の前まで来ると、クリスティーヌはカードキーを入れるための差し込み口を見て、もう一度、部屋番号を確かめた。一一七号室。いつもレオと使っていた部屋だ。黒い扉をノックすると、なかから錠がはずれる音がした。ほんの少し、扉が開く。それと同時に、クリスティーヌは部屋のなかにすべりこんでいた。

部屋は変わっていなかった。廊下の壁は上のほうが屋根裏部屋のように傾斜していて、そこには荷物棚が吊ってある。左手の少し開いた浴室の扉の向こうには、白いバスローブが二着、ハンガーに掛かっているはずだ――数秒後、その浴室の前を通りすぎたときに、クリスティーヌは自分の記憶に間違いがなかったことを確かめた。奥の寝室から、あの懐かしい芳香剤と、部屋に飾られた花の香りがしてきた。

寝室に入ると、レオが背後で扉を閉めた。肩に手を回して、自分のほうに体を向けさせ、強く抱きしめてくる。クリスティーヌは体をよじって、すぐにその抱擁から逃れた。

「お願い、レオ……」立ちつくしたまま、レオに言う。

それからくるりと向きを変え、部屋の奥へと進んだ。表面が黒い革張りの書き物机。コーヒーメーカーと小型冷蔵庫。液晶テレビ。ベッドは幅が百八十センチのキングサイズだ。ヘッドボードにはひし形の銀色のクッションがはめこまれ、その下には真紅のカバーの枕が二つ並んでいる。ヘッドランプはクロームメッキで、そのランプの光がぼんやりと黒い壁を照らしている。

いったいどれほど一緒にここへ来たのだろう？　クリスティーヌは思った。三十回？　四十回？　五十回だろうか？　いや、もっとだ。バカンスの時期を除いて、少なくとも、週に一度は来ていたはずだから……。平均して週に一度として、それが二年だ。ということは、何回になるのだろうか？　百回か……。

百回！

その回数を考えたとき、クリスティーヌはジェラルドのことを思って、ほんの少し胸が痛んだ。ジェラルドとかなり深くつきあうようになってからも、レオとの関係を断ちきれなかったことに罪悪感を覚えたのだ。とりわけ、肉体的な面で、関係を断ちきれなかったことに。ジェラルドとは誠実なつきあいをする一方、レオとはこのホテルで、ただそのことをするために会っていたのだ。高級なランジェリーに身を包んで、このキッチュな雰囲気のベッドに横たわって……。ベッドの上ばかりではない。レオは部屋に入るのももどかしげに、扉を開けると、すぐにこちらのジーンズをはぎとり、その場で始めた。机の上や床の上、ソファですることもあった。壁を背にして立ったまま、それに浴室や、玄関でも。もちろん、ベッドで抱きあったまま、小さな秘密を打ち明けあったり、シャンパンを飲みながら、おしゃべりをしたこともあったけれど……。でも、ジェラルドのときとは違ったことは確かだ。結局、ジェラルドとは距離ができてしまったけれど、その前にレオとのことがわかっていたとしたら、ジェラルドはどんな態度をとっていただろう？　そう思うと、ジェラルドの冷たい態度を責めながらも、こちらのほうも悪いことをしたという気持ちになった。

机の前の椅子に座って、そんなことを考えていると、シャンパンのボトルを手にレオが近づいてきた。

「いらないわ」クリスティーヌは言った。

「本当に？　せっかく、ここでまた会えたっていうのに」

その声の優しさと、ほんの少し疲れた様子に、クリスティーヌはびっくりした。レオは昔を振り返るような人間ではないからだ。見ると、その目にも同じような優しさがあふれていた。そして、疲れたような表情も。シャンパンは待っているあいだに準備してくれていたものに違いない。だが、そういったことには何も触れず、レオは自分のグラスにシャンパンを注ぐと、ボトルをワインクーラーに戻した。

「わかっていると思うけど、ここに来たのはそういうんじゃないの」

「もちろんだ。よくわかっているよ。まずは落ち着いて、何が起きたのか説明してくれ。ここではなんの心配もいらない、そうだろう？」

そう言うと、レオはシャンパンがなみなみと注がれたフルートグラスを手に、ベッドの端に腰をおろした。少し色落ちしたデニムのシャツの胸元から、よく日焼けした肌がのぞいている。首にはサメの歯のペンダントをかけていた。どうしてそんなものを持っているかというと、南アフリカの沖合でサーフィンをしていたらツノザメに襲われたことがあって、そのときに脚に残ったサメの歯をペンダントにしたらしい。よく脚を食いちぎられなかったものだが、水中に引き込まれる前に、岩をつかんでもう片方の脚でサメの頭を蹴って、危うく難を逃れたのだという。もっとも、そのあとはヘリコプターで病院に搬送されたということだったが。そのときの傷は今でも残っていて、クリスティーヌはレオのふくらはぎにある、その傷痕をなでるのが好きだった。傷痕は盛りあがっていて、不思議な感触がしたのだ。

レオはジェラルドよりも少し背は低かったが、ずっとがっちりしていた。胸や上腕の筋肉がはっきりと目でわかるほどだ。それはそうだろう。宇宙飛行士になるためには、肉体的にも厳しい訓練をくぐりぬけなければならないからだ。前に何度かスマートフォンに保存した訓練の写真を見せてもらったことがある（枕元のスマホに手を伸ばすと、ベッドのなかで見せてくれたのだ）。写真はモスクワ近郊にあるスターシティの施設での訓練風景を撮影したものらしく、裸の胸に何本も電極をつながれたり、回転するテーブルのようなものに体を縛りつけられたり（これは頭に血がのぼってもコントロールできるようにするためらしい）、椅子に座ったまま猛スピードで回転させられたり（こちらはロデオのようで、それこそ宇宙カウボーイの名前にふさわしい）、いずれにせよ、見るからに大変そうな訓練の様子が写されていた。サメと格闘し、宇宙飛行士になるための厳しい訓練に耐えてきたカウボーイ――レオはまさにヒーローだった。そして、今の自分にはそのヒーローが必要なのだ。子どもの頃に読んだ冒険ファンタジーに出てくるようなヒーローが……。

椅子をレオの前まで移動させると、クリスティーヌはそこに座った。レオはこちらを見つめると、あらためて言った。

「思ったより落ち着いているようだね。電話をもらったときには、かなり混乱しているように思えたけれど……。ゆっくり話せばいい。きみのためなら、いくらでも時間をとるつもりだから」

「ありがとう。でも、どこから話せばいいのかしら。そうね、やっぱり、わたしもシャンパンをいただくわ。グラスに半分くらい」話のきっかけがつかめずに、クリスティーヌは言った。

レオは立ちあがって、シャンパンをとりにいってくれた。その背中に向かって、クリスティーヌは言葉を選びながら、慎重に話しはじめた。今までに起きたことをできるだけ正直に、客観的に。シャンパンの入ったグラスを差しだして、またベッドの端に腰をおろすと、レオは黙って話を聞いてくれた。十数分のあいだ、表情ひとつ変えない。そうして、話を聞きおわると、ふっと息をついて、空を見つめた。自分の経験を思い出して、何か似たようなことがなかったか、探しているようだ。しばらくして、レオが言った。

「いずれにせよ、かなりシリアスな話のようだな」

レオがシリアスという言葉を使うときは、〝深刻で危険な状況だ〟ということだ。クリスティーヌにはそれがわかっていた。前にロシアの宇宙ステーション〈ミール〉で、〝キャンドル〟と呼ばれる非常用の酸素発生装置が火元の火災が起こったとき、飛行士たちは十四分ものあいだ、懸命に消火活動に追われたらしいのだが、そのときのことを話すたびに、レオは「あれはシリアスな状況だった。あんなにシリアスだったことはない」と繰り返し言っていたからだ。つまり、今の自分の置かれた状況は、宇宙ステーション内の火事と同じくらい深刻で危険だということだ。

「それでだが、きみが話してくれたことは全部、本当なんだね？」レオが続けた。

その言葉にクリスティーヌは少しばかり腹を立てた。レオが疑っているように思えたからだ。

「何が言いたいの？　わたしが嘘をついていると言うの？」

「いや、起こったことは本当だろうが……。たとえば、背後に誰か黒幕がいるという話、その点については確かなのか？　もしいるのだとしたら、それが誰なのか、きみにはまったく心当たりがないのかい？」

クリスティーヌはためらった。

「ほんの一瞬だけれど、あなたじゃないかって思ったわ」そう言って、眉を吊りあげるようにして、レオをにらむ。

「私が？」

「だって、わたしから終わりにしましょうと言って、あなたと別れたのが一カ月前。おかしな嫌がらせが始まったのはそのあとだもの」

「まったく、きみは自分が何を言っているのか、わかっているのか？」

レオは憤慨していた。声が震えている。少なくとも、レオの心に直接、言葉を届けることはできたようだ。固い鎧を突きとおして……。

「だから、ほんの一瞬だって言ったでしょ？　もちろん、あなたが黒幕だなんて、思っていない。でも、さっぱりわからないのよ。コルデリアが一人でやったことではないはずだし。あの娘の目的はお金で、それ以外に何かあるとは思えないから」

するとﾞ、レオが心配そうな口調で言った。

「やっぱり、もう一度、警察に相談したほうがいいんじゃないか？　個人にできることは限りがあるからね」

「最初の手紙を持っていったときに、あんなふうに扱われたのに？」

「ああ。たとえそうだったとしても、まずは警察だ。きみが望むなら、一緒に行ってもいい」

確かにレオに一緒に行ってもらえれば心強いが、そんなことをしたら、警官はどう思うだろう。自分が婚約者でもない既婚男性と一緒に相談に行ったら。しかも、その男性はトゥールーズ中の人間が知っている有名人なのだ。

「いいえ、一緒じゃないほうがいいと思うわ」

警察に行くかどうか、まだ決心がつかないまま、クリスティーヌは答えた。それがわかったのか、レオが繰り返した。

「クリスティーヌ、警察には行くべきだ。実際、ひどいこともされたんだし、仕事もほとんどなくしたようなものじゃないか。これは嫌がらせの範囲をはるかに超えているよ。誰かがきみをつけまわして、危害を加えようとしている。部屋のなかにまで侵入されたんだろう？　それにイギーだったか、きみの飼い犬にまで、かわいそうなことをしている。このままにしておいたら、これからだって、何が起きるかわからないじゃないか！」

あらためて、レオにそう言われてみると、クリスティーヌは自分がどれほど恐ろしい目にあっているか、今さらのように気づいて愕然とした。不安で胃が痛くなる。だが、本当に警察に行くしか方法はないのだろうか？　何か最後の手段は残っていないのだろうか？　ああ、でも、また敵が新たな攻撃を仕掛けてきたら……。

こちらの不安な気持ちが伝わったのか、レオが手を重ねて、語りかけてきた。

「大丈夫だ。まずは警察に行くこと。それ以外のことをするなら、ある程度、時間をかけて、しっかりした態勢で臨む必要がある。いずれにせよ、しばらくはホテルでゆっくりするといい」

「でも、イギーは？」

「一緒に連れてくればいいじゃないか。そうじゃなければ、誰かに預けるか……ご両親か、友だちに」

そんな友だち、いないわ。クリスティーヌは思わず声に出しそうになった。無理を承知で口にする。

「どうして、二、三日、家に来てくれないの？　出張だって言えば、おうちのほうだって、なんとかなるでしょう？」

もちろん、そんなことは無理に決まっていた。レオは今、宇宙飛行士のアドバイザーとして、欧州宇宙機関による無人宇宙補給機の開発に関わっていたし、自分の会社〈ゴー・スペース〉を立ちあげ、エアバスを改造した〈エア・ゼロ・ジー〉という飛行機を使って、放物線飛行による無重力実験を行う企画にも携わっていた。〈ゴー・スペース〉の本社はトゥールーズ・ブラニャック空港の工場エリアにあって、レオはそこで毎日、忙しくしている。そんなレオに家に来てほしいと頼んでも、最初から答えはわかっていた。はたして、レオは言った。

「いや、それはできない。だが、そのことも含めて、いろいろと考える必要があるな。ともかく、私に相談してくれてよかったよ。このことについて、誰かほかに話した人はいるかい？」

クリスティーヌはマックスの姿を思い浮かべた。汚れた服に、むさくるしいひげ、肩まで垂らした長い髪をしたホームレスの男のことを。だが、レオにはマックスのことは言わないことにした。

「いいえ、誰にも。今、ジェラルドとはうまくいっていないの。ここ最近のわたしたちの関係からしたら、何を話しても信じてはくれないわ」

それを聞くと、レオの目つきが険しくなった。ジェラルドとの関係のことを〝わたしたちの関係〟と言ったことが気に障ったのだ。

「私たちの関係？　しかし、ジェラルドはもともと私たちの関係については知らないんだろう？」わざと話をずらして言う。

「ええ、知らないわ」クリスティーヌは首を横に振った。レオが続けた。

「よし、じゃあ、これからの予定を決めよう。きみはまず警察に相談に行く。私のほうはそれとは別に警察に問い合わせて、いくつか情報を集めてみる」

「情報を集める？」

「ああ、公安に何人か、知り合いがいるからね。もしかしたら、きみと同じような目にあった女性がほかにもいるかもしれない。トゥールーズか、その周辺に。警察がそういった訴えをまともに取りあげたかどうか、容疑者はいたのかどうかもわかるはずだ。それから、もう一つ。警察ではなく、私にもできることがある」

そう言うと、レオは立ちあがってデスクまで行き、ホテルの名前の入った便箋を一枚引きはがした。それから革の小さなメモホルダーに挟まれたボールペンを取りだし、こちらに戻ってきて腰をおろした。

「今度の出来事に黒幕がいるとしたら、それはきみの知り合いに違いない。だから、まずリストを作ってみるんだ。この数カ月できみが出会った人々と、そのなかできみと揉めた相手のリストをね。ほんの小さないさかいでもかまわない。そうすれば、そのリストをもとに、黒幕になりそうな人間のことを調べることができる」

「調べるって、どんなふうに？」クリスティーヌは尋ねた。

だが、レオは微笑を浮かべるだけで、その質問には答えなかった。

「わかったわ」クリスティーヌはあきらめて言った。「でも、リストを作るといっても、わたしは大勢の人と会っているし……。そのなかで、ちょっとでも、揉めたことのある人？　そんな人がどのくらい、いるかしら？」

そう言いながら、クリスティーヌはじっくり考えてみた。すると、いくつかの名前がすぐに浮かんできた。〈ラジオ5〉の番組編成部長のギヨモ、報道部長のベッケル、ジェラルドを狙っているドゥニーズ、隣人のミシェル……。そうやって考えると、自分には友人よりも敵のほうが多い。思わず意気消沈した。けれども、このリストが長くなればなるほど、黒幕を突きとめて、この状態から脱する希望が手に入るのだ。このなかに必ず疑わしい人物がいる。

「よし、これでいい」出来上がったリストを眺めながら、レオが言った。「こうして見ると、きみには敵をつくる天賦の才能があるようだ。ほら、この名前の列を見てごらん。このなかにきみに嫌がらせをしている黒幕がいなかったら、首をくってもいいさ」

確かにそのとおりだ。まずはここから始めるべきだった。敵と戦うにも、もっと論理的に考えていけばよかったのだ。でも、リストができたとして、そのあとは？　クリスティーヌはさっきの質問を繰り返した。

「ねえ、でも、この人たちの誰かが黒幕かもしれないとして、どうやって、この人たちのことを調べるの？」

すると、レオはもう一度、先ほどの微笑を浮かべると言った。

「ある私立探偵を知っていてね。その探偵には、ちょっとした貸しがあるんだ。ライバル会社の依頼で私の会社に入り込んでいて、いわば産業スパイをしていたんだが。私はそいつが会社の機密を盗みだそうとしている現場を押さえた。だが、警察には突きださずに取引を持ちかけたんだ。いつか調べてほしいことがあったら、役に立ってもらうと言ってね。

まあ、そいつにやってもらう調査を仕事のためではなく、プライベートな目的で使うことになるが、それはしかたがない。きみのためだ」

警察に知り合いがいるだけではなく、自由にできる私立探偵までいる。やっぱり、レオに相談してよかった。クリスティーヌは思った。レオにはいつだって豊かな人脈があった。それに、あきらめるということを知らない。ほんのつかのま、もし相談したのがジェラルドだったら、どうなっていただろうと考えた。もちろん、こちらの話を聞いて、信じてくれたとしてだが。相談には乗ってくれても、ここまで頼りになるかどうかは……。が、クリスティーヌはすぐにその考えを頭から追い払った。そんなことより、今はレオに感謝したほうがいい。温かい気持ちがこみあげてきて、胸がいっぱいになった。

「大丈夫。きっとうまくいくから」レオが優しく、繰り返す声が聞こえた。

クリスティーヌはグラスに残ったシャンパンを飲みほした。それを見ると、レオはグラスを取りあげ、新しいシャンパンを注ぎにいった。こちらに戻ってきて、グラスを差しだす。それから、椅子の背のほうにまわりこむと、うしろから肩に手を置いた。クリスティーヌはびくっとした。

「そのままで」

「レオ……」

「なんだい？」

「ありがとう」

「緊張の連続だったから、少し疲れているんじゃないか？」

　そう言うと、レオはその力強くて、柔らかな手で、筋肉を揉みほぐしてくれた。前にも仕事でストレスがたまると、よくこうしてくれた。クリスティーヌは思い出した。肩甲骨や首のまわりの凝りがしだいにとれていく。クリスティーヌはシャンパンのグラスを口に運んだ。なんておいしいんだろう。シャンパンの細かい泡のように、嬉しい気持ちがわきでてきて、体のなかで弾けるのを感じた。

「ヌーシャテルのホテルを覚えているかい？」レオが言った。「コテージが湖に浮かぶように建てられていて……。朝は靄に包まれ、鳥の姿と遠くに山が見えるだけだった」

　もちろん、忘れるはずがない。二人で一緒に過ごした数少ない週末なのだから。湖の上には陽の光が反射して、まるで雲母みたいにきらきらと輝いていた。白い靄に白いカモメ。

　それから湖中の杭にぶつかる、ざあざあという波の音を聴きながらとる朝食の風景――水平線の向こうには山が見えた。この場所で一カ月、いや、一年過ごせたら……二日間なんかじゃなくて。そう思ったものだった。

「もう少しシャンパンをもらえる？」クリスティーヌはレオに声をかけた。

　今すぐにでも酔ってしまいたかった。レオがまたシャンパンを注いできてくれると、グラスに口をつけたまま一息に飲みほした。舌のうえで、泡がぱちぱちはねた。

「きみがいなくて淋しかったよ」レオが言った。

　それと同時に、首筋にそっと唇を当てられるのがわかった。さっと鳥肌が立った。唇の横に二度目の口づけがやってくる。クリスティーヌは顔をあげた。その拍子に、開いた唇からレオの舌が入ってくる。レオの呼吸が早くなった。それに合わせて、こちらの呼吸も早くなる。気がつくと、二人とも立ちあがって、抱きあっていた。ジーンズが膝のあたりまでおろされ、腿がむきだしになっている。下着のなかにレオの手が入ってきた。その手に触れられると、たちまち濡れてきた。わずかに脚が開く。懐かしく優しい指の感触に、思わず声が出てきた。早く、そこにレオを感じたい。クリスティーヌはズボンの上からレオの硬くなったペニスをなでた。二人は急いで服を脱ぐと、そのままベッドにもつれこんだ。クリスティーヌはレオの胸からお腹、背中からお尻に、順番に指で触れていった。それから、その指を前に持ってくると、熱くそそりたったレオのペニスを優しく握った。と、レオが体の位置を変えて、なかに入ってきた。二人はそのまま本能に身を任せて、リズムを刻むように体を動かした。それは愛しあうというより、むさぼりあうという感じだった。やがて、懐かしいレオの肌の匂いや髪の香りに包まれながら、クリスティーヌはまもなく絶頂に達するとわかった。わたしだけのレオ……。たとえ、レオに奥さんがいても、その瞬間は自分だけのものだ。

二重窓の向こうにある広場から騒音が聞こえてくる。人の声と車のクラクションの音。それに鳩の鳴き声がする。まるで自分たちの喘ぎ声に呼応するかのようだ。クリスティーヌは天井のランプの光を見つめた。神秘的な小さな月が集まったような照明……。興奮が高まってくる。レオの腰の動きが激しくなった。絶頂に達した瞬間、レオの体がかぶさってきた。レオも果てたのだ。

その瞬間、クリスティーヌはなんとも言えない後悔の念にとらわれた。裏切られたと思った。だが、裏切ったのはレオではない。自分の体だ。自分は自分の体に裏切られたのだ。

クリスティーヌは起きあがると、すぐに浴室に駆け込んだ。そして、そこから出てくると、すぐに服をつかんで着替えを始めた。その様子を見て、レオが声をかけてきた。

「どうしたんだい？」

「もう行くわ。こんなことすべきじゃなかったのよ」

「なんだって？」

着替えを終えると、クリスティーヌはレオにキスをしようか、それとも何か言おうか迷った。けれども、どちらもやめてすぐに戸口へと急いだ。

「警察に行くんだ！」背中にレオの声がした。「クリスティーヌ、聞こえてるかい？　警察に行くんだ！」

だが、クリスティーヌはそのまま扉をバタンと閉めて、外に出た。廊下には誰もいなかった。頭のなかで、たった今、扉を閉めた音が鳴り響いている。

廊下は静寂そのものだった。そこにはずらりと扉が並んでいる。どれも似たような扉だ。ふとある考えが頭をよぎった――いったいどれほどの不倫カップルがこの扉の向こうにいるのだろう？　わたしがしたのも、そういうことだろうか？　ジェラルドに対する不倫……。もしジェラルドがこのことを知ったら？　でも、ジェラルドは向こうから距離を置こうとしているのだから、そんな人に対して貞節を守る必要があるだろうか？　だいたい、今、この瞬間だって、ジェラルドはドゥニーズと抱きあっているかもしれないのに。

そんなことを思いながら、エレベーターに乗ると、クリスティーヌは急に体中の力が抜けていくような気がした。このままいったら、大切なものをすべて失ってしまいそうだ。体のなかに、まだレオの精液が残っているような感じがする。こめかみのあたりが強く脈打っていた。急にいたたまれない思いがこみあげてきて、エレベーターの扉が開くと、クリスティーヌはすぐに外に飛びだした。

そのとたん、扉の前にいた男にぶつかった。その男は、男にしてはずいぶん小柄だった。だが、ぶつかられたくらいではびくともしない。かえって、こちらがふらついたくらいだ。クリスティーヌはあらためて男を見た。剃りあげた頭に、なんとも妙な顔つきをしている。

「す……すみません」クリスティーヌは謝った。けれども、声に非難の調子が含まれていたことに気づいて、すぐに「ごめんなさい」と言いなおした。

すると、男はその奇妙な顔に笑みを浮かべて、エレベーターのなかに入っていた。すれちがいざまに、ほんの一瞬、男の首元に彫られたタトゥーが目に入った。光輪と一緒に描かれた聖母――ロシアの聖画（イコン）だ。それにしても、おかしな風貌だった。回転扉のほうへ向かいながら、クリスティーヌは思った。まるで、起きぎわに見る悪夢みたいだ。ああ、でも、そんなことより、まずは警察に行かなくては……。家に帰って、シャワーを浴びたら、すぐに警察に行こう。そう心のなかでつぶやくと、クリスティーヌは回転扉を押して、外に出た。外はまた雪が降りはじめていた。

20 オペレッタ

調書を作成していた女性警官がふとパソコンの画面から顔をあげて、壁に貼られた映画のポスターのほうを見た。私立探偵の横顔がアップになった『チャイナタウン』のポスターだ。女性警官は今度は顔を伏せると、手元のボールペンを見つめ、爪を眺めた。それから、こちらに視線を戻した。

「家に帰ると、玄関の扉の前に尿がたまっていたんですね。それはあなたの飼っている犬のものだという可能性はないんですか？」

その声には明らかに疑念が込められていた。だが、クリスティーヌは一歩も引かなかった。

「わたしが嘘を言っているとでも……」

「質問をしているんです」

「なら、お答えします。犬のものではありません」クリスティーヌは断言した。

女性警官はまるでCTスキャンをするような目で、上から下までじろじろと眺めた。

「では、それが本当だと証言できる人はいますか？」

　クリスティーヌは肩をすくめた。

「その日は犬を外に出しませんでした。だから、うちの犬がわたしの知らないうちに、玄関の扉におしっこをかけるということはありません。尿は扉の外側にかかっていたんです。でも、それを証明してくれる人となると……」

「あなたは犬を外に出さなかったんですか？　では、犬はどこで用を足したんですか？」

「室内用の箱がありますから。その、わたしが外に連れていく時間のないときのために」

　その言葉に、女性警官は冷ややかな視線を向けてきた。クリスティーヌはしびれを切らして言った。

「さっきから何回、同じことを訊くんですか？　玄関の尿はいわば些細なことで、もっと深刻なことがたくさん起きているんです」

　女性警官はパソコン画面を見なおして、おおげさにうなずいてみせた。

「確かにもっと深刻なことが起きていますね。何者かがあなたの家に侵入して、オペラのCDを……置いていった。盗んでいったのではなく。そのときには、結局、何も盗られなかったのですね。それから、あなたが働いているラジオ局に電話をかけてきて、『自殺をするのを止めなかった』と言って、あなたを非難した人物が、その夜、自宅にも電話をかけてきて、同じことを言ったと。あとはなんでしたっけ……。そうそう、〈ラジオ5〉の研修生、コリンヌ・デリアの家に行ったら、ビールにクスリを入れられて、裸にされておかしな動画を撮られたというのもありましたね。それで、意識のないまま自宅に連れてこュロ、引きだされていたんでしたね。自分でも知らないうちに。それなのに、キャッシュカードが盗まれていたわけではなかった。それから、この人たちは、あなたの知らないうちに、職場のあなたのデスクの引き出しに抗うつ剤やら抗不安剤を入れておいた」

　そう皮肉たっぷりに調書の内容を拾いだすと、女性警官はパソコンから顔をあげて、こちらを見つめた。その目にははっきりと敵意がこもっていた。こちらの言うことに疑いを持っているだけではない。ひどく苛立っているのだ。年齢は三十から四十歳くらいだろう。結婚指輪をしている。デスクにはブロンドの子どもの写真が飾られていた。女性警官が続けた。

「お医者さんには診てもらいましたか？　お疲れのせいで、少しノイローゼ気味なのでは？」

　クリスティーヌは思わず叫びそうになった。だが、深く息を吸って、気持ちを落ち着けた。ここでカッとなったら、この人の言っていることが正しいと証明するだけになってしまう。自分はでたらめを言っているわけではない。そうだ。証拠だ。証拠を見せれば……。

「オペラのCDは今朝、目を覚ましたときにも置いてあったんです。そのあと、メールをチェックしたら、『クリスティーヌ、あなたがオペラを愛していますように！』というメールが入っていました。以前、嫌がらせのために写真を添付して送ってきたのと同じアドレスからです。そのメールを印刷してきたんですが、ご覧になりますか?」

そう言うと、クリスティーヌは印刷したメールを差しだした。シャワーを浴びたあとにプリントアウトして、フォルダーに挟んで持ってきたのだ。

だが、女性警官は「見る」とも「見ない」とも言わなかった。そのかわり、やれやれと言うように、首を横に振った。

「どうやら、あなたをつけ狙っているのは、大がかりな犯罪組織のようですね」

それを聞いて、クリスティーヌにも相手の言いたいことがわかった。

「やっぱり、わたしの頭がおかしいと思っているんですね。これはわたしの妄想だと」

しかし、女性警官はそれにも返事をしなかった。ただうんざりした顔でこちらを見ている。それから、小さな声でぼそりと言った。

「わたしの身にもなってください」

「それって、むしろ逆じゃありません?」クリスティーヌは反論した。

「なんておっしゃいました?」

「わたしがあなたの身になるのではなく、警察官であるあなたが市民であるわたしの身になるのでは?」

けれども、それは逆効果だったようだ。その言葉を口にしたとたん、相手の視線がさらに冷ややかになったからだ。

「そういう言い方はおやめになったほうがいいと思いますよ」女性警官が言った。

クリスティーヌは、椅子の肘掛に手をかけて立ちあがった。

「わかりました。ここに来て、時間をまた無駄にしたってことですね。わたしはこれで帰ります。もうここには用がありませんから」

するど、女性警官が大きな声を出した。

「座ってください。あなたに用はなくても、こちらにはあるのですから。今日、あなたがいらっしゃらなければ、こちらからお呼びするところでした」

それはまぎれもなく命令だった。だが、「こちらからお呼びするところでした」とはどういう意味だろう？　言われたとおり椅子に座ると、女性警官が続けた。

「あなたが警察にいらっしゃるのは、これが三度目ですが、最初にいらしたとき、あなたは自殺をほのめかした女性が書いたと思われる手紙を持ってきました。ですが、その手紙には宛名も差出人の名も郵便局の消印もなく、鑑識で調べたところ、あなた以外の指紋も残っていなかった。これは二度目にいらしたときに、ボーリュー警部補からお伝えしましたね」

「そうです。でも、最初に話を聞いてくれた警察官の方はどうなさったんですか？　今日もその方に相談に乗っていただきたかったんですが……」

その言葉には耳を貸さずに、女性警官は続けた。

「そう、はじめは手紙に関する相談でした。ところが、今日はコリンヌ・デリアさんの家に行ったらクスリをのまされて、いかがわしい動画を撮られたとか、玄関の扉の前に尿がたまっていたとか、オペラのCDを送りつけられたとか……いったい、誰がなんのために、そんなことをするんです？」

「それはあの人たちが、わたしに嫌がらせをする目的で……」

「あの人たち？　あなたはまだこれが何かの犯罪組織の陰謀だと言うんですか？　もしコリンヌ・デリアの背後に黒幕がいて、その人物があなたを脅迫しているというなら、その人物とは誰で、なんのために脅迫しているのか言ってください。脅迫しているのは、あなたのほうじゃないですか？」

　クリスティーヌは何も答えられなかった。さっきから、話の展開がおかしい。わたしが脅迫しているって、誰を？　コルデリアを？　この警官はわたしがコルデリアに送ったという偽のメールの話をしているのだろうか？　あれはわたしに対する嫌がらせの一つだって、さっき説明したのに……。

「いいでしょう。その話はまたあとですることにして、とりあえずわたしと一緒に来てください」

　そう言うと、女性警官はポケットから小さな鍵を出して、デスクの引き出しに鍵をかけた。それから、立ちあがって、扉のほうに歩きだした。

「どこに行くんですか？」クリスティーヌは声をかけた。

　だが、返事はなかった。気づくと、女性警官はもう扉のところにいて、外に出ようとしているところだった。こちらを振り返ることもしない。クリスティーヌは立ちあがると、急いでそのあとについていった。レオがあんなに勧めるから警察に来たけれど、やっぱり来るべきではなかった。相談に乗ってくれるどころか、これじゃあ、まるで犯罪者扱いだ。

女性警官はレンガ造りの壁にそった廊下を進んでいき、突きあたりまで来ると、左に曲がった。二つの廊下の角は小部屋になっていて、クリスティーヌは半透明のガラス窓の向こうに、男が一人いるのに気づいた。薄暗い部屋のなかで、男はセメントのベンチに腰をおろしていた。けれども、女性警官はそちらのほうには見向きもせず、すれ違う同僚と挨拶を交わしながら、前と同じように廊下を歩いていった。

廊下ぞいにはいくつも部屋があって、扉が並んでいた。やがて、コピー機の置いてあるスペースの前を通りすぎると、女性警官は足を止めて、扉を開けた。

「お入りください」

クリスティーヌはなかに足を踏みいれた。レンガの壁に囲まれた小さな部屋。窓はなく、むきだしの蛍光灯の光が部屋を照らしている。なかにはテーブルが一つと椅子が三脚あるだけだった。いったい、ここで何が始まるのだろう？　そう思うと、心臓が早鐘のように打ちだした。

と、女性警官が三脚の椅子のうち、二脚並んだほうではなく、一脚だけ置かれたほうの椅子を指さして言った。

「座ってください」

言われたとおり腰をおろすと、女性警官はいったん外に出てしまった。クリスティーヌはその場に一人、残された。せっかくレオに会って勇気がわいてきたというのに、その勇気を根こそぎ、そがれるような気分だった。よく映画やテレビの刑事ドラマに出てくるガラスの仕切り板はないが、ここはどうやら取調室のようだ。でも、どうして自分は取り調べを受けなければならないのだろう？　やっぱり、コルデリアに脅迫メールを送ったという件？　自分はここでコルデリアと対面することになるのだろうか？　あるいは、ほかの人物と……。でも、それは誰？

数分後、ようやく扉が開いたかと思うと、女性警官が男の警察官と一緒に入ってきた。その警察官を見て、クリスティーヌは嫌な予感がした。プードルのように丸く飛びでた目に、もじゃもじゃの頭、それに趣味の悪いネクタイ。二度目に警察を訪れたときに、こちらの話をろくに聞いてくれなかった刑事、ボーリュー警部補だ。ボーリューはむすっとした顔のまま、挨拶一つせず、ファイルをテーブルに置くと、女性警官の隣に腰をおろした。その目はじっとこちらを見つめていた。

やがて、気がかりな沈黙のあと、ボーリューがファイルから写真を取りだして言った。

「この人物をご存知ですか？」

クリスティーヌはテーブルのほうに身を乗りだして、写真を見た。その瞬間、平手打ちを食らったような衝撃を覚えた。

「ああ、なんてこと……」

写真はコルデリアを写したものだった。だが、その顔には……。

その顔にはひどい怪我があった。誰かに殴られたのだろう、左目が腫れあがって、ほとんど閉じたままの状態になっている。目のまわりには大きなアザがあって、その色は黄色からマスタード色、緑色、そして最後は黒とだんだん変化していた。眉のあたりにも大きな青アザがある。それから、鼻も……。鼻も倍くらいの大きさに腫れあがっていた。それだけではない。右の頰には内出血の痕があったし、下唇には裂傷の痕が残っていた。髪の毛で隠れた頭皮や左耳にもかさぶたがある。また、顎にも擦りむいてできたような生々しい傷痕があった。まるでおろし金ですられたようだった。

おそらく写真はコルデリアから訴えがあったときに、警察で証拠写真として撮影されたのだろう。フラッシュを焚いて、至近距離から撮られたことがよくわかる。傷の大写しの写真のほかに、コルデリアを正面と横から撮影したものもあった。コルデリアは家を又貸ししてくれているという男から暴力をふるわれたのだろうか？　クリスティーヌは思わず唾を飲み込んだ。体が震える。かつてこれほどの暴力を目にしたことはない。吐き気をこらえるのが精一杯だった。ほんの二時間ほど前にレオと一緒に善後策を考えていたのが嘘のように思える。

「ああ、なんてことなの！　いったい、何が起きたんです？」

すると、ボーリュー警部補が飛びでた茶色の目で、こちらを見つめて言った。

「それはあなたがいちばんよくご存知のはずじゃありませんか。この人に大怪我をさせたのはあなたなんですから」

頭上では蛍光灯がジージーと短い音を立てている。おそらくもう寿命なのだろう。さっきまではなんともなかったのに、そのうちの一本がチカチカと点滅を始めた。目の前にいる二人の警察官がコマ送りのように、カクカクした動きになった。点滅する蛍光灯のせいだ。

「ひどいな、これは」

ボーリューが立ちあがって、壁のスイッチのほうに行った。その動きもカクカクしている。適当にスイッチを押して、点滅しているランプを消すと、ボーリューはいかにも面倒くさそうに椅子にまた腰をおろした。前回と同様、まったくやる気がなさそうだ。それでも、隣にいた女性警官に目配せをすると、尋問を始めた。そう、これは尋問だった。

「では、手短に……。写真の女性の訴えによると、あなたはその女性と性的行為をするために二千ユーロを支払いながら、あとでそれを取り返そうとして、女性が拒否したために殴ったということですが、それで間違いありませんね。女性は赤ちゃんのためにどうしてもその金が必要だったし、あなたに対しても魅力を感じたので、その申し出を受けいれたそうです。それなのに、あとから『そっちだって満足したんだから金を返せ』と言われたり、それを拒否したら、こんなにひどく殴られるなんて、信じられないと言っていました」

蛍光灯はもはや点滅していなかったが、音のほうはあいかわらず、ジージーと短い音を立てていた。クリスティーヌは写真を指さしながら叫んだ。

「嘘です！　この人の言うことは全部、嘘です」

だが、ボーリューはその言葉に耳を貸さなかった。

「でも、デリアさんの家には、ご自分の意思で行ったんですよね？」

「そうですけど……」

「デリアさんは裸であなたを迎えた？」

「ええ」

「それなのに、あなたはなかに入った。それはそういう約束ができていたからではありませんか？　つまり二千ユーロで性行為をすると」

「違います！　あそこに行ったのはコルデリアと話をするためで……」

そこに女性警官が横から口を挟んできた。手には手紙を持っている。

「自殺をほのめかしているというこの手紙ですが、これはあなたが書いたんじゃないんですか？」

「違います！」

「では、どうしてこの手紙があなたの郵便受けに入っていたんです？」

「わたしにもわかりません」

「誰かが間違って、あなたの郵便受けに入れたということも考えたんですけどね。でも、あなたの住んでいる建物の住人に訊いたところ、こんな手紙を書くような人間に心あたりはないということでした。そして、あなたも心あたりはないとおっしゃる。だとしたら、あなた自身が書いたと考えるのがいちばん自然でしょう?」

「どうして、そんなことになるんです。だから、その手紙もわたしに対する嫌がらせで」

「建物の住人と言えば、あなたのお隣に住む女性はあなたのことを『頭がおかしい』と言っていましたよ。なんでもあなたが夜中の三時に突然、呼び鈴を鳴らし、自分の犬がお隣の部屋にいると言って、部屋のなかにまで入ってきたとか。あれはとっても怖かったと話していました」

蛍光灯のジージーいう音のせいで、頭が痛い。

「あれはお隣のほうから犬の声が聞こえてきたので……」クリスティーヌは弁明しようとした。

「でも、犬はお隣ではなく、ダストシュートのなかから見つかった。骨折した状態で。実際はそうだったわけですね」

「はい。正確にはダストシュートの下のごみ箱のなかからですが」

すると、また女性警官が口を開いた。

「では、うかがいますが、そのダストシュートに犬を放り込んだのは、あなた自身なのではありませんか?　それなのに、お隣のご夫婦が犬を連れていったと言いがかりをつけて、脅迫しようとした」

クリスティーヌは耳を疑った。この女性警官は自分に対して、明らかな悪意を抱いている。こちらの言うことをまるで信用していない。同じ女性なのだから、もっと連帯意識を持ってくれてもいいはずなのに……。一人の女性が不当な嫌がらせを受けていると訴えているのだから。

「どうして、わたしがイギーをダストシュートに放り込むんですか？」クリスティーヌは声を荒らげた。「そんなことはしていません。お隣のご夫婦を脅迫しようともしていません」

「では、これはどうなのでしょう？」目の前に何枚かの紙を差しだすと、ボーリューが言った。「あなたが誰かを脅迫したのは、これが初めてじゃありませんね。そう、このメールを見ればわかるとおり、あなたは間違いなく脅迫行為を行っていた」

クリスティーヌはその紙を見た。自分がコルデリアに送ったというメールをプリントアウトしたものだ。

コルデリア、どうして返事をくれないの？　そんなにわたしが嫌いなの？　冷たい人ね。でも、いいこと？　これだけは覚えておいてちょうだい。あなたの将来はわたしにかかっているのよ。

C

コルデリア。二十四時間以内に返事をちょうだい。

ということは、警察はこのメールが本物だと信じているということか。

「スタンメイエルさん。あなたがこのメールの送り主ですよね？」また女性警官が尋ねた。

「違います！」

「でも、これはあなたのパソコンから送られてきているんですよ？」今度はボーリューが言った。声がいらついている。

「でも、それはさっき説明したじゃありませんか。このメールもまた嫌がらせの一つだって……。誰かがわたしを陥れようとしているんです」

「でも、このメールのせいで、あなたは自宅待機を命じられたのでは？　つまり、少なくとも、会社はあなたが送ったものだと考えている」今度はまた女性警官だ。

クリスティーヌはもう何も答えることができなかった。自分のすぐ足元に、ぱっくりと口を開けた裂け目があるかのように感じた。

「我々はあなたの上司の方とも話をしました。あなたがコリンヌ・デリアさんに暴行を加えたと話したら、びっくりしていましたよ」言ったのはボーリューだ。「で、その暴行の件ですが、スタンメイエルさん、あなたはコリンヌ・デリアさんに暴行を加えたと認めますね？」

クリスティーヌは黙っていた。もろろん、コルデリアに暴行なんて加えていない。でも、これ以上、何を言っても無駄だろう。この人たちはわたしがやったと信じているんだから。

「返事をしてください」また女性警官が言った。「スタインメイエルさん、こちらの話を聞いていますか?」

クリスティーヌは返事をしなかった。すると、まぶたをこすりながら、ボーリューが言った。

「十八時四十分。この時間をもって、あなたは留置場に移されます」

21 二重唱

「弁護士には連絡しますか?」検事に電話をかけて、勾留の手続きをすませると、ボーリューが言った。いつのまにか、女性警官はいなくなっていた。

クリスティーヌは首を横に振った。弁護士と連絡をとれば、マスコミが嗅ぎつけるかもしれない。そうなったら、「ラジオの人気パーソナリティー、暴行容疑で勾留される」と新聞に見出しが出るかもしれない。それを恐れたのだ。それよりは、留置場でひと晩過ごすほうがよっぽどいい。自分は何一つ悪いことをしていないのだから、ほかの警官が調べてくれたら、容疑は晴れるはずだ。そう考えていると、ボーリューが言った。

「それではこちらにどうぞ。素敵なお宿にご案内しますよ」

すごい皮肉だ。だが、クリスティーヌはボーリューのあとについていった。ボーリューはエレベーターのところまで来ると、磁気カードをボックスに差し込んだ。すると、来るときに乗ったエレベーターの向かいにあるエレベーターの扉が開いた。ボーリューがなかのボックスにまた磁気カードを差し込んだ。そのとたん、エレベーターは振動音を立てながらおりはじめた。

扉が開くと、そこは冷えびえとした病院のような場所だった。その冷たい雰囲気に、クリスティーヌは背筋が寒くなった。目の前にはセキュリティゲートがあって、その向こうは廊下になっている。廊下はがらんとして薄暗かった。廊下の両側はおそらく独房になっているのだろう。かなり大きなガラス窓のついた扉がいくつも並んでいる。ぼんやりとなかの明かりが漏れている窓もあれば、真っ暗な窓もある。看守たちはあの窓からなかをのぞいて、留置されている人の様子を確かめるのだろうか？　ペットショップの店員のように……。そう思うと、また背筋が寒くなった。

「マドモワゼル・スタンメイエルだ」ゲートの近くにいた看守にボーリューが声をかけた。「どうだい、今晩の様子は？」

「静かです。まだ時間が早いですからね。これから酔っ払いがきたら、うるさくなるでしょう」

「では、マドモワゼルをよろしく。できるだけ、注意を払ってくれ」

その言葉に、看守の目がこちらに注がれた。ほかの看守たちもこちらを見ている。クリスティーヌは体が縮こまって、身動きできなくなった。

「じゃあ、また明日」

そう言うと、ボーリューはくるりと向き変え、エレベーターに向かった。その瞬間、クリスティーヌは心臓がつぶれそうになった。自分はこの地下の世界に置いていかれるのだ。そう思うと、ボーリューを呼びとめ、一緒にエレベーターに乗せて、自分を地上の世界に連れもどしてほしいと懇願しそうになった。一緒に連れていってくれるなら、嘘の自白でもなんでもするからと言って。

けれども、こちらが声をかける間もなく、エレベーターの扉は閉まり、ボーリューは上に行ってしまった。もうこの地下の世界に誰も知った者はいない。本当の悪夢はここから始まるのだ。自分を助けてくれる人は誰もいないのだ。と、さっきの看守が声をかけてきた。

「ゲートのなかを通ってください」案に相違して、丁寧な口調だ。

クリスティーヌは従った。それからしばらくすると、ベージュの制服を着た女性の看守がやってきた。小柄でずんぐりした女性だ。その看守はほかの看守たちに挨拶をすると、「身体検査をします」と言って、手を伸ばしてきた。クリスティーヌは、これは形式的なものだと思って、我慢しようとした。だが、その女性看守の手つきには慎みのかけらもなく、身体検査のあいだ、体中に鳥肌が立つのをどうすることもできなかった。

身体検査が終わると、女性看守は自分についてこいという身ぶりをして、ゲートの近くにあるガラス張りの部屋に入った。女性看守に続いて、クリスティーヌもなかに入った。そこはどうやら看守たちの詰め所になっているらしい。テーブルと椅子がいくつか置いてあるだけの小さな部屋で、壁ぎわにはコインロッカーのようなボックスが四十くらいある棚が取りつけられていた。棚の上にはいくつかオートバイのヘルメットが並んでいる。女性看守は隅のほうのボックスを開けて、なかにあった木箱を持ってきた。その箱をテーブルの上にのせて言う。

「時計、指輪、ブレスレット、イヤリングなど、アクセサリーは全部ここに入れてください。ベルトもはずして。お金や、証明書、鍵、携帯電話も入れてください」

この状況ではおとなしく言うことを聞くしかない。クリスティーヌは言われたとおりにした。身につけていたものを一つはずすたびに、自分のアイデンティティーが奪われていくような気がした。そのあいだ、女性看守は箱に入れられたものを確認しながら、いちいち声に出して、所持品のリストを作成していった。それが終わると、パスポートを開いて、リストの上にパスポートナンバーを記入する。〈クリスティーヌ・スタンメイエル、三一／四八一七〉それからパスポートをしまうと、箱をボックスに収め、鍵をかけた。ボックスには名前を書いた札を貼る。

部屋から出ると、女性看守は看守の一人に指示をあおいだ。

「どこの部屋に入れます？」

そして返事を聞くと、ゲートの先にある暗い廊下を進んでいった。クリスティーヌはそのあとに続いて、左右に並ぶ留置部屋の前を通りすぎていった。独房の扉の窓は、遠くから見たときにはガラスだと思ったが、よく見るとアクリルガラスだった。灰色がかった青い金属製の枠に、頭の高さからひざの高さまでの大きなアクリルガラスがはまっている。その窓の一つからなかにいる男の姿が見えた。男は裸電球の下で茶色い毛布にくるまり、青いビニール製のマットレスに寝ていた。それを見てからは、クリスティーヌはなるべく扉のほうに目を向けないようにした。だが、こちらから見ないようにしても、ときには扉の向こうから声をかけられることもあった。

「おい、姉ちゃん、かわいいね。一緒にいる女には気をつけな。そいつは女が好きなんだから」

独房のなかには、扉に〝使用不能〟の貼り紙がしてあるものもあった。よく見ると、錠の部分が壊れかかっている。よほど激しく扉を揺さぶったのだろう。ここはそういう場所なのだ。閉じ込められた者が外に出ようとして暴れる場所。檻(おり)に入れられた猛獣のように。

と、その〝使用不能〟の独房から二つ離れた扉の前で、女性看守が立ちどまった。鍵を回し、すばやく縦についた持ち手を引く。驚くほど大きな金属音が廊下中に響きわたった。映画によく出てくる、監獄の扉を開けるときの音だ。クリスティーヌは身震いした。

「靴を脱いで」女性看守が言った。

クリスティーヌはその言葉に従った。女性看守はその靴を持って、部屋のなかに入り、簡易ベッドの下にある引き出しを開けた。引き出しは金属製で正面はアクリルガラスでできている。そのなかに靴を入れて、ベッドの下に引き出しを押し込むと、女性看守は言った。

「入ってください」

独房の床はむきだしのコンクリートだった。ストッキング一枚で、その床に足をのせた瞬間、クリスティーヌはあまりの冷たさに震えあがった。これが独房なのだ。そう思った。

広さは二メートル×三メートルくらいだろうか。壁も天井もコンクリートだ。見ると、あらゆる備品の角が落としてある。マットレスも、パネルで囲まれた洗面所の蛇口も、その前にあるコンクリートのベンチもすべての角が丸くなっていた。

「まもなく、こちらに二人、指紋を採取しにきます」女性看守が言った。

「ここは寒いですね」クリスティーヌはふと思っていたことを口にした。

「毛布を余分に持ってきます。何か食べますか？」

「いいえ、大丈夫です」

お腹は空いていなかった。それよりも、寒くて怖かった。女性看守は外に出ると、またあの恐ろしい音を立てて、扉を閉めた。それから上のほうに手を伸ばして、布製のロールスクリーンをおろした。アクリルガラスの窓は外からスクリーンをおろせるようになっているのだ。

そしてその瞬間、視界からすべてが消えた。もう廊下は見えない。向かいの独房も目に入らない。だが、どうして女性看守はこの扉のスクリーンだけをおろしたのだろう？　おそらく異質な人間が闖入してきたので、この地下の世界の均衡を崩したくなかったのだろう。女性看守の足音が十分、遠ざかったところで、クリスティーヌは洗面所に行った。ジーンスと下着をおろして、用を足す。実を言うと、取り調べの最中に尿意を催して、ここまで我慢していたのだ。泣きたかった。けれども、何かが泣いてはいけないと制止していた。洗面所から出ると、クリスティーヌはベッドに行き、腰をおろした。肩に毛布をか

で囲まれた洗面所を見ると、自分が留置場の独房にいることが意識されて、辛くなるから
だ。どうしてここにいるかなんて、考えてなくもすむようにしたかった。そんなことを考
えたら、頭がおかしくなるはずだ。
でも、これはこれで悪いことではないんじゃないかしら、クリスティーヌは自分に言い
聞かせた。少なくとも、ここにいれば誰も襲ってこないんだから。
だが、そのうちにお腹が空いてきた。クリスティーヌは食事を断わったことを後悔した。
それから一時間くらいたったろうか。若い女性と男性が迎えにきた。自分がコルデリア
に暴行を加えたのではないとわかって、釈放されるのかもしれない。クリスティーヌは淡
い期待を抱いた。しかしそれは指紋を採取するためで、二人についていくと、窓のない別
の部屋に案内された。希望ははかなく消えた。部屋のなかには、テーブルにパソコン、そ
れからATMのような大きな機械があって、その近くには手術用のマスクをした別の男性
がいた。クリスティーヌは男性の指示に従い、椅子に腰かけて口を開けた。綿棒で口のな
かの粘膜をそぎとり、DNAを採取するのだ。それがすむと、先ほど迎えにきた若い女性
の指示で大きな機械の前に座り、指紋を採られた。最初は全部の指をいっぺんに、それか
ら一本ずつ、すべての指を。指紋を採りながら、その若い女性は市役所の職員のように、
気軽に話しかけてきた。そのあとは写真撮影だ。前科者の写真でおなじみの正面と真横か
らのポートレート。自分はとうとう犯罪者の側に来てしまったのだ、とクリスティーヌは

思った。このまま裁判を受けて、刑務所に行くことになるのだろうか。屈辱と恐怖——その気持ちは独房に戻ってからも変わらなかった。どうしてこの事態を予測できなかったのだろう。そう思うと、絶望にとらわれて、そこから立ちあがれそうになかった。だが、そのあとはまた別の恐怖が待っていた。

あいている独房に次々と酔っ払いや麻薬常習者、売春婦たちが連れてこられ、夜どおし騒ぎはじめたのだ。誰もが口々にわめいている。アメリカ映画『プロジェクトX』の乱痴気パーティーを留置場でやっているみたいなものだ。ロールスクリーンのおかげでこちらの姿を見られることはないが、あまりの騒音にとうてい眠れそうになかった。「発作が起きた、医者を呼んでくれ」とか「ここは寒くて凍えそうだ。追加の毛布を持ってきてくれ」とか言う声も聞こえる。そう言えば、追加の毛布はどうしたのだろう? あまりの騒ぎに、あの女性看守も手が回らないのに違いない。どこかで騒ぎが起きるたびに、看守たちが廊下をばたばた走っている。扉のアクリルガラスを叩く音や、錠をガチャガチャいわせる音もした。麻薬常習者が絶叫する声や、酔っ払いが怒鳴る声も聞こえる。向かいの部屋は独房ではなく雑居房のようだったが、喧嘩をする声まで聞こえた。ここは地獄だ。都市はさまざま地獄を抱えている。そして、そのなかでも最大の地獄は人だ。サルトルは「地獄とは他人のことだ」と言っていたが、それとは違う意味で、同じことが言える。地獄とは人のことだ。この留置場にいる人もそうだし、ボーリューやあの女性警官もそうだ。自分は今日、その地獄を目のあたりにしたのだ。いずれにしろ、確かなことは、地獄とは地下にあるものだということだ。

備えつけの時計を見ると、もう午前三時だった。結局、眠れないまま、こんな時間になってしまった。クリスティーヌは顔を洗いに洗面所に行った。冷たい水が顔に触れた瞬間、我慢していた涙があふれてきた。クリスティーヌは声を押し殺して泣いた。廊下にいる看守やほかの独房の人に聞かれたくなかった。けれども、いくら抑えようと思っても、声は漏れていき、しまいには大声をあげて泣いていた。すると隣の房から優しい女の声が聞こえてきた。

「お泣きなさい。楽になるから……」

それから、どのくらいたったのだろう？　クリスティーヌは寒くて、目を覚ました。知らないあいだに眠ってしまったらしい。ビニール製の固いマットレスの上で、汗くさい茶色い毛布にくるまったまま……。口のなかが粘ついて、異様に喉が渇いている。背中や腰が痛かった。そのとき、ふとあたりが静かになっていることに気づいた。廊下を走る音もしない。聞こえるのはいびきの音くらいだ。いったい何時くらいなのだろう？　窓がないので、まったく見当もつかない。時計を見ると、朝の六時だった。そのうちに、廊下を歩く音がして、錠をはずし、扉を開ける音が聞こえてきた。みんなが起きだしたのだ。なにやら言葉を交わす声も聞こえる。地下の世界にまた喧騒が戻ってきた。やがて、廊下を歩く足音が近づいてきたかと思うと、制服を着た女性看守がロールスクリーンをあげた。錠をはずして、扉を開け、トレイを差しだしてくる。

「どうぞ、朝食です」

トレイにはクッキーが二つとオレンジジュースがのっていた。クリスティーヌは礼を言って、トレイを受け取った。

女性看守は扉を閉め、またロールスクリーンをおろすと、隣の部屋に向かっていった。別の場所でこのクッキーとオレンジジュースを差しだされたら、たぶん横柄な態度で突き返したに違いない。でも、今は死ぬほどお腹が空いていた。クリスティーヌはオレンジジュースに手を伸ばし、気がつくと、あっというまにジュースとクッキーをたいらげていた。

だが、これくらいではまだ足りない。喉の渇きと空腹を満たすにはこの十倍は必要だった。

それでも、食べ物がお腹に入ったことで少し安心して、クリスティーヌはベッドに腰をおろしたまま、またうつらうつらした。と、女性看守がスクリーンをあげて、扉をあけた。

「ついてきてください」それだけ言う。

また新たな取り調べが始まるのだろうか？　クリスティーヌは不安に思いながら、女性看守のあとについていった。看守たちのいるガラス張りの小部屋——セキュリティゲートを通った先の看守たちの詰め所まで来ると、そこにはボーリュー警部補が立っていた。

「おはようございます」クリスティーヌは自分から声をかけた。

すると、ボーリューはガラス張りの小部屋に入っていった。

「こちらにきて、身の回りのものを受け取ってください、スタンメイエルさん。すべて揃っていることを確認したら、『所持品を受け取りました』とここに書いてください。お願いします」不機嫌そうな顔で言う。

そのあいだに、女性看守が棚のボックスを開けて、なかから木箱を取りだし、目の前のテーブルに置いた。クリスティーヌは希望がわいてくるのを感じた。これはもしかしたら、ここから出られるということだろうか。手首に腕時計をはめて、ベルトを身につける。身分証と残りの所持品も受け取ってバッグにしまうと、クリスティーヌはボールペンを握り、さっきボーリューに言われたとおりの言葉を書いた。緊張のあまり手がぶるぶる震えたので、自分でもびっくりするほど乱れた筆跡になった。

「では、こちらに。あとからついてきてください」

そう言うと、ボーリューはエレベーターに乗り、こちらが乗ったのを確かめてから、磁気カードをボックスに差し込んだ。エレベーターが地上に向かって、あがっていく。クリスティーヌは酸素ボンベが空になった状態で、海底から上に向かうダイバーのような気分になった。ようやく水面に顔を出して、思う存分、空気を吸えるのだ。自由の空気を……。

エレベーターが止まると、クリスティーヌはボーリューと一緒に廊下に出た。ボーリューは何も言わずに先を歩いていく。ついていくと、そこはボーリューのオフィスだった。相手に勧められるまま、クリスティーヌはオフィスのソファに腰をおろした。独房のベンチとは違って、体が自然に沈んでいく。素敵なホテルのふんわりとしたソファに身を沈めたときのような気分だ。

「あなたは運がいい、スタンメイエルさん」

そう言うと、ボーリューは自分もソファに腰をおろした。クリスティーヌは警戒して、何も言わなかった。

「ここから出られますよ。勾留は終わりです。コリンヌ・デリアさんが訴えを取りさげたのです」ボーリューが続けた。だが、その口調からすると、このなりゆきに納得していないのは明らかだった。「こちらとしては、思いとどまるように、何度も説得したんですがね。でも、本人が取りさげると言って聞かなかったのです。今度の件では自分にも悪いところがあったと言って。あなたは本当に運がいい。しかし、今後は要注意人物として警察にマークされることになりますので、その点は忘れないでください」

クリスティーヌはボーリューの顔を見つめた。その飛びでた目には、あいかわらず冷たい光が浮かんでいる。と、ボーリューが立ちあがって、デスクから書類を一枚、取りだした。こちらに差しだして言う。

「どうぞ。心療内科のリストです。助けになるはずですからお持ちください。ではこれで失礼します。仕事があるものですから」

それから、エレベーターまでつきそってくると、ボーリューは磁気カードをボックスに差し込み、出口の階のボタンを押した。だが、エレベーターの扉が閉まる瞬間、こちらに身を乗りだして、脅すように言った。

「いいか。これからおまえのすることはちゃんと見張っているからな。警察を甘く見るんじゃない。いいな」

これまでは曲がりなりにも敬語を使っていたのに。突然のこの脅しに、クリスティーヌは平手打ちを食らったかのような衝撃を受けた。急いでエレベーターの奥に逃げ込んだものの、体が震えるのを止めることができなかった。すぐにここから出なければ……。頭に浮かんだのは、ただそれだけだった。

ようやく警察の玄関を出ると、外は凍えるような寒さだった。トゥールーズではかつてないほどの冷え込みだろう。クリスティーヌはふらつく足で、最寄りの地下鉄の駅を目指した。よりによって被疑者として扱われるなんて……。屈辱と恐怖がよみがえってきた。さんざん甘やかされた幸せな日々を過ごしたあとで、突然、飼い主から捨てられた飼い犬のような気がした。

地下鉄に乗ると、クリスティーヌはシートに体を預けた。日曜日で時間も早いので、車内は空いている。ぼんやりと目の前の空席を見つめながら、幸せだったときのことを思い出そうとした。でも、何も浮かんでこない。反対に、また絶望感が押しよせてきた。どんなに辛いことがあっても、どんなに苦しいことがあっても、自分はもっと戦えるはずだと思っていたのに……。今はどこから勇気を絞りだして、どんなふうに戦っていいかもわからない。このまま姿の見えない敵を相手に、出口のない戦いを続けていかなければならないのだろうか？　希望のない戦いを……。ああ、でも、そんなふうに考えてはいけない。絶望に押しつぶされてしまったら、それこそ命とりになる。

電車が自分の駅に着いたので、クリスティーヌは電車を降り、地上に出た。外はまだ雪だった。通りを横切りながら、肩に降りかかった雪をそっと払いのける。自分の身に起きたことを誰かに話す必要があった。そうだ、マックスなら……。あの人なら洞察力もあるし、優しい思いやりもある。そう思いつくと、クリスティーヌはマックスのいる歩道に急いだ。けれども、マックスは毛布にくるまり、いびきをかいて眠っていた。開いた口からは黄色い歯がのぞいている。それと同時にアルコールのにおいがした。クリスティーヌは腹が立った。この男はお金が入ったと思ったら、すぐに酒を飲んだのだ。見張りの役目も果たそうとせず……。裏切られたという思いが、胸の奥に沈んだ。あいかわらずふらつく足どりで、クリスティーヌは通りを渡り、建物に入った。

だが、家の扉を開けて、なかに足を踏みいれた瞬間、恐怖ですくみあがった。リビングのほうから音楽が聞こえてきたのだ。ということは、誰かがやってきて、CDをかけていったということか。この前と同じように。そういえば、暖房をいちばん強くして出ていったはずなのに、部屋のなかは冷え込んでいる。ともかく、誰かが来たことは間違いない。

クリスティーヌはリビングに入った。ミニコンポのスピーカーからは二人の女性の絡みあうような歌声が聞こえてくる。まるで二本の蔓草(つるくさ)がお互いに巻きつきあったまま、上に向かって壁を這っていくような声。この悲痛な響き……。この曲なら知っている。オペラ『ラクメ』の「花の二重唱」だ。見ると、ローテーブルの上に、CDのプラスチックケースが置いてある。

やはり、コルデリアの背後にいる人物がやってきたのだ。黒幕か、その手下が……。

と、そこに、イギーが駆けよってきた。あいかわらず、頭にはあのプラスチックの漏斗のようなエリザベスカラーをつけている。脚を怪我しているのでうまく走れないが、それでもちぎれんばかりに尻尾を振っていた。クリスティーヌはイギーを抱きあげ、それからソファに座り込んだ。

そうだ。あいつらがまたやってきたのだ。そう思うと、頭のなかが真っ白になった。部屋には音楽が鳴り響いている。クライマックスの絶唱だ。

そのとき、クリスティーヌは急にそれまでとは違った感情がわきあがってきたことに気づいた。怒りの感情だ。それは芽生えたかと思うと、ある種の核融合のように連鎖的な反応を繰り返し、最後にはすさまじいエネルギーとなって爆発した。この感情を抑えることはできない。クリスティーヌはミニコンポのところまで行くと、コンセントを引き抜き、ミニコンポを壁に向かって投げつけた。

「もういい加減にして！　わたしの前から消えうせて！」

ミニコンポは壁にぶつかり、バラバラに砕けて、床に落ちた。

携帯の画面を閉じて、セルヴァズはがっくりと肩を落とした。トゥールーズ宇宙センターに連絡をして、セリア・ジャブロンカの情報を探ってみようと思ったのだが、今日は日曜日なので、電話が通じなかったのだ。だから、日曜日は嫌いなんだ。セルヴァズはひとりごちた。

あたりは一面、雪景色だった。小道の片側には樫（かし）の大木が立ち並び、反対側にはクマシデの木立が続いている。ところどころに、赤や黄色の落葉が散らばっていて、そこだけ鮮やかだった。子どもの頃の日曜日というのも、こんなふうだった。なにもすることがなく、時間を持てあましてしまうのだ。父親が反対したので、家にはテレビがなかったし、昔のことだから、もちろん家庭用のパソコンもない。家に友だちが来ないときには、部屋から部屋をうろうろするしかなかった。文学の教師だった父親は本とともに部屋に閉じこもっていたし、小学校の教師だった母親も採点をするか、翌日の授業の準備をしていた。小学校四年生だか五年生のクラスを受けもっていたからだ。そんなわけで、冬の静かな日曜の午後といえば、孤独で退屈な印象しかなかった。

しかたなく、セルヴァズは謎の送り主から届いた二つの手がかりについて考えてみることにした。一一七号室の鍵と宇宙ステーション——この二つは何を意味しているのだろうか？ 確かに、セリア・ジャブロンカはグランドホテル・トマ・ヴィルソンの一一七号室でみずから命を絶つ前、宇宙をテーマにした個展を開いていた。だが、その二つにいったい、どういうつながりがあるというのだろう。はっきりしているのは、少なくともこの謎の送り主は、この二つのつながりを知っているということだ。しかし、それならば、なぜそのつながりをはっきりこちらに教えてくれないのか。なぜ自分の身元を明かさないのか。内部の人間で、それを明らかにしたら立場上まずいとか、あるいは医者や弁護士のように、職業上の守秘義務があるのだろうか。まさか、警察官ではないだろうが……。

いつもなら、もう少しいろいろな可能性を思いつくのだが。刑事としての勘が鈍ったのだろうか。もちろん、捜査の基本は事実をもとに推論し、仮説を組み立て、その仮説を検証して、結論を導きだすことだ。しかし、今わかっている事実だけからでは真実にたどり着けそうにない。もう少し先に行かなければ。もう少し……。だが、この二つは本当に関係しているのだろうか？

そもそも、この事件に惹かれたのは、この施設で何もすることがなく、退屈していたせいだ。ちょうど子ども時代の日曜日の午後のように。だから、謎の送り主からホテルのカードキーが送られてきたとき、自分のなかのその子どもが捜査をしたいと言いだしたのだ。けれども、それははたして正しいことだったのだろうか？　しょせん子どもじみたお遊びにすぎないのではないだろうか？　小さい頃、自分は友だちと一緒に探偵団をつくって、界隈の人々の秘密を突きとめたと言っては大喜びをしていた。もちろん、その秘密は自分たちの想像力でつくりあげたもので、実際には存在しない。でも、自分たちはそれが真実だと信じてしまうくらい夢中になって遊んでいた。今、自分がしようとしていることは、それと同じことなのではないか？　勝手に話をつくりあげて、関係のないものを結びつけようとしているだけではないのか？

もう少し先に行かなければ。必要なのは新しい事実だ。

宇宙ステーションで思いつくものは、宇宙、星、宇宙飛行士。一方、セリア・ジャブロンカは女性写真家で、ハラスメントを受けていた――かどうかはわからないが、自殺した。この二つを結びつける事実とは？　もう少し先に行かなければ……。もしこの二つが本当に関係があって、それを結びつけるもう少し先の事実を見つけるとするなら、どこから手をつければいいかはわかっていた。殺人だろうが、自殺だろうが、事件に関係する新しい事実を知るために、しなければならないことは決まっている。だったら、今回もいつもと同じように、そのしなければならないことをすればいい。それは――死んだ人間の両親に会いに行くことだ。

訳者紹介　坂田雪子

神戸市外国語大学卒業。フランス語・英語翻訳家。おもな訳書に、ミニエ『死者の雨』(ハーパーBOOKS)、ジエベル『無垢なる者たちの煉獄』(竹書房)、共訳にピンカー『21世紀の啓蒙』(草思社)、ラルゴ『図説 死因百科』(紀伊國屋書店)など。

ハーパーBOOKS 

魔女の組曲 上

2020年1月20日発行　第1刷

著　者　ベルナール・ミニエ

訳　者　坂田雪子

発行人　鈴木幸辰

発行所　株式会社ハーパーコリンズ・ジャパン
東京都千代田区大手町1-5-1
03-6269-2883（営業）
0570-008091（読者サービス係）

印刷・製本　中央精版印刷株式会社

定価はカバーに表示してあります。
造本には十分注意しておりますが、乱丁（ページ順序の間違い）・落丁（本文の一部抜け落ち）がありました場合は、お取り替えいたします。ご面倒ですが、購入された書店名を明記の上、小社読者サービス係宛ご送付ください。送料小社負担にてお取り替えいたします。ただし、古書店で購入されたものはお取り替えできません。

この書籍の本文は環境対応型の植物油インクを使用して印刷しています。

Printed in Japan
ISBN978-4-596-54129-1